깃털도둑

눈을 뗄 수 없는 이야기!   _《네이처》

지식과 깨달음을 동시에 제공하는 흔치 않은 책. 자연사 수집품과 그것이 지닌 엄청난 과학적 가치의 중요성을 확실히 보여준 범죄 이야기. 우리에게는 이런 책이 더 필요하다.

_《사이언스》

영화 〈어댑테이션〉의 원작 『난초 도둑(The Orchid Thief)』의 수잔 올린처럼 사물의 이면을 꿰뚫는 눈을 가진 이 책의 저자는 어리석음, 질투, 우울, 인간의 권리와 같은 위대한 주제를 찾아내 빅토리아식 연어 플라이를 만드는 사람들에 관한 이야기를 보석처럼 만들어냈다.

_《더 뉴요커》, '올해의 읽을 만한 책'

탐욕과 속임수, 조류학 파괴 등 여러 이야기가 얽힌, 대단히 흥미로운 이야기!

_《뉴욕 타임스》

지금까지 보았던 범죄 실화 중 가장 특이하고 기억에 남을 이야기 중 하나였다. 존슨은 훌륭한 솜씨로 비밀을 밝히고 사람들의 마음을 사로잡으며 금기를 깨뜨린, 두려움을 모르는 저널리스트다.

_《크리스천 사이언스 모니터》

존재하지 않을 것 같은 도둑과 그보다 더 존재하지 않을 것 같은 범죄에 대한 이야기. 깃털처럼 순수한 매혹에 빠져드는 인간의 집착과 탐욕에 대해 깊이 생각하게 한다.

_ 폴 콜린스, 『타블로이드 전쟁』의 저자

멸종 위기에 처한 조류에 대한 인간의 탐욕과 파괴의 실상을 가감 없이 드러낸다. 환경보호에 대한 강력하고 가슴 울리는 논픽션. 그리고 무엇보다도 매혹적인 이야기!

_ 페터 볼레벤, 『나무 수업』의 저자

스릴 넘치는 이야기! 플라이 낚시와 조류 사냥의 세계에 있어서 탁월한 책이다. _《파리 리뷰》, '스태프가 선택한 책'

첫 장부터 마지막까지 흥미진진하다. 한번 읽기 시작하면 멈출 수 없다. _《사우던 리빙》

강렬하고 인상적이다. 존슨은 확실히 보증된 작가다.

_《더 타임즈》(런던)

엽기적인 범죄를 밝힌 흥미진진한 스토리. 『깃털 도둑』은 최근에 본 책 중에서 가장 독특하면서도 눈을 뗄 수 없는 범죄 실화였다.

_《리터러리허브 크라임리즈》

존슨은 '세기의 자연사 강도 사건'의 심각함을 성공적으로 전달했다. 『깃털 도둑』의 최대 강점 중 하나는 재미와 공포, 놀라움을 동시에 선사한다는 점이다. 순간순간 놀라움을 안겨주는 픽션 같은 논픽션이다. _《아웃사이드》

범죄를 좇는 한 남자의 이야기. 자연사 이야기와 추리 소설, 비극적 사건의 결말이 모두 녹아있다. _《스미스소니언》

박물관 침입, 진화론, 멸종위기에 처한 새들, 플라이 타잉에 집착하는 사람들, 작가는 이렇게 전혀 관계없어 보이는 소재들을 촘촘하게 엮어 우리의 마음을 사로잡은 완벽한 이야기로 탄생시켰다.

_마크 아담스, 『마추픽추에서 오른쪽으로 돌다
Turn Right at Machu Picchu』의 저자

경이롭고 감동적이며 상상을 뛰어넘는 이야기. 책을 덮고도 계속 생각하게 만든다.

_ 딘 킹, 『릴리 선장 이야기: 죽음의 사하라 사막, 난파된 선원들에 대하여 Skeletons on the Zahara and the Feud』의 저자

주저 없이 사랑에 빠질 수밖에 없는 책이다. 겉으로는 평범해 보이지만, 그 안에는 찬란하고 매혹적인 빛으로 가득하다. 깃털에 탐닉하는 사람들의 세계를 이렇게 흥미진진하게 묘사한 이 책은 잊을 수 없는 기억을 선사한다.

_ 마이클 핀클, 『숲 속의 은둔자』의 저자

풍부한 정보와 알기 쉬운 설명, 끝없이 매혹적이고 흥미진진한 스토리를 선사하는 『깃털 도둑』은 에릭 라슨의 『화이트 시티』와 대적할 만한 범죄 실화이다.

_《셀프 어웨어니스》

멋지게 재구성한 범죄 실화! 2018년, 지금 선택해야 할 10권의 책 중 하나.

_《오프라 매거진》

THE
FEATHER
THIEF

아름다움과 집착,
그리고 세기의
자연사 도둑

깃털도둑

커크 월리스 존슨 지음 | 박선영 옮김

KIRK WALLACE JOHNSON

흐름출판

마리 조지에게

당신이 날아와 '나'라는 나무에 앉기 전까지

세상은 온통 흑백이었소.

프롤로그

> 인간은 아름다움을 눈으로 보는 것만으로는
> 좀처럼 만족하지 못하고 반드시 소유하려 한다.

– 마이클 소마레Michael Somare 파푸아뉴기니 총리(1979)

런던에서 북쪽으로 60킬로미터가량 떨어진 트링역. 에드윈 리스트Edwin Rist가 기차에서 내렸다. 밖은 이미 꽤 어두웠다. 아이들은 벌써 잠자리에 들었을 시간이었다. 에드윈이 마을을 향해 발걸음을 옮기자, 영국 중부선 기차가 어둠 속으로 미끄러지듯 사라졌다.

에드윈은 몇 시간 전까지 하이든, 헨델, 멘델스존을 기념하는 영국 왕립음악원의 '런던 사운드스케이프' 공연장에 있었다. 에드윈은 무대에 오르기 전, 바퀴 달린 여행가방에 라텍스 장갑, LED 손전등, 철사 절단기, 다이아몬드 날이 달린 유리 커터를 챙겨서 공연장의 개인 로커에 넣어두었다. 호리호리한 몸집에 강렬한 눈매, 약간 뭉툭한 코와 덥수룩한 머리카락은 얼핏 천재 기타리스트

10

인 피트 타운센드Pete Townshend를 연상시켰다. 기타 대신 플루트를 들었다는 것만 제외하면.

그날 밤은 초승달 때문인지 평소보다 어두웠다. 에드윈은 거의 한 시간 동안 흙먼지가 날리는 자갈길 위로 여행가방을 끌면서 덩굴 감긴 고목 아래를 걸어갔다. 북쪽으로는 털헹거스 숲이, 남쪽으로는 체스넛 숲이 있고, 그 중간쯤에는 잡목이 드문드문 자란 휴한지가 있었다.

차 한 대가 쌩 지나갔다. 전조등 불빛 때문에 잠시 앞이 보이지 않았다. 아드레날린이 마구 솟는 느낌이었다. 목적지가 가까워진 것이 분명했다.

트링 중심가 입구에는 16세기에 지어진 '로빈 후드'라는 술집이 있었다. 거기서 몇 개 도로를 지나면 오래된 맥주 공장과 HSBC은행 사이로 '37번 공용 산책로'가 나타났다. 주민들은 양옆으로 야트막한 벽돌담이 솟아 있는 2미터 넓이의 산책로를 '은행 골목'이라고 불렀다.

에드윈은 캄캄한 은행 골목 안으로 빨려들듯 걸어갔다. 그리고 지난 몇 달간 보아둔 건물 앞에서 걸음을 멈췄다.

건물에 들어가려면 먼저 담장을 넘어야 했다. 세 가닥의 녹슨 철조망이 앞을 막아섰지만, 절단기 덕분에 큰 문제는 없었다. 철조망을 제거한 에드윈은 여행가방을 담장에 올리고 자신도 그 위로 올라갔다. 그리고 사방을 살펴보았다. 경비원은 보이지 않았다. 담장에서 건물 창문까지는 1미터가 조금 넘었다. 담장 아래로 떨어지면 다칠 수도 있을 뿐만 아니라 경비원들이 소리를 듣고 몰려들 수도 있었다. 이미 어려움은 예상하고 있었다.

에드윈은 담장 위에 구부정하게 서서 유리 커터를 들고 창문 쪽으로 몸을 숙였다. 그리고 창틀을 따라 유리 커터를 긋기 시작했다. 유리를 자르는 것은 생각보다 힘들었다. 그렇게 유리를 자르다가 그만 커터를 떨어뜨리고 말았다. 에드윈은 숨이 가빠졌다. 불길한 징조인가? 머리가 복잡했다. 이 정신 나간 계획을 여기서 멈출까 잠시 고민했다. 그때 지난 몇 달간 그를 다그치던 목소리가 다시 귓가에 들렸다. '잠깐! 지금 그만둘 수는 없어. 여기까지 왔잖아!'[1]

에드윈은 담을 내려가 돌멩이를 주워왔다. 그러고는 주변을 둘러보고 창문 쪽으로 돌멩이를 던졌다. 유리가 와장창 깨졌다. 에드윈은 깨진 창문 사이로 가방을 먼저 밀어 넣고 천천히 발을 들여놓았다. 영국 자연사박물관 안으로.

경비실에 알람 불이 켜졌다. 하지만 아무것도 모르는 에드윈은 손전등을 들고 복도를 따라 아래층으로 내려갔다. 머릿속으로 수없이 연습한 대로 말이다.

에드윈은 조용히 가방을 끌면서 한참 동안 복도를 걸었다. 마침내 그는 지금까지 어디서도 보지 못한, 세상에서 가장 아름다운 광경 앞에서 걸음을 멈췄다. 이것들만 있으면 부와 명예를 얻을 수 있다. 그리고 다른 문제도 모두 해결할 수 있다. 에드윈은 그렇게 생각했다. 그리고 그에게는 그럴 자격이 있었다.

에드윈은 표본실로 들어섰다. 수백 개나 되는 흰색 대형 캐비닛이 자로 잰 듯 꽉 들어차 있었다. 첫 번째 서랍을 여는 순간 방부제 냄새가 코를 찔렀다. 서랍 안에 있던 붉은가슴과일까마귀^{Red-ruffed Fruitcrow} 10여 마리가 에드윈의 손끝에서 날개를 파르르 떨었다. 박물학자들과 생물학자들이 남아메리카 일대의 밀림을 누비며 수백 년 넘게 모은, 그리고 큐레이터들이 몇 세대를 이어오며 지켜온 수집품들이었다. 희미한 불빛 아래서도 구릿빛이 도는 주황색 깃털은 눈부시도록 아름다웠다. 눈구멍은 솜으로 채워지고 발은 몸통 가까이 접힌, 약 45센티미터 크기의 새들이 바닥에 등을 대고 가지런히 누워 있었다. 포획 지점의 위치와 위·경도 같은 정보가 적힌 이름표가 발목에 반듯하게 붙어 있었다.

에드윈은 가방에 표본들을 집어넣으며 서랍을 차례로 비웠다. 그가 손아귀 가득 낚아챈 옥시덴탈리스^{occidentalis} 아종은 콜롬비아 서부 킨디오주의 안데스산맥에서 1세기 전에 수집된 것들이었다. 가방에 몇 마리가 더 들어갈지 몰랐다. 하지만 거기 있는 48마리의 수컷 중에 47마리를 집어넣고 다음 캐비닛으로 이동했다.

그사이 보안 직원은 텔레비전 화면에서 눈을 떼지 못했다. 축구 경기에 빠져서 경보장치에 불이 들어온 것도 몰랐다.[2]

에드윈은 다음 캐비닛을 열었다. 1880년대 파나마 서부 치리키주에서 채집한 케찰^{Resplendent Quetzal} 가죽 수십 장이 모습을 드러냈다. 무분별한 산림 벌채로 멸종 위기에 처한 케찰은 현재 국제 협약으로 보호받는 새였다. 케찰은 길이가 거의 1미터에 달해 가방에 넣기가 힘들었다. 결국 에드윈은 꼬리를 고리 모양으로 말아 케찰 39마리를 가방에 넣었다.

에드윈은 다음 캐비닛을 열었다. 안에는 중남미 지역에 서식하는 코팅거Cotinga가 들어 있었다. 에드윈은 먼저 청록색 바탕에 자주색 가슴 털이 달린, 100년 된 러블리코팅거Lovely Cotinga 14마리를 챙기고, 보라색가슴털코팅거Purple-breasted Cotinga도 37마리 꺼냈다. 이어서 스팽글드코팅거Spangled Cotinga 21마리와 밴디드코팅거Band-ed Cotinga 10마리도 챙겼다. 밴디드코팅거는 현재까지 살아남은 개체 수가 250마리도 되지 않아 멸종 위기종으로 분류되어 있었다.[3]

다음 서랍에는 갈라파고스섬에 서식하는 핀치finch와 흉내지빠귀mockingbird가 들어 있었다. 1835년 비글호를 타고 항해 중이던 찰스 다윈에게 수집되어 자연선택 진화설을 발전시키는 데 중요한 역할을 했던 새들이었다. 박물관 소장품 중에 가장 귀하다는 도도새Dodo와 큰바다쇠오리Great Auk를 포함해 여행비둘기Passenger Pigeon 같은 멸종된 새의 뼈와 가죽도 있었고, 존 제임스 오듀본John James Audubon이 쓴 『아메리카의 새들The Birds of America』도 있었다. 영국 자연사박물관은 세계에서 조류 관련 표본을 가장 많이 보유하고 있었다. 조류 가죽 75만 점에 뼈 1만 5000점, 알코올 시료에 보존된 새 표본 1만 7000점, 새 둥지 4000점, 알 40만 점이 있었다. 모두 세계에서 가장 외지고 깊은 밀림과 계곡, 숲과 늪지 등에서 수세기에 걸쳐 수집된 것들이었다.

에드윈은 단색 핀치가 들어 있는 캐비닛을 그대로 지나 다음 캐비닛 앞에 도착했다. 이제는 박물관에 들어온 지 얼마나 되었는지 생각나지도 않았다. 캐비닛 앞에 '극락조과Paradisaeidae'라고 적힌 작은 명판이 붙어 있었다. 에드윈은 왕극락조King Bird-of-Paradise 37마리를 순식간에 쓸어 담았다. 그리고 멋쟁이라이플버드Magnificent Rifle-Bird 24마리, 어깨걸이풍조Superb Bird-of-Paradise 12마리, 푸른극락조Blue Bird-of-Paradise 네 마리를 챙겨 담고, 불꽃바우어새Flame Bowerbird 17마리도 잊지 않고 챙겼다. 150년 전, 뉴기니와 말레이제도 원시림에서 온갖 악조건 속에서 어렵게 모은 표본들이 모두 에드윈의 가방 속에 쓸어 담겼다. 그 표본들은 모두 같은 사람의 이름표를 달고 있었다. 한때 다윈의 간담을 서늘하게 했던 독학 박물학자 'A. R. 윌리스A. R. Wallace'의 이름을.

경비원이 CCTV 모니터 화면을 한번 훑어보았다. 카메라는 주차장과 박물관 내부 곳곳을 비추고 있었다. 경비원은 경비실 밖으로 나갔다. 복도를 돌아다니면서 문이 잘 잠겼는지, 이상한 점이 없는지 확인했다.

에드윈은 자기 손을 거친 새들이 몇 마리였는지 가늠도 되지 않았다. 원래는 종류별로 가장 멋진 놈들만 몇 마리씩 가져갈 계획이었지만, 깃털을 보고 너무 흥분하는 바람에 손에 잡히는 대로 쓸어 담아버렸다.

경비원은 이제 건물 밖으로 나갔다. 손전등을 비추며 주위를 살폈다. 그러다가 창문 쪽을 힐끔 올려다보더니 은행 골목이 있는 벽돌 담 주변으로 손전등 불빛을 비췄다.

에드윈은 깨진 유리창 앞에 서 있었다. 커터를 놓친 것만 빼면, 지금까지는 모든 일이 순조로웠다. 이제 깨진 유리창 사이로 다치지 않고 빠져나간 다음 어둠 속으로 유유히 사라지는 일만 남았다.

에드윈 리스트라는 이름을 처음 들었을 때, 나는 뉴멕시코주의 타오스 마을에서 생그리더크리스토산맥을 가르는 레드강에 몸을 반쯤 담그고 황금배송어golden-bellied trout를 낚기 위해 강물 위로 힘차게 낚싯줄을 던지려던 참이었다. 나의 플라이 낚시 가이드인 스펜서 세임은 그 아래 커다란 바위틈 어딘가에 분명히 송어가 있을 거라고 말했다. 스펜서는 물속이든 물 밖이든, 물보라가 치든 말든 어디서나 물고기들을 찾아냈다. 그런 그가 지금 30센티미터가 넘는 송어가 멋진 플라이*를 기다리며 우리 주위를 맴돌고 있을 거라고 확신했다. 모든 것은 내 캐스팅**실력에 달려 있었다.

"박물관에 침입해서 뭘 훔쳤다고요?"

나는 방금 들은 말에 깜짝 놀라 엉겁결에 낚싯줄을 강물에 패대기치고 말았다. 덕분에 근처에 있던 송어란 송어는 모두 줄행랑쳐

---

*   깃털, 털, 실 등의 재료를 사용해서 작은 물고기나 곤충 모양으로 만든 낚시용 미끼.
** 낚싯줄을 던지는 방법. 잡으려는 물고기나 플라이 종류에 따라 던지는 방법이 달라진다.

버렸다.

"죽은 새라고요?"

그때까지만 해도 가이드와 나는 물고기들이 놀라지 않게 최대한 작은 목소리로 말했다. 우리는 그림자가 어느 방향으로 드리우는지, 해가 어느 방향에 있는지를 살피며 조심스럽게 강물 사이를 걷고 있었다. 하지만 그 말을 듣는 순간 나는 놀라움을 감출 수 없었다. 그렇게 이상한 이야기는 어디서도 들어본 적이 없었다. 게다가 그 이야기는 겨우 시작에 불과했다.

나는 낚시 중에는 웬만한 일에도 집중력을 잃지 않았다. 낚시를 하지 않는 날이면 웨이더˙를 입고 강물에 뛰어들 날만 손꼽아 기다렸다. 낚시터에 가면 휴대전화는 자동차 트렁크에 그대로 던져두었다. 대개는 혼자 벨이 울리다 배터리가 나가곤 했다. 배가 고프면 주머니에 챙겨온 아몬드 한 줌을 씹어 먹었고, 목이 마르면 강물을 마셨다. 컨디션이 좋은 날에는 여덟 시간도 물속에서 보냈다. 내 인생의 일부가 돼버린 폭풍 같은 스트레스를 잠재울 유일한 수단이 바로 낚시였기 때문이다.

7년 전, 나는 미국 국제개발처의 지원을 받는 이라크 도시 재건 프로젝트에 합류하여 팔루자에서 지내고 있었다. 그곳에서 잠시 휴가를 보내다 사고로 거의 죽을 뻔했다. 외상 후 스트레스 장애로

˙ 가슴까지 올라오는 낚시용 방수 바지.

인한 해리 장애* 때문에 수면 중에 창밖으로 걸어 나간 것이다. 코와 손목이 부러지고, 턱뼈가 산산조각 났다. 머리뼈에도 금이 가고 얼굴 전체를 수십 바늘 꿰맸다. 그 뒤로 잠을 자는 동안 내 뇌가 어디로 튈지 항상 걱정해야 했다.

몸을 치료하는 동안, 내가 알고 지내던 통역사, 건축기사, 교사, 의사 등 이라크인 동료들이 같은 이라크 사람들에게 처참히 살해되고 있다는 사실을 알게 됐다. 미국인들에게 협조했다는 이유에서였다. 나는 그들의 대변인이 되어 《로스앤젤레스 타임스》에 특집 기사를 썼다. 기사를 읽은 사람 중에 힘 있는 누군가가 이라크 난민들에게 비자를 내주고 다른 문제들도 해결해줄 거라고 믿으면서. 하지만 너무 순진한 생각이었다. 오히려 이라크 사람들로부터 도움을 요청하는 절박한 메일을 수천 통씩 받게 되리라고는 전혀 예상하지 못했다. 당시 나는 직장도 없이 친척 집 지하실에서 이불을 깔고 자는 형편이었다. 난민 문제에 대해서 전혀 아는 바가 없었지만, 그래도 메일을 보낸 사람들의 이름을 무작정 리스트로 만들기 시작했다.

몇 달 뒤에 리스트 프로젝트라는 비영리단체가 출범했다. 이후 몇 년간 백악관을 설득하고, 의원들을 부추기고, 자원봉사자들을 모았다. 직원들의 임금이 밀리지 않도록 기부금도 계속 모았다. 우리는 몇 년간 수천 명의 난민을 무사히 미국으로 데려올 수 있었

---

* 주로 외부 충격에 의해 의식이나 기억, 행동에 이상이 생기는 정신질환.

지만, 당연히 모든 사람을 구할 수는 없었다. 탈출에 성공한 케이스 중에 50건은 여전히 연방정부의 승인을 받지 못했다. 이라크를 탈출한 순간, 이라크인은 모두 잠재적 테러리스트로 여겨졌기 때문이다. 2011년 가을 무렵 이라크에서 종전 선언이 임박하자 나는 내가 놓은 덫에 걸린 꼴이 되었다. 목숨을 걸고 도망 나오려는 이라크와 아프간 난민은 아직 수없이 많았다. 그들 모두를 구하려면 10년, 아니 몇십 년은 필요했다. 하지만 우리는 1년 이상 버틸 자금을 모은 적도 없었다. 공식적인 종전 선언까지 더해지면 상황은 더욱 힘들어질 것이 불 보듯 뻔했다.

손을 떼고 싶다는 생각이 들기도 했지만, 예전 이라크 동료가 늘 나를 설득했다. 그럴 때마다 약해지는 내 모습이 너무 부끄러웠다. 하지만 진실을 말하자면, 나는 너무 지쳐 있었다. 이라크에서 사고를 겪은 뒤, 머리를 멍하게 만들지 않으면 잠들 수 없었다. 그래서 밤마다 넷플릭스에서 가장 재미없는 영상들을 찾아 끝없이 줄을 세워둬야 했다. 그리고 아침이 되면 다시 밀려드는 난민 구제 신청서를 처리해야 했다.

이때 나를 구원해준 것이 바로 플라이 낚시였다. 강에는 전화를 걸어야 할 기자도, 돈을 달라고 애걸해야 할 기부자도 없었다. 유유히 흐르는 강물과 이따금 날아드는 벌레들 그리고 유혹적으로 튀어 오르는 송어만 있을 뿐. 강에서는 시간이 다르게 흘렀다. 다섯 시간도 30분처럼 느껴졌다. 하루 동안 웨이더를 입고 강을 누빈 날에는 물살을 헤치는 물고기 떼가 아련하게 떠올라 어렵지 않게 잠들 수 있었다.

잠시나마 현실을 잊게 해주는 낚시를 위해 나는 뉴멕시코 북부의 산자락을 따라 강 주위만 계속 맴돌았다. 낡은 세브링 컨버터블을 몰고 보스턴에서 타오스까지 갔던 원래의 목적은 그곳에 있는 작은 예술가 거리에 머물면서 이라크 때의 경험을 책으로 내기 위해서였다. 작가 구역에는 도착 첫날 등록했지만, 책 계약은 하지 못했다. 그전까지 책을 써본 적도 없었기에 출판 에이전트는 기면증 환자 같은 내 요구를 계속 무시하고 있었다. 그 와중에도 난민 구제 신청서는 계속 쌓였다. 이제 갓 서른한 살에 접어든 나는 대체 그곳에 왜 갔는지, 앞으로 무엇을 해야 할지, 막막하기만 했다. 스트레스가 극에 달했을 무렵, 그곳 강에서 낚시를 안내해줄 낚시 가이드를 찾았다.

이른 아침, 522번 고속도로에서 약간 벗어난 어느 주유소에서 스펜서를 만났다. 그는 갈색 토요타 4러너에 몸을 기대고 있었다. 영화 〈위대한 레보스키〉에 나왔던 대사 "이봐, 카펫은 안 돼"라고 쓰인 범퍼 스티커가 흙먼지에 부옇게 덮여 있었다.

서른 후반으로 보이는 스펜서는 짧은 머리에 구레나룻을 길렀다. 그는 친화력이 좋은 가이드들이 그렇듯 전염성 강한 너털웃음을 웃어댔다. 우리는 금세 친해졌다. 그는 내 캐스팅 기술을 정교하게 다듬어주었고, 그 지역에 서식하는 다양한 곤충들에 대해서도 자세히 알려주었다. 아주 독특한 나무나 벌레 혹은 새가 있는 곳은 아니었다. 그는 그곳의 송어라는 송어는 모두 아는 것처럼 말했다. "저 망할 녀석은 지난달에도 저쪽 산 밑에서 잡았는데, 또 멍청하게 걸려들었군."

나는 플라이 하나를 강둑 근처의 향나무로 날려 보내고는 얼굴을 살짝 일그러뜨렸다. 나는 꽤 많은 돈을 들여 플라이를 구입했다. 물고기들에게 먹잇감으로 보이도록 엘크와 토끼 털 그리고 수탉 깃털을 훅*에 묶어 수생곤충과 비슷하게 만든 것들이었다.

스펜서가 슬며시 웃었다. "저런! 난 직접 만드는데." 그는 플로터floater, 스피너spinner, 스트리머streamer, 님프nymph, 스티뮬레이터 stimulator, 패러슈트parachute, 테레스트리얼terrestrial 등 수백 개도 넘는 플라이가 가지런히 들어 있는 상자를 열어 보였다. 산후안 같은 곳에 사는 벌레를 본뜬 플라이도 있었고, 〈브레이킹 배드Breaking Bad〉** 시리즈에서 영감을 받은 크리스털 메스 에그*** 플라이도 있었다. 그는 강마다 서식하는 벌레 유충을 표현하기 위해 실 색깔이나 훅 크기를 아주 조금씩 다르게 만든 플라이들을 상자 안에 전략적으로 배치했다. 5월에 쓰는 플라이는 8월에 쓰는 플라이와 달랐다.

내가 그의 플라이에 크게 관심을 보이자 스펜서가 다른 플라이 상자를 가져왔다. 그러고는 아주 독특한 모양의 플라이 하나를 보여주었다. 지금껏 그렇게 아름다운 플라이는 한 번도 본 적이 없

---

* 깃털이나 실을 묶어 플라이를 만들 때 쓰는 고리 모양의 낚싯바늘.
** 미국 드라마. 불치병에 걸린 화학 선생님이 가족을 위해 마약 제조에 뛰어들면서 벌어지는 이야기.
*** 크리스털 메스(crystal meth)는 필로폰이라는 의미로 쓰인다.

었다. 150년 된 비법으로 만든 '조크 스콧Jock Scott'이라는 연어 플라이였다. 조크 스콧은 종류가 다른 10여 개의 깃털로 만들어져서 이리저리 돌릴 때마다 진홍색과 카나리아색, 청록색, 석양빛 오렌지색이 아름답게 반짝거렸다. 훅을 따라 금색 실이 나선형으로 화려하게 감겨 있고 끝부분에 누에 견사로 만든 아일릿이 있었다.

"대체 이건 뭔가요?"

"빅토리아식 연어 플라이죠. 세계에서 가장 희귀한 깃털도 사용되었습니다."

"이런 것들은 어디서 구하십니까?"

"플라이를 만드는 작은 온라인 모임이 있어요."

"이걸로 직접 낚시도 하세요?"

"그렇지는 않습니다. 이런 플라이를 만드는 사람들은 대개 낚시에 대해서는 거의 모릅니다. 그들에게 플라이를 만드는 일은 일종의 예술 활동이죠."

물고기가 많은 상류에 가까워지자 우리는 허리를 살짝 굽혀 자세를 낮췄다. 낚시를 할 것도 아니면서 플라이를 만들기 위해 희귀 깃털을 찾아다니다니, 취미가 유별나다고 생각했다.

"그건 약과예요. 혹시 에드윈 리스트라는 이름을 들어보셨어요? 아마 그가 플라이 타이어*들 중에 최고일 겁니다. 플라이에 붙

---

* 플라이를 '만드는 것'은 '타잉(tying)'한다고 하고, 플라이를 타잉하는 사람을 '플라이 타이어(fly tier)'라고 한다.

22

일 깃털을 구하기 위해 영국 자연사박물관에서 새들을 훔쳤을 정도니까요."

에드윈이라는 빅토리아식 이름 때문인지, 사건 자체가 기이해서인지, 아니면 당시 내가 필사적으로 인생의 전환점을 찾고 있어서인지는 모르겠지만, 나는 그의 말을 듣는 순간 완전히 빠져들었다. 그날 오후 내내 스펜서는 내가 송어를 낚을 수 있도록 최선을 다했지만, 나는 트링에서 무슨 일이 있었는지 알고 싶다는 생각밖에 들지 않았다.

그의 이야기를 들으면 들을수록 이상한 점도, 궁금한 점도 늘어갔다. 나는 결국 직접 진실을 파헤쳐야겠다고 생각했다. 그때는 그것이 플라이 중독자, 깃털 장수, 마약 중독자, 맹수 사냥꾼, 전직 형사, 수상쩍은 치과의사 같은 사람들을 만나, 은밀한 그들의 세계에 발을 들여놓아야 하는 일이 될 줄은 몰랐다. 나는 속임수와 거짓말, 위협과 루머가 난무하는 세상에서 새로운 사실을 발견했다가도 좌절하기를 수없이 반복한 뒤에야 인간과 자연의 관계는 물론, 아무리 값비싼 대가를 치르더라도 아름다움을 추구하고자 하는 인간의 끝없는 욕망을 이해하게 됐다.

나는 결국 5년의 시간을 보낸 뒤에야 트링박물관에 있던 새들에게 무슨 일이 일어났는지 알아낼 수 있었다.

차례

The
her
feat
thief....

제1부

죽은 새와
부자들

앨프리드 러셀 월리스의 시련

　버뮤다 해안에서 1100킬로미터 이상 떨어진 바다 위, 앨프리드 러셀 월리스가 불길에 휩싸인 선미 갑판에 서 있었다.[1] 발밑이 뜨거워지면서 나무 틈 사이로 누런 연기가 새어 나왔다. 고무액을 칠한 발삼나무 갑판이 지글지글 끓기 시작하자 월리스는 바닷물 섞인 식은땀을 흘렸다. 불길이 금방이라도 펑 하고 터질 것 같았다. 헬렌호 선원들은 바다에 던져놓은 소형 구명보트 두 대에 식량과 비품을 정신없이 집어 던졌다.

　오랫동안 햇빛에 바짝 말라 있던 구명보트에는 바닷물이 닿자마자 바로 물이 스몄다. 당황한 선원들이 노와 방향키를 찾아 헤매는 동안 조리장은 바닷물을 막아줄 코르크 마개를 찾아다녔다. 존 터너John Turner 선장은 선원들이 고기와 빵, 물통을 구명보트에 내리는 모습을 보며 항해 시계와 해도를 가방에 급히 챙겨 넣었다. 얼마나 바다에 떠 있게 될지, 구조는 될지, 당시로 는 전혀 알 수 없었다. 사방은 온통 바다였고, 육지까지는 수천 킬로미터가 넘었다.

월리스는 말라리아, 이질, 황열 같은 생사를 위협하는 열대병 과 싸우고 끝없이 쏟아지는 아마존 폭우를 4년 동안 뼛속까지 맞아가며 지금까지 버텨왔다. 하지만 결국 물이 아니라 불 때문 에 그의 임무가 완전히 실패할 위기에 놓였다. 악몽이라면 얼 마나 좋을까? 차가운 바닷바람을 막아가며 힘들게 데려온 원숭 이와 앵무새 같은 작은 야생동물들도 우리에서 모두 빠져나와 235톤 헬렌호의 돛대 앞까지 뻗친 불길을 피해 이리저리 달아 났다.

망연자실한 월리스는 겁에 질려 날아다니는 새들을 안경 너 머로 멍하니 바라보았다. 흡혈박쥐가 피를 빨고 모래벼룩이 발 톱 밑에 들러붙어 알을 깠을 때처럼 아무 생각도 할 수 없었다. 선실 안에는 검은 네그로 강줄기에 서식하는 야생동물에 대한 몇 년치의 연구가 고스란히 보관되어 있었다.

갑판 위에서 앵무새를 위협하던 불길은 이제 갑판 아래까지 위협했다. 그곳에는 아마존에서 모은 진짜 보물들이 상자마다 가득했다. 온갖 정성과 노력을 다해 수집한 것이었다. 거의 1만 종에 달하는 새 가죽은 물론이고,[2] 강거북, 핀에 꽂아둔 나비 표 본, 병에 넣어둔 개미와 딱정벌레, 개미핥기와 바다소의 뼛조 각, 이름 모를 희귀 곤충들의 변태 과정을 그린 스케치북, 잎 길이가 15미터나 되는 대형 야자수를 포함한 브라질 동식물의 수많은 표본들. 그것은 월리스의 이력을 입증해줄 결과물 그 자체였다. 영국을 떠날 당시, 월리스는 정규교육은 몇 년밖에 받지 못한 무명의 토지 측량사였다. 그리고 스물아홉 살에 수백 종에 달하는 새로운 미지의 생명체를 수집한 박물학자로서 당당한 귀환을 눈앞에 두고 있었다. 하지만 배에 불이 꺼지지 않는다면 박물학자는커녕 다시 무명인으로 돌아가야 했다.

앨프리드 러셀 월리스는 1823년 영국 웨일스 중부 지역의 란바독이라는 마을에서 아홉 남매 중 여덟째로 태어났다. 그보다 13년 전에 란바독에서 140킬로미터 떨어진 세번강 북부의 어느 마을에서 찰스 다윈이 태어났다. 그들은 수십 년이 흐른 뒤에 과학 역사상 가장 놀라운 우연의 일치라 불리는 업적을 동시에 이루어내며, 운명처럼 만났다.

월리스는 아버지가 몇 번이나 투자에 실패하면서 열세 살에 학교를 중퇴하고 형과 함께 토지 측량사 수습으로 일했다. 당시 증기기관차의 출현으로 영국 전역에서 수천 킬로미터 길이에 달하는 철로 공사가 진행되었고[3] 덩달아 측량사에 대한 수요도 높아졌다. 어린 월리스는 친구들이 학교에서 베르길리우스를 번역하고 대수학을 공부하는 동안 산과 계곡을 누비며, 철로 공사에 필요한 측량 작업을 보조하고 삼각법의 원리를 깨우쳤다. 월리스에게 지구는 하나의 거대한 화석 같았다. 6600만 년 전에 자취를 감춘 벨렘나이트 같은 멸종 생물이 땅속 깊은 곳에서 하나씩 모습을 드러낼 때마다[4] 월리스는 자연스럽게 지질학을 깨우쳤다. 어릴 때부터 영특했던 월리스는 기계학과 광학 입문서도 독학으로 이해했다. 종이 튜브와 오페라용 안경, 광학 렌즈로 망원경도 직접 만들어 목성 위성들의 위치도 정확히 찾아냈다.

당시 영국에서는 거의 한 세기에 걸친 산업화와 도시화의 여파로 다시 자연으로 돌아가자는 움직임이 일어나고 있었다. 지저분하고 답답한 도시에 모여 살던 사람들은 아름다운 전원이 그리웠다. 하지만 도로 상태가 좋지 않아 여행이 힘들었을 뿐 아니라 해안도로를 따라 내륙을 오가려면 엄두가 나지 않을 정도로 많은 돈이 들었다. 기차가 생기고 나서야 도시에 갇혀 일만 하던 사람들도 답답한 도시를 벗어날 수 있었다.[5] 빅토리아 시대에는 '손이 한가하면 나쁜 짓을 한다' 같은 속담이 유행하면서 자연 채집 활동이 여가 생활로 권장됐다.[6] 따라서 기차역 가판대 주변에는 수집에 관한 잡지와 서적이 가득했다.

이끼와 해초는 납작하게 눌러서 말리고, 물에서 건져 올린 산호와 조개껍데기, 말미잘은 유리병에 담아 보관했다. 산책 중에 찾은 표본을 모아둘 작은 주머니가 달린 모자도 제작됐다.[7] 이러한 채집 열풍은 현미경의 대중화로 더욱 번졌다. 맨눈으로 보면 특별할 것 없는 흔해 빠진 나뭇잎과 딱정벌레도 렌즈 아래에서는 신비한 아름다움을 드러냈기 때문이다. 채집 열풍이 크게 번지면서 프랑스인들은 조개류 수집을 유행시켰다.[8] 덕분에 소라고둥 가격이 천정부지로 오르면서 콘칠로마니아conchlyomania● 라는 말이 생겼다. 뒤이어 영국인들 사이에서도 일명 테리도마니아Pteridomania●●라는, 양치식물 채집 광풍이 일어나면서 영국 구석구석의 이끼라는 이끼는 모조리 뽑혀나가 정원을 꾸미는 데 사용되었다.[9] 역사학자 D. E. 엘린에 따르면, 사람들은 희귀한 물건을 갖고 싶어 하는 심리가 있기 때문에 자연 수집품으로 채워 넣은 응접실 장식장이 교양인의 필수품이 되었다고 한다.[10]

하트퍼드에 머물던 젊은 월리스는 어느 귀부인이 수정난풀Monotropa이라는 희귀 식물을 찾았다고 친구에게 자랑하는 말을 듣고는 호기심을 느꼈다.[11] 당시 월리스는 동식물분류학이 과학의 한 분야라는 것도, "수많은 동식물에 일종의 체계가 있다"는 것도 알지 못했다.[12] 월리스는 곧바로 살아 있는 모든 생물의 이름을 파악하기 위해 목록을 만들기 시작했다. 하지만 일반 평면 지도로는 작업이 힘들다는 사실을 곧 깨달았다. 월리스는 식물을 채집해 형의 방 한쪽에서 표본을 만들기 시작했다. 식물에서 시작한 표본은 곤충으로 이어졌다. 월리스는 돌멩이 밑에서 찾아낸 벌레들을 유리병에 넣어두고 주름을 들여다보며 하나하나

● 여기서 conch는 영어로 소라고둥을 의미한다.
●● pterido는 '양치'라는 의미의 연결형 접두사다.

관찰했다.

20대 초반에 월리스는 찰스 다윈의 『비글호 항해기』를 읽고 탐험의 꿈을 키웠다. 그는 영국 내의 곤충과 식물에 대해서는 분류 작업을 모두 마쳤기에 새로운 종을 찾고 싶었다. 철도 열 풍이 가라앉고 측량사에 대한 수요가 줄어들자 월리스는 꿈을 실현하기 위해 탐험 지역을 고민했다. 그곳에 가서 당시 과학계의 가장 큰 미스터리를 해결할 실마리를 찾고 싶었다. 새로운 종은 어떻게 출현하는 것일까? 왜 어떤 종은 멸종하는 것일까? 다윈을 따라 남미로 가는 것은 말도 안 되는 생각일까? 월리스의 머리는 이런 고민으로 가득했다.

월리스는 곤충학자인 헨리 베이츠Henry Bates와 친분을 맺고 원정 계획을 의논하며 1846년 내내 서신을 교환했다. 월리스는 대영박물관의 곤충 전시관에 다녀온 후에 관찰이 허용되는 딱정벌레와 나비 수가 너무 적어서 실망했다고 베이츠에게 말했다. "한 개체의 전체 군을 가져와 종의 기원론적 관점에서 철저히 연구해보고 싶습니다. 그러면 결론을 확실하게 내릴 수 있을 것 같습니다."[13]

그들은 곤충학자 윌리엄 헨리 에드워드의 『아마존강 항해기』가 출간된 해에 목적지를 정했다. 책은 아마존에 대한 감질 나는 서문으로 시작됐다. "경이로움을 좇는 이들에게 약속의 땅임이 틀림없다. 세상에서 가장 위대한 강이, 끝없이 펼쳐진 원시림을 따라 장엄하게 흐르며, 세상에서 가장 다양하고 아름다운 동식물을 감춰두기도, 내놓기도 한다. 물불 가리지 않고 금광을 찾는 모험가들이 아마존 여전사들의 손에 쫓겨났고, 불운한 선교사와 상인들이 인육을 즐기는 인디언과 아나콘다에 죽어갔다."[14]

월리스와 베이츠는 브라질의 항구 도시인 파라에서 출발해 아마존강으로 들어갔다. 거기서 표본을 수집하여 런던으로 보냈다. 그러면 표본 중개인인 새뮤얼 스티븐스Samuel Stevens가 중복되는 동물 가죽이나 곤충을 박물관과 개인 수집가들에게 팔아 비용을 댔다. 월리스는 브라질로 출발하기 전, 베이츠가 사는 레스터로 가서 사격 기술과 동물 가죽 벗기는 법을 배우기도 했다.

1848년 4월 20일 월리스와 베이츠는 미스치프호에 몸을 싣고 파라로 29일간의 항해를 떠났다. 월리스는 항해 내내 뱃멀미에 시달렸다. 파라에 도착한 두 사람은 엉성한 카누로 급류를 타고 나비를 채집해가며 아마존 중심을 향해 위험한 탐험을 시작했다. 악어나 원숭이, 거북, 개미로 배를 채우고, 파인애플로 갈증을 달랬다.[15] 월리스는 스티븐스에게 보낸 편지에서 재규어나 흡혈박쥐, 독사의 위협에 끊임없이 시달렸다고 말했다. "걸음을 뗄 때마다 미끈거리고 서늘한 감촉을 발밑에 느끼며, 독사나 독충에게 다리를 물리지 않을까 걱정해야 합니다."[16]

2년 동안 1600킬로미터를 함께 탐험한 월리스와 베이츠는 각자 다른 길을 가기로 했다. 두 사람은 사실 새로운 종을 발견하기 위해 서로 경쟁하는 입장이었다. 월리스는 네그루강으로, 베이츠는 안데스 지역으로 방향을 정했다. 그들은 표본 상자를 주기적으로 강 하류로 보냈고, 중개상은 그 상자를 한데 모아 런던으로 보냈다.

1851년 월리스는 몇 달간 황열에 시달렸다. 그는 치료제인 키니네와 주석영을 구하느라 꽤 애를 먹었다. 월리스는 이런 글을 남겼다. "나는 과거와 미래를 오가며 거의 비몽사몽 사경을 헤맸다. '네그루에서 이렇게 내 운명이 다하는가 보다'라고 생각했다."[17]

1852년 월리스는 1년 만에 탐사를 서둘러 끝내기로 했다.

월리스는 카누에 몸을 싣고 파라로 돌아갔다.[18] 표본들은 잘 처리해 상자에 담고, 원숭이, 앵무새, 큰부리새, 잉꼬, 흰볏꿩 등 살아 있는 34마리의 동물들은 임시 우리에 넣었다. 돌아가는 길에 보니, 전에 실어 보낸 화물이 밀수품으로 오해받아 세관에 계속 묶여 있었다. 깜짝 놀란 월리스는 꽤 많은 돈을 들여 표본들을 겨우 빼낸 뒤, 다시 헬렌호에 실었다.[19] 헬렌호는 월리스가 브라질에 도착한 날로부터 4년이 흐른 7월 12일, 영국으로 다시 출항했다.

월리스가 목숨을 걸고 수집한, 그리하여 월리스를 유명 박물학자로 만들어줄 수만 점의 가죽, 알, 동식물, 물고기, 딱정벌레 표본을 실은 헬렌호가 버뮤다 동쪽 1100킬로미터 해상에서 활활 타오르고 있었다. 그래도 아직 희망은 있어 보였다. 터너 선장의 지휘 아래 선원들이 갑판 위를 뛰어다니면서 판자를 부수고 구명보트로 짐을 던지며 불구덩이에서 벗어나기 위해 필사적으로 몸부림치고 있었기 때문이다. 하지만 선실 아래에 연기가 너무 가득 차서 선원들은 한 명씩 차례로 들어가 도끼를 몇 번 휘두르지도 못하고 다시 빠져나오곤 했다.[20]

선장은 결국 배를 버리기로 했다. 선원들은 물이 새는 구명보트로 두꺼운 계류 밧줄을 내려 보내 헬렌호와 연결했다. 월리스는 그제야 상황을 파악하고 선실 아래로 급히 뛰어 내려갔다. "숨이 막히도록 뜨겁고 연기가 자욱해서"[21] 그는 어디서부터 손을 대야 할지 몰랐다. 우선 손에 잡히는 대로 손목시계를 챙기고, 물고기와 야자나무 그림들을 덥석 잡았다. 너무 경황이 없어서[22] 그동안 힘들게 써온 관찰일지는 챙겨 나오지 못했다. 화물칸에 있던 그 많은 새 가죽과 동식물, 곤충 표본들에는 손도 대지 못했다.

야윌 대로 야위었던 월리스는 구명보트로 내려가다가 밧줄을 잡은 손이 미끄러지는 바람에 반쯤 잠긴 구명보트 아래로 곤두박질쳤다. 그때 손바닥이 까져서 나중에 구명보트에 들어찬 물을 빼내려고 손을 바닷물에 담글 때마다 손바닥이 불에 덴 듯 화끈거렸다.

앵무새와 원숭이는 대부분 갑판에서 질식해 죽었지만, 아직 살아 있던 몇 마리가 뱃머리대 쪽에 모여 떨고 있었다.[23] 월리스가 구명보트로 옮기려고 했지만, 돛대마저 화염에 휩싸이면서 앵무새 한 마리를 제외한 나머지도 모두 불길에 뒤덮였다. 마지막 앵무새도 앉아 있던 밧줄에 불이 붙어 결국 바다로 떨어지고 말았다.

조금 전까지 탈출하기 위해 미친 듯 뛰어다니던 윌리스와 선원들은 구명보트에 앉아 물을 퍼내며 불길에 사라져가는 헬렌호를 멍하니 바라보았다. 가끔 구명보트가 불타는 난파선을 향해 무서울 정도로 가까이 떠밀려가기도 했다. 그나마 균형을 잡아주던 돛에도 불이 붙자 헬렌호는 균형을 잃고 뒤집히면서 두 동강이 났다. 바닥에서 치솟은 거대한 연기가 배 전체를 감싸며, 끔찍하면서도 웅장한 광경을 연출했다.[24]

구명보트에 있던 사람들은 지는 해를 바라보며 구조를 기다렸다. 그들은 근처를 지나는 배가 불길을 보고 자신들을 구해주기를 바라며 불이 옮겨 붙지 않을 정도로만 헬렌호 근처에 붙어 있기로 했다. 윌리스는 깜빡 잠이 들었다가도 붉은 섬광 때문에 금세 깼다. 혹시나 구조의 손길이 오지 않는지 아무리 주위를 둘러봐도 헛수고일 뿐이었다.

다음 날 아침, 헬렌호는 시커먼 뼈대만 남아 있었다. 다행히 구명보트의 나무판자가 물에 불어 바닷물이 새지 않았다. 터너 선장은 해도를 꺼내 살펴보았다. 날씨만 도와준다면 일주일 안으로 버뮤다에 닿을 수 있을 것 같았다. 다른 배는 보이지 않았다. 그들은 기울어져가는 작은 보트에 돛을 세우고 육지를 향해 노를 저었다.

그들은 서쪽으로 향했다. 돌풍과 폭우를 견뎌내고 고기와 물을 나눠 먹으며 하루하루 버텼다. 열흘 뒤, 손과 얼굴이 햇볕에 타서 피부가 벗겨질 때쯤 영국행 범선과 마주쳤다. 그날 밤 조르데슨호에 올라탄 월리스는 목숨을 구했다는 안도감을 느꼈다. 그러자 이내 절망감도 밀려왔다. 그는 한 친구에게 보내는 편지에 이렇게 썼다. "위험이 사라지고 나니 내가 얼마나 많은 것을 잃었는지 깨달았네. …… 힘든 상황을 이겨내고 밀림에 발을 들여놓을 때마다 미지의 아름다운 생명체들을 발견하고 그토록 기뻐했건만!"[25]

하지만 월리스는 곧 생존 모드로 돌아와야 했다. 상황이 좋을 때도 평균 2노트*로 항해한다는, 세계에서 가장 느린 배인 조르데슨호에는 위험할 정도로 많은 짐이 실려 있었고 당연히 식량은 터무니없이 부족했다.[26] 영국의 딜 항이 보일 때쯤에는 선원들이 쥐도 잡아먹었다. 작은 박물관을 채울 정도의 표본을 싣고 아마존강 어귀를 당당하게 출발한 지 80일 만에 반쯤 가라앉은 배에서 내린 월리스는 바닷물에 홀딱 젖어 옷은 누더기가 되었고, 배는 등에 달라붙었으며, 수중에는 아무것도 없었다. 무릎이 심하게 부어 걸음도 제대로 걷지 못했다.

첫 탐험이 참담한 실패로 끝나고 병석에 누워 있던 월리스는 아마존에서 보낸 시간을 입증하기 위해 자신에게 남은 것들을 살펴보았다. 열대어와 야자수를 그린 그림 몇 점에 손목시계가 전부였

---

* 1노트는 한 시간에 1해리, 약 1852미터를 달리는 속도다.

다. 그렇게 많은 물건들 중에 불길을 뚫고 꺼내온 것이 고작 이것들이란 말인가! 월리스는 자신을 이해할 수 없었다.

새뮤얼 스티븐스는 사고에 대비하여 200파운드짜리 보험에 들어두었다.[27] 요즘 가치로 환산하면 약 3만 달러에 이르는 액수였다. 그러나 돈은 위로가 되지 못했다. 다윈의 영향으로 기록한 탐험 일지와 그동안 발견한 과학적 통찰에 대해서까지 보험료를 청구할 방법은 없었다.

월리스는 이제 무엇을 해야 할지 알 수 없었다. 종의 기원을 설명하려면 새로운 표본이 필요했고, 새로운 표본을 모으려면 다시 원정을 떠나야 했다. 하지만 건강도 좋지 않은 데다 돈도 부족했다. 더구나 자신은 아무도 알아주지 않는 이름 없는 탐험가였다. 19세기 중반에는 지도상에 애매하게 미개척 영역으로 표시되어 있던 육지와 섬들이 빠르게 사라지고 있었다. 당시 영국 전함은 식민지를 개척하기 위해 항구나 항만을 마구 공격했다. 이때 박물학자를 데려가는 경우가 많았다. 찰스 다윈도 케임브리지대학 교수의 추천으로 남미 서부 연안과 갈라파고스제도를 개척하러 떠나는 해군 함정 HMS 비글호에 동승했었다.[28] 5년간의 경비는 다윈의 아버지가 부담했다. 다윈의 가까운 친구이자 식물학자였던 조지프 돌턴 후커J. D. Hooker는 1839년에 4년간 남극 원정을 떠난 에러버스호에 동승했고, 이어서 히말라야와 인도로 향한 사이딘호와도 몇 년간 함께했다. 그들은 영국 왕립학회 출신으로 명문가에서 태어나 남부럽지 않은 재력을 바탕으로 매년 수백 개씩 새로운 종^軰의 이름을 발표했다. 하지만 월리스에게는 해군 함정에 함께 하라고 추천해줄 만한 케임브리지 교수가 없었다.

월리스는 자신의 연구 성과를 알려야 했으므로 한가하게 누워 있을 시간이 없었다. 건강이 조금 회복되자마자 스케치 몇 점과 기억에 의존해서 아마존 탐험 기록을 작성하여 런던의 명망 높은 과학 협회들에 보냈다. 그는 탐험에서 돌아온 지 5주 만에 아마존 유역의 나비에 관한 논문을 모두 읽고 영국 왕립곤충학회를 찾아갔다.[29] 이어 동물학회도 찾아가 아마존 지역에 서식하는 원숭이에 관해 발표했다. 월리스는 한때 남미 대륙을 덮고 있던 바닷물이 빠지면서 세 개의 강, 즉 아마존강, 마데이라강, 네그루강이 그 일대를 네 개의 땅덩이로 갈라놓았다는 가설을 주장했다. 그러고는 아마존에서 관찰된 원숭이 21종의 변이와 분포가 이 가설을 입증한다고 설명했다.[30]

월리스는 종의 기원은 설명하지 못했지만, 지리적 위치가 중요한 역할을 한다는 사실은 잘 알았다. 그래서 다른 박물학자들이 지리적 데이터를 정확히 기록하지 않는 것을 크게 비난했다. "자연사에 관한 다양한 연구는 물론, 박물관들조차 지리에 대한 설명은 대개 매우 불명확하게 제공한다. 특히 남미, 브라질, 기아나, 페루 일대가 가장 심각하다. 분포 지역을 '아마존강'이나 '키토'라고만 표기하면, 아마존 남쪽인지 북쪽인지 전혀 알 수 없다."[31] 정확한 정보 없이는 종이 분화된 과정과 이유를 설명할 수 없었다. 월리스에게는 표본에 붙은 설명이 표본 자체만큼이나 중요했다.

월리스는 몇 달 동안 런던의 과학 협회들에서 거의 살다시피 했지만, 사실 그에게 가장 중요한 일은 다음 원정지를 선택하는 문제였다. 다시 아마존으로 가는 것은 의미가 없었다. 계속 아마존에 머물고 있던 베이츠가 이미 어마어마한 양의 표본을 수집한 상태였기 때문에 그를 따라잡기는 힘들 것이 분명했다. 다윈이 탐사했던 곳에 가는 것도 의미가 없었다. 중미 산악 지역과 쿠바, 콜롬비아 일대는 알렉산더 폰 훔볼트^{Alexander Von Humboldt}가 이미 조사와 발표를 마친 상태였다. 월리스는 다른 박물학자들이 찾지 않은, 아주 새로운 곳을 찾아 기존 연구의 빈틈을 메우고 싶었다.

월리스는 '지금까지 누구도 본 적이 없는 동물의 왕국'이라고 묘사된 글을 읽고 나서 다른 박물학자들이 아직 가보지 않았던 말레이제도를 다음 목적지로 정했다.[32] 이제 학계에도 어느 정도 이름을 알린 월리스는 1853년 6월, 왕립지리학회 회장이던 로더릭 머치슨^{Roderick Murchison} 경에게 후원을 제안했다.[33] 보르네오섬에서 시작하여 필리핀, 인도네시아 술라웨시섬, 티모르섬, 말루쿠제도, 뉴기니를 아우르는 장대한 원정지와 함께 야심찬 탐험 일정을 설명했던 것이다. 지역마다 1~2년씩만 머문다고 해도 거의 10년이 넘는 기간이 필요했다. 로더릭 경은 그 지역으로 출항하는 다음 배편을 찾아주겠다고 약속했고 식민 사업 관계자들에게 원정의 필요성을 잘 설명해주겠다고 했다.

월리스는 원정을 준비하는 동안 자연사박물관의 곤충관과 조류관을 자주 찾아갔다.[34] 그때마다 뤼시앵 보나파르트^{Lucien Bonaparte}

의 책인 『조류학 개론Conspectus generum avium』도 들고 갔다. 1850년
까지 알려진 조류에 관해 자세히 설명한 800페이지 분량의 책이
었다. 월리스는 그 책을 보고 나서 지구상에서 가장 특이하고 가장
아름다운 새인 극락조 컬렉션이 자연사박물관에 충분하지 않다는
사실을 깨달았다.

극락조는 신비스러운 이름만큼이나 서양 사람들의 상상력을 자
극한 새였다. 1522년 포르투갈 항해사 마젤란의 선원들이 스페인
왕에게 바치기 위해 유럽에 처음 들여온 극락조 가죽에는 발이 달
려 있지 않았다.[35] 당시 사냥꾼들은 그런 방식으로 가죽을 벗겨냈
다. 그래서 현대 분류학의 아버지로 불리는 칼 폰 린네Carl von Linné
는 '발 없는 극락조'라는 뜻으로 '파라디사아 아포다Paradisaea apoda'
라는 이름을 붙여주었다. 유럽 사람들은 이 새가 하늘에서 살면서
신들의 음식인 암브로시아를 먹고, 죽기 전에는 땅을 밟지 않는다
고 믿었다. 암컷은 수컷 등에 알을 낳고는 함께 하늘로 날아오르
며, 알을 품는다고 생각했다.[36] 말레이 사람들은 극락조를 '마누크
데와타manuk dewata', 즉 '신의 새'라 불렀고, 포르투갈 사람들은 '파
세로스데콜passaros de col', 즉 '태양의 새'라고 불렀다.[37] 린네의 기
록에 따르면, 극락조 가운데 아홉 종은 상인들에게 '부롱코아티bu-
rong coati', 즉 '죽은 새'라고 알려진 이후 한 번도 사람들에게 발견
된 적이 없었다.

교황 클레멘스 7세는 극락조 가죽을 두 점 갖고 있었고, 찰스 1세
는 1610년 초상화에서 극락조 깃털이 화려하게 달린 모자 옆에 자

랑스레 서 있었다.[38] 렘브란트, 루벤스, 피터르 브뤼헐 같은 화가들은 아름다운 극락조의 모습을 캔버스에 옮겨 담았다.[39] 서양 사람들은 천상의 존재라는 극락조의 매력에 푹 빠져 있었지만 박물학자들 중에 살아 있는 극락조를 직접 목격한 사람은 없었다.

월리스는 남미에서 불운하게 돌아오고 8개월이 지난 1854년 3월 4일, 페닌슐라&오리엔탈[P&O] 증기선에 탑승했다. 배는 지브롤터 해협을 통과하고 몰타를 지나 알렉산드리아에 도착했다. 월리스는 거기서 다시 나일강을 거슬러 이집트의 수도 카이로까지 가는 바지선에 몸을 실었다. 카이로에 도착한 뒤에는 장비를 마차에 싣고 사막을 지나 수에즈로 향했다. 수에즈에서는 높이 약 37미터의 바크형* 화물 범선인 벵갈호를 타고 예멘과 스리랑카를 지나 암초가 많기로 유명한 믈라카 해협을 거쳐서 싱가포르까지 이동했다.[40]

월리스는 싱가포르에 도착한 지 한 달도 지나지 않아서 거의 1000마리에 달하는 700여 종의 딱정벌레를 스티븐스에게 보냈다.[41] 이른 아침부터 늦은 밤까지 하루 종일 딱정벌레에 매달려야 구할 수 있는 양이었다. 월리스는 매일 오전 5시 30분에 일어나 전날 수집한 곤충을 분류하고 분석했다.[42] 탄알을 챙기고 총기를 정비하고 채집망도 손봤다. 오전 8시에 아침을 먹고 나면 네다섯 시간을 정글에서 보냈다. 그리고 숙소로 돌아와 저녁을 먹는 오

---

* 돛대가 세 개 이상 달린 배.

후 4시까지는 잡은 곤충을 죽여서 핀으로 꽂아 표본으로 만들었다. 그리고 매일 밤 한두 시간씩 표본 목록을 정리하고서야 잠자리에 들었다.

영국 박물관은 월리스가 보낸 표본을 거의 모두 사들였다. 스티븐스는 돈이 될 만한 것은 무엇이든 팔고 싶었다. 그래서 밤에도 작업해서 수집 속도를 더욱 높여달라고 편지를 보냈다. 그러자 월리스는 격분한 어조로 답했다. "안 됩니다. 아마추어 수집가라면 야간 작업도 가능하겠지요. 하지만 매일 열두 시간 이상 작업하는 저 같은 사람에게는 불가능한 일입니다."[43]

당연히 표본을 모으는 작업은 힘들었다. 하지만 사체를 먹고사는 동물과 곤충으로부터 표본을 지켜내는 일이 훨씬 더 힘들었다. 거의 매일 검정꼬마개미가 표본을 탈취해갔다.[44] 아주 작은 틈으로 꼬물꼬물 기어 올라와 책상 위에 놓아둔 곤충들을 눈앞에서 탈취해갔다. 검정파리도 수시로 날아들어 새 가죽 사이에 알을 낳았다. 재빨리 닦아내지 않으면 금세 구더기로 변해 새들을 먹어치웠다. 가장 큰 골칫거리는 숙소 밖에서 서성대는 굶주린 늑대 무리였다. 새 가죽을 벗기다가 잠시라도 자리를 비우면, 늑대들이 그대로 물고 달아났다.[45] 월리스는 보통 서까래에 새 가죽을 걸어두고 말렸다. 그가 사다리를 내버려두고 자리를 비우면, 어느새 늑대들이 사다리로 올라가 월리스가 가장 아끼는 표본들을 물고 달아났다.

시간은 또 다른 위협 요소였다. 수세기 동안 박제사들은 연구에 쓰일 새들을 완벽하게 보존할 방법을 찾아다녔다.[46] 소금물에 새를 절이거나, 알코올에 담그기도 하고, 암모니아수에 씻기도 했다. 벌레의 분비물로 만든 천연수지의 일종인 셸락을 바르거나 심지어 오븐에 구워보기도 했지만 오히려 가죽이 망가지고 깃털의 아름다움이 손상됐다. 그러다 최근 몇십 년에 와서야 박물학자들의 손에 의해 박제 기술이 완성되었다. 먼저 배 아래에서 항문까지 깔끔하게 절개선을 내고, 내장을 꺼냈다. 그런 뒤에 퀼*로 뇌를 꺼내고 귀를 뿌리까지 도려낸 다음, 눈알을 빼내고 그 자리에 솜을 채워 넣었다. 마지막으로 비소를 가죽 표면에 얇게 발랐다. 이렇게 듣기만 해도 섬뜩한, 박제 기술에 관한 팁이 19세기 중반까지 꽤 많았다. '다친 새는 손수건으로 올가미를 만들어 목을 조른다.' '비둘기보다 작은 새는 8번 산탄을 사용한다.' '몸집이 큰 새들은 5번 산탄을 사용한다.' '다쳐서 난폭해진 왜가리는 지팡이로 머리를 세게 때려 제압한다.'[47] '맹금류는 반드시 힘줄을 제거한다.' '논병아리는 배 말고 등부터 가죽을 벗긴다.' '큰부리새의 혀는 머리뼈에 넣어둔다.' '벌새는 가죽을 벗기는 대신 화로 위에서 말린 다음 캠퍼를** 입혀 보관한다.' 이런 식이었다.

표본이 총알에 잘못 맞는 것도 곤충이나 늑대에게 표본을 뺏긴 것만큼이나 월리스에게는 괴로운 일이었다. 월리스는 비교적 쉬운 일을 맡기기 위해 열여섯 살인 찰스 앨런을 고용했다.[48] 월리스

---

* 새 날개나 꼬리에 있는 뾰족하고 커다란 깃.
** 의약품 · 비닐 제조 · 좀약 등에 쓰이는 하얀 물질.

는 탐험 초반에 찰스 어머니에게 이렇게 말했다. "찰스가 이제 제법 사격을 잘합니다. 덜렁대는 태도만 고치면 크게 도움이 될 것 같습니다."[49] 그러나 월리스는 1년 만에 인내심이 완전히 바닥나서 찰스의 누이에게 찰스 대신 다른 사람을 찾아봐 달라고 간곡히 부탁했다. "아무리 생각해도 이젠 참을 수 없습니다. 찰스가 새를 잡아오면, 머리는 한쪽으로 돌아가 있고, 목에는 큰 혹처럼 솜뭉치가 달려 있으며, 발바닥은 위쪽으로 비틀어져 있습니다. 항상 그런 식입니다. 하나도 제자리에 있는 것이 없어요."[50]

결국 월리스는 18개월 만에 찰스를 내보내고 알리라는 말레이인 조수를 고용했다. 알리는 세세한 부분도 챙겼기 때문에 월리스는 아주 다행스럽게 여겼다. 월리스는 처음 2년간은 싱가포르에서 말라카, 보르네오, 발리, 롬복을 거쳐 마카사르까지 항해하며 희귀종 6000점을 포함해 약 3만 점에 달하는 표본을 수집했다. 월리스는 헬렌호에서 얻은 교훈 덕분에 정기적으로 표본을 스티븐스에게 부쳤다. 영국에서 지중해를 경유해 인도로 이동하는 P&O호는 가장 빠르고 가장 비싼 경로였다.[51] 먼저 수에즈까지 바다로 1만 1000킬로미터를 항해한 뒤, 푹푹 찌는 카라반으로 알렉산드리아까지 이동하고, 거기서 다시 증기선을 타고 런던까지 갔다. 장장 77일에 걸친 여정이었지만, 희망봉을 경유하는 경로를 이용하면 4개월이 걸렸다.

하지만 월리스는 거의 3년이 되어가도록 극락조는 구경도 못 하고 있었다.

1856년 12월, 윌리스는 드디어 한 독일계 말레이인 선장에게서 극락조를 잡을 수 있는 장소를 전해 들었다.[52] 윌리스는 알리와 함께 낡은 프라우선*을 타고 동쪽으로 1600킬로미터 떨어진 아루제도라는 곳으로 향했다. 윌리스 일행은 마호가니와 육두구가 무성하게 자란 밀림을 헤치고, 해적단과 싸우고, 말라리아에 걸려 사경을 헤매고, 독사와 독충의 위협에 시달리면서도 그곳에서 수천 종에 달하는 미지의 생명을 발견했다. 그렇게 찾기 힘들다는, 그리하여 과학사에서 가장 놀라운 발견으로 꼽히는 천상의 새도 아루섬 어딘가에 깊숙이 몸을 숨긴 채 날개를 퍼덕이고 있었다.

프라우선이 플로레스해와 반다해를 향해 동쪽으로 조금씩 이동하는 동안, 윌리스는 자신이 가지고 있던 물건들을 살펴보았다.[53] 산탄총 한 자루와 총알 그리고 사냥용 칼이 있었다. 뱃머리 갑판에 연결된, 대나무로 지은 작은 창고 모퉁이에는 표본 상자가 가지런히 쌓여 있었고, 담배 주머니와 작은 칼들, 그리고 원주민 사냥꾼에게 대가로 지불할 비드**도 있었다. 각종 주머니와 유리병에는 표본 보존에 쓰이는 비소, 후추, 백반이 담겨 있었고, '수집가: A. R. 윌리스'라고 인쇄한 이름표도 수백 장 있었다. 신들의 새에게 최대한 가까워졌다고 생각될 무렵 윌리스는 남은 식량을 점검

---

* 인도네시아 지방의 쾌속 범선.
●● 일종의 구슬.

했다. 설탕 석 달 치, 버터 여덟 달 치, 커피 아홉 달 치, 차 1년 치가 남아 있었다.

극락조가 아루제도와 뉴기니섬 주변에 정착한 과정을 알아보려면, 시간을 과거로 한참 거슬러 올라가야 한다. 1억 4000만 년 전, 남반구에 있던 곤드와나 초대륙이 분열하기 시작했다.[54] 그로부터 4600만 년이 지난 뒤에 오스트레일리아판이 분리되어 북쪽으로 이동하기 시작했다. 오스트레일리아판이 8000만 년 동안 서서히 열대 해역으로 이동하는 동안, 다양한 종류의 새들이 대륙 전체를 누비며 날아다녔다.[55] 그중에는 극락조와, 까마귓과에 속하는 까마귀와 어치의 공통 조상이 있었다. 그리고 2000만 년 전부터 그 공통 조상이 다른 모습으로 조금씩 다양하게 진화했다. 월리스가 섬에 오기 250만 년 전, 그린란드에 이어서 세계에서 두 번째로 큰 섬이 오스트레일리아 북쪽 해안 부근에 모습을 드러냈다. 거대한 지질구조판이 서로 충돌하면서 산맥의 뼈대를 만들었고, 이렇게 만들어진 산맥은 빠른 속도로 점점 높아졌다. 이어서 찾아온 빙하기 100만 년 동안 해수면이 높아졌다 낮아지기를 반복했다. 바닷물이 빠질 때마다 오스트레일리아와 뉴기니 사이에 육로가 생겨서 각종 동식물과 새들이 두 곳을 옮겨 다녔다. 하지만 바닷물이 다시 높아지면서 뉴기니에 남아 있던 새들은 뉴기니 안에 고립됐다.

극락조의 조상이 고립되어 있던 지역에는 극락조를 잡아먹는 사향고양이나 다른 고양잇과 동물이 없었다.[56] 먹이를 놓고 경쟁

해야 할 원숭이나 다람쥐도 없었다. 수백만 년 동안 나무를 베어내 서식지를 없애버리는 인간도, 깃털을 뽑으려는 사냥꾼도 없었다. 따라서 수컷들은 보호색 같은 보호 수단을 만들 필요가 없었다. 다시 말해 모습이 화려해도 문제될 것이 없었다. 풍부한 먹이와 안전을 보장받는 고립된 장소라는 이점은 일명 '줄달음 선택runaway selection*'에 필요한 조건과 완벽히 부합했다. 극락조들은 수백만 년에 걸쳐 잘 만들어진 무대 위에서 깃털을 점점 더 화려하게 만들고, 춤 실력을 갈고닦았다. 이 모든 행위의 궁극적인 목표, 바로 짝 짓기를 위해서였다.

마침내 아루섬에 도착한 월리스는 정글로 안내해줄 현지인을 찾다가 예상치 못한 문제에 봉착했다. 섬 일대의 바다에 해적들이 출몰해 배 안에 있는 것은 모조리, 심지어 입은 옷도 탈취해가고 있었던 것이다.[57] 그들은 마을에 불을 지르고, 여자와 어린아이들을 노예로 마구 잡아갔다. 그래서 아무리 많은 비드를 준다고 해도 월리스를 도와줄 아루 현지인을 구할 수 없었다. 월리스는 한참만에야 겨우 한 사람을 찾아냈다. 그들은 배를 타고 맹그로브 늪을 지나 오두막 두 채가 있는 와눔바이라는 마을로 갔다. 월리스는 허름한 오두막에 방 한 칸을 빌리는 조건으로 칼을 주었다.[58] 방은 그곳 주민 12명과 함께 썼다. 월리스가 방에 들어갔을 때, 방 가운

---

* 수리생물학자 로널드 피셔(Ronald Fisher)의 이론에서 나온 개념으로, 수컷이 과도하게 몸치장을 하도록 진화했음을 설명하는 일종의 성선택 메커니즘.

데를 차지한 요리 화덕 두 곳에서 불길이 타올랐다.

이른 아침, 오두막 근처 나무꼭대기에서 '와와' 하는 특이한 울음소리가 들렸다. 월리스는 얼른 새들을 보고 싶었다. 열대 지방의 뜨거운 태양도 아랑곳하지 않고 새들을 찾아 정글을 헤맸다. 열대 지방 특유의 안개가 심해서 밤이 되자 흡혈 파리가 극성을 부렸다. 흡혈 파리에 물린 자국이 하나둘 늘더니, 나중에는 점점 심하게 곪아 염증이 생기고 다리가 퉁퉁 부어 결국 제대로 걷지도 못하게 됐다. 월리스는 사람들이 극구 말리는 바람에 꼼짝도 못 하고 오두막에 갇혀 회복되기를 기다려야 했다. 극락조를 보겠다는 일념으로 사막과 바다를 건너 수천 킬로미터를 왔는데, 고작 파리 때문에 다리를 절며 옴짝달싹 못하는 신세가 되다니. 월리스는 그동안 핀에 꽂은 수천 마리의 곤충들을 대신해 파리가 복수를 하는 것이라고 농담처럼 말했다.[59] "그렇게 아름답고 희귀한 생명이 도처에 있는데도 죄수처럼 갇혀 있어야 하다니, 너무 끔찍한 벌이었다."[60] 월리스는 이렇게 회상했다.

월리스는 누구라도 극락조를 생포해 오면 비드와 칼을 주겠다고 했다. 알리가 깃털이 망가지지 않도록 특별하게 만든, 뭉툭한 화살과 올가미를 챙겨서 현지 사냥꾼들과 함께 극락조를 찾아 나섰다.

월리스는 알리가 숲에서 왕극락조를 잡아오자 뛸 듯이 기뻤다. 작은 새는 말로 표현하기 힘들 정도로 아름다웠다. "선홍빛이 감도는 강렬한 붉은색" 깃털, "화려한 오렌지색" 머리, 눈언저리에 보석처럼 박힌 "금속 빛의 초록색" 점,[61] 연노란색 부리, 새하얀 깃털로 덮인 가슴, 짙은 청록색과 푸른색이 섞인 다리. 꼬리에는 가늘고 빳빳한 철사 모양의 깃털 두 가닥이 빛나는 에메랄드 동전 모양으로 단단히 말려 있었다. "장신구가 달린 것 같았다. 그렇게 독특한 꼬리는 처음 보았다."

월리스는 극락조의 매력에 푹 빠졌다. "문득 지나간 세월이 떠올랐다. 아주 오랫동안 이 작은 생명은 어두침침하고 음울한 숲에서 태어나고 죽기를 반복하며 누구도 알아봐주지 않는 아름다움을 이어왔다. 이것은 아름다움에 대한 낭비라고밖에 말할 수 없다."[62]

월리스는 극락조가 보여준 놀라운 진화의 여정을 생각하다가 앞날을 생각하니 다시 걱정스러운 마음이 들었다. "이토록 아름다운 생명체가 이렇게 거칠고 투박한 야생에서 아름다움을 뽐내지도 못하고 살아가야 한다고 생각하면 마음이 아프다. …… 하지만 다른 한편으로는 언젠가 도시 사람들이 이 머나먼 곳으로까지 손을 뻗게 되면 지금처럼 유기체와 비유기체가 적당히 조화롭게 균형을 이룬 자연은 훼손될 것이고, 결국 이 아름다운 생명도 멸종할 것이다."[63] 월리스는 이렇게 말했다. "이런 의미에서 보면 살아 있는 모든 생명은 인간을 위해 만들어진 것이 아니다."

아루섬을 떠나기 전, 월리스는 드디어 큰극락조Greater Bird of Paradise들의 '댄스파티'를 목격했다. 300년 전, 마젤란의 선원들을 통해 발 없는 가죽 상태로 처음 유럽에 전해져서 찰스 1세의 모자에

트로피처럼 달려 있던 바로 그 새였다. 커튼처럼 드리운 나뭇가지 위에서 머리는 노란색, 목은 에메랄드색인 20마리의 갈색 수컷이 날개와 목을 뻗으며, 등에 달린 황금빛 오렌지색의 포슬포슬한 깃털을 머리 위로 부채처럼 파르르 흔들었다. 수컷 극락조들은 일제히 깃털을 흔들며 나뭇가지를 폴짝폴짝 옮겨 다녔다. 깃털 덕분에 나무 주변이 온통 금색으로 나부끼며 그야말로 "눈부신 장관"[64]을 연출했다. 모든 행위는 근처 나뭇가지에 앉아 자신들을 내려다보는 암컷의 눈에 들기 위한 것이었다.

박물학자로서는 최초로 극락조들의 짝짓기 의식을 목격한 월리스는 황금색 부채 물결을 넋을 놓고 바라보았다.[65] 하지만 그곳에도 위협의 손길이 뻗쳐오고 있다는 사실은 눈치채지 못했다. 월리스가 걱정했던 대로, 도시인들은 이미 아루 같은 지역의 원시림을 조금씩 파괴하고 있었다. 인근 항에서는 사냥꾼과 상인들이 깃털과 죽은 새를 사고팔았다. 짝짓기 철에 죽임을 당한 새들이 서구세계 구석구석에 뿌리를 내린 시장에서 마구 팔리고 있었다.

2000만 년 만에 그들에게도 포식자가 나타난 것이다.

이후 월리스는 5년 동안 말레이제도의 여러 열대 섬을 돌며 수개월씩 집중적으로 탐험을 계속했다. 작은 통나무집에 짐을 쌓아두고는 그물로 동물을 잡아 가죽을 벗긴 다음 표본을 만들고 이름표를 붙여서 종들 간의 미세한 차이를 연구했다.

월리스는 아루섬에서 북쪽으로 1100킬로미터 이상 떨어진 테르

나테라는 작은 섬에 넓이가 4제곱미터도 되지 않는 자그마한 집을 빌렸다.[66] 탐험에서 돌아오면, 오두막 안에서 작은 호사를 누릴 수 있었다. 오두막에는 야자나무를 세운 작은 툇마루와 깨끗하고 차가운 물이 샘솟는 깊은 우물이 있었고, 가까이에 두리안과 망고 과수원도 있었다. 호박과 양파를 직접 가꾸고 주민들에게 생선과 고기도 꾸준히 공급받아 금세 기력을 찾았다.

하지만 월리스는 1858년 초, 말라리아에 걸렸다. 바깥 온도가 섭씨 32도가 넘는데도 월리스는 담요를 뒤집어쓰고 오들오들 떨었다.[67] 고열에 시달리던 월리스는 처음 자신을 아마존으로 떠나게 했던 종의 기원에 관한 질문을 떠올렸다. 39종이나 되는 독특하고 유별나게 화려한 극락조가 생겨난 이유는 무엇일까? 홍수나 가뭄 같은 외부 조건이 전부일까? 왜 어떤 종은 다른 종에 비해 수적으로 훨씬 우세할까? 월리스는 1798년 토머스 맬서스Thomas Malthus가 『인구론An Essay on the Principle of Population』에서 말한 전쟁, 질병, 불임, 기근과 같은 인구 성장의 '적극적 기제positive check'를 떠올리며, 그것을 동물에도 적용할 수 있을지 고민했다. 동물은 대개 인간보다 훨씬 빨리 번식하므로 맬서스가 말하는 기제와 유사한 무엇이 없었다면, 지구는 동물로 가득 찼을 것이다. 월리스는 이렇게 말했다. "그렇게 파괴적인 기제가 끊임없이 지속하는 이유를 찾다 보니, 나중에는 이런 질문에 도달하게 됐다. '왜 어떤 종은 빨리 죽고, 어떤 종은 더 오래 살아남을까?' 그리고 그 질문에 대한 답은 '적응을 가장 잘한 종이 살아남는다'였다. 가장 건강한 종이

질병으로부터 살아남고, 가장 강하고 민첩한 혹은 교활한 종이 적에게서 살아남으며, 가장 사냥을 잘하는 종이 기근에도 살아남는다."[68]

말라리아에서 시작된 두 시간의 사색 끝에 월리스는 자연선택 이론을 완성해주는 결론에 이르렀다. "이렇게 발전하고 도태하는 자연의 자정 작용은 필연적으로 다음 세대를 진보하게 할 것이다. 한 세대가 지날 때마다 열등한 종은 빨리 죽을 것이고, 우월한 종은 더 오래 남을 것이다. 즉 가장 적응을 잘한 종이 가장 오래 살아남는 것이다."[69] 월리스는 자신이 지금까지 표본을 수집해온 정글이 해수면의 상승과 하강, 기후 변화, 가뭄 등의 이유로 오랫동안 계속 변해왔다는 사실을 떠올리다가 마침내 "오랫동안 찾아온 자연의 법칙"[70]을 깨달았다.

월리스는 열이 내리자마자 꼬박 이틀 동안 떠올랐던 생각들을 글로 정리했다.[71] 그리고 가장 존경하던 찰스 다윈에게 편지를 썼다. 월리스는 이렇게 밝혔다. "제 생각이 선생님께 새로운 아이디어를 제공하게 되기를 바라며, 종의 기원을 설명하는 데 도움이 되었으면 합니다."[72]

1858년 6월 18일, 찰스 다윈은 자신의 일기에 이렇게 썼다. "월리스에게서 편지를 받고 갑자기 아무 일도 할 수 없었다."[73] 다윈은 월리스의 편지를 읽으면서 열세 살이나 어린 독학 박물학자가 자신이 수십 년간 발전시켜온 이론을 혼자 찾아냈다고 생각하니 갑자기 두려운 마음이 들었다. "그렇게 놀라운 우연의 일치는 본

적이 없다."[74] 다윈은 지질학자인 친구 찰스 라이엘Charles Lyell 경에게 이렇게 편지를 썼다. "심지어 월리스가 사용한 용어는 내 책의 서두에 나오는 것들과 같다."

다윈은 "내 이론의 독창성이 완전히 무너지게 됐다"[75]고 했다. 아직 자신의 이론을 출간할 계획이 없었던 다윈은 월리스의 편지를 받고 갑자기 마음이 급해졌다. 하지만 월리스의 생각을 훔쳤다는 비난은 받고 싶지 않았다. 다윈은 이렇게 말했다. "오랫동안 다져온 내 입지가 무너진다는 생각에 마음이 괴로웠다. 하지만 내 책을 모두 불태우는 한이 있더라도 비열한 인간이라는 말은 듣고 싶지 않다."

세계에서 가장 오래된 생물학자 협회인 린네협회에 모인 다윈의 동료들은 누구를 '종의 기원' 창시자로 정해야 할지 고민했다. 하지만 그동안에도 월리스는 뉴기니에서 계속 극락조를 찾고 있었다.

1858년 7월 1일, 라이엘은 협회에서 이렇게 생각을 밝혔다. "두 사람은 서로의 존재를 전혀 모르는 상태에서 각자 독자적으로 지구상에 존재하는 다양하고 독특한 종의 출현과 영속을 설명하는 매우 독창적인 이론을 동시에 정립했다. 그러므로 두 사람은 종의 기원이라는 중요한 연구에 있어서 공평하게 독창적인 학자임을 주장할 수 있다."[76] 이어서 라이엘은 다윈의 글을 조명했다. 1844년에 다윈이 집필한 에세이 초록과 1857년에 미국 식물학자 아사 그레이Asa Gray에게 보낸 편지의 요약문을 먼저 읽고 월리스의 논문은 마지막에 읽었다. 월리스의 논문이 다윈보다 뒤에 나온 것처럼 보이도록.

월리스는 테르나테섬의 숙소에서 자신을 기다리는 편지를 발견했다. "매우 감사하게도 영국에서 가장 저명한 두 박물학자이신 다윈과 후커 선생님께 편지를 받았습니다."[77] 월리스는 어머니에게 바로 알렸다. 자기의 논문이 린네협회에서 발표됐다는 말도 덧붙였다. "나중에 돌아가면, 저명한 학자들과 친분도 쌓고 도움도 받을 수 있을 것입니다." 월리스는 한껏 들떴다. 월리스는 표본 중 개인에게 린네협회에서 발행한 학술지 몇 권을 사서 보내달라고 자랑스레 부탁했다. 그리고 다시 다음 원정을 떠났다.

월리스는 말레이제도에서 몇 년을 더 보낸 뒤에 모든 탐사 일정을 마쳤다. 그는 8년이 넘는 기간 동안, 포유류 310점, 파충류 100점, 조개류 7500점, 나방과 나비 1만 3100점, 딱정벌레 8만 3200점, 기타 곤충 1만 3400점을 표본 상자에 채웠다.[78] 그중 가장 소중히 여긴 표본은 8050점의 조류 표본이었다. 배고픈 고양이와 구더기 그리고 늑대의 습격에서 지켜낸 표본들이었다. 그 표본들은 1600킬로미터 떨어진 런던 중개인에게 보내졌고, 중개인은 그중 몇천 점은 연구를 위해 남겨두고 나머지는 박물관에 팔았다. 월리스가 계산한 바로는 60~70번에 달하는 개별 원정 중에 말레이제도 내에서만 약 2만 3000킬로미터를 이동했다.[79] 총 8년의 원정 기간 가운데 2년을 원정지로 오가는 길에서 보냈다.

월리스는 살아 있는 극락조를 런던에 가져가는 것이 소원이었지만, 아무리 열심히 보살펴도 극락조들은 매번 죽어버렸다. 사냥꾼이 극락조를 자루에 담거나 나뭇가지에 묶어오면, 월리스는 자신이 직접 만든 커다란 대나무 새장에 넣어두었다.[80] 그리고 먹이 그릇에 물과 과일을 담아 넣어주었다. 메뚜기나 쌀밥을 주어도 결과는 같았다. 첫째 날에 극락조들은 새장을 빠져나가려고 미친 듯이 날아다니다가, 둘째 날에는 거의 꼼짝도 하지 않았다. 그리고 셋째 날이 되면 어김없이 새장 바닥에 죽어 있었다. 어떤 새들은 경기하듯 심하게 몸부림치다가 나뭇가지에서 힘없이 떨어져버렸다. 월리스 손에 들어온 10마리의 극락조 중에 단 한 마리도 나흘을 버티지 못했다.

월리스는 싱가포르에서 한 유럽 상인이 어린 극락조 수컷 두 마리를 새장에 잡아오는 데 성공했다는 소문을 들었다. 몇 달 더 수마트라에서 표본을 채집하려던 계획을 포기하고, 100파운드에 그 새들을 샀다. 귀국길에 살아 있기만 하면, 산 채로 유럽에 들어가는 최초의 극락조가 되는 것이었다.

월리스는 집으로 돌아가는 7주간의 항해 중에 극락조를 살아 있게 하려고 온갖 정성을 기울였다.[81] 배가 수에즈에 도착할 때쯤에는 봄베이에서 한 줌가량 잡아온 바퀴벌레와 바나나가 거의 떨어졌다. 그는 창고에 몰래 들어가 빈 과자 통에 바퀴벌레를 잡아왔다.[82] 홍해를 건너고 사막을 지나 알렉산드리아까지 가는 동안에는 바닷물과 기차 화물칸의 냉기를 막느라 애를 먹었다. 몰타섬에 도착해서도 바퀴벌레와 멜론을 새로 구해야 했고, 파리에서도 다시 먹이를 구해주었다. 1862년 3월 31일, 월리스는 8년간의 원정을 끝내고 마침내 영국 포크스턴 항에 도착했다. 그는 바로 영국 동물학회에 전보를 보냈다. "순조롭게 원정을 마치고, (제 생각에는 아마 최초로) 살아 있는 극락조를 영국까지 무사히 데려왔다는 소식을 전해드리게 되어 대단히 기쁩니다."[83]

당시 다윈은 이미 『종의 기원』 3판을 출간하며, 자연선택 이론의 '주인'으로서 세계적인 스타가 되어 있었다. 월리스는 다윈의 명성이 높아진 것을 보고도 전혀 억울하게 생각하지 않았다. 과학계는 이제 월리스를 학자로 대우했다. 영국 조류학협회는 월리스를 명예회원으로 인정했고, 동물학회는 그를 특별회원으로 지정했다. 생물학자 토머스 헉슬리Thomas Huxley는 이렇게 발표했다. "월리스 같은 사람은 한 세대에 한 번 나오기도 힘든 인물이다. 열대의 야생 밀림을 아무 탈 없이 돌아다니기에 육체적, 정신적, 도덕적으로 충분한 자격을 갖췄고, 대단히 훌륭한 수집품을 모았다. 게다가 그 수집품을 분석해서 아주 현명하게 결론을 도출했다."[84] 영국에서 가장 유명한 조류학자, 존 굴드John Gould는 월리스의 표본이 앞으로의 연구에 아주 요긴하게 쓰일 '완벽한' 자료라고 단언했다.[85]

월리스는 극락조가 있는 런던 동물원 근처 리젠트 파크에 집을 마련했다. 극락조는 런던 동물원에서도 인기가 많았다. 그는 아주

안락하고 편리한 의자를 구입하고, 목수에게 긴 테이블을 주문했다.[86] 그리고 그 긴 테이블에 표본 상자를 올려두고 표본을 정리하면서 회고록을 쓰기 시작했다.

월리스는 역사상 가장 잘 팔리는 여행기 중 하나라는 『말레이제도』를 6년 만에 완성했다. 월리스는 "호평과 우정에 감사를 표함과 동시에 그의 천재성과 공로에 깊은 찬사를 보낸다"[87]라는 말과 함께 다윈에게 책을 헌정했다. 다윈은 월리스와 함께 아마존을 탐사했던 헨리 베이츠에게 편지를 썼다. "월리스 씨의 가장 인상 깊은 점은 나에게 전혀 질투심이 없다는 것입니다. 성품이 곧고 훌륭한 사람임이 분명합니다. 머리만 좋은 것보다 훨씬 큰 장점이지요."[88]

자연선택을 통해 진화를 설명한 월리스의 놀라운 업적을 기억하는 사람들은 많지 않았다. 하지만 표본마다 꼼꼼하게 기록을 남기고 지리적 분포에 끈질기게 주목한 덕분에 월리스는 생물지리학이라는 새로운 과학 분야의 창시자로 인정받게 되었다. 월리스는 발리와 롬복 사이에 있는 깊은 해협을 경계로 오스트레일리아 대륙붕과 아시아 대륙붕에서 발견되는 종들이 나뉜다는 것을 알아냈고 이 지점은 현재 지도상에 '월리스선Wallace Line'으로 표시된다. 말레이제도 동쪽에 펼쳐진 33만 7000제곱킬로미터에 달하는 지역은 '월러시아Wallacea'라 불리는 생물지리학적 구역으로 지정돼 있다.

월리스는 전체 원정 기간 동안 39종의 극락조 가운데 다섯 종

을 발견했고 그중 한 종에는 그의 이름을 따서 '세미옵테라월리시
Semioptera wallacii●'라는 이름이 붙었다. 월리스는 1863년에 쓴 논문
에서 표본을 그렇게 많이 모은 이유를 설명했다. "각각의 종은 지
구 역사를 담은 여러 권의 책들 가운데 한 권을 쓸 수 있게 해주는
개별 단어와 같다. 단어가 몇 개만 빠져도 그 문장은 이해하기 어
려워진다. 따라서 문명의 발달 과정에 반드시 수반되는 수많은 생
명체의 멸종은 필연적으로 과거에 관한 귀중한 기록을 이해하기
어렵게 만든다."[89]

월리스는 오랜 지구의 역사가 손실되는 것을 막기 위해 박물관
에 최대한 많은 표본을 소장해달라고 영국 정부에 간곡히 요청했
다. "지구의 역사를 공부하고 이해하는 데 분명 활용 가치가 있을
것입니다. 새 가죽에는 과학자들이 아직 묻지 않은 질문에 대한 답
이 숨어 있습니다. 그러므로 무슨 수를 써서라도 철저히 보호하지
않으면 안 됩니다."

월리스는 이렇게 경고했다. "그렇지 않으면, 먼 훗날 우리는 돈
에만 눈이 멀어, 고차원적인 문제는 생각할 줄도 몰랐던 무지한 조
상으로 후손들에게 기억될 것입니다. 우주 탄생의 비밀을 풀어줄
기록을 지키고 보존하는 대신 어리석게도 그 기록들이 파괴되도
록 내버려두었다고 후손들이 우리를 비난할 것입니다."[90] 월리스
는 반진화론 종교주의자들과도 당당히 맞섰다. "그들은 이해할 수

● 일명 흰기극락조.

없는 현상에 대해 아무런 설명도 하지 못하고, 그저 모든 생명체는 누군가의 손에서 탄생한 작품이라고만 주장한다. 그러면서 생명 자체가 창조주의 존재를 증명한다고 말한다. 그중 많은 이들이 아무런 관심도 받지 못하고 이름 없이 지구상에서 사라졌다."

1913년 월리스가 죽고 나서 대영박물관은 개인 수집가들에게 팔렸던 표본들을 다시 사들여 소장품을 추가했다. 큐레이터들은 돌과 테라코타로 만든 특별전시실에 월리스의 표본을 진열했다. 다윈의 핀치 옆에 나란히. 그중에는 아루섬에서 데려온 수컷 왕극락조 한 마리도 있었다. 1857년 2월 와눔바이 마을 근처 와텔라이 강 바로 북쪽, 즉 남위 5도, 동경 134도, 해발 42미터 지점에서 잡은 극락조였다. 이렇게 자세한 생물학적 데이터를 보유한 표본은 월리스 이전에도, 이후에도 없었다. 박물관 큐레이터들은 이렇게 중요한 표본들이 다음 세대까지 잘 전해지도록 신입 큐레이터들을 열심히 교육했다.

그런 노력에도 불구하고 표본 보존을 위협하는 사건이 연이어 터졌다. 월리스가 죽고 2년 뒤에 1차 세계대전이 발발하면서 독일 체펠린 비행선이 날아와 런던 상공 3.4킬로미터 지점에서 85톤의 폭탄을 투하했다.[91] 2차 세계대전 초반에는 독일 공군이 런던 상공에서 57일 동안 연속으로 폭격을 퍼부었다. 대영박물관은 28번이나 폭격을 맞아 식물관이 거의 파손되었고 지질관은 채광창과 유리창이 모두 박살났다.[92] 박물관 직원들은 피해 현장을 즉시 복구하려고 노력했지만, 표본을 지켜내기에는 역부족이었다.

큐레이터들은 히틀러의 공격을 피하기 위해 월리스와 다윈의 새 가죽을 사람들 눈에 띄지 않게 트럭에 싣고 영국 시골 지역의 개인 저택으로 옮겼다.[93] 그중에는 트링이라는 작은 마을에 있는 사설 박물관도 있었다. 그 박물관은 역사상 유례가 없을 정도로 어마어마한 자산가였던 남자가 자기 아들인 라이어널 월터 로스차일드Lionel Walter Rothschild에게 21번째 생일 선물로 지어준 것이었다. 로스차일드, 그를 수식하는 이름은 꽤 다양했다. 귀족, 부호, 의원, 간통 범죄자, 협박 피해자이기도 했고, 세계에서 가장 많은 새를 수집하고도 불운하게 살았던 조류 수집가이기도 했다.

로스차일드 경의 박물관

월터 로스차일드는 월리스가 『말레이제도』를 완성할 무렵인 1868년, 어느 역사가의 표현대로, 인류 역사상 가장 엄청난 자산가의 가문[1]에서 태어났다. 그의 증조부는 현대식 은행을 설립했고, 조부는 수에즈 운하를 건설한 회사에 재원을 조달했다. 월터의 아버지는 영국 왕자들과 친분이 두터웠으며, 국왕에게서 직접 조언을 받는 사이였다. 그에 반해 월터는 죽은 동물과 가장 친했다.

월터가 네 살이 되었을 때, 월터 가족은 트링 파크로 옮겨왔다. 약 240만 제곱미터에 달하는 광활한 영토 위에 붉은 벽돌과 돌로 지은 저택이 자리하고 있었다. 3년 뒤, 월터는 독일인 가정교사와 함께 산책하러 나갔다가 앨프리드 미놀Alfred Minall의 작업장을 우연히 발견했다. 목수로 일하던 앨프리드는 박제 작업 중이었다. 월터는 거의 한 시간가량 앨프리드가 쥐 가죽을 벗기는 모습을 지켜보며, 헛간을 가득 채운 박제 새와 동물에게서 눈을 떼지 못했다. 오후 티타임에 나타난 일곱 살배기 월터는 눈을 동그랗게 뜨고 이렇게 말했다. "엄마, 아빠. 저는 나중에 박물관을 만들 거예요. 미놀 씨가 도와주기로 했어요."[2]

월터의 어머니는 월터가 전염병이나 감기 또는 일사병에 걸릴까 봐 월터를 집 안에만 머물게 했다. 몸집이 통통하고 언어 장애가 있던 어린 월터는 또래 소년들과는 어울리지 못했다. 대신 자기보다 큰 잠자리채로 나비를 잡아 코르크판에 꽂으며 놀았다. 열네 살 때부터는 하인을 여럿 두고 거의 강박적인 취미로 발전한 곤충과 알 채집을 돕게 하고, 희귀 새들을 잡아오게 했다.[3] 월터는 케임브리지대학에 입학하면서 키위 새 수십 마리도 함께 가져갔다.[4] 하지만 2년 만에 학교를 중퇴하고 자연사 수집품이 쌓여 있는 트링으로 돌아왔다. 아버지는 자연에 대한 아들의 병적인 집착이 사라지고 아들이 금융 분야에서 로스차일드가※의 명성을 이어주기를 바랐다. 하지만 월터는 더욱 자연에 집착하여 스무 살 무렵에는 4만 6000종의 표본을 모았다.[5] 결국 아버지는 월터가 스물한 살이 되던 해에 아들의 유일한 소원이었던 박물관을 생일 선물로 트링 파크 한쪽에 세워주었다.

월터는 아버지의 강요로 로스차일드 은행 런던 본사에서 일을 배웠다. 하지만 그는 적응을 하지 못했다. 키 190센티미터에 몸무게 136킬로그램의 거구였던 월터는 말을 더듬어서인지 사람들 사이에 있으면 늘 긴장하고 불안해했다. 하지만 일을 끝내고 박물관이 있는 집으로 돌아오면 마음이 편안해졌다. 새로 들어온 수집품이 있으면 특히나 기뻐했다. 월터가 스물네 살이 되던 1892년, 영국 트링의 에이크먼가(街)에 있는 로스차일드 동물 박물관이 대중에게 공개되었다. 얼마 지나지 않아 트링 파크의 박물관에는 매년 3만 명이 넘는 손님들이 찾아왔다.[6] 당시 지방의 작은 박물관으로서는 어마어마한 숫자였다. 이는 낯설고 이국적인 것에 대한 사람들의 욕구를 보여주는 증거였다. 북극곰, 코뿔소, 펭귄, 코끼리, 악어, 극락조 같은 박제 동물이 박물관 바닥에서 천장에 이르는 유리 진열장 안을 가득 메웠다. 박물관 바깥에 있는 동물원에는 다마사슴, 캥거루, 화식조, 에뮤, 거북, 제브로이드(얼룩말과 당나귀의 교배종) 같은 동물들이 돌아다녔다. 운이 좋으면, 월터가 150세인 갈라파고스땅거북 로투마Rotumah의 등에 올라타고 박물관 주변을 돌아다니는 모습을 볼 수 있었다. 로투마는 오스트레일리아의 어느 정신 병원에 갇혀 있다가 월터의 손에 구출되었다.

월터는 반다이크* 풍으로 멋지게 옷을 차려입고, "바퀴 달린 묵직한 그랜드피아노"[7]가 움직이듯 박물관 주변을 어슬렁어슬렁 돌아다녔다. 박물관의 예산 따위는 아랑곳하지 않고 쇼핑 중독자처럼 표본들을 사들였다. 전 세계에 퍼져 있는, 거의 400명에 가까운 수집가 군단이 보낸 동물 가죽, 딱정벌레, 나비, 나방이 담긴 상자가 도착하면 그는 포장을 풀기 바빴다. 그는 희귀종 새들의 아주

● 바로크 시대의 대표적인 화가.

미세한 차이도 구분할 만큼 안목이 뛰어났지만, 일상적인 업무나 수집가 관리에는 끔찍할 정도로 소질이 없었다. 청구서든 편지든 아무렇게나 바구니에 던져두었다가[8] 몇 년 만에 바구니가 꽉 차면 자물쇠로 잠가버리고 다시 새 바구니를 마련하는 식이었다.

월터 로스차일드는 평생 어머니의 지나친 관심에서도, 트링 파크에서도 벗어나지 못했다. 아버지에게는 한 번도 아들로서 제대로 인정받지 못했고, 오히려 어마어마한 지출을 숨기기에 급급했다. 아버지는 로스차일드 은행 입구에 살아 있는 아기 곰 두 마리가 놓여 있는 것을 보고는 크게 격분해서 아들이 더는 수집품을 사지 못하게 했지만,[9] 이미 아들은 뉴기니에서 화식조를 사들인 뒤였다. 결국 아버지는 아들에게 재산을 한 푼도 물려주지 않겠다고 선언하고 로스차일드 은행에 걸어둔 아들의 초상화도 떼버렸다. 당시 월터는 동생의 아내에게 이렇게 말했다. "아버지 말씀이 전적으로 옳아요. 나는 돈에 관해서라면 전혀 신뢰할 수 없는 사람이죠."[10]

월터가 가족에게 숨겨온 엄청난 지출에는 한때 불륜 관계였던 영국인 여자의 협박도 큰 역할을 했다. 월터는 그 여자와의 관계를 어머니에게 절대 알리고 싶지 않았고 가족에게 손을 벌릴 수도 없었기 때문에 어쩔 수 없이 박물관에 있는 조류 표본들을 팔기로 했다. 1931년, 새 가죽 28만 점이 25만 달러에 미국 자연사박물관에 팔렸다.[11] 뉴욕의 박물관 역사상 가장 많은 표본이 들어간 것이었다. 마지막 협상 과정에서 월터는 박물관 측으로부터 자신의 이름이 서명된 초상화를 소장품 옆에 영원히 걸어두겠다는 약속을 받아냈다. "우등상을 받은 학생처럼 기뻐하더군요."[12] 박물관의 조류 담당 큐레이터가 말했다. "귀족 작위를 달고 있지만, 특이할 정도로 소박한 사람이었습니다."

월터의 조카딸인 미리엄 로스차일드Miriam Rothschild는 이렇게 말했다. "그때 이후로 삼촌은 눈에 띄게 풀이 죽어 있었어요. 늘 피곤하다면서 멍하게 있었죠. 박물관에 가는 일도 점점 줄어서 나중에는 오전에 두 시간 정도만 머물렀어요. 그때는 추운 겨울이었고, 삼촌이 사랑한 새들도 모두 날아가 버린 뒤였죠."[13] 1937년 월터가 죽었다. 남아 있던 그의 애장품들은 모두 영국 자연사박물관에 기증됐다. 조카딸은 월터 삼촌이 생전에 자물쇠를 채워둔 바구니를 열어보고 누군가의 협박 편지들을 찾아냈다. 누가 보낸 편지인지는 알았지만 삼촌의 과거는 그대로 묻어두었다. 그의 비문에는 〈욥기〉의 한 구절이 새겨졌다. "짐승들에게 물어보게, 가르쳐주지 않나. 공중의 새들에게 물어보게, 알려주지 않나."[14]

결국 비극적인 결말을 맞기는 했지만,[15] 월터 로스차일드는 끈질긴 집념 덕분에 개인 수집가로서는 가장 많은 새 가죽과 자연사 표본을 모았다. 월터가 고용한 수집가들은 거의 목숨을 걸고 새로운 표본을 찾아다녔다.[16] 표범한테 팔이 잘린 자도 있었고, 뉴기니에서 말라리아로 죽은 자도 있었다. 갈라파고스에서는 세 사람이 황열로 죽었고, 이질과 장티푸스로 죽은 자도 여럿이었다. 케임브리지대학의 한 학생은 월터가 고용한 수집가들이 머문 장소를 표시하는 지도를 만들었다. 지도는 홍역이 덮친 지역을 표시한 것과 비슷했다.[17] 케임브리지 교수이자 월리스와 다윈 진화론의 옹호자였던 앨프리드 뉴턴Alfred Newton은 지도를 만든 제자를 꾸짖었다. "수집가들 덕분에 동물학이 발전했다는 자네 생각에는 동의할 수 없어. 그들은 박물관을 채웠다고 자랑스러워하겠지만, 사실은 자연을 비운 것이지……. 매우 부적절한 생각이라고 생각하네."[18]

로스차일드가 고용한 수집가들이 홍역이었다면, 괴저 같은 사냥꾼도 있었다. 트링박물관을 채우기 위해 아무리 많은 새를 잡았다고 해도 전 세계 곳곳의 정글과 늪지 그리고 강가에서 벌어진 살육에 비하면 새 발의 피였다. 1869년 앨프리드 러셀 월리스는 '문명인'들이 몰고 올 파괴적인 잠재력이 두렵다고는 했지만, 역사가들이 말하는 "멸종의 시대"[19]가 이렇게 빨리 실현될 줄은 몰랐다. 그 '멸종의 시대'에 지구 역사상 가장 많은 동물이 인간의 손에 처참히 죽어갔다.[20]

19세기 마지막 30년 동안 수억 마리의 새들이 인간에게 살해됐다. 박물관 때문이 아닌, 그것과는 전혀 다른 목적, 바로 여성들의 패션 때문이었다.

깃털 열병

에르메스 가방과 크리스찬 루부탱 구두가 나오기 전까지 신분을 표현하는 최고의 수단은 죽은 새였다. 더 이국적이고 더 비쌀수록 더 높은 신분을 상징했다. 동물과 인간 사이에 특이한 공통점이 있다면 아마 새의 깃털일 것이다. 수컷 새는 암컷 새의 눈길을 끌기 위해 자신의 깃털을 더 아름답고 화려하게 만들어왔지만, 인간 세계에서는 그 깃털을 이용해 여성이 남성을 유혹하고, 사회적 신분을 과시했기 때문이다. 새들은 수백만 년 동안 자기들끼리만 지내면서 너무 아름답게 변해버렸다.

깃털 열병을 앓은 최초의 환자가 있다면, 바로 마리 앙투아네트일 것이다. 1775년 그녀는 루이 16세에게 선물받은 다이아몬드 장식의 왜가리 깃털을 공들여 치장한 올림머리에 꽂아 넣었다.[1] 그녀가 깃털로 몸을 치장한 최초의 여성은 아니었지만, 패션계의 상징이었다는 사실은 분명하다. 상업용 인쇄기가 나오고[2] 잡지가 널리 보급되면서 세계 곳곳의 독자들에게 최신 유행을 일으키기 충분했다.

마리 앙투아네트가 죽고 100년이 지나지 않아 전 세계 수많은 여성이 깃털로 가득한 《하퍼스 바자》, 《레이디스 홈 저널Ladies' Home Journal》, 《보그》 같은 잡지를 구독했다.[3]

《보그》는 1892년 12월, 창간호 커버에서 새와 나비에 둘러싸인 사교계 신인 여성의 모습을 담았다. 뉴욕 5번가에도 마담 롤링Madame Ralling의 "우아한 파리 풍 모자 컬렉션"이 상륙했다고 소개하면서[4] 녹스 햇Knox Hat은 "승마, 산책, 드라이브, 공연장, 연회, 결혼식 등 어디서든 쓸 수 있는 모자"라고 광고했다. 미국의 유명 패션 잡지인 《델리네이터The Delineator》는 1898년 1월호에서 최신 여성용 모자를 선보였다. "산책할 때는 빳빳한 깃털 장식이 달린 모자가 최신 유행이다. …… 천상에서 내려온 듯한, 스팽글이 달린 반짝이 깃털, 백로 깃털, 깃털로 만든 리본은 어떤 모자에든 어울린다."[5]

이런 잡지에서 묘사되는 빅토리아 시대의 이상적인 여성은 바깥에서 힘들게 일하지 않는다는 점을 강조하기 위해 피부가 우유처럼 하얬다. 그리고 꽉 끼는 코르셋으로 숨이 막힐 듯 허리를 단단히 조이고, 그 위에 철사로 만든 커다란 종 모양의 크리놀린을 입었다. 무겁고 빳빳한 페티코트 위에 다시 슈미즈를 입고 고래수염으로 만든 단단한 끈으로 코르셋을 힘껏 조였다. 그 시대의 한 여성은 이렇게 썼다. "우리는 옷을 갈아입느라 거의 하루를 다 보낸다. '제일 좋은 드레스'를 입고 아침 식사에 와야 하고, 교회에 가려면 트위드 천으로 만든 드레스로 갈아입어야 한다. 티타임에 가기 전에도 항상 다른 드레스로 갈아입어야 하고, 아무리 돈이 없어도 매일 저녁 식사에 다른 드레스를 입어야 한다."[6] 그들에게는 산책용 드레스, 쇼핑용 드레스가 따로 있었다.

이렇게 변화무쌍한 드레스 코드 덕분에 모자 역시 다른 종류의 깃털로 장식한 다른 모자를 썼다. 미국과 유럽 여성들은 최신식 깃털을 구하기 위해 서로 경쟁했다. 새 한 마리의 깃털이 통째로 모자에 올라 있어서 마차나 자동차를 탈 때면 머리를 창밖에 내놓기도 했다.[7]

1886년 어느 유명한 조류학자가 깃털 열병의 심각성을 알아보기 위해 뉴욕 외곽의 쇼핑 구역에서 오후 시간대에 돌아다니는 사람들을 비공식적으로 조사했다. 700명의 여성이 모자를 쓰고 있었고 그중 약 3분의 1이 새 한 마리의 깃털을 통째로 달고 있었다.[8] 모자에 꽂힌 새들은 뉴욕 센트럴 파크에서 볼 수 있는 새들이 아니었다. 뒤뜰에 날아오는 흔한 새들은 패션계에서 자리를 차지할 수 없었다. 유행을 선도하려면, 극락조, 앵무새, 큰부리새, 케찰, 벌새, 루피콜라새, 쇠백로, 물수리 정도는 되어야 했다. 모자가 이렇게 새들의 공동묘지가 되어가는 동안 의류도 같은 전철을 밟았다. 한 상인은 벌새 8000마리로 솔을 만들어 팔았다.[9]

역사학자 로빈 다우티Robin Doughty는 이렇게 썼다. "초창기 깃털

상인들은 마리 단위로 깃털을 구매하는 정도였다. 하지만 모자가 인기를 끌면서 프랑스 파리에서는 무게 단위로 깃털이 거래되기 시작했고, 다른 곳도 대량 구매가 원칙이 됐다."[10] 깃털 하나의 무게를 생각해본다면 얼마나 많은 새를 잡아야 하는 것인지 쉽게 상상할 수 있다. 쇠백로 깃털 1킬로그램을 모으려면, 직업 사냥꾼들이 800마리에서 1000마리에 달하는 새를 잡아야 했고, 큰 새라도 200~300마리가 필요했다.[11]

산업이 발달할수록 이러한 수치는 더욱 커졌다. 마리 앙투아네트가 다이아몬드 깃털을 자랑하던 1798년 프랑스에는 깃털을 전문적으로 다루는 기술자가 25명밖에 없었다. 그러다가 1862년에 이르면 120명까지 증가하고, 1870년경에는 280명까지 급증했다.[12] 너무 많은 사람이 깃털을 뽑고 가공하는 분야에 종사하다 보니, '미가공 깃털 상인 조합Union of Raw Feather Merchants', '깃털 염색업자 조합Union of Feather Dyers', '깃털 산업 어린이 노동자 보호 협회 Society for Assistance to Children Employed in the Feather Industries' 같은 단체가 우후죽순처럼 생겼다.[13] 1890년대 프랑스에는 거의 4만 5000톤에 달하는 깃털이 수입됐다.[14] 런던 민싱가에 있는 경매장에서는 4년간 극락조 15만 5000마리가 거래됐다.[15] 같은 기간, 현재 가치로 약 28억 달러에 달하고 무게로는 총 1만 8000톤에 달하는 극락조가 거래되었다.[16] 한 영국인 딜러는 1년간 새 가죽 200만 장을 팔았다.[17] 미국의 깃털 산업도 상황은 비슷했다. 1900년대까지 8만 3000명의 뉴요커가 모자 관련 업계에 종사하며, 북미 지역에서만

매년 약 2억 마리의 새들이 죽어갔다.[18]

야생 조류의 수가 줄어들자, 깃털 가격은 두 배, 세 배, 심지어 네 배까지 껑충 뛰었다. 짝짓기 철에만 자란다는 쇠백로의 최상품 깃털은 1900년대까지만 해도 1온스(약 28그램)에 32달러 정도였다. 당시 금 1온스의 가격은 20달러였다. 쇠백로 깃털 1킬로그램은 요즘 가치로 따져서 1만 2000달러가 넘었다.[19] 깃털 사냥꾼이 숲에 달려가서 새들을 싹쓸이 해오기에 충분한 금액이었을 것이다.

왜가리와 타조 같은 새들은 공급이 수요를 따라가지 못했다. 그때부터 전 세계 곳곳에 기업형 농장이 들어섰다. 하지만 왜가리 같은 새는 새장에서 기르기 힘든 종이기에 가느다란 면실로 위아래 눈꺼풀을 꿰매어 앞을 보지 못하게 하고 길들이기도 했다.[20] 새들은 이렇게 부를 창출하는 수단으로 확실히 자리를 잡아갔다. 1912년 타이타닉호가 침몰할 당시, 다이아몬드 다음으로 배에서 가장 값나가고 보험료가 높았던 물건도 바로 깃털 상자 40개였다.[21]

다윈과 윌리스는 종의 출현과 멸종을 설명하는 단서를 찾기 위해 숲과 밀림을 헤맸지만, 많은 서양 사람들은 '멸종'이라는 개념에 대해 어리석은 생각이라며 비웃었다. 일부는 종교적인 이유로, 일부는 깃털이 '신세계'가 주는 포상금이라는 이유로. 그들은 화석으로만 남은 멸종 생물은 대홍수로 사라진 것이고, 지금까지 남아 있는 동물은 노아의 방주에 타고 있었던 것이라고 설명했다. 미국 식민지 초창기에는 강에 연어가 너무 많아서 밭을 가는 쇠스랑으로 강가를 한 번 훑기만 해도 연어를 잡아 올릴 수 있었다.[22] 농부들은 이렇게 잡은 연어들을 갈아서 비료로 썼다. 철새 떼는 한번 날아들면 하늘을 시커멓게 뒤덮을 정도였다. 1813년 존 제임스 오듀본은 비행하는 여행비둘기 떼 아래에서 3일 내내 이동한 적도 있었다.[23] 초원에 들소가 너무 많아서 어떤 군인은 말을 타고 들소 무리를 뚫고 지나가는 데 꼬박 6일이 걸렸다.[24]

미국인들은 '명백한 운명●'을 실현하기 위해 서부로 눈을 돌리고는 "온 땅에 퍼져서 땅을 정복하여라. 바다의 고기와 공중의 새와 땅 위를 돌아다니는 모든 짐승을 부려라!"라는 성경 말씀을 그대로 실천했다. 그들은 미국 전역을 산업사회로 만드는 것은 하늘의 뜻이라고 생각했다. 따라서 땅에서 캐내는 구리와 철과 금은 부족해질 리가 없었고, 물고기와 새도 무한히 새로 태어날 것이며, 숲속의 떡갈나무도 영원히 새로 자라날 거라고 생각했다. 1900년 당시에는 자원에 굶주리던 인구가 1억에서 16억으로 늘었지만,[25] 기계가 나타나 인간보다 훨씬 효율적으로 원재료를 캐내고 가공하게 되었으니 문제될 것이 없었다.

연발총으로 무장한 미국인들은 신의 축복 아래 태평양으로 향하는 길을 휩쓸었다. 알렉시 드 토크빌Alexis de Tocqueville은 1831년에 미국을 여행한 뒤, 그곳 사람들을 이렇게 평가했다. "그들은 생

● 19세기 중후반 미국 서부 개척시대에 유행한 이론으로, 미합중국이 북미 전역을 정치·사회·경제적으로 지배하고 개발할 신의 명령을 받았다는 주장이다.

기를 잃은 자연 앞에서도 무감각하다. 그들의 눈은 다른 곳을 향해 있다. 황야를 가르며 행진하는 자신들을 바라보고, 늪을 말려버리고, 강의 경로를 바꾸고, 불모지를 사람으로 채우고, 자연을 굴복시켰다."[26] 19세기 말, 미국 들소는 6억 마리에서 300마리까지 줄었다.[27] 개척민들이 기차를 타고 지나가며 심심풀이로 들소들을 쏘아 죽였기 때문이다. 수십억 마리였던 여행비둘기는 1901년경 거의 멸종될 정도로 총질을 당했다. 에버글레이즈에서는 엽총을 휴대한 운동선수들이 보트를 타고 악어와 왜가리들에게 총을 쏘아댔다.[28] "총소리와 화약연기와 죽음의 향연이었다."[29] 아메리카 대륙 전역의 숲에서 셰익스피어보다 더 나이 많은 나무들이 잘려나가 제재소로 보내졌다. 그 동안에도 깃털 열병은 계속됐다.

20세기에 와서 미국인들은 그들의 명백한 운명을 드디어 달성하기에 이른다. 1890년 미국 국세조사에 따르면,[30] 서부 프런티어의 소멸을 선언하는 수많은 합의문이 작성됐다. 태평양 연안에 도착한 미국인 선조들은 그동안 지나온 발자취를 돌아보며 황폐해진 자연을 바라보았다. 골드러시 때문에 산이 파괴되고 강에서는 썩은 냄새가 풍겼다. 도시가 커지고 공장 굴뚝이 높아질수록 멸종 생물이 늘어났다. 1883년과 1898년 사이에 미국 26개 주에서 조류의 개체 수가 거의 반으로 줄었다.[31] 1914년, 신시내티 동물원에서 지구상에 남은 마지막 여행비둘기였던 마사Martha가 죽었다.[32] 그리고 4년 뒤, 마사의 보금자리에 살고 있던 마지막 캐롤라이나 잉꼬Carolina Parakeet, 잉카Incas마저 죽음을 맞이했다.[33]

운동의 시작

1875년 메리 대처Mary Thatcher는 《하퍼》에 기고한 "무고한 생명의 대학살The Slaughter of the Innocents"이라는 제목의 글에서 "마음 고운 여성들이 맹목적인 스타일에 눈이 멀지 않는다면 어떠한 생명체에게도 불필요한 고통을 주지 않을 것"[1]이라고 말했다. 그녀는 "새와 동물이 오로지 인간에게 유용함과 즐거움을 제공하기 위해 창조됐다고 생각한다면 기독교인으로서 부끄러운 일"이라고 강력히 주장했다.

그로부터 5년 뒤, 여성 참정권 운동의 선구자였던 엘리자베스 캐디 스탠턴Elizabeth Cady Stanton이 여성에게 몸과 마음을 성장하지 못하게 하고, 최신 유행에 따라 새장 속의 새처럼 크리놀린 코르셋에 여성을 가두는 사회적 분위기를 규탄했다. 유명 강연에서 그녀는 이렇게 말했다. "여러분도 잘 알고 있듯이 현재 미국 여성의 패션은 프랑스 매춘부들에게 영향을 받은 것입니다. 그들에게 평생의 과업은 남자들을 유혹하는 방법을 연구하는 것이었습니다. 친애하는 여성 동지들이여, 신은 우리에게 머리를 주었습니다. ……우리에게 평생의 과업은 남자든 혹은 누구라도 다른 사람을 유혹하거나 즐겁게 해주는 것이 아닌, 당당하고 독립적인 여성으로 성장하는 것이어야 합니다."[2] 스탠턴은 정적이고 단조로운 삶을 살았던 빅토리아 시대 여성들을 안타깝게 여기며 청중에게 이렇게 외쳤다. "진정한 아름다움은 옷처럼 입고 벗는 것이 아니라 내면에서 나온다는 사실을 잊지 마십시오."

같은 시기에 영국 여성들 사이에서도 깃털 매매에 반대하는 목소리가 높아졌다. 1889년 맨체스터 출신의 36세 여성 에밀리 윌리엄슨Emily Williamson은 조류 학살에 반대하는 운동을 확산하기 위해 깃털 연맹Plumage League이라는 모임을 만들었다.[3] 2년 뒤 그녀는 런던의 크로이던에서 엘리자 필립스Eliza Phillips와 함께 '수류獸類 및 조류'를 보호하기 위한 모임을 가졌고, 이 모임은 곧 '왕립조류보호협회Royal Society for the Protection of Birds'로 발전했다. 여성 회원들로만 구성된 이 협회가 회원들에게 제시하는 규칙은 단 두 가지였다. 첫째, 깃털을 착용하지 말 것. 둘째, 다른 사람에게도 깃털을 착용하지 말라고 권유할 것. 이 모임은 빠르게 성장해 영국에서 가장 많은 회원을 보유한 협회 가운데 하나가 되었다.

보스턴 사교계 출신인 해리엇 로런스 헤먼웨이Harriet Lawrence Hemenway는 1896년에 깃털이 거래되는 방식이 얼마나 잔인한가에 관한 기사를 읽고 충격을 받아 사촌 동생 미나 홀^{Minna Hall}과 함께 친구들에게 깃털을 착용하지 말라고 권유하는 다과회를 열었다.[4] 그들은 모임을 이어가다 회원이 900명 가까이 되자 '오듀본협회 Audubon Society'의 매사추세츠 지부를 만들었다. 몇 년이 지나지 않아 미국 전역에 세워진 오듀본 협회 지부들에 수만 명의 회원이 모였다.

그들은 미국과 영국에서 깃털 패션을 비난하며 다른 여성들을 계몽하는 운동을 벌였다. 런던 웨스트엔드에서는 왜가리를 학살하는 포스터를 들고 거리를 행진하면서 행인들에게 홍보 책자를 나눠주고, 깃털 모자는 "잔인함의 상징!"[5]이라고 외쳤다. 미국 오듀본협회는 공개 강연을 열고, 깃털을 사용하지 않는 모자 상인들을 '화이트 리스트'에 올리고, 의회에도 압력을 행사했다. 1897년 오듀본협회가 뉴욕 자연사박물관에서 개최한 강연에서 조류학자 프랭크 채프먼^{Frank Chapman}은 모자 공장에 쌓여 있는 극락조에 관해 말했다. "이 새들은 지금 멸종 위기에 처해 있습니다. 그들의 아름다운 모습을 앞으로는 볼 수 없을지도 모릅니다. 여성 여러분의 손에 이 새들의 운명이 달려 있습니다."[6]

언론도 이들의 싸움에 힘을 보탰다. '카툰^{cartoon}'이라는 단어를 만든 영국의 주간 잡지 《펀치^{Punch}》는 1892년에 한 여성이 모자에 죽은 새를 올려놓은 그림을 내보냈다. 그림 속의 여자는 등에 커다란 깃털을 달고 위협적으로 손을 뻗으며 갈고리발톱으로 물수리와 왜가리를 쫓는 모습으로 묘사되었다. 그림의 제목은 "맹금 주의"[7]였다. "종들의 멸종"이라는 제목의 다른 카툰에서는 죽은 왜가리를 머리에 자랑스레 올린 여성을 그리고는 "인정사정없이 최신 유행을 선도하는 여성"이라고 적어놓았다. 1896년 미국 《하퍼스 바자》의 편집장들은 이렇게 선언했다. "이제는 정말 깃털 남용을 반대하는 운동을 전개해야 한다. 현재와 같은 깃털 열풍이 지속된다면, 가장 희귀하고도 가장 소중한 생명체가 곧 전멸할 것이기 때문이다."[8] 《레이디스 홈 저널》도 다른 잡지사들의 전례를 따르면서 깃털을 대신할 대안들을 제안했다. 그들은 "깃털 달린 모자를 사고 싶다면 이 사진들을 떠올리길 바란다"[9]라는 경고문과 함께 새들이 학살당하는 사진을 실었다.

미국 환경 운동가들의 첫 번째 큰 성과는 1900년 '레이시 법Lacey Act'의 발효였다. 레이시 법은 미국의 각 주 간에 새를 사고파는 행위를 금지했다(하지만 외국에서 들어오는 새까지 막지는 못했다). 시어도어 루스벨트Theodore Roosevelt 대통령은 에버글레이즈 지역에서 쇠백로가 멸종 위기에 처하자 1903년 대통령령으로 플로리다주에 미국 최초로 펠리컨 아일랜드 조류 보호지역을 만들었다. 이후 남은 재임 기간 동안 55개 지역에 다른 보호구역을 추가로 지정했다.

1906년, 영국 알렉산드라 왕비도 이들의 행렬에 합류하여 왕립조류보호협회 회장에게 서한을 전달했다. 왕비는 물수리를 포함한 희귀 새의 깃털을 절대 착용하지 않을 것이며, "이 아름다운 새들에게 가해지는 잔인한 행위를 막기 위해 모든 노력을 다하겠다"[10]고 선언했다. 그리고 수많은 신문과 패션 잡지가 그 서한을 게재했다.

존립의 기로에 놓인 깃털 업계는 깃털연맹과 오듀본협회 등의 회원들을 "변덕쟁이이자 역겨운 감상주의자들"[11]이라고 헐뜯으며 그들을 방해하려는 캠페인을 교묘하게 벌였다. 《밀리너리 트레이드 리뷰Millinery Trade Review》는 깃털 업계에 쏟아지는 따가운 비판을 의식하며 적절한 조치를 요구했다. "깃털 수입업자나 제조업자들은 도전을 받아들이고 결전에 나가는 길 외에는 다른 대안이 없다."[12]

뉴욕모자상인보호협회New York Millinery Merchants Protective Association, 런던 상공회의소섬유부회 Textile Section of the London Chamber of Commerce, 깃털상인협회Association of Feather Merchants와 같은 모임의 로비스트들은 깃털 사업을 막는 법안을 만들면 일자리가 사라지고 순식간에 경제 위기가 초래될 것이라고 의원들에게 경고했다.[13] 한 유명 박물학자는 《뉴욕 타임스》에 "깃털 업자들은 오랫동안 노예상인과 같은 취급을 받아왔다. 우리는 우리에게 가해지는 이러한 부당한 처우를 개선하기 위해 싸워야 한다"[14]고 논평했다.

하지만 최후의 승리는 결국 환경 운동가들에게 돌아갔다. 새로운 법안은 국제 깃털 교역에 대한 감시망을 더욱 조였다. 1913년 미국에서 통과된 언더우드 관세법Underwood Tariff Act은 깃털 수입을 전면 금지했고, 1918년 법률로 제정된 철새보호조약Migratory Bird Treaty Act은 북미 지역의 철새 사냥을 불법화했다. 영국에서는 1921년, 깃털수입금지법Importation of Plumage Prohibition Act이 통과됐다. 1922년에는 미국 내의 극락조 수입을 전면 금지하는 개정안이 통과됐다.

깃털 열병을 잠재운 다른 사건들도 연이어 찾아왔다. 특히 1차 세계대전이 일어난 후로는 금욕적인 생활 방식이 강요됐다. 여자들은 전쟁터로 떠난 남자들을 대신해서 군수품과 생필품 공장에서 일해야 했고, 따라서 패션 트렌드도 화려함에서 실용성으로 자연스럽게 옮겨갔다. 자동차의 대중화도 깃털 달린 커다란 모자에는 불리했다.[15] 이 시기에는 극장도 많이 생겼다. 따라서 화면을 가리는 커다란 모자는 유행에 뒤처질 뿐만 아니라 매너 없는 패션으로 여겨졌다. 여자들은 투표권과 재산권도 행사하지 못하고 집을 지키는 존재였지만, 깃털 거래를 막는 일은 그들이 감당해야 할 몫이었다.

하지만 아름다운 뭔가를 소유하고 싶다는 인간의 욕망은 완전히 제어되기 힘들었다. 자연보호 운동이 여러 방면에서 승리를 얻어냈지만, 그래도 일부 할머니 세대는 딸이나 손녀딸이 꺼리는 깃털 패션의 전통을 버리고 싶지 않았다. 따라서 그들의 욕구를 만족시켜줄 수 있는 새로운 직종이 나타났다. 20세기 초부터 야생동물 밀거래가 성행했던 것이다. 새로운 법안이 등장할 때마다 법 집행자들의 인내심을 시험하는 범법자들도 나타났다. 1905년에는 밀렵꾼들이 멸종 위기의 쇠백로를 보호하기 위해 플로리다에 처음 파견된 수렵 감시관 두 명을 살해했다.[16] 같은 해에 하와이제도 레이산섬 당국은 죽은 검은발알바트로스Black-footed Albatross 30만 마리를 소지하고 있던 일본인 밀렵꾼들을 체포했다.[17] 1921년 뉴욕 당국은 유람선에서 내리는 한 승객에게서 견과류 봉투에 담긴 68병의 모르핀, 코카인, 헤로인과 함께 여행 가방 안쪽에 숨겨놓은 극락조 깃털 다섯 점과 왜가리 깃털 여덟 뭉치를 찾아냈다.[18] 다음 해 《뉴욕 타임스》는 세관 직원들이 배에서 내리는 선원들의 목과 허리를 관찰하는 훈련을 받고 있다고 보도했다. 목은 가늘고 몸통만 크면 체포 대상이 된다고 했다. "지나치게 체격이 건장하고 당당한 선장이 있어 몸을 수색해 본 결과 엄청난 양의 깃털을 몸에 감고 있었다."[19]

당국의 감시망을 빠져나가기 위한 수법은 점점 더 교묘해졌다. 크룬랜드호에서 일한 이탈리아인 요리사는 극락조 깃털 150점을 바지에 숨겨두었다가 발각됐고, 추가로 800점이 그의 방에서 나왔다.[20] 프랑스인 두 명은 적재된 달걀 상자 사이에 극락조 깃털을 숨겨두었다가 발각되기도 했고,[21] 펜실베이니아 외곽을 본거지로 한 극락조 국제 밀수입단이 검거되기도 했다.[22] 텍사스주 러레이도에서는 뉴기니 지역의 새 가죽 527점을 숨겨서 리오그란데강을 건너던 두 남자가 체포됐다.[23] 한 고속정이 북아프리카 연안에서 잡은 외래종 새들을 선체에 숨겨 들여오다 발각되어 몰타 해안에서 달아났다는 보도도 있었다.[24] 바이에른 숲에서는 한밤중에 '앵무새 소시지'가 거래된다는 보고도 있었다.[25] 당국의 감시망을 피하기 위해 살아 있는 새의 부리를 테이프로 묶어 여성용 스타킹에 넣어서 몰래 들여오는 것이었다.

하지만 환경 운동가들은 이러한 사건들에도 굴하지 않고 1933년 런던에서 또 다른 굵직한 성과를 이뤘다. '동식물의 자연 상태 보존에 관한 런던 협약Convention Relative to the Preservation of Fauna and Flora in their Natural State'이 체결되어 9개국이 비준했던 것이다. 야생동물 보호에 관한 마그나카르타Magna Carta*라고도 불리는 이 협약은 멸종 위기에 처한 42종의 동물을 보호하기로 합의했다.[26] 고릴라, 흰코뿔소, 코끼리 같은 아프리카 포유동물이 주를 이뤘지만, 조류도 일부 포함되어 있었다. 이 협약이 모든 동물을 완벽하게 보호하지는 못했지만, 윤리적이고 합법적인 기준에 따라 야생동물 밀매업자를 단속할 수 있게 되었다는 점에서 의의가 컸다. 런던 협약은 1973년에 CITES로 알려진 '멸종 위기에 처한 야생동식물의 국제거래에 관한 협약Convention on International Trade in Endangered Species of Wild Flora and Fauna'으로 대체되어 181개국이 서명했다. CITES는 무역으로 인한 위협 정도에 따라 부속서 세 개로 나뉘어 있으며, 3만 5000종의 동식물을 보호하고 있다. 여기에는 앨프리드 러셀 월리스의 사랑을 독차지한 왕극락조를 포함해 1500여 마리의 새도 포함되어 있었다.

미국 세관원들은 21세기가 시작된 후로는 선원들의 목덜미를 확인할 필요가 없었다. 모자의 유행이 지난 지도 오래된 데다 이국

---

* 1215년 존 왕이 재임하던 시기에 귀족들이 왕의 권리를 제한하기 위해 만든 영국 대헌장.

적인 새로 장식한 모자는 더더욱 구경하기 힘들어졌기 때문이다. 새들은 과거 어느 때보다 법의 보호를 충분히 받으며 안전을 누렸다. 회원 수가 이제 100만 명을 넘어선 왕립조류보호협회는 영국 내의 200곳이 넘는 자연보호 구역을 관리했고, 오듀본협회 회원 수는 50만 명이 넘었다.

법의 감시망이 코뿔소 뿔과 코끼리 상아에 집중해 있는 동안, 인터넷의 발달과 동시에 불법적으로 희귀 깃털을 거래하며 깃털에 병적으로 집착하는 사람들이 하나둘 생겨났다. 바로 빅토리아 시대의 예술을 구현하는, 연어 플라이를 만드는 이들이었다.

빅토리아 시대 '낚시 형제'

1915년 말, 고대 그리스의 도시 암피폴리스가 있던 마케도니아 남쪽 국경 지역. 영국군이 묘지 주위에 참호를 파고 힘겹게 몸을 숨기고 있었다. 그때 포탄 한 발이 잘못 발사되는 바람에 근처에 있던 무덤이 무너져 내렸다. 군의관 에릭 가드너Eric Gardner 박사가 기원전 200년경의 것으로 추정되는 해골을 그곳에서 발견했다.[1] 해골은 청동으로 만든 낚싯바늘을 한 움큼 쥐고 있었다. 박사는 보급선이 어뢰에 맞아 가라앉은 탓에 배를 쫄쫄 곯고 있던 병사들에게 2000년 된 그 낚싯바늘을 나눠주며 근처 스트루마강에서 물고기를 잡게 했다. 얼마 후 병사들은 잉어를 수천 마리 낚았고, 그중 큰 놈들은 6킬로그램이 넘었다. 가드너는 본부에 "대원들의 식단에 반가운 변화가 생겼다"[2]고 보고하면서 그 낚싯바늘을 영구 보존하기 위해 영국 자연사박물관에서 멀지 않은, 하이드 파크 내의 임페리얼전쟁박물관Imperial War Museum에 보냈다.

그렇게 오래된 낚싯바늘도 아무 문제 없이 잘 쓰인다는 것은 인간과 물고기 사이의 계약이 얼마나 단순한가를 보여주는 증거였다. 다시 말해 물고기를 잡기 위해서는 그저 앞이 구부러진 금속고리에 미끼를 달아 긴 줄에 묶은 다음 그 줄을 물밑으로 잘 던지기만 하면 되는 것이었다. 수면 아래에서 먹이를 찾는 잉어 같은 물고기들은 낚싯바늘에 벌레를 묶어주기만 해도 충분하지만, 송어처럼 물 표면을 스치듯 날아가는 날벌레를 잡아먹는 물고기를 낚으려면 낚싯바늘에 깃털 한 쌍을 묶어주는 것이 좋다.

낚시에 깃털을 사용했다는 최초의 기록은 서기 300년경 고대 로마 작가인 클라우디우스 아에리아누스Claudius Aelianus의 글에서 발견된다. 그는 마케도니아 송어 낚시꾼들이 "낚싯바늘에 수탉의 목 주변에서 자라는 깃털 두 가닥을 진홍색 털실로 묶어주었다"[3]고 썼다. 이러한 플라이 낚시는 이후 1000년간 계속되었겠지만, 중세 암흑시대에는 남아 있는 기록이 없었다. 플라이 타잉에 대한 기록은 1496년에야 다시 나타났다. 런던의 신문사 거리인 플리트 스트리트에서 최신 인쇄소를 운영하던 네덜란드인 이주자 윈컨 드 워드Wynken de Worde가 『낚싯대를 사용한 낚시에 관하여A Treatyse of Fysshynge Wyth an Angle』라는 책을 출간했다. 책에는 12명의 플라이 낚시광들이 들려주는, 월별 송어 플라이 타잉법이 나와 있었다. 3월에 쓰이는 파리 애벌레 모양의 던플라이Dun Fly는 검은색 털실로 만든 몸통에 검은 청둥오리 깃털을 달았다.[4] 5월에 쓰이는 사슴파리

Yellow Fly는 노란 털실로 만든 몸통에 노란색으로 염색한 오리 깃털로 날개를 달았다. 이 책은 주로 송어 낚시에 관해 다루고 있지만, 연어에 관해서도 깨끗한 물에서라면 누구든 잡을 수 있는 가장 근사한 물고기라고 언급했다.[5]

송어와 잉어는 낚시 방법이 크게 다르지 않은 반면 송어와 연어의 낚시 방법은 아주 다르다. 민물 송어를 잡기 위해서는 송어의 먹잇감이 되는 다양한 수서 곤충들의 색깔, 크기, 생활 주기, 습성까지 고려해서 아주 정교하게 만든 플라이가 필요하다. 송어 낚시에서 가장 중요하다는 '매치 더 해치match the hatch●'를 잘하려면, 님프는 언제 던져야 하고, 던플라이는 언제 사용해야 하는지 잘 알고 있어야 한다. 다시 말해 송어의 먹잇감이 되는 곤충별로 생활 습성을 파악하여 곤충들이 물속에 들어가 있는 시기와 날개를 덮은 껍질을 벗고 수면으로 떠오르는 시기를 파악하고 있어야 한다는 뜻이다. 송어는 아주 까다롭고 변덕스러우며 엉뚱한 물고기다. 강 주변의 생태계에 세심한 주의를 기울이지 않으면, 송어를 낚는 행운은 좀처럼 찾아오지 않는다. 송어 플라이를 만들려면 값싸고 구하기 쉬운, 엘크나 토끼의 털, 털실, 닭 깃털 같은 재료가 필요하다.

한편 연어 플라이는 곤충을 닮아서는 안 되고, 대신 연어를 자극할 만한 모양이어야 한다. 큰 바다에서 살던 연어는 산란기가 다

● 물고기들의 먹잇감에 플라이를 맞추라는 뜻으로, 플라이 낚시에서 플라이 선택의 중요성을 강조한다.

가오면 자신이 태어났던 강으로 거슬러 올라가 산란 구역이라고 불리는 자갈 틈에 알을 낳고 죽는다. 죽은 어미 연어의 사체는 주변에 있던 유충이나 다른 곤충들을 끌어 모으는 풍부한 영양분이 되고 이 유충이나 곤충은 다시 새끼 연어들의 먹이가 된다. 연어는 이동 기간에는 먹이를 먹지 않는다. 대신 산란 구역에 침입자가 나타나면 알을 보호하기 위해 뾰족한 송곳니나 길쭉하게 구부러진 아래턱으로 침입자들을 공격한다. 연어는 낚시꾼이 던지는 플라이가 먹이인 곤충을 닮아서 무는 것이 아니라 방금 알을 묻어놓은 곳에 이상한 물체가 나타나서 무는 것이다.

송어는 자연 환경에 아주 세심하게 주의를 기울여야 겨우 잡을 수 있지만, 연어는 낚싯바늘에 개털만 묶어도 얼마든지 잡을 수 있다. 하지만 낚시 고수들은 경치 좋은 시골 마을에서 '물고기의 왕'에게 아름다운 플라이를 매단 낚싯대를 던질 수 있는 낭만적인 기회를 놓치고 싶어 하지 않았다.

아이작 월턴Izaak Walton은 1653년에 『조어대전The Compleat Angler』이라는 낚시에 관한 수필집에서 이렇게 말했다. "강과 강에 서식하는 생명체는 현명한 이들을 사색에 잠기게 하지만, 어리석은 자들에게는 아무런 의미가 없다."[6] 월턴은 다음 세대를 '낚시 형제'라 부르며 낚시의 세계로 그들을 유혹했다. 그의 책에는 신비로운 강이 흐르는 세상이 표현되어 있다. 켜진 불을 끄고 꺼진 불을 켜주는 강도 있고, 나무 막대를 돌멩이로 변하게 하는 강도 있었다. 어떤 강은 음악이 흐르면 춤을 추기도 하고, 어떤 강은 조금만 마셔도 정신이 몽롱해지게 했다. 아라비아에는 양들이 그 물을 먹고 털 색깔이 주황색으로 변했다는 강도 있었고, 고대 유대 지역에는 6일 동안 줄곧 흐르다가 안식일이 되면 멈추었다는 강도 있었다.

물론 영국에도 디^{Dee}강이나 트위드^{Tweed}강, 타인^{Tyne}강, 스페이^{Spey}강 같은 신비로운 강이 있기는 했다. 하지만 그런 곳은 런던에서 한참 멀어서 그곳 주민들이나 험난한 지형도 여행할 수 있는 수단을 가진 사람이 아니면, 접근하기 어려웠다. 월턴이 책을 쓰고 거의 200년이 지난 빅토리아 시대, 철로가 놓이면서 하층민들도 유명한 강으로 여행할 수 있었다. 이때부터 영주나 왕뿐만 아니라 도시 생활에 지친 노동자들까지 월턴의 '낚시 형제' 대열에 합류했다.

하지만 영주들은 이들의 침입을 막기 위해 '공유지의 사유지화 법령^{Enclosure Act}' 등을 잇달아 만들면서 땅에 울타리를 치고 강을 사유화했다. 노동자 계급의 낚시꾼들은 그동안 아무렇지 않게 드나들던 강에 갑자기 들어갈 수 없게 되어버린 것이다.[7] 심지어 땅을 소유한 지주들은 연어가 잘 잡히는 물가를 차고 앉아 돈을 받았다.

영국에는 이렇게 불법 침입을 금하는 법령 때문에 일반인들에게 출입이 제한된 지역이 거의 2만 8000제곱킬로미터 넓이에 달했다. 플라이 낚시의 역사를 기록한 앤드루 허드^{Andrew Herd}는 19세기 말 영국에는 "지주나 귀족 단체가 관리하지 않는 강이 거의 남지 않았다"[8]라고 기록했다. 영국은 다시 구체제로 돌아가 고귀한 연어를 낚는 '게임 낚시'는 귀족들만 즐겼고, 평민은 강 밑바닥에 사는 잉어 같은 '잡어 낚시'만 할 수 있었다.

영국의 강 대부분이 사유화되면서 연어 낚시는 부담스러운 전통과 관습을 빠르게 축적해갔다.[9] 고급 낚시 클럽과 귀족들은 낚시하는 강에 따라 다르게 고안된 특수 플라이를 자체적으로 제작했다. 이때부터 플라이에 이국적인 새들의 값비싼 깃털이 사용되기 시작했다. 실제로 그런 플라이들이 낚시에 더 도움이 되는 것은 아니었지만, 낚시꾼들은 거의 광적으로 화려한 플라이에 집착했다. 허드의 표현을 빌리면, 상인들은 낚시꾼들의 주머니를 털기 위해 플라이를 더욱 세분화했다.[10]

런던 항구에는 깃털 패션 산업에 쓰일 외국산 새 가죽이 발 디딜 틈도 없이 쌓여 있었다. 귀족 부인들이 누구의 모자가 더욱 희귀한 깃털로 장식되었는지를 경쟁하는 동안 남편들은 그 깃털을 낚싯대에 묶어 자랑했다. 1842년 윌리엄 블래커William Blacker가 플라이 제작을 예술로 묘사한 『플라이 제작의 예술Art of Fly Making』을 보면, 플라이 재료가 닭의 깃털에서 남아프리카 루피콜라새, 인도 파랑물총새, 히말라야 무지개꿩, 아마존 마코앵무새 등으로 바뀌었다.

『플라이 제작의 예술』은 연어 플라이 만드는 법을 종류별, 단계별로 자세히 설명한 최초의 책이었다. 각각의 플라이가 어느 강에 가장 적합한지에 대한 정보도 있었다. "이 플라이들은 스코틀랜드와 아일랜드 강에서 가장 적합하게 쓰일 것이다."[11] 블래커는 독자들에게 이렇게 장담하면서 색깔이 정확해야 한다는 사실을 강조했다. 그러면서 붉은 갈색, 계피 갈색, 짙은 자홍색, 거무스름한 올리브색, 보랏빛 포도주색, 자갈 파란색, 프러시안블루* 등으로 색깔을 자세히 구분했다. 노련한 장사꾼이었던 블래커는 플라이와 플라이 재료(깃털, 틴셀, 실크, 훅)도 함께 팔았다.[12] 그는 완벽한 플라이를 만들려면 37종의 깃털을 구비하는 것이 좋다고 추천하기도 했는데, 그중에는 케찰, 푸른채터러, 극락조도 포함되어 있었다.

그는 값비싼 수입 깃털을 살 수 없는 사람들을 위해 일반 깃털을 염색하는 방법도 소개했다. 앵무새의 노란 깃털 색은 백반 가루와 주석酒石 결정에 강황 1테이블스푼을 섞어서 만들고, 은은한 갈색을 내려면 호두 껍데기를 끓인 즙이 좋다고 소개했다. 인디고 가루를 황산 용액에 녹이면, 짙은 파란색을 만들 수 있다고도 했다. 하지만 염색을 아무리 잘해도 '진짜 깃털'보다는 못하다는 사실 또한 강조했다.

시간이 갈수록 빅토리아 시대의 연어 플라이는 더욱 정교해졌다. 플라이 타잉법에 관한 책을 쓰는 사람들은 그렇게 비싸고 이국적인 재료가 왜 필요한지를 사람들에게 설득하기 위해 사이비 이론까지 전파했다. 그중 부유한 귀족 한량인 조지 모티머 켈슨 George Mortimer Kelson이 가장 유명했다. 1835년생인 그는 젊은 시절

---

* 깊고 진한 파란색.

크리켓과 장거리 수영, 장애물 경마를 즐겼지만, 나중에는 플라이 낚시와 빅토리아 시대의 화려한 플라이 타잉의 세계에 푹 빠졌다.

그는 1895년 『연어 플라이The Salmon Fly』라는 책에서 플라이 타잉 기술을 거의 예술의 절정으로 묘사했다. 그는 아주 자신만만한 어조로 독자들을 설득하고, 아마추어 낚시꾼들을 비하하며, 구하기 힘든 깃털에 집착했다. (방법이 의문스럽기는 하지만) 그는 자신이 만든 플라이들이 과학적으로 얼마나 뛰어난지를 설명하는 글로 책을 도배했다. 그는 연어의 마음을 읽어야 한다면서 직접 강물에 들어가 다양한 플라이의 색깔을 물속에서 눈을 뜨고 관찰했다. 가장 처음 관찰한 플라이는 '부처Butcher'였다. 푸른 마코앵무새 깃털이나 노란색으로 염색한 백조 깃털로 시험해보니, 강바닥의 진흙을 휘저어 시야에서 계속 사라졌다. 한번은 얼음같이 차가운 강물에서 부처를 관찰하다가 너무 오랫동안 물속에 있는 바람에 귀가 약간 멀었다고 했다.

켈슨은 "책에서 제시하는 원리를 따를 때는 엄격한 기준이 요구된다"[13]면서 연어가 어떤 플라이에 반응하는지를 알려면 색의 성질, 물의 투명도, 날씨 등의 다양한 요소를 고려해야 한다고 강조했다. 수직으로 길게 뻗은 커다란 바위틈이나 바위 근처에서 연어를 잡을 때는 '엘시Elsie'를 추천한다고 자신만만하게 소개했다.[14]

켈슨은 지식과 경험이 없는 풋내기나 '조크 스콧'과 '더럼 레인저Durham Ranger'도 구분하지 못하는 무지한 사람들을 크게 비웃었다.[15] 물론 연어도 그 둘을 구분하지 못하겠지만. 하지만 그렇게 값비싼 깃털을 사야 하는 이유를 정당화하려면 플라이 제작서의 걸작이라 불리는 책에 나오는 20가지의 초록색을 물고기가 구별할 수 있다고 믿는 사람도 있어야 했다.

책에서 켈슨은 플라이 선택이 인위적이라는 점을 인정하면서도[16] 어느 아마추어 낚시꾼이 켈슨 자신은 잡지 못한 연어를 단순한 플라이로 잡은 것에 분개하며 장황하게 떠든 것을 보면 자신이 무슨 말을 하는지 제대로 이해하지는 못했던 것 같다. "연어는 때에 따라 플라이 종류에 전혀 상관없이 낚싯바늘을 물기도 하고 물지 않기도 한다. 물고기의 왕인 연어는 지나치게 흥분하게 되면, 자신의 훌륭한 턱을 시험해보기 위해 불균형하고 덜렁거리는 깃털, 다시 말해 뇌수종에 걸린 새들에게서 얻은 것처럼 아주 부적절해서 연어 낚시용이라고 부르기도 민망한 깃털이라도 덥석 물게 된다."[17] 그러면서 켈슨은 '조화'와 '균형'을 강조한 플라이 색상의 원리에 대해 다시 열심히 설명했다.

켈슨에게 플라이 타잉은 예술에 가까웠다. 그는 플라이를 만드는 과정을 통해 '정서적, 도덕적 수련'[18]을 할 수 있다고 주장했다. "성직자, 정치인, 의사, 법률가, 시인, 화가, 철학자 같은 훌륭한 사람들이 주목할 만한 점잖은 취미 활동이다."[19] 그들을 위한 낚시 바이블에서 켈슨은 52가지 플라이를 훌륭하게 묘사한 여덟 장의 삽화를 보여주며, '챔피언Champion', '절대 보증the Infalliable', '천둥 번개Thunder and Lightning', '청동 파이럿Bronze Pirate', '트러헌의 원더Traherne's Wonder'와 같은 고상한 이름을 붙였다.

책은 약 300종에 달하는 플라이 타잉법에 대한 자세한 설명과 함께, 어떤 재료를 어디에 사용해야 하는지도 보여준다. 플라이 눈은 견사를 작은 고리 모양으로 만들어 표현했고, 머리, 뿔, 얼굴, 옆구리, 목, 뒷날개, 앞날개에 각기 다른 특수한 깃털이 필요했다. 다양한 플라이 유형이나 낚싯바늘의 굴곡은 말할 것도 없고, 플라이를 열아홉 부분으로 구분해 설계도에 그려놓았다.

'켈슨'이라는 플라이를 만들려면, 은색 원숭이, 회색큰다람쥐, 돼지 귀 털, 동양의 비단, 북극 지방의 모피, 토끼 얼굴, 염소 수염이 필요했다. 혹은 하나짜리와 두 개짜리가 있었고, 바늘귀도 하나짜리와 두 개짜리가 있었다. 틴셀^{tinsel}●의 종류도 납작한 모양, 타원형, 올록볼록한 모양, 셔닐●●로 된 것이 필요했고, 바다표범의 털은 밝은 오렌지색에서 레몬색, 불타는 갈색, 다홍색, 진자홍색, 보라색, 초록색, 황금 올리브색, 짙은 파란색, 옅은 파란색, 검은색까지 갖춰야 했다. 구두 수선공이 신발 수선에 쓰는 실 왁스도 필요했다. 아직 깃털 부분은 언급하지 않았는데도 빅토리아 시대 연어 플라이를 만들기 위한 재료들은 이렇게 많았다.

켈슨은 자신이 얼마나 다양한 새 가죽을 가졌는지도 소개했다. '줄무늬채터러^{Banded Chatterer}'(현재 멸종 위기), '그레이트아메리칸 수탉^{Great American Cock}', '황색해오라기^{Nankeen Night Heron}', '남아메리

● 타잉 재료 중에서 반짝이는 실 종류.
●● 실을 꼬아 부드럽게 만든 것.

카알락해오라기South American Bittern', '에콰도르루피콜라새Ecuadorian Cock of the Rock' 등 많은 새가 있었지만, 그중에서도 켈슨이 가장 높이 평가한 새는 황금극락조Golden Bird of Paradise였다. "황금극락조는 깃털 중에서도 가장 위대하다. 낚시 형제들이여, 당신에게도 나와 같은 행운이 찾아오기를! 10파운드만 있으면 당신도 행운의 주인공이 될 것이다!"[20]

켈슨은 비싼 외국산 깃털을 사용할 형편이 안 되면, 염색한 일반 깃털을 사용해도 된다고 했다. 하지만 곧 이렇게 덧붙였다. "평범한 수탉 깃털을 아무리 잘 염색해서 쓴다고 해도 진짜 깃털보다 나을 수는 없다. 새것이거나 진짜 깃털만큼 물에서 잘 견딘다고 해도 그렇다. 가령, 오렌지색으로 염색한 최상품 깃털도 실제 황금극락조 깃털에는 비할 바가 못 된다."[21]

켈슨과 그의 책이 미친 영향력이 얼마나 컸던지, 그의 이름은 그가 사망하던 해인 1920년 이전에 이미 상표에도 등장했다. 버버리Burberry사는 플라이 박스와 플라이 보관 주머니가 특징인 '켈슨 방수 재킷'을 선보였다. 시파로C· Farlow & Co.사는 맞춤형 '켈슨 낚싯대'와 무음 특허를 받은 연어용 '켈슨 알루미늄 윈치'를 만들었다. 모리스 카스웰Morris Carswell & Co.사는 에나멜을 코팅한 연어 낚싯줄 '켈슨'을 판매했다.

켈슨은 그렇게 휘황찬란한 플라이가 필요한지 의문을 제기하는 '안티'들이 있다는 사실도 알았지만, 그런 사람들은 "엉터리 플라이와 엉터리 방식으로 어쩌다 한두 번 낚시에 성공해서 물고기들에게 불쌍하게 농락당한, 속 좁은 낚시 광신도"[22]라고 깎아내리며 완전히 무시했다. 그러면서 갈릴레오도 당시 사람들에게는 제대로 평가받지 못했다는 점을 언급했다.

20세기에 플라이 타이어들은 켈슨과 그의 동료들이 제시한 방법을 따라 하며 드문드문 명맥을 이어오다, 20세기의 마지막 10년 동안 폴 슈무클러Paul Schmookler의 영향으로 다시 마운드에 등판했다. 1990년 미국 주간 스포츠 잡지인 《스포츠 일러스트레이티드Sports Illustrated》는 슈무클러의 연어 플라이(개당 2000달러 가격으로 수집가들에게 순식간에 팔렸다)를 소개하며 이렇게 썼다. "도널드 트럼프가 타지마할 호텔을 짓기 위해 빌린 대출금의 이자를 지금처럼 계속 갚지 못하고 경제적으로 어려움을 겪는다면, 폴 슈무클러를 찾아가는 것이 좋을 듯하다. 같은 뉴욕 사관학교 출신의 옛 친구로서 돈 버는 방법을 조언해줄 것이다."[23]

슈무클러에 대한 감탄은 이렇게 이어졌다. "플라이 하나를 만들기 위해 그는 최대 150가지 재료를 사용한다. 북극곰과 밍크 같은 동물들의 털부터 야생 칠면조, 금계, 긴꼬리꿩, 아프리카 얼룩 느시, 브라질 푸른채터러와 같은 새들의 깃털에 이르기까지 재료들은 아주 다양하다."

슈무클러는 멸종 위기에 처한 동물은 사용하지 않는다면서 다만 '멸종위기종 보호법Endangered Species Act'이 발효되기 전에 구한 재료가 있으면, 그것은 사용한다고 밝혔다. 그는 "예술 작품 같은 플라이나 고전적인 대서양 연어 플라이를 만들려면, 플라이 재료는 물론이고 관련 법에 대한 지식도 갖춰야 한다"고 했다.

슈무클러는 1990년대에 『희귀하고 별난 플라이 타잉 재료Rare and Unusual Fly Tying Materials: A Natural History』, 『잊힌 플라이Forgotten Flies』와 같은, 그림과 사진이 실린 대형 호화판 책을 여러 권 출간했다. 『잊힌 플라이』는 수백 달러가 넘는 가격에 팔렸고, 가죽 장정한 특별 한정판은 1500달러가 넘었다. 인터넷 시대에 등장한 그의 책은 이베이eBay, 빅토리아식 플라이 타잉 웹사이트 같은 곳에서 슈무클러와 켈슨 그리고 블래커의 플라이를 만들고 싶어 하는 깃털 중독자들을 새로운 시대로 안내했다.

새롭게 등장한 플라이 타이어 세대는 그들의 할머니, 할아버지 때와는 달리 낚시하는 방법조차 몰랐다. 대신 그들은 연어 플라이를 예술 작품으로 생각했다. 하지만 재료를 생각하면, 그들은 시대를 잘못 타고났다고밖에 할 수 없었다. 이제 런던과 뉴욕항에서는 극락조 깃털이 담긴 화물 상자를 볼 수 없었다. 켈슨의 책에 소개된 낚시 가게도 사라진 지 오래였고, 깃털 모자는 이미 100년 전에 유행이 끝나버렸다. 켈슨의 책에 나온 새들은 대부분 멸종 위기에 처해 있거나 CITES의 보호를 받았다. 새로운 시대에 태어난 타이어들은 합법적으로 연습하기가 매우 어려운 예술 활동에 심취한 것이다.

하지만 인터넷 시대가 열리면서 그들에게도 희귀 새를 만져볼 기회가 잠시 찾아왔다. 도전 정신이 강한 이베이 이용자들이 할머니들의 다락방을 뒤져서 빅토리아 시대의 모자들을 찾아냈기 때문이다. 온라인에서는 19세기에 사용된 도구함이 경매로 거래됐다. 도구함 안에는 외래종 새들을 포함해 잡다한 물건이 가득했다. 돈이 좀 있는 사람들은 영국 시골 동네를 여행하면서 벼룩시장 같은 곳에서 희귀 깃털을 만나는 행운을 건지기도 했다. 약삭빠른 한 남자는 영화 소품 제작 회사에서 박제 새를 빌려서 달아나기도 했다.

하지만 깃털이 나올 만한 다락방이나 150년 된 모자의 수는 한정되어 있었다. 플라이를 만드는 사람이 늘수록 푸른채터러나 집까마귀, 케찰 혹은 극락조 같은 새의 가치는 점점 올라갔다. 그들은 희귀한 깃털로 만들어야 플라이가 더 아름다워진다고 생각했다. 그런 깃털을 가진 운 좋은 몇몇 사람만 고수로 대우를 받았고, 그렇지 못한 다수의 새내기 타이어는 그들을 우상처럼 생각했다.

대부분의 플라이 타이어가 희귀 새를 구경할 방법은 트링박물관 같은 자연사박물관에 전시된 새들을 진열장 너머로 바라보는 것뿐이었다.

플라이 타잉의 미래

뉴욕에서 북쪽으로 193킬로미터쯤 떨어진 클레이버랙의 허드슨밸리 산자락에 무게 2킬로그램이 넘는 마스토돈* 상아가 묻혀 있었다. 1705년 봄, 폭우 때문에 땅 위로 드러난 상아는 불어난 계곡물을 따라 산 밑으로 떠내려 오다가 밭에서 일하던 네덜란드인 소작농에게 발견됐다.[1] 농부는 주먹 크기만 한 상아를 마을로 가져와 럼주 한 잔만 받고 지방 관리에게 넘겼다. 미국 최초의 멸종 생물인 이 유물은 인코그니툼Incognitum, 즉 '미지의 종'이라는 별명을 얻으며 학계에 엄청난 반향을 불러일으켰다. 신이 창조한 지구에서 어떻게 무엇이 사라질 수 있다는 말인가? 노아가 실수라도 했다는 말인가? 당시 사람들은 이해할 수 없었다.

● 코끼리와 비슷하게 생긴 고생물.

에드윈 리스트의 가족이 뉴욕의 어퍼웨스트사이드에서 클레이버랙으로 이사했던 1998년경에는 70종의 새를 포함해 100여 종의 생물이 지구상에서 영원히 사라졌다.[2]

그것 말고도 지난 몇 년간 클레이버랙에서는 많은 것이 사라졌다. 45미터가 넘는 폭포수로 생산된 전기로 100년 동안 운영됐던 제분소와 제재소도 문을 닫았고, 면직 공장과 모직 공장도 사라졌다. 컬럼비아카운티 어장에서 관리하던 수천 마리의 브라운 송어도 낚시꾼들의 플라이를 피해 급류를 타고 다른 곳으로 달아났다.

클레이버랙으로 이사 온 열 살배기 에드윈은 밖에서 뛰놀기 좋아하는 활동적인 성향이 아니었다. 붉은 개미는 보기만 해도 무서워서 의자로 뛰어오를 정도였다.[3] 에드윈은 숙제를 하거나 플루트를 연습하면서 동생 앤턴과 함께 거의 집 안에서 생활했다.

아이비리그를 졸업하고 프리랜서 작가로 일하던 린과 커티스 부부는 아이들을 집에서 직접 가르쳤다. 린은 역사, 커티스는 수학을 가르쳤다. 아버지 커티스는 낮에는 주로 《디스커버》지에 실을 기사를 썼다. 농구 자유투에 관한 물리학에서 미술품 복원을 위한 분자화학과 해왕성의 행성 운동에 이르기까지 다양한 주제로 글을 썼고, 밤에는 아이들에게 『일리아드』 같은 책을 읽어주었다. 따라서 거실에 텔레비전이 켜져 있는 날은 거의 없었다.

학문적인 집안 분위기에서 자란 에드윈은 무엇이든 배우는 속도가 빨랐다. 매주 월요일은 어머니가 성인들을 위한 스페인어 수업에 데려다주어 어른들과 함께 스페인어 문법을 배웠다. 에드윈이 뱀에 빠졌을 때는 부모가 파충류학자 데이비드 디키의 수업에 등록해주어 자연사박물관에서 생물학 투어도 했다. 샌타바버라에 여행 갔을 때는 해양 센터에서 '긴집게발게decorator crab'와 '스페인 댄서'로 알려진 밝은 오렌지색의 '바다 민달팽이sea slug'를 구경했다. "다음 핼러윈 때는 쟤들로 변장해야겠어요."[4] 에드윈은 이렇게 말하며 신기한 눈으로 바다 생물을 관찰했다.

부모는 에드윈이 무엇에든 관심을 보이면 재능을 키워주려고 했다. 에드윈이 1학년 때 음악 선생이 리코더에 소질이 있는 것 같다고 하자 곧바로 개인 레슨을 등록해주었다. 리코더에 금세 익숙해진 에드윈은 플루트를 시작했고, 동생 앤턴은 클라리넷을 시작했다. 형제는 서로 앞서거니 뒤서거니 경쟁하며 실력이 쑥쑥 늘었다. 에드윈은 '엘 웨이드 뮤직 콩쿠르Uel Wade Music Scholarship'에서 대상을 받고 뉴욕 필하모닉의 수석 플루트 연주자인 진 박스트레서Jeanne Baxtresser의 인터내셔널 마스터 과정에 등록했다.

홈스쿨링이라는 자유로운 교육 방식 덕분인지 에드윈은 어린 나이였음에도 플루트 연주자로서의 잠재력은 훈련과 집중력에 달려 있다고 생각했다. 음계나 아르페지오 정도는 누구라도 배울 수 있다고 생각했고, 다중음 연주나 플러터 텅잉* 같은 기법에까지 통달해야 훌륭한 플루트 연주자가 될 수 있다는 것을 잘 알았다.

하지만 1999년 늦여름, 에드윈은 거실을 서성이다가 우연히 텔

---

* 혀를 떠는 연주 기법.

레비전을 보고 화면에서 눈을 떼지 못했다. 그날 이후, 에드윈은 다른 일에는 거의 집중할 수 없을 정도로 그것에 푹 빠져버렸다.

에드윈의 아버지 커티스는 '플라이 낚시의 물리학'이라는 주제로 글을 쓰기 위해 자료를 찾다가 〈오비스의 플라이 낚시 교실〉이라는 비디오를 발견했다. 비디오 영상에서 강사는 작업대 위에 놓인 바이스*의 두 턱 사이에 손톱 크기의 낚싯바늘을 끼워 넣으며 송어 플라이 타잉 과정을 자세히 설명했다. 강사는 타잉을 설명하다가 수탉의 목 깃털로 만든 해클**을 들어서 보여주었다. 일반적인 다른 깃털처럼 이 해클에도 레이키스^{rachis}라고 불리는 깃대를 따라 잔잔한 깃가지가 돋아 있었다. 파머링^{palmering}이라는 기법을 사용해 깃털을 나선형으로 감으면 깃가지들이 수백 개의 촉수처럼 사방으로 펼쳐졌다. 이렇게 깃털을 파머링하면 플라이가 수면 위에 잘 뜨게 되고 수면 아래의 물고기들에게는 그 수많은 깃가지가 곤충의 다리처럼 보였다.

에드윈은 몇 번이나 비디오를 돌려보며 평범한 깃털이 플라이로 변해가는 과정을 넋을 잃고 바라보았다. 기본형 송어 플라이를

---

* 낚싯바늘을 고정하는 기계 장치.
** 닭의 목이나 등의 깃털로, 플라이 꼬리를 달거나 갈기를 세울 때 주로 사용하는 타잉 재료.

만들던 강사는 빅토리아 시대의 외과 의사가 사용했을 법한 도구를 사용했다. '보빈bobbin'이라는 청진기처럼 생긴 도구는 양 갈래로 벌어진 금속 틈 사이에 실패를 끼워 가는 실이나 철사를 풀어서 쓰는 데 사용했다. 바늘 모양의 '보드킨bodkin'은 깃털을 정교하게 다듬을 때 사용했고, '해클 플라이어hackle plier'는 깃털을 집어 올릴 때 썼다. 영상 끝부분에서 강사가 클립을 구부려 만든 듯한 '윕 휘니셔whip finisher'로 실을 위아래로 몇 번 획획 돌리자 단단한 매듭이 만들어졌다.

에드윈은 방금 본 것을 바로 만들어보고 싶었다. 그는 지하 창고로 내려가 비슷한 재료들을 찾아봤다. 낚싯바늘을 몇 개 찾은 다음 실을 찾기 위해 서랍을 뒤져보니, 담배 파이프 청소용으로 쓰는 줄이 나왔다. 당연히 수탉 해클도 없었기 때문에 어머니의 구스 베개에서 깃털 몇 가닥을 뽑아냈다. 에드윈은 재료를 들고 방으로 돌아가 난생처음 플라이라는 것을 만들기 시작했다.

그 후 에드윈은 구슬과 알루미늄포일을 이용하여 손에 잡히는 것은 무엇이든 감았다 풀었다 하며 플라이를 만들었다. 하지만 비디오에서 본 것 같은 플라이는 만들 수 없었다. 아버지는 에드윈이 재료가 없어 발을 동동 구르는 모습을 보고는 30분 거리인 레드훅의 '돈의 낚시용품점Don's Tackle Service'에 데려다주었다.

퉁명한 70대 노인인 돈 트래버스는 정교한 플라이가 가득 진열된 가게에 아이가 들어오는 모습을 보고 불편한 기색을 비쳤다. 하지만 아이가 워낙 예의 발랐기에 마음을 놓고는 해클 깃털을 비롯해서 낚싯바늘용 훅, 실, 보빈, 바이스 등 플라이 타잉에 필요한 재료와 도구를 모두 꺼내왔다.

당시는 인터넷이 상용화되지 않았기에 에드윈은 오비스의 비디오테이프와 《플라이 타이어Fly Tyer》 지에 의존해서 기본 기술을 익혔다. 나중에 동생 앤턴까지 플라이 타잉에 관심을 갖게 되자 형제는 제대로 수업을 받게 해달라고 부모를 설득했다. 그리고 2000년부터 돈의 가게에서 수업을 듣기 시작했다. 두 형제는 그곳에서 다른 학생들을 만나 깃털의 종류도 다양하게 알게 되었고 새로운 플라이 타잉 기술도 배웠다. 재료비는 많이 들지 않았다. 기본 훅에 감을 엘크 털, 실, 틴셀, 일반 해클은 20센트 정도면 충분했다.

첫 번째 선생님인 조지 후퍼는 75세 할아버지로, 프린스턴 대학교 출신의 진화생물학 교수였다. 후퍼 교수는 곤충 전문가이자 플라이 낚시 애호가였다. 그는 플라이 타잉도 생물학처럼 가르쳤다. 그는 머리에 돋보기를 쓰고 현미경을 들여다보았고, 물고기 이름은 라틴어 학명으로 불렀다. 그리고 에드윈이 느끼기에 거의 1만 가지 색상의 실로 플라이 몸통을 만들었다.[5]

에드윈은 후퍼 교수에게 지도를 받으면서 캐스팅도 하지 못할 플라이를 수없이 만들었다. 심지어 낚싯대도 없었다. 하지만 에드윈은 오비스의 비디오와 잡지에서 본 플라이들을 따라 만들 수 있다는 것만으로도 너무나 좋았다.

두 형제가 플라이 타잉에 특별한 재능이 있다고 생각한 후퍼 교수는 형제들에게 대회에 나가보라고 했다. 미국과 유럽 전역에서 열리는 이 대회에는 깃털 상인, 가죽 상인, 훅 기술자, 서적 판매상, 대회 유명인 그리고 플라이 타이어들이 참석해서 타잉 재료도 팔고, 타잉 재능도 뽐냈다. 대회 규칙은 간단했다. 참가자들이 심사위원단 앞에서 특정 플라이 세 개를 연달아 똑같이 만들면 심사위원들은 플라이의 모양이나 상태, 정확도에 따라 점수를 매겼다.

커티스와 린은 항상 아이들의 열정을 키워주기 위해 노력하는 부모였기 때문에 플라이 타잉에 열성적인 두 아들을 코네티컷주 댄베리에서 열리는 '낚시꾼의 예술Arts of the Angler'이라는 대회에 참가시켜주었다. 에드윈은 놀랍게도 이 대회에서 송어 플라이 68개를 한 시간 만에 만들면서 우승 타이틀을 받았다.[6] 매사추세츠주 윌밍턴에서 열린 '미국 북동부 플라이 타잉 대회Northeast Fly-tying Championship'에 참가한 앤턴은 뱀잠자리애벌레 모양의 플라이를 만들었다. 오자크 지방에서 '데빌 스크레처Devil Scratcher'라고 불리는 이 곤충은 지네처럼 생긴 수서 곤충이었다. 앤턴은 이 끔찍하게 못생긴 플라이를 배운 대로 똑같이 만들기 위해 최선을 다했다. 두 아이 모두 철저한 완벽주의 성향이라 모양이 조금만 흐트러지거나 달라져도 그냥 넘어가지 못했다.

심사위원의 판정을 기다리며 동생과 함께 대회장 복도를 거닐던 에드윈은 아름답게 반짝이는 어떤 물체를 발견했다. 취미 수준의 플라이 타잉을 집착과 강박으로 변화시킨 바로 그것. 에드윈은 빅토리아 시대풍의 커다란 연어 플라이가 60개나 전시된 진열대를 보고 못 박힌 듯 그 자리를 떠나지 못했다. 조지 켈슨의 『연어 플라이』에 나온 방법 그대로 아주 공들여 만든 것들이었다.

에드윈은 이렇게 다양한 색이 조화롭게 섞여 있는 물건은 어디서도 본 적이 없었다. 푸른색, 초록색, 연두색, 붉은색, 금색이 한데 어울려서 무지개처럼 아름답게 빛났다. 검은색과 갈색밖에 없는 못생긴 '데빌 스크레처'에 비하면, 그 플라이들은 완전히 다른 세상의 물건 같았다. 송어 플라이는 대부분 동전 크기의 절반 정도에 불과했지만 연어 플라이는 최대 10센티미터나 되는 훅에 묶어서 만들기 때문에 크기도 엄청났다. 에드윈이 송어 플라이 하나를 만드는 데는 1분이면 충분했지만, 연어 플라이는 열 시간 혹은 그 이상을 바이스 앞에 앉아 있어야 했다.

조금 떨어진 곳에서 연어 플라이의 주인이 자신의 작품을 경이로운 눈빛으로 바라보는 두 아이를 지켜보고 있었다.[7] 아이들의 대화를 엿듣고 싶지는 않았지만, 플라이가 구조적으로 어쩌고 하는 말을 들으니 빙긋 웃음이 났다. 그는 이 아이들이 평범한 아이들이 아니라, 제대로 된 타이어라는 것을 바로 알았다.

에드윈 형제는 그렇게 에드워드 '머지' 머제롤을 만났다. 머지는 메인주의 '배스 아이언 웍스Bath Iron Works'라는 조선소에서 이지스급 구축함을 만드는 선박 디자이너로 일하면서 여가 시간에는 주로 케네벡강에서 송어나 연어 낚시를 했다. 날씨가 너무 추울 때는 플라이를 만들었다. 그는 빅토리아 시대풍의 연어 플라이 마스터로 인정받았고 그가 만든 플라이 사진이 《플라이 타이어》 표지에 실린 적도 있었다(그와 관련된 기사 제목은 "법망을 피하면서 이국적인 재료로 타잉하기"⁸였다).

에드윈은 동생과 자신이 각각의 분야에서 우승을 차지했다는 발표를 들었지만, 머지의 플라이에 시선을 뺏긴 나머지 밋밋한 송어 플라이에는 관심이 없어졌다.

에드윈은 머지한테 수업을 받게 해달라고 아버지에게 간곡히 부탁했다. 다행히 머지의 집인 메인주 시드니에서 어린 뮤지션을 위한 뉴잉글랜드 음악 캠프가 열렸다. 에드윈은 음악 캠프를 다니면서 머지한테 플라이 레슨도 받게 되었다.

두 형제는 첫 연어 플라이 레슨을 받기 위해 아버지와 함께 머지의 집으로 향했다. 에드윈은 새로 산 빨간 티셔츠를 입었다. 티셔츠에는 『오즈의 마법사』에 나오는 강아지 토토가 도로시에게 쓴 글이 적혀 있었다. "신발 가져간 오즈 싫다. 집으로 가는 길 직접 찾기 바람!" 에드윈은 짧은 머리에 동그란 안경을 쓴 열세 살짜리 아이에 불과했지만, 머지의 안내를 받아 작업장으로 들어가는 순간, 순례자처럼 엄숙한 표정을 지으며 조용히 입을 다물었다.

바이스 옆에 조지 켈슨의 『연어 플라이』가 펼쳐져 있었다.

더럼 레인저[9]

태그 은색 꼰사와 노란색 명주실을 사용한다.

꼬리 집까마귀 깃털로 토핑 하나를 만든다.

엉덩이 검은 타조 깃털을 두 번 돌린다.

몸통 오렌지색 명주실을 두 번 돌린다. 오렌지색 물개 털을 두 번 감고, 이어서 검은색 물개 털을 감는다.

뼈대 은색 레이스사와 은색 틴셀.

해클 털실로 몸통을 만든 다음 붉은색 해클을 감는다.

목 밝은 파란색 해클을 사용한다.

날개 수컷 멧닭 깃털 양쪽에 티펫 두 개를 단다. 바깥 티펫은 안쪽 티펫 첫 번째 검은 밴드에 닿게 한다. 티펫 전체를 토핑한다.

얼굴 채터러를 사용한다.

뿔 푸른 마코앵무새를 사용한다.

머리 검은색 베를린 털실을 사용한다.

더럼 레인저는 1840년대 영국 더럼에 살았던 윌리엄 헨더슨 William Henderson이 처음 만든 것이었다. 더럼 레인저의 재료에는 중국산 금계의 머리 깃털과 남아메리카산 붉은가슴과일까마귀(타이어들에게는 집까마귀로 알려져 있다)의 검붉은 오렌지색 가슴 깃털, 남아프리카산 타조 깃털 그리고 중앙아메리카 저지대에 서식하는 푸른채터러의 아주 작은 청록색 깃털이 필요했다. 더럼 레인저 하나에만 케이프 식민지의 타조 농장에서 가져온 깃털, 영국령 기아나에서 가져온 푸른채터러와 집까마귀의 깃털, 홍콩에서 들여온 금계의 깃털 등이 모여 있어서 마치 중세 영국을 보는 것 같았다.

그날 수업에서 희귀 깃털은 사용되지 않았다. 머지는 아이들에게 사냥이 허가된 새나 사육하는 새에게서 나온 대용 깃털을 주었다. 구하기 힘든 집까마귀나 푸른채터러 대신 아시아산 꿩이나 칠면조 또는 물총새처럼 쉽게 구할 수 있는 깃털 말이다.

머지는 여덟 시간 동안 빅토리아 시대의 플라이 타잉을 소개하며, 블래커나 트러헌, 켈슨 같은 플라이 타잉계 대부들의 이야기를 들려주었다. 플라이 타잉을 예술로 발전시킨 사람들이었다.

머지는 '진짜' 깃털의 장점에 관해 설명했다. 칠면조 깃털 같은 대용 깃털은 퀼 끝부분이 둥글어서 훅에 묶는 작업이 상당히 힘들었다. 머지는 에드윈이 그 부분을 바늘코 플라이어[●]로 편편하게 만들려고 끙끙대는 모습을 보면서 집까마귀 깃털로 만들면 얼마나 편하고 쉬운지 열심히 설명했다.

에드윈은 수업 중간에 바닥에 떨어진 흰색 실크 장갑을 실수로 밟고 잠시 휘청했다. 그 장갑은 손에 있는 기름 성분이 플라이에 옮겨 묻지 않도록 끼는 것이었다. 에드윈은 과거로 돌아간 기분이었다. 100년 된 타잉 비법에 따라 그때 사용되던 것과 똑같은 도

●　섬세한 작업이나 손이 닿기 힘든 부분에 접근할 수 있도록 만든 플라이 타잉 도구.

구로 플라이를 만들고 있다고 생각하니, 그 시대를 살았던 사람들과 직접 교감하는 듯한 기분마저 들었다. 모든 것이 같았지만 유일하게 법만은 그렇지 않았다. 그때와는 달라진 법 때문에 켈슨의 책에 등장하는 깃털은 너무나도 구하기 힘들어져버렸다.

머지는 잠깐 다른 얘기를 하려고 했지만 아이들이 더럼 레인저를 만드는 일에 너무 빠져 있어서 그럴 수가 없었다. 두 아이는 자신들이 만든 플라이를 서로 비교해가면서 어떤 부분은 잘됐고, 어떤 부분은 이상하다는 대화를 주고받았다. 그러고는 다시 머지한테 궁금한 점을 열심히 질문했다. 머지는 아이들에게 집에 가면 무슨 놀이를 하느냐고 물었다. 아이들은 "플라이 타잉이요"라고 대답했다.[10] 머지는 전혀 놀랍지 않다는 듯 고개를 끄덕였다.

두 번째 수업에서는 켈슨이 노르웨이 강에서 쓰기 좋다고 추천한 '배런Baron'을 만들었다. 책에 나온 방법대로라면, 타조, 공작, 집까마귀, 푸른채터러, 아메리카원앙, 어치, 마코앵무새, 금계, 수컷 멧닭 등 12가지 깃털이 필요했다.

프라이스 탄나트T. E. Pryce-Tannatt는 1914년에 쓴 빅토리아 시대 플라이 타잉 개론서인 『연어 플라이 만드는 법How to Dress Salmon Flies』에서 오리와 자고새 깃털은 새를 사냥하는 친구에게 얻으라고 조언했지만 브라질산 푸른채터러에 대해서는 별다른 조언을 하지 못하고 그저 그런 새를 사냥하는 친구가 있으면 좋겠다는 말만 덧붙였다.[11]

물론 1918년에 철새보호조약이 생긴 후로는 큰어치처럼 흔한 새도 매매가 금지됐다. 발밑에 떨어진 죽은 새를 주운 것이라고 해도 벌금을 낼 수 있었다.

에드윈은 열여섯 시간 동안 수업을 받은 뒤, 처음으로 플라이 두 개를 만들었다. 머지는 아이들이 집으로 돌아가는 차에 오를 때, 에드윈에게 작은 봉투 하나를 건네주었다. "이거면 될 거야."[12] 그가 말했다. 봉투 안에는 250달러 정도의 가치가 있는 집까마귀와 푸른채터러의 깃털이 들어 있었다. 플라이 두 개를 만들기에 충분한 양이었다. 불법은 아니었다. 하지만 열세 살 아이로서는 엄두도 내기 힘들 만큼 구하기가 아주 힘들고 값비싼 것들이었다.

"지금은 가지고만 있어." 그가 눈이 휘둥그레진 에드윈을 보며 말했다. "연습이 먼저야."

집으로 돌아온 아이들은 차고를 개조해 작업실을 만들었다. 스스로 '플라이 소년들'이라는 별명도 지었다.[13] 그들은 수업에서 배운 것들을 복습하면서 연어 플라이 타잉의 기초를 닦았다.

아이들은 대용 깃털을 삶고, 찌고, 기름칠하고, 풀칠하고, 구부리고, 주름잡고, 자르고, 문질러가며 원하는 모양을 만들었다. 중간에 모르는 부분이 생기면 머지에게 전화해서 물어보기도 하고 여러 가지 방법을 시도해보기도 했다. 왁스가 떨어졌을 때는 소나무에 전동 드릴로 구멍을 뚫어 직접 수액을 뽑기도 했다.

에드윈은 깃털에 난 솜털을 없애기 위해 인두를 사용하는 방법도 배웠다. 인두가 고장 났을 때는 송곳처럼 생긴 보드킨을 토치로 달궈서 쓰기도 했다.

배움의 과정은 쉽지 않았다. 바이스 앞에서 몇 시간 동안 작업한 플라이를 엉뚱한 실수로 망가뜨린 적도 있었고, 아버지가 선풍기 스위치를 잘못 켜는 바람에 정리해둔 깃털이 몽땅 날아가 차고가 엉망이 된 적도 있었다.[14]

에드윈은 플라이 잡지나 책에서 본 플라이들과 똑같이 만들기 위해 끊임없이 연습했다. 기초 과정을 충분히 익힌 뒤에는 '괴짜 플라이'나 '에드윈의 환상' 같은 이름을 붙여가며, 플라이의 대부들처럼 새로운 플라이를 직접 디자인했다. "내버려두면 온종일 만들 거예요."[15] 지역 신문 기자가 '플라이 소년들'을 취재하러 왔을 때, 어머니가 말했다. "식사 시간에는 억지로 중단시켜야 할 정도죠."

그해 가을, 에드윈은 컬럼비아 그린 커뮤니티 대학Columbia Greene Community College에 조기 입학했다. 당시 열세 살이던 에드윈은 순수 예술을 공부하기로 했다.

하지만 '진짜' 깃털이 없다는 생각이 족쇄처럼 그를 따라다니며 플라이 타잉을 향한 그의 예술적 집념을 꺾어놓았다. 에드윈은 혹독할 정도로 열심히 연습한 결과 빅토리아식 플라이 타잉 기술을 충분히 익혔지만 끊임없이 좌절감을 느꼈다. 일반 사람들의 눈에는 에드윈이 만든 플라이도 켈슨의 책에 나온 플라이와 똑같아 보였지만 에드윈의 눈에는 칠면조와 비둘기 깃털로 만든 플라이는 어설픈 모조품으로밖에 보이지 않았다.

에드윈은 인터넷 세상을 접하고 나서야 자신처럼 '진짜' 깃털에 집착하는 사람이 많다는 사실을 알게 됐다.

빅토리아식의 플라이 타이어를 위한 최대 온라인 사이트인 ClassicFlyTying.com에 한 회원이 "클래식 재료로 만든 플라이에는 특별함이 있다"[16]라는 글을 남기자 이 사이트의 운영자인 버드 기드리가 바로 댓글을 달았다. "저는 그 '특별함'을 직접 경험했어요. 지금도 늘 그것만 생각합니다." 뉴올리언스 남부 강어귀의 작은 마을 갈리아노에서 새우잡이 배를 타는 그가 말했다. "일종의 마약이죠. 다른 것은 이제 중요하지도 않고, 비교할 수도 없는……. 그런 플라이에서는 역사가 느껴져요. 과거로 돌아가는 듯한 기분이 들죠. 큼직한 물고기가 맑은 물에서 살아 펄떡이던…… 빨갛고 노랗고 파란……. 그런 물고기들이 가득했던 시대 말입니다. 그런 놈을 한 번이라도 잡아본 사람은 그 감촉과 빛깔을 잊을 수 없을 겁니다. 무슨 수를 써서라도 다시 잡고 싶게 만드니까요. 무엇과도 비교할 수 없는 매력이죠."

하지만 그 '특별함'을 경험할 기회도 켈슨의 책에서 말하는 깃털, 그때에 비해 더 비싸고, 더 구하기 어려워진 깃털을 감당할 수 있는 돈 많은 타이어들한테나 주어졌다. 켈슨의 시대에는 플라이가 신분을 상징하는 수단이었다. 그래서 그런 플라이가 나온 사진을 보면 최대한 화려하게 연출돼 있다. 큰부리새와 느시, 마코앵무새, 집까마귀 등 15가지 깃털로 만든 '조크 스콧'의 경우, 20년산 위스키의 코르크 마개에 꽂아 전시했고, 옆에는 크리스털 술잔 같은 값비싼 물건이 놓여 있었다. 사진에는 값을 매길 수 없을 정도로 귀한 깃털이 놓여 있거나 희귀 새의 전체 가죽 또는 빅토리아 시대 부의 상징이던 원숭이나 북극곰 가죽이 함께 등장하는 경우도 많았다.

에드윈도 그런 플라이를 만들고 싶었다. 아주 간절하게. 에드윈은 머지의 소개로 희귀 깃털 업자 중에 꽤 유명하다는 존 맥레인을 인터넷에서 찾았다. 희끗희끗한 흰머리가 나이를 짐작하게 해주는 그는 한때 디트로이트에서 형사로 일했지만, 이제는 줄담배를 즐기며 'FeathersMc.com'이라는 인터넷 사이트를 운영했다. "훌륭한 플라이를 만들려면 훌륭한 재료가 필요하다."[17] 그는 이렇게 광고하며 거의 모든 종류의 깃털을 취급했다.

그곳에서 팔리는 깃털은 열네 살 에드윈이 감당하기 힘든 가격이었다. 말레이반도 저지대 숲에 서식하는 멸종 위기종인 아르고스펭은 올리브색의 눈알 무늬가 특징인 70센티미터 길이의 퀼 덕분에 플라이 타이어들에게 인기가 높았다. 100개의 눈이 달려서 절대 잠들지 않는다는 신화 속 괴물 아르고스의 이름이 붙은 바로 그 새였다. 맥레인 사이트에서 아르고스 깃털은 2.54센티미터에 6.95달러였다. 퀼 하나만 해도 200달러가 넘는 가격이었다.

푸른채터러 깃털은 10개 59.99달러, 손톱 크기의 집까마귀 깃털은 10개에 99.95달러였다. 집까마귀 깃털은 '모든 고객이 혜택을 봐야 한다'라는 운영 방침 때문에 한 묶음씩만 팔았다.[18]

아르고스 깃털을 갖는 것이 꿈이었던 에드윈은 직접 돈을 벌기 위해 이웃집의 목재소에서 나무 자르는 아르바이트를 했다. 전직 형사였던 맥레인은 10대 소년이 몇백 달러나 되는 아르고스 깃털을 포함해 다른 깃털들을 사겠다고 전화를 걸어오자 "부모님이 아시느냐?"[19]고 물었다. 에드윈은 엄마를 바꿔주어 그를 안심시켜야 했다.

마침내 그토록 기다렸던 깃털이 도착했다. 에드윈은 조심조심 상자를 열어 깃털을 꺼냈다. 힘들게 번 돈으로 산 것이라 그런지, 선뜻 깃털을 자를 수가 없었다. 아주 값비싼 대리석 판에 처음 칼을 갖다 대는 조각가도 자신과 비슷한 기분일 거라고 생각했다. 맥레인은 깃털 가격을 버거워하는 어린 소년에게 깃털을 구할 수 있는 여러 가지 방법을 알려주었다. 에드윈은 은퇴한 조류학 교수를 찾아가 저렴한 가격에 깃털을 통째로 사기도 했고, 브롱크스 동물원에 전화해서 가을 털갈이를 하는 마코앵무새, 저어새, 트라고판 등의 깃털을 받기도 했다.[20] 아프리카큰느시와 큰부리새 깃털은 몇 군데 동물보호협회에서 얻기도 했다.

에드윈은 이베이도 열심히 뒤졌다. 이베이 초창기에는 실정을 잘 모르는 판매자들이 귀한 새 가죽을 올리는 경우가 가끔 있었다. 하지만 대개는 돈 많은 어른이 비싼 가격을 제시해서 금세 낚아챘다. 푸른채터러같이 아주 희귀한 상품이 올라오면 플라이 타이어 여러 명이 함께 낙찰을 받아 깃털을 나누기도 했다. 어떤 사람들은 오래전에 만들어진 연어 플라이를 사서 깃털을 떼어내기도 했다. 빅토리아 시대의 모자는 가장 인기 있는 상품이었지만, 올라오는 경우가 거의 없었다. 한 유명 플라이 타이어가 죽자, 그의 장례식장에 가서 그가 가지고 있던 깃털을 사려고 했던 이들도 있었다.

깃털 시장에서 공급은 수요를 결코 따라잡지 못했다. 맥레인은 희귀 깃털을 다양하게 취급했지만, 수요자들은 푸른채터러나 집까마귀, 케찰, 극락조 깃털에 항상 목말라했다. ClassicFlyTying. com에는 대개 그런 깃털을 애타게 구하는 타이어들의 글이 올라왔다. 어떤 사람들은 기도하듯이 애처롭게 글을 올렸다. 그중에 우위를 차지하는 새들은 항상 집까마귀, 푸른채터러, 케찰이었다.

깃털 시장은 판매자가 주도권을 쥐고 있었다. 누구라도 새로운 공급처를 찾기만 하면 짧은 시간 안에 많은 돈을 벌 수 있었다.

에드윈이라는 이름이 플라이 타이어들 사이에 점차 알려지면서 타이어계의 고수들이 에드윈에게 깃털을 무료로 보내주기도 했다. 그중에는 화려한 플라이를 만드는 것으로 유명한 프랑스계 캐나다인 뤽 쿠튀리에도 있었다. 그는 2001년, 트러헌 플라이 시리즈를 28개나 만들면서 주목을 받았다. 트러헌 플라이는 19세기 어느 영국 병사의 이름을 붙인 플라이로, 많은 사람에게 예술의 경지에 도달했다는 평가를 받았다. 켈슨도 트러헌을 "섬세함의 대명사"[21]라고 부르면서 "트러헌 플라이처럼 만들기 힘든 섬세한 연어 플라이도 없다"라고 했다. '채터러'라는 플라이 하나를 만들기 위해서는 최소 150개에서 200개의 푸른채터러 깃털이 필요했다. 그렇게 많은 깃털을 구할 수 있을지도 의문이지만, 구한다 하더라도 가격이 거의 2000달러에 달했다.

쿠튀리에는 19세기의 연어 플라이 제작법을 맹목적으로 따라 하지 않고, 플라이 타잉을 미적인 관점에서 새로이 개척한 선구자였다. 그는 주로 집까마귀, 푸른채터러, 극락조와 같은 새들을 자세히 관찰해서 '주제별 플라이'[22]라는 것을 만들었다.

에드윈은 쿠튀리에가 만든 '오레노센시스 플라이'를 처음 보았을 때 한 폭의 그림 같다고 생각했다.[23] '오레노센시스 플라이'는 집까마귀의 한 종류인 '오레노센시스[orenocensis]'에서 영감을 얻은 플라이였다. 에드윈이 '악마처럼 생긴 나방'이라고 표현한 이 플라이는 콘도르 꼬리 깃털을 포함해 아주 값비싼 깃털로 만든 것이었다. 에드윈은 '작은극락조[Lesser Bird of Paradise]'의 아름다움을 표현한 '파라디사아 마이너 플라이[Paradisaea Minor Fly]'를 보고는 그에게 이메일을 보내 플라이 타잉을 배우고 싶다고 했다.

에드윈은 쿠튀리에한테 답장을 받은 것이 미켈란젤로나 레오나르도 다빈치에게 답장을 받은 것처럼 신기하고 기뻤다.[24] 그때부터 에드윈은 하루에도 몇 통씩 그와 이메일을 주고받으며 친분을 쌓고, 비법을 전해 받았다. 쿠튀리에는 희귀 깃털이나 특별한 훅을 보내주기도 하고, 에드윈 형제를 위해 특별히 개발한 플라이 디자인을 보내주기도 했다.

2007년 에드윈은 꽤 이름난 혹 기술자인 론 루커스의 웹사이트에 이런 글을 올렸다. "플라이 타잉은 단순한 취미 활동이 아니다. 상당한 시간을 쏟아부어 깃털 구조를 관찰하고, 플라이를 디자인하고, 하나의 플라이 안에 우리가 정확히 원하는 것을 모두 담아내도록 새로운 기술을 개발해가는 집념의 작업이다."[25]

에드윈은 몇 달 동안 용돈을 모아 깃털을 사서 '블래커 기념 플라이'라고 이름 붙인 창작품을 만들었다. 최초로 플라이를 예술의 경지로 끌어올린 윌리엄 블래커를 기념한 플라이였다. 에드윈은 이 플라이를 만들기 위해 집까마귀와 황금머리케찰, 불꽃바우어새, 어깨걸이풍조, 코팅거 깃털을 사용했다. 에드윈이 ClassicFly-Tying.com 사이트에 사진을 올리자 커뮤니티 사람들은 놀라움을 금치 못했다. 한 타이어는 이렇게 댓글을 달았다. "맙소사! 에드윈 군, 정말 대단합니다. CITES 리스트에 없는 재료라고는 견사와 턴셀, 금계 깃털뿐이군요! 에드윈 군과 동생 앤턴 군은 혹시 새장에서 살고 있는 겁니까? 이렇게 어린 소년들이 이토록 귀하고 아름다운 깃털을 어디서 구했는지 놀라울 뿐입니다!"[26]

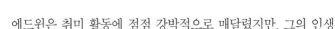

에드윈은 취미 활동에 점점 강박적으로 매달렸지만, 그의 인생

에는 다른 것에 대한 열정도 있었다. 에드윈은 플루트 레슨과 연주 때문에 매주 뉴욕시를 오가며, 인터스쿨 오케스트라 오브 뉴욕 Interschool Orchestra of New York을 포함해 뉴욕 유스 심포니 오케스트라New York Youth Symphony's Orchestra와 실내악에서 연주도 하고 작곡 레슨도 받았다.

에드윈은 열여섯 살이 되자 예전에 생물학 투어를 해준 데이비드 디키의 추천으로 미국 자연사박물관 파충류관에서 인턴으로 일하게 됐다. 카드식 열쇠를 받아 직원 전용 사무실을 드나들며, CCTV 아래에 따로 보관된 박물관의 특별 소장품인 파충류와 양서류 뼈를 관리하는 방법을 배웠다.

당시 에드윈의 부모는 클레이버랙에 있는 빈 땅을 어떻게 사용할지를 두고 소소한 논쟁을 벌였다. 어머니는 허브 정원을 가꾸고 싶어 했고, 아버지는 아메리카들소를 키우고 싶어했다.[27] 아메리카들소는 밀렵꾼들 때문에 멸종 위기에 처했었지만, 1884년 의회에서 마지막 남은 몇백 마리를 미국 육군이 보호하라고 결정한 덕분에 다시 수가 늘어난 상태였다. 부모는 래브라도 리트리버와 푸들을 교배한 오스트리아 래브라두들을 키우는 것으로 합의를 보았다. 래브라두들은 강아지 한 마리를 데려오는 데도 몇천 달러가 들었다. 에드윈은 '허드슨 두들스 비즈니스'라는 홈페이지를 만든 개발자로서 책임감을 느껴 부모의 사업에 돈을 조금 보탰다.

하지만 에드윈은 틈만 나면 차고로 달려가 플라이를 만들었다. 이제는 인터넷 커뮤니티에서 다른 회원을 가르칠 정도의 수준이 되었다. 사진을 담은 20쪽 상당의 지침서도 만들어서 다른 회원들이 볼 수 있게 올려주었고, 다른 사람의 작품에 평도 달았다. 에드윈은 한 요리 프로 진행자가 만든 플라이를 보고 "전체적으로 모양이 약간 처진 것 같다"[28]고 솔직하게 댓글을 달았고, 장식 부분은 "금방 망가질 것 같다"고 했다. 그런 자신에게 고맙다고 해주는 사람들이 있으면 자신의 비법을 기꺼이 전수해주기도 했다.

머지의 연어 플라이를 처음 본 지 몇 년이 흐른 뒤, 에드윈과 앤턴은 플라이 타잉 마스터들을 위한 어느 협회에 들어갔다.《플라이 타이어》의 편집장인 데이브 클로스마이어는 그들의 입회를 공식화하며 이렇게 말했다. "에드윈과 앤턴은 모두가 만나고 싶어하는 어린 신사들이다. 그들은 플라이 타잉의 미래가 밝다는 사실을 충분히 입증했다."[29]

에드윈은 타잉 기술에 끝은 없다고 생각했다. 예술가라면 어떤 기술을 완벽하게 마스터했다고 믿어서는 안 되며, 완벽함을 위해 끊임없이 노력하는 과정이 중요하다고 생각했다. 어떤 날은 누구보다 멋지게 플라이를 만들었지만, 어떤 날은 예전에 마스터했다고 생각한 사소한 부분에서 실수를 하기도 했다. 하지만 플라이를 만들 때마다 수도자와 같은 마음으로 겸손하게 최선을 다했다. 머지는 맥레인의 웹사이트에 에드윈과 앤턴의 프로필을 이렇게 올렸다. "졸업이 없는 학교에 입학했다는 것만 명심하기를 바란다."[30]

에드윈은 쿠튀리에처럼 실험적인 플라이를 만들고 싶었다. 에드윈에게 플라이 타잉은 단지 낚싯바늘에 칠면조 깃털을 묶는 작업이 아닌, 더 심오한 무언가를 찾는 과정이었다. 에드윈은 맥레인에게 집까마귀류 다섯 종과 코팅거류 일곱 종을 이용해 '코팅거와 까마귀 시리즈'를 만들어볼까 생각 중이라고 했지만,[31] 그중에는 멸종 위기종인 푸른채터러가 포함되어 있어 당장 실행하기는 어려울 것 같다고 했다.

에드윈은 플루트 연습이 최우선이라는 부모의 말을 잘 따랐다. 하지만 한편으로는 아직 만들지 못한 빅토리아 시대 플라이들이 환영처럼 마음속을 항상 떠다녔다. '플라이 타잉의 미래'라는 별명도 시간이 갈수록 부담스럽게 느껴졌다. 쿠튀리에는 트러헌 플라이 시리즈를 28개나 만들었다. 와이오밍주에 사는 마빈 놀테라는 마스터는 몇 년 동안 342개나 되는 개인 소장품을 만들었다. 블래커의 『낚시의 예술』에만도 수십 개가 넘는 플라이 제작법이 나와 있었고, 켈슨의 『연어 플라이』에는 거의 300개나 되는 플라이 모델이 담겨 있었다. 그 책들에 나와 있는 플라이를 다 만들려면 100년이 걸려도 모자랄 것 같았다.

에드윈은 열여섯 살이 되던 2006년, 준학사 학위를 취득하며 우수한 성적으로 컬럼비아 그린 커뮤니티 대학을 졸업했다.

음악가로 진로를 정한 에드윈은 뉴욕 줄리아드 음대와 런던 왕립음악원에 각각 입학 원서를 넣었다. 두 곳 모두 세계적인 명문

음악 교육기관으로, 플루트 전공자는 한 해에 몇 명만 뽑았다. 에드윈은 베를린 필하모닉 오케스트라의 수석 플루트 연주자가 되고 싶었다.[32] 모두가 꿈꾸는 자리지만, 에드윈에게는 최고가 아니면 의미가 없었다.

클라리넷 연주자가 되기로 한 앤턴도 열세 살이 되었을 때, 형이 다녔던 컬럼비아 그린 대학에 입학했다.

2007년 봄, 에드윈은 왕립음악원에서 합격 통지를 받았다. 에드윈은 런던 동물원이 있는 리젠트 파크 남쪽에 집을 구했다. 리젠트 파크는 앨프리드 러셀 윌리스가 말레이제도에서 처음으로 살아 있는 극락조를 데려와 키운 런던 동물원이 있는 곳이기도 했다.

에드윈은 베를린 필하모닉에서 연주하고 싶다는 꿈이 그리 멀지 않게 느껴졌다. 그해 여름, 에드윈은 영국에 가져갈 짐을 싸면서 타잉 재료와 깃털은 모두 집에 두기로 했다. 영국 세관에서 문제가 될까 걱정되기도 했지만, 무엇보다 런던에 가는 것은 플라이가 아니라 플루트를 배우기 위해서였기 때문이었다. 에드윈은 당분간 플루트 연습에만 집중해야겠다고 생각했다.

영국으로 떠나기 전날, 에드윈은 쿠튀리에한테 이메일 한 통을 받았다. 그는 영국에 가면 트링 자연사박물관에 꼭 가보라면서 그곳 서랍장을 가득 채운 새 사진을 함께 보냈다.

The
feather
thief....

제2부

트링박물관
도난사건

깃털 없는 런던

2007년 가을, 에드윈 리스트는 왕립음악원에서 음악 공부를 시작했다. 10년 넘게 끝없는 개인 강습과 리허설 그리고 연습을 거듭한 끝에 들어간 학교였다. 학교를 졸업한 선배들은 유명 오케스트라 무대에 오르거나 엘튼 존 같은 대중음악가로 활동했다.

에드윈은 대학에 들어가서도 빡빡한 수업 스케줄을 잘 소화했다. 수업과 개인 연습 중간에는 학교에서 제공하는 외부 강사의 초청 강연이나 유명 음악가들의 공연에도 참석했다. 에드윈은 그동안 홈스쿨링으로 집에서만 공부하다가 갑자기 대도시에서 대학 생활을 시작하게 되었지만 적응에는 큰 어려움이 없었다. 그는 성취욕 강한 음악가들의 세계가 낯설지 않았다.[1] 동기들과도 금세 친해졌다. 연주는 여러 사람이 함께하는 것이라 다른 사람들과 잘 지내는 것이 중요하다는 것을 본능적으로 알았다.

하지만 런던에 도착하고 4주가 지나자, 잠시 접어두기로 했던 플라이 타잉에 대한 열정이 다시 조금씩 고개를 들었다.

2007년 10월 10일, 에드윈은 ClassicFlyTying.com 사이트에 접속했다. 런던과 몇백 킬로미터 떨어진 트렌담 가든스에서 며칠 뒤에 '영국 국제 플라이 박람회'가 열린다고 했다. 미국에서 본 다른 박람회들처럼 80여 개 업체가 참가해서 깃털, 실크, 바이스, 훅 등을 판매하고, 플라이 타잉 시범을 선보이는 박람회였다. 에드윈은 그곳에 머무는 동안 호텔 방을 함께 쓸 사람이 있는지 찾아보고 싶었다.

에드윈은 사이트에 글을 남겼다. "안타깝지만 저는 이번 박람회에서 타잉은 못 합니다. 영국 세관이 제 새들을 좋아하지 않을 것 같아서요."[2] 에드윈은 몇 년간 힘들게 모은 깃털에 대해 이렇게 말했다. "그래도 거기 가서 반가운 얼굴들을 보고 싶어요." 사이트 회원이 귀한 정보를 주었다. 박람회장에서 한 시간만 가면 『조어대전』을 쓴 아이작 월턴이 1671년 도브강 근처에 지어놓은 방갈로가 있다는 것이었다.

에드윈은 거의 플루트 연습에 쏟은 에너지만큼 플라이 타잉 연습에도 많은 시간과 노력, 열정을 쏟아왔다. 에드윈은 자신에게 그렇게 의미가 있는 플라이 타잉을 예술의 경지로 끌어올린 나라 영국에 와 있었지만 플라이를 만들 재료가 전혀 없었다. 더욱이 박람회에 가는 날에는 기차까지 연착하는 바람에 길에서만 몇 시간을 보냈다.

에드윈은 학기가 시작되고 두 달쯤 지나서 사우스 켄싱턴에 있는 자연사박물관을 찾아갔다. 박물관에 전시된 표본과 진귀한 물건들을 살펴보며 열심히 사진을 찍었다. 진열대 안에는 박제 극락조가 가득 진열되어 있었고, 사파이어와 다이아몬드도 있었다. 포유류 전시실에는 거대한 고래 뼈 옆에 미국에서 건너온 마스토돈 뼈가 놓여 있었다. 클래이버랙에서 발견된 인코그니툼이 아닌, 1840년대 미주리주에서 발굴된 미조리움Missourium이었다. 기숙사로 돌아온 에드윈은 박물관에서 찍은 불꽃바우어새와 '로스의 파로티아Lawes's parotia'라는 이름으로 알려진 벨벳검정극락조velvety-black Bird of Paradise 사진을 페이스북에 올렸다. 하지만 쿠튀리에가 말한, 어마어마한 양의 새가 보관되어 있다는 그 전시실은 일반인에게는 비공개라서 찾을 수가 없었다.

2008년 1월, 에드윈은 브리스틀 플라이 타이어 협회Bristol Fly Dressers's Guild에서 타잉 시범을 보여 달라는 초청장을 받았다. 에드윈은 곧장 제안을 수락했다. 영국의 유명 플라이 타이어이자 대회 주최자였던 테리는 에드윈에게 어떤 플라이를 보여주겠느냐고 물었다. 에드윈은 켈슨의『연어 플라이』에 나오는 플라이를 몇 개 보여주겠다고 하면서 재료가 없다는 점을 강조했다. 시범 대회가 있기 한 달 전, 테리는 스티븐슨 플라이에 필요한 재료를 쇼핑 목록 적듯이 받아 적었다. 에드윈은 '꼰 견사, 흰색 극세사, 훅 6-0 사이즈, 라가르툰Lagartun® 실크' 같은 식으로 필요한 재료를 아주 구체적으로 요구했다. 테리는 에드윈이 브리스틀에 머무는 며칠 동안 자신의 집에서 지내라고 하면서 어떤 음식을 좋아하느냐고 물었다. "맥도날드 햄버거처럼 아무거나 양만 많으면 됩니다. 학생이라 그 정도도 감사하죠."[3]

에드윈은 이런 말도 덧붙였다. "다음 학기에는 집에서 재료를 가져오고 싶은데, 어떻게 가져올지 고민이에요. 타잉 없는 삶이 너무 힘들기는 하지만, 재료를 들여오다가 세관에 걸려서 벌금을 물면 더 괴로울 테니까요."[4]

영국에서 타잉을 시작하려면 재료를 모두 다시 사야 했다. 에드윈은 헛수고인 것을 알면서도 빅토리아 시대의 모자나 새 가죽을 찾아 런던 뒷골목의 골동품 상점을 뒤졌다. 어쩌다가 최근 사망한 영국 귀족 유품 중에 새 가죽이 경매에 올라오는 경우가 있었지만 학생이 감당하기에는 터무니없이 비싼 가격이었다.

에드윈이 학기 중에 사용한 유튜브 계정 'edwinresplendant●●'는 아마 그의 바람이 반영된 것인지 몰랐다. 에메랄드그린의 케찰 깃털은 '고스트 플라이Ghost Fly'나 1849년에 만들어진 '휘틀리 플라이 8번Wheatley's Fly No.8'처럼 희귀한 아이템을 만들고 싶은 타이어들 사이에서 아주 귀한 깃털이었다. 휘틀리 플라이 8번에 들어

● 상표 이름.
●● 에드윈(Edwin)과 케찰(Resplendent Quetzal)을 합친 단어.

가는 왕극락조 깃털도 시장에 나오는 경우가 아주 드물었다. 멸종 위기종으로 보호받는 케찰도 CITES 부속서 1종 리스트에 올라 있기 때문에 구할 수 없기는 마찬가지였다.

깃털을 구하려는 노력이 실패로 돌아가자 에드윈은 쿠튀리에의 메일이 자꾸 떠올랐다. 결국 에드윈은 세계에서 가장 훌륭한 전시품이 모여 있다는 곳을 직접 가보기로 했다.

자연사박물관 홈페이지에는 조류 관련 소장품으로 가죽 70만점, 뼈 1만 5000점, 알코올 시료에 담긴 조류 표본 1만 7000점, 둥지 4000점, 알 40만 점이 있다고 소개되어 있었다. 조류 표본만 전시하는 데도 2킬로미터가 넘는 선반이 필요할 정도였다. 지금까지 알려진 전 세계 동식물종의 95퍼센트를 대표한다는 박물관 표본 대부분은 1753년 대영박물관이 설립되기 전에 수집됐던 것들이었다.

에드윈은 '관람 안내' 페이지에 들어가서 연구원과 예술가는 방문 전에 예약하고 관람할 수 있다는 안내문을 확인했다. 희귀종 새에 관심이 많은 플라이 타이어라고 자신을 소개하면, 박물관에서 좋아할 것 같지 않았다. 다른 계획이 필요했다. 에드윈은 예전부터 켈슨의 타잉 비법을 소개하는 책을 쓰고 싶었다. 박물관의 새들을 사진으로 찍어서 책에 소개하고 싶다고 하면 관람이 허용되지 않을까. 하지만 책을 써본 경험이 없는 사람은 허용하지 않을 것 같았고, 출판사가 끼지 않으면 더더욱 힘들 것 같았다.

에드윈은 다른 방법을 생각했다. 브리스틀 박람회에서 타잉 시범을 보이기 나흘 전인 2008년 2월 9일, 에드윈은 박물관에 메일을 보냈다.[5] 옥스퍼드 대학교에 다니는 친구가 극락조에 관한 논문을 쓰는데, 거기 실을 자료가 필요해서 박물관에 소장된 극락조의 사진을 찍고 싶다고 방문 목적을 밝혔다. 박물관은 신분을 확인하기 위해 옥스퍼드 학생의 메일 주소를 요구했다. 에드윈은 친구 이름으로 가짜 계정을 만들었다.[6] 박물관은 그 계정으로 인증을 요구하는 메일을 보내왔지만 실은 에드윈이 그 메일을 받아 처리했다. 마침내 박물관에서 관람을 허용한다는 메일이 도착했다. 날짜는 3월의 하루로 잡혔다. 에드윈은 드디어 앨프리드 러셀 월리스가 수집한 극락조를 볼 수 있게 되었다.

브리스틀에서 시범을 보이기 하루 전, 에드윈과 테리는 시내 중심가에 있는 브로드미드 쇼핑몰의 '빌스 낚시용품점'에 들렀다. 에드윈은 어치 날개 깃털을 한 쌍 샀다. 어치 깃털은 영국에서는 쉽게 살 수 있었지만, 미국에서는 불법이었다. 길 건너편에는 한때 모자 산업 때문에 수백만 마리씩 거래되던 쇠백로가 브리스틀 동물원의 '앨프리드 러셀 월리스 조류관' 야외 구역에서 날개를 퍼덕이며 날아다녔다.

그날 저녁, 테리 집에 도착한 에드윈은 다음 날에 선보일 타잉을 연습했다. 실력이 녹슬지 않았을까 걱정했지만, 전혀 걱정할 필요가 없었다. 다음 날 대회장에서 테리의 친구들은 에드윈이 '스티븐슨'을 만드는 모습을 지켜보며 입을 다물지 못했다. 플라이 몸체는 밝은 오렌지색으로 염색한 물개 털에 은색 틴셀을 감아서 만들었다. 날개 부분을 만들기 위해 검은색과 주황색 그리고 크림색이 섞인 수컷 멧닭 깃털 한 쌍에 끝부분이 검은색인 주황색 금계 깃털을 겹쳐서 감았다. 스티븐슨은 에드윈이 처음 머지한테서 배운 더럼 레인저와 모양이 비슷했다. 그때처럼 테리도 에드윈에게 대용 깃털을 주며 시범을 부탁했다.

테리는 에드윈이 플라이 만드는 모습을 전에도 봤지만, 열여덟 살밖에 안 된 어린 타이어가 눈앞에서 완벽하게 타잉하는 모습을 지켜보니 감탄이 절로 나왔다. "그의 실력은 지금까지 내가 본 타이어 중에 최고였습니다. 아마 전 세계에서 다섯 손가락 안에 들 겁니다."[7] 테리는 브리스틀 플라이 타이어 협회 회장에게 이렇게 메일을 썼다. 그러면서 영국의 다른 협회 지부에서도 그의 타잉 쇼를 봐야 한다고 열변을 토했다. "거기 있던 사람 모두 그의 실력에 감탄했어요."

에드윈은 기숙사로 돌아오자마자 테리에게 감사 메일을 보냈다. "곧 다시 뵙기를 바랍니다."[8] 그리고 이렇게 덧붙였다. "그때는 제가 장비와 재료를 다 갖춰서 제대로 된 쇼를 보여드리고 싶습니다."

극락조 사진을 찍기로 한 날, 에드윈은 런던에 있는 사우스켄싱턴 자연사박물관을 다시 방문했다. 새 컬렉션을 담당하는 큐레이터가 주차장을 지나 일반 관람용 건물 뒤편에 있는 조류관 입구에서 벨을 누르라고 알려주었다. 에드윈은 최신 DSLR카메라를 들고 박물관 내부를 오가며 입구를 찾아 헤매면서도 흥분된 마음을 감추지 못했다.

보안 직원이 에드윈을 보고 어디를 찾는지 물었다. 에드윈은 조류관을 방문하기로 되어 있다고 말했다. 직원은 살짝 웃으면서 여기에는 그가 찾는 곳이 없다고, 그곳은 다른 도시에 있다고 했다.[9] 조류 표본은 수십 년 전에 런던에서 다른 곳으로 옮겨졌던 것이다.

당황한 에드윈은 기숙사로 돌아와 인터넷을 뒤졌다. 그러고는 자신이 찾는 박물관이 트링이라는 도시에 있다는 사실을 알게 되었다. 에드윈은 트링박물관으로 가는 길을 다시 찾아보았다.

트링박물관은 높고 뾰족한 박공지붕과 빨간 벽돌 벽, 굴뚝, 지붕창이 빅토리아 시대의 건축 양식을 고스란히 보여주는 아름다운 건물이었다. 근처 공원에서는 아이들이 뛰놀았고, 엄마들은 박물관 입구 옆의 작은 카페에 앉아 아이들을 바라보았다. 세계에서 가장 많은 조류 표본을 소장한 조류관 건물은 앞쪽의 건물들과는 대조적으로 콘크리트 요새처럼 생긴 브루탈리즘 양식의 4층짜리 건물이었다.

2008년 11월 5일, 에드윈은 조류관 정문을 향해 성큼성큼 걸어갔다.[10] 카운터에 있던 보안 직원이 에드윈에게 인사하며 신분증을 요구했다. 직원이 담당 직원을 호출하는 동안 에드윈은 방문객

등록부에 에드윈이라고 이름을 적었다.

담당 직원은 에드윈을 조류실로 안내했다. 흰색 철제 캐비닛 1500개 안에 조심스럽게 보관된 조류 가죽 수십만 장이 몇 층에 걸쳐 넓은 박물관 안을 꽉 채우고 있었다. 해충 방지용 방부제 때문에 실내 공기는 약간 탁했고, 자외선 차단에 신경 써야 하는 박물관 구조상 창문이 작아서 실내가 어두침침했다.

직원은 에드윈을 '극락조과'라고 표시된 캐비닛 앞으로 데려갔다. 그러고는 다른 곳도 둘러보고 필요하면 사진을 찍어 가라고 했다. 조류실 입구에 있던 다른 직원을 가리키며, "끝나면 저 사람에게 말하고 가면 된다"고 말한 뒤 다른 곳으로 사라졌다.[11]

에드윈은 캐비닛 문을 열었다. 캐비닛 안쪽에는 서랍이 위아래로 20개가량 있었다. 서랍 하나를 천천히 열었더니 멋쟁이라이플버드 수컷 10여 마리가 가지런히 등을 대고 누워 있었다. 에드윈은 떨리는 손을 천천히 내려놓았다. 30센티미터 길이의 멋쟁이라이플버드는 전체적으로 짙은 검은색 깃털로 덮여 있고, 언뜻 보라색으로도 보이는 메탈청록색 깃털이 가슴 앞부분에서 밝게 빛났다. 눈은 솜으로 채워져 있고, 다리에는 고도, 위·경도, 수집 날짜, 수집가의 이름이 적힌 이름표가 묶여 있었다. 앨프리드 러셀 월리스가 직접 쓴 이름이 희미하게 남아 있는 것들도 보였다.

아래 서랍과 그 아래 서랍에도 완벽한 상태의 멋쟁이라이플버드가 10여 마리씩 가지런히 놓여 있었다. 멋쟁이라이플버드의 깃털은 ClassicFlyTying.com에서도 거의 판매된 적이 없지만, 혹시 팔린다고 하더라도 희소성 때문에 가격이 매우 높았다. 2008년에는 멋쟁이라이플버드 가슴 깃털이 10개당 50달러에 팔렸다.[12] 라이플버드 한 마리의 가슴 깃털은 대략 500개가 넘기 때문에 계산하면 2500달러 이상의 가치가 있었다. 박물관 서랍은 금괴나 지폐가 가득 담긴 보물 상자 같았다. 그리고 박물관 안에는 이런 서랍이 가득한 캐비닛이 수없이 많았다.

트링박물관은 미국 금괴 창고인 포트 녹스Fort Knox 같다는 생각이 들었다.[13] 포트 녹스처럼 이곳의 가치도 돈으로 환산하기 힘들 정도였다. 거의 무한대라 해도 될 것 같았다.

에드윈은 정신을 바짝 차리며 서랍에서 멋쟁이라이플버드 한 마리를 꺼내 테이블 위에 올리고 사진을 찍었다. 새를 원래 자리에 넣어놓은 뒤, 캐비닛 전체 모습도 사진으로 찍었다.

에드윈은 왕극락조가 보관된 캐비닛 앞으로 갔다. 월리스가 아루섬 밀림에서 수집한 표본을 보면서 말했듯이,[14] 에드윈 손아래에 놓인 10여 마리의 왕극락조도 강렬한 붉은색 바탕 위에 머리 부분을 장식한 화려한 오렌지색 깃털이 보기에 따라 금색과 은색으로 아름답게 빛났다.

에드윈은 자신이 제일 좋아하는 극락조의 사진을 찍은 뒤, 극락조류 39종이 보관된 캐비닛 전체가 놓인 박물관 복도 사진도 찍었다. 다음은 중남미 지역의 장식새 컬렉션이 있는 곳으로 갔다. 모든 타이어의 로망인 집까마귀와 푸른채터러도 그곳에 있었다.

에드윈이 다음으로 찍은 사진은 푸른채터러였다. 이름처럼 푸른색 깃털이 아름답게 빛나는 새였다. 일반적으로 시장에서 거래되는 푸른채터러 깃털은 오랜 세월 동안 여러 타이어들의 손을 거치면서 뽑히고 잘리기를 반복했던 것들이라 반은 망가져 있었다. 푸른채터러 깃털은 10개에 50달러도 받을 수 있었다. 가격으로 치면 2000달러도 넘는 푸른채터러 수십 마리가 그 서랍 속에 아주 완벽한 모습으로 가지런히 놓여 있었다.

에드윈은 사진을 찍을 때마다 캐비닛 사진도 같이 찍었다. 에드윈의 카메라의 메모리는 박물관 실내 지도를 만들어가며 차곡차곡 채워졌다.

에드윈에게 트링박물관의 새들은 금전적인 가치 이상의 것들이었다. 모든 것이 완벽해야 하는 그는 5년 전에 처음 빅토리아식 플라이 타잉을 시작한 후로 늘 좌절감을 느꼈다. 돈 많은 타이어가 비싼 진짜 깃털을 사용할 때, 에드윈은 아무리 멋지게 만들어도 진짜 같지 않은 가짜 깃털밖에 쓸 수 없었다. 이쪽 세계에서 꽤 유명해지긴 했지만, 아직 만들지 못한 플라이가 너무 많았다. 자신의 멘토인 쿠튀리에처럼 '테마별 플라이'를 만들려면 정말 깃털이 많아야 했다.

이렇게 끝도 없이 가득 놓인 새들을 보니 머릿속에서 온갖 상상의 나래가 펼쳐졌다. 에드윈은 켈슨과 블래커의 시대로 거슬러 올라간 기분이었다. 희귀 새들을 가득 실은 배가 여전히 드나들던 시대 말이다.

에드윈은 두 시간 동안 직원의 감독 없이 혼자 박물관 실내를 돌아다니며 마음껏 사진을 찍었다. 쿠튀리에 말고는 이곳 특별관에 들어와 본 타이어들이 몇 안 될 거라는 생각에 우쭐한 기분마저 들었다.[15]

에드윈은 박물관 밖으로 나왔다. 오후 햇살이 눈부셨다. 하지만 에드윈은 저곳에 다시 들어갈 방법을 찾아야 한다는 생각뿐이었다.

박물관 침입 계획.DOC

기차역으로 발길을 돌리면서도 방금 본 새들이 에드윈의 머릿속을 떠나지 않았다. 어떻게든 그 새들을 다시 볼 방법을 찾아야 했다.

'쉽지는 않을 거야.'[1] 런던행 기차 안에서 에드윈은 생각했다. 이번에는 신분을 속여서 들어갔지만, 같은 방법을 다시 쓸 수는 없었다. 방명록에 자신의 이름을 적었으니 다른 사람으로 속일 수도 없었다. 그러기에는 자신의 얼굴을 본 직원이 너무 많았다.

몇 달 동안, 에드윈은 트링박물관에 다시 돌아갈 방법을 고민했다. 강의를 듣고 합주를 연습하는 동안에도 머릿속으로는 트링박물관의 새들을 보러 갈 방법을 생각했다. 처음에는 무슨 놀이 같았다.[2] 하지만 시간이 갈수록 그의 생각은 구체화됐고, 구체적인 방법이 떠오를수록 그 새들을 그냥 보기만 하는 것이 아니라 가져오고 싶다는 생각이 간절해졌다.

에드윈은 그 새들을 가져올 수만 있다면, 어딘가에 숨겨두고 평생 펑펑 쓸 수 있을 것 같았다.[3] 구하기 힘든 깃털을 얼마나 가졌는지에 따라 평가받는 타이어들의 세계에서 그가 거의 왕이 되는 것이나 마찬가지였다. 그가 만든 플라이는 아무도 따라오지 못할 것 같았다. 무엇보다 그가 쓰려는 책에 그 플라이 사진들을 싣는다면, 켈슨과 어깨를 나란히 할 수 있을 거라는 생각이 들었다.

박물관의 새들을 갖고 싶은 다른 이유도 있었다.[4] 2008년은 세계적으로 경제 상황이 좋지 않았다. 당연히 리스트 가족의 강아지 분양 사업인 허드슨 두들스도 찾는 고객이 거의 없었다. 불경기에 5000달러나 주고 강아지를 살 만한 사람은 많지 않았다. 에드윈은 학자금 융자로 빌린 돈을 가족에게 가끔 보내기도 했지만, 크게 도움이 되지 않을 게 뻔했다.

더욱이 플라이 타이어들에게 희귀 깃털이 로망이듯, 플루티스트들도 1년에 한두 번 있는 오디션에서 가능하면 귀한 재료로 만든 플루트로 연주하고 싶어 했다. 양은 플루트는 50달러면 충분했지만, 순은에서 12K, 24K로 갈수록 가격이 천정부지로 뛰었다. 백금 플루트는 7만 달러까지 했다. 사실 전문가들도 플루트 재질에 따른 소리의 차이를 구분하지 못한다는 사실이 여러 연구에서 밝혀지기는 했다. 게다가 오디션에서는 스크린 뒤에서 연주하게 하므로 플루트의 재료가 무엇이든 결과에는 상관이 없었다. 하지만 에드윈은 금으로 만든 2만 달러짜리 플루트를 계속 눈여겨봤다.[5]

2만 달러면 집까마귀 네 마리의 가격이었다.

스무 살의 에드윈에게 박물관의 새를 훔쳐야겠다는 생각은 여러 가지 이유로 점점 더 정당화됐다. 그 새들만 있으면, 플루티스트로서 야망도 실현하고, 타잉계에서 그동안 누리고 싶었던 지위도 누리고, 가족도 도울 수 있었다. 시간이 갈수록 새의 가치는 점점 높아질 것이므로 어떤 힘든 상황이 와도 자신을 지켜주는 든든한 보험이 될 것 같았다.[6]

에드윈은 이런 생각마저 들었다. 박물관은 그렇게 많은 새가 대체 왜 필요한 걸까? 박물관은 똑같은 종의 새를 수십 마리씩 서랍 속에 그냥 넣어두면서 대체 어떤 이익을 제공하겠다는 거지? 어차피 새가 그렇게 많으니까 몇 마리 정도 없어져도 아무도 모르지 않을까?

에드윈은 다시 박물관에 들어갈 수만 있다면, 몇 마리 정도는 호주머니에 슬쩍 집어넣고 나올 수 있을 것 같았다.[7] 코팅거 같은 새들은 길이도 15센티미터밖에 되지 않고 무게도 골프공보다 가벼우니까 충분히 가능할 거라는 생각이 들었다. 하지만 집까마귀는 45센티미터가 넘고, 케찰은 1미터가 넘었다. 꼬리 깃털을 망가뜨리지 않고 왕극락조를 호주머니에 넣어올 수 있을지, 몰래 새를 빼온다고 해도 적당한 양을 모으려면 몇 번이나 박물관을 들락거려야 할지, 그리고 몇 번이나 박물관에 들어갈 수 있을지, 에드윈은 아무것도 알 수 없었다.

결국 방법은 한 가지였다. 한꺼번에 전부 훔치는 것.

수업과 리허설을 오가는 동안 에드윈은 구체적인 계획을 세웠다. 박물관 안으로 들어가려면 어디를 이용해야 할까? 최대한 단시간 안에 박물관 안을 이동하려면 어떤 경로로 가야 할까? 어떤 새부터 담는 것이 좋을까? 극락조? 푸른채터러? 아니면 집까마귀? 경비원들은 몇 시간마다 순찰을 돌까? 경비원은 몇 명일까? 보안 카메라는 어디에 있을까? 창문으로 들어간다면 나중에 가방을 채운 다음에는 어떻게 빠져나올까? 가방은 하나면 충분할까?

에드윈은 '박물관 침입 계획'[8]이라는 제목으로 워드 문서를 만들고 필요한 물건들을 써 내려갔다.[9] 갈고리, 유리 커터⋯⋯. 지문이 남으면 안 되니까 라텍스 장갑도 필요했다.

범행을 계획하는 동안 또 다른 목소리가 들려오기도 했다. '미쳤어. 이건 말도 안 되는 생각이야.'[10] 하지만 그 목소리는 금세 다른 목소리에 묻히고 말았다. '할 거면 제대로 해야지.'[11]

판타지로만 머물던 박물관 침입 작전은 에드윈이 병원에서 정기 검진을 받던 중에 현실이 되었다. 의사를 기다리며 진찰실에 앉아 있던 그는 라텍스 장갑이 든 상자를 발견했다. '저게 필요하지.'[12] 에드윈은 장갑을 호주머니에 넣었다.

그렇게 해서 에드윈은 본격적으로 계획을 실행에 옮겼다. 트링에 처음 다녀오고 7개월 뒤인 2009년 6월 11일,[13] 에드윈은 'Fluteplayer 1988'이라는 계정으로 이베이에서 8밀리 두께의 다이아몬드날 유리 커터를 구입했다. 해충을 막아주는 좀약 50개도 샀다.[14]

에드윈은 카메라에 들어 있던 박물관 사진 파일을 컴퓨터로 옮겨서 캐비닛 사이의 거리를 계산했다. 자신이 원하는 깃털을 모두 가지고 나오려면 시간이 얼마나 필요할지도 계산했다.

에드윈은 박물관 주변 지도를 꼼꼼히 살폈다. 인터넷에서 지도를 찾아 트링 중심가와 골목, 샛길 등을 살펴보며 동선을 파악했다. 시내 동쪽의 기차역에서 시내까지 3킬로미터가량 어두침침한 시골길이 이어졌다. 시내까지 들어가기는 어렵지 않았지만, 박물관 남쪽 몇백 미터 지점인 에이크먼가 교차로에 도착하면 트링 경찰서가 바로 보였다.

에드윈은 사람들 눈에 띄지 않을 만한 다른 길을 찾아냈다. 에이크먼가를 따라 주택과 식당 뒤쪽에 있는 좁은 길인 37번 공용 산책로를 이용하면 곧장 박물관의 조류관 뒤편까지 갈 수 있었다.

담은 쉽게 오를 만한 높이였고, 철조망도 철사 절단기로 쉽게 제거할 수 있을 것 같았다. 박물관 2층 창문이 담벼락과 1미터 정도 떨어져 있었지만 손을 뻗으면 닿을 거리였다.

이제 날짜만 정하면 되었다. 학기가 끝나 뉴욕 집으로 떠날 7월 1일 전에 끝내려면, 시간이 얼마 없었다.

6월 23일 아침, 에드윈은 눈을 떴다. 만반의 준비를 끝낸 에드윈은 자신감에 차 있었다. 그날 에드윈은 '런던 사운드스케이프'에서 플루트를 연주했다. 퍼셀, 피프스, 헨델, 하이든, 멘델스존 같은 런던에 큰 발자취를 남긴 유명 작곡가들을 기념하며 거의 온종일 계속되는 공연이었다. 에드윈은 공연장의 개인 사물함 안에 손전등과 철사 절단기, 장갑, 유리 커터가 담긴 여행 가방을 넣어두었다. 공연이 끝나자 에드윈은 플루트를 사물함에 넣어두고 여행 가방을 꺼내 유스턴역으로 향했다. 그리고 트링으로 가는 저녁 기차에 올라탔다.

앵무새 깃털 색 같은 초록색과 큰부리새의 부리 색 같은 밝은 노란색이 칠해진 중부선 기차가 커피 색의 실내 카펫으로 승객들의 발소리를 잠재우며 조용히 달렸다. 유스턴역과 트링역의 중간 지점인 킹스 랭글리역에 도착하자 그랜드 유니언 운하가 눈앞에 펼쳐졌다. 운하는 트링역에 도착할 때까지 기차선로와 A41 고속도로 사이에서 내내 이어졌다. 도착지마다 여승무원의 안내 방송이 흘러나왔다. "웸블리 센트럴역에 도착했습니다. 다음 역은 해로 앤드 윌드스톤역입니다. 부시역에 도착했습니다. 와트퍼드 정크션역입니다."

에드윈에게는 남은 아홉 개 역을 지나는 35분 동안이 마음을 돌릴 마지막 기회였다.

머릿속으로 열심히 생각해 둔 계획은 초반에 잠시 틀어졌다. 유리 커터를 떨어뜨린 것이다. 에드윈은 잠깐 망설였다가 곧 창문을 깨뜨리고 가방이 들어갈 만한 공간을 만들었다. 깨진 창문 사이를 꿈틀꿈틀 지나면서도 아드레날린 덕분에 상처 따위는 신경 쓰이지 않았다.

문이 잠기지 않은 철제 캐비닛 1500개가 수천, 수백 마리의 새
들을 품고 에드윈의 머릿속에 있던 그대로 박물관 통로에 줄지어
있었다. 라틴어 학명이 쓰인 작은 팻말만이 캐비닛 안의 내용물에
대해 말해주었다. 에드윈이 복도를 따라 급히 걷는 동안 손전등 불
빛이 동그랗게 원을 그리며 복도를 희미하게 밝혔다. 에드윈은 '장
식새과'라고 적힌 팻말을 찾았다. 집까마귀가 있는 곳이었다. 원래
는 종류별로 몇 마리만 들고 나올 계획이었지만, 새들을 보는 순간
너무 흥분해서 보이는 대로 가방에 쓸어 담았다. 남겨둔 것들은 크
기가 작은 암컷과 아직 오렌지색 가슴 깃털이 자라지 않은 어린 새
들뿐이었다.

집까마귀는 한 마리당 200그램 남짓한 작은 새라 47마리가 거
뜬히 가방에 들어갔다. 다음 목표물인 푸른채터러 일곱 종을 찾으
러 가기 전, 에드윈은 박물관 직원들이 눈치채지 못하게 캐비닛 문
을 잘 닫아놓았다.

에드윈은 박물관 서랍에서 푸른채터러 98마리를 꺼낸 뒤 말레
이제도 새들이 있는 곳으로 향했다.

에드윈은 22센티미터 길이의 뉴기니 불꽃바우어새가 놓인 '세
리쿨루스 오리우스$^{Sericulus\ Aureus}$' 선반을 꺼냈다. 불꽃바우어새는
최면을 거는 듯한 구애춤으로 유명했다. 눈동자를 크게 키웠다가
줄이기를 여러 차례 반복하면서 투우사들이 망토를 펼치듯 날개
를 서서히 활짝 펼치는 춤이었다. 에드윈은 오렌지색과 금색이 섞

144

인 불꽃바우어새 17마리도 가방에 욱여넣었다.

에드윈은 마침내 극락조 캐비닛 앞에 도착했다. 먼저 멋쟁이라 이플버드 24마리를 가방에 담았다. 가방은 이제 몇 세기, 몇 대륙에 걸친 표본으로 꽉 들어찼다. 하지만 어깨걸이풍조 12마리를 더 담을 공간은 있었다. 어깨걸이풍조는 아름다운 연한 청록색 가슴 깃털을 자랑하며 독특한 구애춤을 추는 것으로 유명했다.

에드윈은 러셀 월리스가 가장 아꼈다는 왕극락조가 담긴 캐비 닛에서 37마리를 조심조심 가방에 담았다. 그중 다섯 마리에는 월 리스가 직접 쓴 이름표가 달려 있었다.

에드윈은 새들을 가지고 나오는 데만 정신이 팔려서 몇 마리나 챙겼는지, 시간이 얼마나 흘렀는지 아무 생각도 나지 않았다. 하지 만 경비원이 곧 순찰하러 나올 거라고는 생각했다. 경비원과 마주 치지 않고 빠져나가려면 시간이 없었다. 에드윈은 빠른 걸음으로 복도를 빠져나왔다. 터질 듯한 가방도 열심히 에드윈을 뒤따라갔 다. 에드윈이 박물관을 빠져나간 직후 축구 경기 시청을 끝낸 경비 원이 자리에서 일어나 순찰을 시작했다.

에드윈은 오솔길을 되돌아가는 동안 솟구치던 아드레날린이 가 라앉으면서 극심한 피로감을 느꼈다. 이때부터는 뇌에서 시키는 대로, 그저 본능적으로 다리를 움직였다.[15] 그는 하이가(街)까지 와 서 힘겹게 숨을 몰아쉬었다. 에드윈은 동쪽으로 걷기 시작했다. 상 점을 지나고 주택가와 농가도 지났다. 에드윈은 트링역의 불빛이 보일 때까지 오래된 나무들이 캐노피처럼 드리운 캄캄한 오솔길을 조용히 걸어갔다.

원래 계획은 10시 28분이나 11시 38분 기차를 타는 것이었다. 마지막 기차가 12시 16분에 있으니까 그전에는 충분히 역에 도착할 거라고 생각했다. 하지만 역에 도착해보니 마지막 기차도 출발한 뒤였다.

에드윈은 박물관에 거의 세 시간이나 있었던 것이다.[16] 다음 기차는 새벽 3시 54분에 출발했다. 에드윈은 어쩌면 가치가 100만 달러가 넘을지도 모를 가방을 들고 플랫폼에 앉아 있었다. 갑자기 두려운 생각이 들었다. 이 범행을 계획하고 몇 달 만에 처음으로 잡힐 수도 있겠다는 생각이 들었다.

경비원이 깨진 유리를 보지는 않았을까? 캐비닛 문은 다 잘 닫았나? 유리 커터에 지문은 안 남았을까? 손에 이 상처는 언제 생긴 걸까? 핏방울이 떨어진 것은 아닐까? 그걸로 누군지 알아낼 수 있을까? CCTV는 잘 피했겠지? 유리 커터는 대체 어디로 갔을까?

벌써 수사가 시작된 것은 아니겠지? 새 냄새를 맡고 탐지견이 추적해오고 있다면?

에드윈은 너무 지쳤지만 눈을 붙일 수 없었다. 주변에서 인기척만 느껴도 온몸이 쭈뼛거릴 만큼 아드레날린이 솟구쳐서 정신이 번쩍 들었다.[17]

3시 54분, 헤드라이트를 밝힌 중부선 기차가 어두운 플랫폼을 비추며 트링역으로 천천히 들어섰다. 에드윈은 가방을 움켜쥐고 문이 열리기를 초조하게 기다렸다. 그는 어서 박물관과 멀어지고 싶었다. 커다란 여행 가방을 지닌 관광객이 가득한 런던으로 빨리 돌아가고 싶었다.

40분 뒤에 안내 방송이 흘러나왔다. "종착역인 런던 유스턴역에 곧 도착하겠습니다."

승객들이 옷과 가방을 챙기며 출입구 쪽으로 모였다. "두고 내리는 물건이 없도록 소지품을 잘 확인하시기 바랍니다."

집까지 이제 정말 얼마 남지 않았다. 집으로 걸어가는 동안 서서히 날이 밝았다. 여행 가방이 시끄럽게 덜컹거리며 인도 위를 굴러갔다.

에드윈은 룸메이트를 깨우지 않기 위해 조심스럽게 집 안으로 들어갔다.[18] 방에 들어서자 창문으로 햇살이 비추기 시작했다. 그제야 안심한 에드윈은 가방을 열어 안을 들여다보았다. 터키석, 에메랄드, 크림슨, 인디고 색이 환하게 빛났다. 솜으로 만든, 초점 없는 수백 개의 눈알도 그대로였다. 새들을 침대에 펼쳐놓고 보니 눈으로 보고도 믿을 수가 없었다. 오늘은 인생 최고의 날이었다.[19] 꿈이 아니었다. 진짜로 이 새들이 모두 자신의 것이 된 것이다.

에드윈은 새들을 정리하자마자 곧장 잠에 곯아떨어졌다.

유리창 파손 사건

2009년 6월 24일, 그날 밤 야간 근무를 맡은 경비원은 순찰을 돌다가 건물 아래에서 유리 조각을 발견했다. 처음에는 술 취한 사람이 지나다가 술병을 던진 것으로 생각했다. 파편 주변을 살펴보던 경비원은 머리 위로 깨진 유리창 하나를 발견했다.

경비원은 급히 박물관 직원에게 연락해 침입이 있었던 것 같다고 보고했다.

경찰관들이 박물관을 수색하기 시작했다. 깨진 창문과 가까운 곳에 있는 캐비닛을 점검하고 건물 외부도 살폈다. 조류를 담당하는 수석 큐레이터 마크 애덤스는 박물관에서 가장 중요한 표본을 모아둔 곳으로 달려갔다.

1990년부터 박물관에서 근무한 애덤스는 최근 어떤 저널에 '멸종되었거나 멸종 위기에 처한 조류 컬렉션의 관리'[1]라는 글을 올렸다. 그러고는 소장품을 훼손하거나 절도하는 일이 점점 늘어나고 있음을 지적했다.

트링박물관에서는 이런 희귀종을 관리하기 쉽도록 큐레이터들이 근무하는 사무실 바로 근처에 모두 옮겨두었다. 애덤스는 귀중품을 한곳에 모아두면 화재 등으로 한꺼번에 그것들을 잃을 위험이 있음을 인정했지만 몇 군데만 추가로 안전 조치를 취하면 이 방법이 더 안전할 거라고 생각했다.

그런데 진짜 도난 사건이 발생한 것이다. 애덤스는 최악의 일이 벌어진 것이 아니기를 간절히 빌었다. 그는 트링박물관의 보물을 넣어 둔 캐비닛을 조심스럽게 열었다. 비글호 항해에서 다윈이 수집한 갈라파고스 핀치류, 멸종한 도도새와 큰바다오리의 가죽과 뼈, 존 제임스 오듀본이 수집한 조류 컬렉션, 세계적으로 가장 귀중한 책으로 인정받는 오듀본의 『아메리카의 새』 양장본. 그것들은 모두 제자리에 있었다.

다행히 없어진 것은 아무것도 없었다.

경찰이 언제쯤 창문이 깨졌느냐고 묻자 경비원은 대략 열두 시간 안이라고 답했다.[2]

도둑이 무엇 때문에 박물관을 침입했는지 모두 의아해했다. 최근 창문을 깨고 컴퓨터나 전자제품을 훔쳐가는 좀도둑들이 설친다는 이야기가 있었기에 사무실도 조사해봤지만, 분실물은 전혀 없었다.

사람들은 안심했다. 도둑이 들어오긴 했지만 훔쳐갈 물건이 없어서 그냥 빈손으로 갔나 보다 생각했다. 다윈의 핀치새가 암시장에서 거래되는 가격이나 『아메리카의 새』가 최근 경매 시장에서 1150만 달러에 팔린 것을 알았다면 빈손으로 돌아가지는 않았을 텐데.[3]

그래서 따로 전수조사는 하지 않았다. 박물관에 보관된 75만 개의 표본과 그 표본을 보관한 1500개의 캐비닛을 몇 안 되는 직원이 모두 들여다보려면 몇 주가 걸릴 수도 있었다(마지막 전수조사는 적어도 10년 전에 했었다).

박물관 관리소장인 로버트 프리스 존스 박사도 사라진 물건이 없는 것 같아서 안도했다.[4] 그래서 유리창 파손 사건은 보고서만 간단히 작성하고 마무리하기로 했다.

새들을 성공적으로 훔쳤다는 기쁨은 금세 사라졌다. 에드윈은 누구와도 기쁨을 나눌 수 없었다. 대학 친구, 여자 친구 혹은 동생에게도 말할 수 없었다. 세상에서 가장 많은 새를 갖게 되었지만 아무에게도 말할 수 없었다. 결국에는 새들이 어디서 났는지 어떻게든 거짓말을 꾸며내야 했으니까.

에드윈은 그날 이후 한동안 불안감과 죄책감에 시달렸다.[5] 초인종이 울릴 때마다 몸에 전기가 통한 것처럼 깜짝깜짝 놀랐다. 길에서는 사람들이 전부 자신을 미행하는 것처럼 느껴졌다. 경찰이 증거를 찾기라도 한 걸까? 벌써 추적당하고 있는 건 아닐까? 전화벨만 울려도 심장이 덜컹 내려앉았다.

에드윈은 새들을 다시 돌려줄까도 생각했다. 밤에 몰래 가서 박물관 앞에 두고 오면 아무 일도 없었던 것이 되지 않을까. 아니면 아무 데나 두고 익명으로 제보하는 방법도 있었다. 하지만 두 시나리오 모두 잡힐 가능성이 더 높게 느껴졌다. 사람들이 지나다니는 곳에 가방을 두고 가면 의심을 살 것이 분명했고, 어쩌면 박물관의 신고를 받은 경찰이 자신의 집 주변에서 벌써 잠복하고 있을지도 몰랐다.

하지만 이렇게 며칠 만에 돌려줄 거면 왜 그렇게 힘들여서 새들을 가지고 나왔을까? 에드윈은 그런 생각도 들었다.

결국 아무것도 달라진 것은 없었다. 에드윈은 자신의 취미 생활을 포기할 수 없었다. 눈앞에 훔친 새들이 있으니 플라이를 만들고 싶어 견딜 수가 없었다. 하지만 바이스, 보빈, 틴셀, 끈 같은 나머지 장비와 재료는 모두 뉴욕에 있었다. 며칠만 있으면 집으로 돌아간다. 이 새들을 들고 세관을 통과하는 것은 바보 같은 짓이었다. 결국 미국 집에서 장비를 가져오는 가을 학기까지 기다릴 수밖에 없었다.

에드윈은 새 플루트도 여전히 갖고 싶었다. 부모님도 계속 경제적으로 힘들었다. 플라이 타이어들 사이에서(에드윈은 그해 '올해의 플라이 타이어'[6]로 뽑히기도 했다) 새로운 깃털에 대한 수요는 어느 때보다 높았다.

시간이 흐르자 두려움이나 죄책감도 조금씩 희미해졌다. 좀 더 시간이 흐르자 새들을 돌려줘야겠다는 생각은 완전히 사라졌다. 먼지 냄새가 나는 오래된 박물관 구석에서 새 몇 마리가 사라졌다고 누가 신경이나 쓸까? 어차피 박물관에는 그 새들 말고도 다른 새들이 얼마든지 있었다.

에드윈은 처음 계획으로 돌아갔다. 그때부터 박물관에서 가져온 새가 얼마나 되는지 목록을 만들기 시작했다. 에드윈은 책상 위에 표본들을 하나씩 올렸다. 60센티미터나 되는 케찰 꼬리도 조심스레 펼쳐 올리고, 왕극락조에 달린 동전 모양의 아름다운 비취색 꼬리 깃털도 살며시 들어 올렸다. 에드윈은 컴퓨터에 파일을 만들고 이름을 하나씩 써 내려갔다.[7] 목록을 모두 작성한 그는 숫자를 보고 깜짝 놀랐다. 집까마귀 47마리, 왕극락조 37마리, 케찰이 39마리였다. 맙소사. 이걸 내가 다 들고 나왔다고?

모두 299마리였다. 종류는 16종. 에드윈은 플라이를 만들던 지난 10년간의 일들이 주마등처럼 떠올랐다. 존 맥레인의 가게에서 깃털 몇 점을 사기 위해 몇 시간씩 힘들게 나무를 자르고, 싸게 나온 깃털을 찾아 벼룩시장과 골동품 가게를 헤매고, 털갈이하는 새의 깃털을 보내달라고 동물원에 전화하고, 이베이에 올라온 좋은 깃털은 돈 많은 타이어들에게 뺏기고 싸구려 깃털로 플라이를 만들던 그때의 일들이 하나씩 떠올랐다. 에드윈은 책상 위에 수북이 쌓인 깃털을 보면서 이제 그런 기억은 지워도 되겠다고 생각했다. 100년 전에 살았던 켈슨도 좋은 극락조 깃털을 구하기 힘들다고 한탄했는데 지금 에드윈은 켈슨도 부러워할 만큼 많은 깃털을 가지고 있었다.

　에드윈은 자칭 깃털 중독자라고 하는 사람들, 사회적 신분과 나이와 지역을 가리지 않고 다양한 사람들이 모인, 마약 시장과 크게 다를 것이 없는 이쪽 세계에서 독보적으로 많은 상품을 공급할 수 있는 위치가 되었다. 깃털을 판매할 길은 두 가지였다. 의사나 법률가 같은 돈 많은 타이어들에게 접근해서 깃털을 한꺼번에 넘기는 방법이 있었다. 이렇게 도매가로 넘기면 한 번에 목돈을 만질 수 있다는 이점이 있는 반면 낱개로 판매하는 것에 비해 소득이 훨씬 적었다. 낱개로 판매하면, 더욱 많은 고객을 상대해야 하고 한 번에 만지는 돈도 적지만 길게는 훨씬 많은 돈을 벌 수 있었다. 물론 가장 편한 방법은 한꺼번에 파는 것이었지만 에드윈 자신이 평생 사용할 깃털을 남겨둬야 했기 때문에 적당한 방법이 아니었다.

　하지만 낱개로 판매하는 일은 리스크가 컸다. 최대한 사람을 적게 상대하는 편이 훨씬 나았다. 깃털을 판매한다는 글을 인터넷에 올릴 필요도 없고 다른 증거도 남지 않으니까. 누군가 깃털을 어디서 구했냐고 물어볼 경우 골동품 상점이나 벼룩시장에서 구했다고 적당히 둘러대면 그만이었다.

　깃털 단위로 팔면 손품도 훨씬 많이 들었다. 종류별, 부위별로 일일이 깃털을 제거하고 분류해야 한다. 또한 매번 사진을 찍어 인터넷에 글을 올려야 하니 상당히 번거로웠다. 포장지도 사야 하고, 일일이 포장도 해야 한다. 그러고는 사람들의 이목을 끌지 않고 은

밀하게 물건을 보낼 방법도 고민해야 한다. 온라인 계좌도 만들어야 하고, 돈 관리도 해야 하고, 불만이 있는 고객에게 사후 서비스를 해야 할지도 모른다. 성격 급한 고객들이 빨리 보내달라고 성화를 부리면 플루트 연습 중에라도 우체국에 달려가야 한다. 그러면 잠시도 쉴 틈이 없을 것이다.

에드윈은 두 가지 방법을 절충하기로 했다. 인터넷이나 이베이에서 깃털 단위로 판매하는 동시에 마리 단위로 살 만한 사람도 은밀하게 알아보기로 했다.

에드윈은 진회색의 천 조각 위에 새를 올리고 깃털이 가장 멋지게 보일 만한 각도를 연구하며 사진을 찍었다. 다리에 달린, '영국, 박물관'이라는 이름표가 나오지 않게 주의하는 것도 잊지 않았다.

에드윈은 먼저 집까마귀의 짙은 오렌지색 가슴 깃털을 핀셋으로 뽑았다.[8] 에드윈이 어렸을 때, 에드윈의 아버지는 임종을 앞둔 뉴저지의 어느 수집가에게 거금 2500달러를 주고 집까마귀 한 마리의 가죽을 사준 적이 있었다.[9] 그 집 앞에 줄지어 있는 다른 경쟁자들을 모두 물리치고서. 하지만 그때 이후로 지금처럼 한 마리의 깃털을 통째로 만져본 적은 없었다. 이제 에드윈은 책상 위에 집까마귀 47마리가 나란히 누워 있는 모습을 보면서 마음껏 깃털을 뽑았다. 가슴 깃털 외에 검은색 깃털은 타이어들에게 쓸모가 없었기에 가슴 깃털을 뽑은 새 가죽은 벽장 옆에 놓아둔 종이 상자에 던져두었다. 그러고는 뽑아놓은 가슴 깃털은 몇 점씩 묶어두었다. 에드윈은 두 번째 새도 같은 방식으로 작업했다. 얼마 뒤에 책상 위에는 가슴 깃털이 담긴 봉투가 가득 쌓였다. 봉투 하나에 새끼손톱보다 크지 않은 깃털이 여섯 점씩 들어 있었다. 그 정도면 100달러는 족히 받을 만한 양이었다.

여름 방학이 코앞에 다가왔을 무렵, 에드윈은 작업을 마친 깃털과 새들을 커다란 종이 상자에 넣은 다음 사이사이에 방충제를 끼워 벽장에 넣어두었다.[10] 벽장문에는 따로 자물쇠를 잠갔다. 방학 이후 다시 돌아와 팔기만 하면 되도록 모든 준비를 마쳤다. 박물관이라는 이름표만 없으면 아무도 트링박물관과 연관 짓지 못할 거라고 생각했다.

트링에서 박물관 도난 사건이 발생하고 몇 주 후, 에드윈이 집으로 가는 비행기를 타는 동안에도 그를 찾는 사람은 아무도 없었다. 박물관에서 물건이 사라졌다는 사실을 아는 사람도 없었다.

"매우 특수한 사건"

박물관 도난 사건이 있고 한 달이 지난 2009년 7월 28일 오전, 여느 때처럼 박물관에 출근한 마크 애덤스는 그날 얼마나 황당한 일을 겪을지 전혀 예상하지 못했다. 애덤스는 박물관을 방문한 어떤 연구원을 조류 컬렉션이 있는 곳으로 안내했다. "여기가 파이로데루스 스쿠타투스Pyroderus scutatus가 있는 곳입니다."[1] 애덤스는 전에도 다른 연구원들에게 수없이 보여주었듯이 한 캐비닛을 가리키며 문을 열었다. 하지만 붉은가슴과일까마귀, 즉 플라이 타이어들이 집까마귀라고 부르는 새가 들어 있던 서랍에서는 수컷 새들이 모두 사라지고 없었다.

깜짝 놀란 애덤스는 다른 서랍도 급히 열었다. 그곳도 비어 있었다. 다른 서랍도 마찬가지였다. 서랍에 남은 몇 마리 새들은 한쪽 구석에 끼어 있던 어른 수컷 한 마리를 제외하면 모두 가슴 깃털이 아직 자라지 않은 어린 수컷들뿐이었다.

애덤스는 즉시 모든 직원을 불러서 사라진 표본이 더 있는지 조사해보았다. 붉은가슴과일까마귀 근처, 코팅거류 새들이 있어야 할 서랍도 텅 비어 있었다. 푸른채터러는 상당히 많은 표본이 사라지고 없었다. 트로곤류Trogon family 캐비닛 안에 있어야 할 케찰도 모두 보이지 않았다. 직원들은 사라진 표본이 더 없는지 확인하다가 월리스가 수집한 다섯 마리를 포함해 극락조 수십 마리도 없어진 것을 발견했다. 남은 것은 깃털이 화려하지 않은 암컷 극락조들뿐이었다.[2]

박물관은 하트퍼드셔 경찰서에 연락해서 박물관의 유리창 파손 사건을 다시 조사해달라고 했다.

충격에 빠진 큐레이터들은 몇 주 동안 1500개의 캐비닛, 수천 개의 서랍을 일일이 열어보며 도난당한 표본이 얼마나 되는지 조사했다. 모두 16종 299마리의 새가 사라졌다. 조사 초기라 확실치 않았지만, 과학적인 범행은 아닐 것으로 추측되었다.[3] 강박적인 수집가라면 암컷이나 어린 새들도 가져갔을 테니까. 범인은 화려한 깃털을 가진 희귀종 새들을 쫓는 사람임이 틀림없었다.

죽은 새를 그렇게 많이 훔쳐갈 만한 사람이 누가 있을까?

아델 홉킨 경사는 박물관으로 향하는 동안 이 질문을 떠올리며 상당히 재밌는 사건이라고 생각했다. 갈색 머리를 어깨까지 단정하게 기른 아델은 미혼모이자 열정적인 형사였다. 그녀는 박물관 사건이 있기 몇 달 전, 경찰로 근무한 지 20년 만에 경사로 승진했다. 전에는 사복 차림으로 위장 수사나 마약 수사를 담당했고, 사기나 추행 사건에 취약한 주민들을 위해 '안전한 마을 만들기 프로그램'을 운영한 적도 있었다. 현재는 경사로서 팀을 이끌면서 하트퍼드셔카운티 안에서 일어나는 강도와 절도, 폭행 사건을 맡았다.

아델은 박물관에서 멀지 않은 곳에 살았지만 그곳에 가본 적은 별로 없었다. 그날 박물관 측의 전화를 받기 전까지는 앨프리드 러셀 월리스라는 이름을 들어본 적도 없었고 트링박물관 소장품이 얼마나 중요한 가치를 지녔는지도 몰랐다. 하지만 박물관이 소장품을 도둑맞은 사실을 너무 늦게 알아챈 것이 수사에 방해가 됐다는 점은 확실히 알았다. 그런 점에서 보면 일단은 범인이 유리한 고지에 있었다. 그날 집까마귀 표본을 보고 싶어 하는 방문객이 없었더라면, 박물관이 도둑맞은 사실을 알기까지 시간이 얼마나 더 걸렸을지 모를 일이었다.

CCTV 영상은 28일 동안 보관됐다. 창문이 깨진 것은 34일 전이었다. 영상이 남아 있지 않아 실망스럽기는 했지만, 사실 남아 있어도 수사에 크게 도움이 될 거라고는 생각하지 않았다. 트링은 심각하게 보안이 필요한 도시가 아니었기 때문에 기차역과 시내를 오가는 거리에 다른 감시카메라도 없었다. "흠……. 6.5킬로미터 안에 아무것도 없다……."[4] 아델은 이렇게 중얼거렸다.

범행 동기도 확실치 않았고, 범행 방법도 알 수 없었다. 하룻밤에 299마리의 표본을 모두 가져갔는지, 여러 달이나 여러 해에 걸쳐서 가져갔는지도 분명하지 않았다.[5] 어쨌든 마지막 전수조사는

10년 전이었으니까 언제 표본을 가져갔는지 정확히 알 수 없는 노릇이었다. 단독 범행인지, 박물관까지 차로 온 것인지, 다른 수단을 이용했는지도 알 방법이 없었다. 범죄 조직과 관련이 있을지도 몰랐다. 최근 몇 년간 영국을 포함해 세계 여러 박물관에서 중국산 옥이나 코뿔소 뿔이 도난당했고, 아일랜드 유랑민과 래스킬레 떠돌이 조직Rathkeale Rovers, 죽은 동물원단Dead Zoo Gang 같은 여러 범죄 조직이 관련되어 있었다.

수사 초기에 아델은 내부 직원도 의심했다.[6] 직원 중에 누군가가 몇 마리씩 주머니에 넣어 갔을 수도 있다고 생각했다. 하지만 직원들과 일일이 면담을 하면서 그들이 도난 사건으로 얼마나 충격을 받았는지 알아차리고는 그들을 용의선상에서 제외했다.

아델은 어느 유리창이 파손되었는지 알려달라고 했다. 처음 사건이 발생했을 당시 담당 경찰관이 조사를 하기는 했지만, 다시 살펴보고 싶었다.

창문은 약 2미터 높이였다. 키 큰 사람은 맨손으로 넘어갈 수도 있는 높이였지만, 쉽지는 않았을 것이다. 아델은 작은 증거라도 없는지 창문 위아래를 꼼꼼히 살펴보았다. 바닥에 엎드려 주위를 살펴보던 아델은 깨진 유리 조각과 라텍스 장갑 한 짝, 그리고 유리 커터를 발견했다. 유리 파편 중에는 핏방울이 묻은 것도 있었다. 그녀는 이전에 사건을 조사한 경찰이 놓친 증거물을 봉투에 담아 국립과학수사연구소로 보내 혈액과 지문 분석을 의뢰했다.

아델이 범죄 현장을 조사하는 동안 박물관 측은 사건 조사와 대외 홍보 사이에서 갈등했다. 대체할 수도 없는 귀한 표본을 잃은 것은 과학사에서 중대한 손실이자 박물관으로서는 상당히 당혹스러운 타격이었다. 누가 봐도 이번 사건이 너무 쉽게 이루어졌다는 사실은 상황을 더욱 악화시키기에 충분했다.

도난당한 표본의 수가 많으면 많을수록 자연사를 관리하고 지켜야 할 책임자로서 박물관 직원들이 얼마나 업무에 무책임했는지를 보여주는 것이었다. 특히 마크 애덤스는 이번 사건으로 타격이 컸다. 애덤스는 자신을 포함한 박물관의 큐레이터들은 표본들을 잘 보관하다가 다음 세대에 전하는 시대적 임무를 위임받은 사람들이라고 여겼다. 그런데 이런 일이 발생하다니.

사실 트링박물관이 도둑을 맞은 것은 이번이 처음은 아니었다.

1975년 휠체어를 타고 박물관에 나타난 한 남자가 박물관 소장품 중에 '알'을 담당하는 큐레이터와 이야기를 나누고 싶다고 했다. 그는 자신의 이름이 머빈 쇼트하우스라면서 업무 중에 전기 사고를 당해 장애인이 되었다고 했다. 그러면서 지금은 '알' 수집만이 인생의 유일한 즐거움이라고 했다.

당시 트링박물관의 알 컬렉션 책임자였던 마이클 월터스는 그의 처지를 안타깝게 여기고는 그를 특별실에 들여보내주었다.[7] 이후 5년간 쇼트하우스는 85번이나 박물관을 방문했다. 그러다 언젠가부터 그를 수상히 여긴 한 큐레이터가 몰래 지켜보다가 그가 호주머니에 알들을 슬쩍 집어넣는 장면을 목격했다. 경찰이 몸을 수색했더니, 박물관 바깥에 세워둔 자동차와 헐렁한 외투 안에서 무려 540개나 되는 알이 나왔다. 그의 집에서도 1만 개나 되는 알을 찾아냈다. 나중에 알고 보니, 그를 장애인으로 만든 '전기 사고'도 사실은 전선을 훔치기 위해 쇠톱으로 고압 전기선을 자르다가 발생한 것으로 밝혀졌다.

담당 검사는 쇼트하우스가 자연의 유산에 막대한 손해를 끼쳤다는 점을 강조하면서[8] 그가 범행을 들키지 않기 위해 박물관 표시를 없앤 뒤 개인 수집가들에게 알을 팔아왔음을 재판 과정에서 밝혀냈다. 쇼트하우스는 징역 2년 형을 받았지만, 월터스는 25년간 박물관이 입은 피해를 복구하기 위해 고생해야 했다.[9]

박물관과 관련된 또 다른 불명예스러운 사건이 있었다. 리처드 메이너츠하겐 대령은[10] 조류 표본을 허가 없이 반출했다는 이유로 대영박물관의 조류 전시실 출입이 금지된 상태였다. 하지만 1차 세계대전 당시, 레반트 지역에서 혁혁한 전공을 세운 장교이자 전문 사냥꾼이자 조류학자로도 활동했던 그는 박물관의 출입 금지 조치를 철회시키기 위해 월터 로스차일드 경에게 청탁을 넣었다. 18개월 뒤, 대령은 박물관에 다시 출입할 수 있게 되었다. 하지만 이후 30년간 박물관은 그가 새들을 훔쳐가는 것이 아닌지 계속 의심했다. 1967년 그가 죽고 개인 소장품 2만 점이 박물관에 기증됐고 다시 10여 년이 지난 후에야 살아생전 그가 꾸민 짓이 밝혀졌다. 메이너츠하겐은 수집가로서 세계적 명성을 얻기 위해 다른 사람이 수집한 새들의 이름표를 제거하고 자신이 발견한 것처럼 꾸며왔던 것이었다. 이후 관련된 다른 표본들도 데이터가 정확한지 의심을 받게 되었다.

당시 조류 전시실 책임자였던 프리스 존스 박사는 메이너츠하겐이 벌인 사기 행각의 규모를 파악하기 위해 이후 20년 가까이 힘든 시간을 보냈다.[11] 몇 년 전부터 다른 박물관들도 여러 차례 조류 표본을 도난당했지만, 다들 쉬쉬하고 있었다. 1998년과 2003년 사이,[12] 오스트레일리아 박물관에서 근무하던 해충 방제업자 헨드리쿠스 반 레이우웬이 감시가 느슨한 야간 근무를 틈타 무려 2000점에 달하는 해골과 뼈 표본을 훔쳤다. 좀 더 최근에는 슈투트가르트 자연사박물관에서 주로 코팅거류에 해당하는 조류 표본이 분실됐지만 끝내 범인은 잡히지 않았고, 다른 때와 마찬가지로 이 사건도 대중에게 공개되지 않았다.

프리스 존스 박사는 전 세계의 자연사박물관이 처한 어려움을 극복하기 위해 특히 큰 노력을 기울였다. 1999년 11월, 그는 '멸종 시대 조류 기록 보관소로서의 박물관'[13]이라는 주제로 영국 애스턴클린턴에서 학회를 주최했다. 거의 400만 점에 달하는 조류 표본을 보유한 유럽 25개국에서 130명의 큐레이터가 각국의 자연사박물관을 대표하여 학회에 참석했다. 그중 트링박물관은 가장 많은 조류 표본을 보유한 박물관이었다. 두 번째로 많은 표본을 보유한 네덜란드 나투랄리스 생물다양성 센터보다 네 배나 많은 양이었고 몇천 점을 보유한 룩셈부르크, 노르웨이, 이탈리아의 박물관보다는 훨씬 많은 양이었다. 이들은 모두 비슷한 어려움을 겪고 있었다. 예산은 계속 줄어들었지만, 도난 사건은 줄어들 기미가 보이지 않았던 것이다.

학회가 끝난 뒤, 그들은 유럽 각국에서 시간에 쫓기며 일하는 수많은 큐레이터가 암시장에서 주로 거래되는 특정 표본을 실시간으로 업데이트해서 정보를 교환할 수 있도록 '조류 큐레이터를 위한 유럽 연합 전자게시판electronic Bulletin Board for European Avian Curators(eBEAC)'을 만들었다. 한 박물관에서 범죄 단체가 연루된 도난 사건이 발생하면, 유럽의 다른 박물관도 바로 경계 태세를 강화했다. 시스템 관리는 트링박물관에서 맡기로 했다.

하지만 이번 사건의 경우, eBEAC 시스템이 작동하지 않았다. 트링박물관 직원들은 이번에 도난당한 표본들이 그렇게 중요한 가치를 지닌 것인지 판단이 서지 않았다.

트링박물관 관장은 이번 사건을 공개하면 박물관 평판에 큰 타격을 입겠지만, 표본을 회수하기 위해 그 정도는 감수해야 한다고 판단했다. 게다가 아델 경사에게도 단서가 될 만한 다른 자료가 필요했다. 지문 감식 결과가 나오려면 몇 달이 걸릴지 몰랐고, 결과가 나온다고 하더라도 지문 주인의 범죄 관련 기록이 없으면 무용지물이었다. 따라서 정보를 가진 누군가가 직접 나서주는 것이 제일 좋은 방법이었다.

범인을 찾는 것도 중요했지만, 그보다 더욱 시급한 문제가 있었다. 쇼트하우스나 메이너츠하겐 사건처럼 표본에 붙은 이름표가 손상되거나 변경되는 일 없이, 원상태 그대로 찾는 것이 중요했다. 수집 날짜와 지역 정보가 없으면, 그 표본과 관련하여 유의미한 추론을 끌어낼 수가 없으므로 연구원들에게는 쓸모가 없었다. 박제에 사용된 재료나 솜으로 학문적인 추론을 해볼 수는 있지만, 시간도 엄청나게 걸릴뿐더러 확실한 결과를 보장할 수도 없었다.

박물관 측은 아델 경사의 도움을 받아 보도 자료를 작성했다.

박물관 과학관의 책임자인 리처드 레인이 보도 자료를 읽었다. "이런 식으로 우리 박물관이 타깃이 되어 매우 참담한 심정입니다. 저희는 무엇보다 사건 해결을 최우선 과제로 삼아 경찰에 최대한 협조할 것이며, 한시라도 빨리 잃어버린 표본을 찾아 후대 과학자들에게 무사히 전해지도록 최선을 다할 것입니다."[14]

"이번 일은 매우 특수한 사건입니다." 아델 경사의 상관, 프레이저 와일리 경위가 말했다. "박물관 침입 당일이나 전후로, 박물관 근처에서 수상한 행위를 하는 사람을 목격하신 분은 수사에 협조해주시기를 바랍니다." 경찰은 연락처 정보와 함께 익명을 원하는 제보자들을 위해 크라임 스토퍼스Crime Stoppers 직통 전화번호도 제공했다.

이 보도는 BBC,《텔레그래프》지 같은 영국 매스컴 몇 곳과 Nature.com, 대학 박물관 및 화랑 협회 같은 몇몇 사이트에서만 간단히 다뤄졌다. 하지만 FlyFisherman.com, FlyTyingForum.com 그리고 에드윈이 가장 많이 이용한 ClassicFlyTying.com을 포함해 플라이 타잉과 관련된 거의 모든 사이트에 이 보도 자료가 올라왔다.

달아오른 깃털과 식어버린 흔적

"누가 박물관에서 새 표본을 훔쳐갔대."[1] 앤턴이 수화기 너머로 외쳤다. "인터넷에 기사가 떴어!"

에드윈은 여름 방학을 막 끝내고 런던에 돌아와 있었다. 에드윈은 컴퓨터 앞으로 달려가 기사를 찾아보았다. 프레이저 와일리 경위의 인터뷰 기사가 있었다. "그러한 표본을 수집하는 분들께서는 누군가 박물관에서 도난당한 것과 비슷한 표본을 들고 접근하면 저희에게 바로 연락주시기 바랍니다."[2]

경찰은 여전히 안개 속을 헤매고 있었다. 와일리 경위는 '절도단'[3]이 새 수집가들의 사주로 범죄를 저질렀을 수도 있다고 했다. 그러면서 표본 299마리면 쓰레기봉투 여섯 장 정도가 필요했을 거라고 추측했다. 한 기자가 그 표본들이 타깃이 된 이유를 물어보자 화려한 깃털이 필요한 재단사나 보석상이 범죄 단체에 돈을 주고 부탁했을 수도 있다고 했다. "모든 가능성을 열어두고 있습니다."[4] 그리고 이렇게 덧붙였다. "낚시 업계에도 수요가 있을 것으로 추측합니다."

결국 정식 수사가 시작되고, 언론에도 모든 것이 공개됐다. 에드윈은 이제 돌이킬 수 없다고 생각했다.[5] 이제는 새를 돌려줄 수도, 잘못했다고 용서를 빌 수도 없었다. 새들을 어디 깊숙이 감춰뒀다가 10년 정도 지나서 경찰이 포기할 때쯤 팔까? 아니면 계획한 대로 그냥 밀고 나갈까? 생각해보니 적당히 이야기만 지어내면 될 것 같았다. 어차피 그들은 한 달이 넘어서야 자기들이 도둑맞은 사실을 알아내지 않았나? 시간이 지나면 금방 잊어버릴 거라는 생각도 들었다.

에드윈은 왕립음악원에서 3학년을 시작한 직후인 10월에 깃털을 낱개로 보관하기 위해 가로 2.25인치, 세로 3인치인 소형 지퍼백 1100개를 구매했다.[6] 부위별로 잘라낸 가죽을 보관하기 위해 가로 4인치, 세로 5.5인치인 지퍼백도 500개 주문했다. 11월 12일[7], 에드윈은 플라이 사이트에 접속해서 '판매' 게시판을 살펴본 뒤 새로운 글을 올렸다. "집까마귀 깃털 판매. 새 플루트 구매용!"

"새 플루트를 장만하려고 합니다." 에드윈은 게시판에 이렇게 글을 남겼다. "까마귀 깃털을 조금 팔아서 돈을 보태려고 해요." 상품을 언급할 때는 라틴어 이명법二名法에서 쓰는 명칭인 파이로데루스 스쿠타투스Pyroderus scutatus를 줄여 'P.S.'라고 썼다.

"종류는 P.S. 스쿠타투스^Scutatus와 P.S. 그라나덴시스^Granadensis 두 가지이고, 전부 최상급입니다. 그라나덴시스는 수량이 얼마 없어서 선착순으로 드립니다. 구매 수량에는 제한이 없습니다. 판매 가는 스쿠타투스 라지 95달러, 미디움 85달러, 스몰 80달러, 그라나덴시스 라지 120달러, 미디엄 95달러, 스몰 90달러, 사이즈 별로 10점씩 판매합니다." 에드윈은 검은색과 주황색이 섞인 집까마귀 깃털 사진도 올렸다.

반응은 엄청났다. 다음 날 에드윈은 지퍼백을 더 주문했다.[8] 이번에는 새 한 마리가 통째로 들어갈 만한 큰 지퍼백을 구매했다. 이틀 뒤에 게시판에 들어가서 집까마귀가 얼마 남지 않았다는 글을 남겼다. "필요하신 분은 지금이 기회입니다!"[9]

11월 28일,[10] 에드윈은 트링을 처음 방문하기 몇 달 전에 만든 'Fluteplayer 1988' 계정으로 청록색 푸른채터러 사진을 이베이에 올렸다. 경매 소식이 플라이 사이트에도 알려지면서 놀랍다는 반응이 올라왔다.

앵글러 앤드루 저도 영국 출신이지만 영국에서 물건이 올라온 경우는 처음 봅니다. 10분 남았는데 아직 입찰은 없군요. 아, 나도 복권에 당첨되고 싶다!

몬쿼터 홈, 판매자가 'Fluteplayer 1988'이라니. 에드윈 리스트도 최근에 새 플루트를 산다고 집까마귀 깃털을 팔았는데, 설마 같은 사람은 아니겠죠? 아무튼 에드윈이라면 상태는 좋겠죠. 정직한 판매자니까요.

미치 저는 어쨌든 에드윈이 잘되면 좋겠어요. 크리스마스 전에 새 플루트를 장만하길……. 힘내요.

한편, 아델은 라텍스 장갑과 핏방울, 유리 커터의 감식 결과를 기다리고 있었다. 하지만 좋은 소식을 기대하지는 않았다.[11] 지문이 등록된 전문 절도범이라면 증거물이 될 만한 것들은 철저하게 관리했을 것이다. 아델 경사는 야생동물 밀거래를 단속하는 야생동물보호국에 연락했다. 불과 3년 전에 설립된 야생동물보호국은 야생동물보호법과 관련된 범죄 정보를 다루는 특수 경찰 조직으로, 히스로 공항의 CITES 팀을[12] 관리하는 영국 국경관리청 같은 다양한 정부 기관과 긴밀하게 협조하며 야생동물 보호에 앞장섰다. 아델은 희귀 새를 다량 소지한 사람이 나타나면 바로 연락해달라고 야생동물보호국에 특별 감시를 요청했다.[13]

이 무렵, 치과 의사이자 열성적인 플라이 타이어였던 '모티머'라는 사람이 아프리카에서 낚시 여행을 마치고 미국 북서부 집으로 돌아가는 길에 여덟 시간 동안 스톱오버*를 위해 런던에 들렀다. 모티머는 택시를 타고 쥬리스호텔로 향했다. 호텔 레스토랑에

● 여정 상의 두 지점 사이에 잠시 머무는 것.

서는 에드윈이 그를 기다리고 있었다.

에드윈은 맥주 한 잔을 주문한 뒤 모티머가 이메일로 관심을 보였던 깃털을 보여주었다.[14] 에드윈은 다른 사람들의 눈을 의식하지 않았다. 모티머가 깃털을 살펴보는 동안, 에드윈은 학비에 보태기 위해 귀족 출신 수집가 두 명의 수집품 처분을 도와주고 있다고 설명했다. 모티머는 그 물건들이 합법적인 것인지 확신이 들지 않아 공항에 가져가기가 꺼림칙했다.[15] 그래서 계약금만 지불하고 불꽃바우어새와 집까마귀, 푸른채터러를 우편으로 받겠다고 했다. 모티머는 7000달러짜리 수표를 건넸다. 나중에 모티머의 치과에 소포가 도착했을 때, 미국 어류 및 야생동물보호국에서 발행한 확인 검사지가 동봉되어 있었다. 에드윈이 넣었거나, 그 기관에서 깃털을 확인하고 통과시켜 주었거나, 둘 중 하나였다.

87세인 필 캐슬맨은 이 업계에서 가장 오랫동안 깃털을 공급한 낚시용품 판매업자였다. 그는 매사추세츠주 스프링필드에서 캐슬암스라는 가게를 운영하며, 메일링 리스트에 있는 1500명의 고객에게 64년 동안 깃털을 판매해왔다. 동물 가죽과 박제 새, 100개가 넘는 연어 플라이 액자가 전시된 쇼룸은 예약 손님만 방문할 수 있었다. 캐슬맨은 경쟁 업체에서 헐값에 깃털을 처분하고 있지 않은지, 광적인 수집가가 없는지 시장 동향을 항상 주시했다. 에드윈이 깃털 판매를 시작하고[16] 얼마 지나지 않아 캐슬맨 가게에도 전화가 울려댔다. 그의 오랜 고객들이 영국에서 희귀 깃털 경매가 올라온다고 알려준 것이었다. 그들은 상품을 미국으로 배송받는 것에 법적으로 문제가 없는지 물었다. 캐슬맨은 유럽과도 거래를 많이 했지만, 영국에도 그런 깃털을 판매하는 업자가 있는 줄은 몰랐다.

캐슬맨은 고객들로부터 계속 문의 전화를 받았던 반면, 에드윈은 아무런 질문도 받지 않았다.[17] 에드윈한테 깃털을 사가는 사람들은 대개 에드윈이 플라이를 처음 만들 때부터 알고 지내오기는 했지만, 질문 같은 것은 하지 않았다. 깃털에 중독된 사람들은 알고 싶지 않은 부분에 대해서는 굳이 알려고 하지 않았다. 에드윈도 이것을 잘 알고 있었다. 간혹 알고 싶어 하는 고객들이 있으면, 몇 가지 시나리오를 돌아가며 사용했다. 어떤 것은 골동품 가게 구석에서 찾았고, 어떤 것은 벼룩시장에서 찾았다고 했다. 극락조 깃털은 파푸아뉴기니에 사는 친구와 어떤 거래의 대가로 받은 것이라고 둘러댔다.

2010년이 밝았지만 범인을 잡을 단서는 나오지 않았다. 박물관 큐레이터들은 도둑맞은 표본에 그동안 관심을 보였던 사람을 찾기 위해 예전 이메일을 모두 뒤져서 특별히 의심 가는 두 사람을 골라냈다.[18] 캐나다인 퀵 쿠튀리에와 미국인 에드 머제롤. 두 사람 모두 몇 년 전에 박물관 표본을 구매할 수 있는지 문의했다가 거절당한 경력이 있었다. 아델 경사는 진짜 범인이 두 사람과 얼마나 가까운 관계인지는 짐작하지도 못한 채, 두 사람을 용의자 명단에서 제외했다. 머제롤은 범인에게 처음으로 연어 플라이 만드는 법을 가르쳤고, 쿠튀리에는 트링박물관의 존재를 처음으로 범인에게 알려줬지만, 아델이 그 사실을 알 리 없었다.

큐레이터들은 표본을 반드시 되찾겠다는 입장을 공개적으로 밝혔지만, 내부적으로는 이미 다른 결론을 내린 상태였다.[19] 지금쯤이면 표본들은 온전한 상태일 리가 없고, 당연히 이름표도 없어졌을 거라고. 그렇게 되면 연구 자료로서 더는 가치가 없었다. 박물관의 이런 부정적인 가정이 경찰 수사에도 영향을 끼쳤는지는 확실하지 않다. 확실한 것은 범인이 그들 코앞에 있었다는 것이다. 경찰은 플라이 타이어들도 범죄와 관련이 있을 것으로 추정했다. 경찰이 찾고 있는 그 표본을 인터넷에서 한번 찾아보기만 했어도 ClassicFlyTying.com에 올라온 글을 꽤나 찾을 수 있었을 것이다. 그중에는 이베이에서 깃털을 판매하는 에드윈에 대한 글도 포함되어 있었다. 그리고 에드윈은 인터넷에 깃털 판매 글을 올릴 때면 항상 라틴어 학명을 썼다. 트링박물관의 캐비닛, 지금은 텅 비어버린 그 캐비닛에 붙은 이름대로 말이다.

트링박물관에서 일어난 두 차례의 도난 사건의 범인들, 즉 쇼트하우스와 메이너츠하겐도 표본을 훔쳐가기 전에 박물관을 방문했었다. 이번 범인도 그럴 가능성이 충분히 있었다. 그해 조류관을 다녀간 방문객은 많아야 200명 남짓이었다. 범인이 신분을 속이고 박물관에 들어왔다 해도 그가 사용한 가짜 이름이라도 방명록에 남아 있지 않았을까?

물론 방명록에는 에드윈 리스트라는 이름이 2008년 11월 5일자로 버젓이 남아 있었다. 따라서 인터넷에서 '에드윈 리스트'를 한 번이라도 찾아봤다면, 연어 플라이 관련 웹사이트와 이베이에 올린 글이 줄줄이 나왔을 것이다. 하지만 6개월이 지나도록 경찰은 아무것도 찾지 못했다.

아델 경사는 다른 폭행과 절도, 강도 사건을 처리하느라 눈코 뜰 새 없이 바빴다. 결정적인 단서가 나타나지 않는 한, 박물관 도난 사건은 결국 미제로 남을 수밖에 없었다.

새해가 밝고도 에드윈은 더할 나위 없이 만족스러운 나날을 보냈다. 현금이 필요할 때마다 이베이나 인터넷 게시판에 깃털을 팔겠다는 글을 올리면 하루도 지나지 않아 전부 팔렸다. 우체국에 잠시 들렀다만 오면 돈이 계좌로 척척 입금됐다. 필요할 때마다 얼마든지 반복할 수 있는 일이었다.

3월 6일,[20] 에드윈은 깃털 몇 점을 포장해서 스프링 플라이 피싱 박람회가 열리는 뉴어크로 향했다. 가격만 괜찮으면 거기서 직접 팔기로 했다. 뉴어크는 런던에서 북쪽으로 몇 시간만 가면 되는 곳이었다.

데이브 칸은 마침내 에드윈을 직접 보게 된다는 생각에 한껏 기대에 부풀어 있었다.[21] 그는 플라이 타이어들 사이에서 인기가 좋은 집까마귀 깃털을 사기 위해 최근 어머니한테 3500달러를 빌려 에드윈에게 송금했다. 칸은 열세 살 때부터 연어 플라이를 만들었다. 어렸을 때도 용돈이 생기면 자신이 일하던 낚시용품점에서 플로리칸느시Florican Bustard와 수컷 멧닭 깃털을 샀다.

칸은 박람회장에서 에드윈이 푸른채터러를 가죽 단위로 옌스 필고르에게 파는 모습을 보았다.[22] 덴마크인 대장공인 필고르는 물결무늬로 유명한 다마스쿠스 수공 강철 칼, 중세 시대의 무기, 바이킹 스타일의 장신구 같은 수집품을 모으는 것으로 유명했다. 그는 '새와 깃털 플라이-타잉'이라는 낚시용품점을 운영하면서 플라이 타잉 재료를 팔았다. 필고르가 사람들의 찬사를 받으며 플라이를 만들고 있을 때, 에드윈이 다가가 깃털을 보여주었다. 거기 있던 관중은 물론 필고르도 깃털의 상태가 너무 좋아서 깜짝 놀랐다. 필고르가 "왜 이것들을 파느냐?"[23]고 묻자, 에드윈은 새 플루트를 장만하려 한다고 답했다. 필고르는 집까마귀 가슴 깃털과 불꽃바우어새 깃털, 그리고 푸른채터러 한 마리를 샀다. 가격은 6000달러였다.[24] 덴마크 오르후스의 집으로 돌아가면 그의 소장품 중에 4500달러에 상당하는 말레이쇠공작을 보내준다는 조건도 함께였다. 에드윈은 점점 늘고 있는 자신의 고객에게 그 말레이쇠공작도 팔 수 있겠다는 생각에 돈 대신 깃털을 일부 받았던 것이었다.

2010년 4월, 에드윈은 일본행 비행기를 탔다. 킹스칼리지런던에서 최근 일어 수업을 듣기 시작했고,[25] 심지어 국제 일본어 말하기 대회에도 참가했다. 트래블 패스를 사서 도쿄와 교토를 방문하고, 고속철도 신칸센도 이용했다. 에드윈은 타잉 재료를 챙겨가 벚꽃이 아름답게 핀 어느 공원에서 집까마귀와 푸른채터러로 '팜햄 플라이$^{Popham\ Fly}$' 타잉을 선보였다.

에드윈은 영국으로 돌아온 뒤, 옌스 필고르에게 메일을 보내[26] 극락조를 보내주는 친구가 왕극락조 몇 마리를 구할 수 있을 것 같다고 알려주었다. 필고르는 수십 년간 깃털 시장에서 극락조 깃털은 몇 번밖에 본 적이 없었다. 런던에 사는 스무한 살짜리 미국 학생이 대체 어떻게 공급처를 찾았을까? 필고르는 의아했다.

인터넷에는 에드윈이 깃털을 거래한 증거가 계속 쌓여갔지만, 아델 경사와 트링박물관 큐레이터들은 여전히 용의자를 찾지 못했다. 야생동물보호국도 공항에서 깃털이 발견됐다는 소식을 듣지 못했고, 유리 조각에 묻은 핏방울과 라텍스 장갑, 유리 커터도 쓸 만한 정보를 제공하지 못했다. 이제 깃털을 찾겠다는 의지는 공식적으로 식어버리고 말았다.

마음껏 활개를 치고 다니던 에드윈은 한 달 뒤에 영국에서 수백 킬로미터 떨어진 네덜란드의 작은 마을에서 자신의 고객이 무심코 내뱉은 한마디 때문에 모든 것이 무너질 위험에 처하게 된다는 사실은 알지 못했다.

Fluteplayer 1988

에드윈의 계획이 틀어지기 시작한 순간이 있다면, 암스테르담에서 동쪽으로 한 시간 반 거리인 즈볼러시 외곽에서 네덜란드 플라이 박람회가 열렸던 2010년 5월 말을 꼽을 수 있을 것이다.

네덜란드 플라이 박람회는 즈볼러시 서쪽의 드론트미어 호수 근처에서 2년마다 열렸다. 빳빳한 흰색 몽골 텐트를 치고, 그 옆에 스웨덴, 네덜란드, 아이슬란드 국기를 꽂았다. 중세풍의 숯불 화로에 향나무 도마를 걸쳐두고 어마어마한 크기의 연어 스테이크를 지글지글 굽는 가운데 백파이프를 든 두 남자가 왕의 입장을 알리면, 벨벳 가운을 입은 네덜란드 왕이 왕가 문양이 새겨진 낚싯대를 들고 익살스러운 표정으로 걸어 나왔다.[1]

중앙 텐트에서는 세계 각국에서 참가한 플라이 타이어 수십 명이 화려한 타잉을 선보였다. 네덜란드인 건축기사인 앤디 부크홀트는 구하기 힘든 깃털을 사용해 연어 플라이를 만들었다. 척 푸림스키도 있었다. 기다란 팔자수염이 트레이드마크인 그는 미국 동부 뉴저지 서머싯에서 열리는 국제 플라이 타잉 심포지엄의 주최자였다. 그의 옆에 놓인 유리 진열장 안에서 빈티지 스타일의 릴과 낚싯대가 번쩍거렸다.

북아일랜드에서 온 사람도 있었다. 그 '아일랜드인'은 20년간 특수 경찰로 근무했다. 수십 년간 이어진 북아일랜드 분쟁 기간에 첩보원으로 활동하며 여러 번의 폭격과 총격 사고에도 가까스로 살아남았다. 그는 암울했던 과거를 잊기 위해 바다 연어 낚시에 쓰이는 새우 플라이를 만들면서 타잉을 독학으로 배우기 시작했다.[2] 최근 정통 연어 플라이에 입문하여 고수들의 솜씨를 구경하기 위해 즈볼러까지 왔지만 다른 사람들처럼 희귀 깃털에 집착하지는 않았다.

아일랜드인은 텐트 안을 이곳저곳 둘러보다가 부크홀트의 부스에 이르렀다.[3] 안경을 쓰고 바이스 앞에서 작업하는 부크홀트 옆에 작은 서랍 20개가 달린 빅토리아식 캐비닛이 놓여 있었다. 본래는 현미경 슬라이드를 보관하는 캐비닛이었다. 부크홀트는 서랍을 하나씩 열어, 100개도 넘는, 따라서 돈으로 따지면 수천 달러가 넘을 희귀 깃털을 꺼내 플라이를 만들었다.

부크홀트는 아일랜드인과 희귀 깃털에 관한 이야기를 주고받다가 최근 사들인 최상급 푸른채터러를 자랑하고 싶어 입이 근질거렸다. 아일랜드인은 부크홀트가 자랑하는 깃털을 보았다. 말끔하게 쭉 뻗은 깃털 상태를 보니 이베이에 가끔 올라오는 빅토리아 시대 모자에서 뽑은 일반적인 깃털로 보이지 않았다.[4] 눈동자는 아주 오래된 솜으로 채워져 있고, 날개와 다리는 몸통 쪽으로 바짝 묶여 있었다.

"어디서 사셨습니까?" 아일랜드인이 무심한 말투로 물었다. 거의 1년 전쯤 트링에서 일어난 도난 사건에 관한 기사가 떠올랐다. 박물관 소장품만큼 상태가 좋은 가죽을 보는 순간 머릿속에서 스파크가 튀면서 그 사건과 어떤 관계가 있는 것은 아닌지 의심스러웠다.

"영국에 있는 에드윈 리스트라는 젊은 녀석에게서요."[5]

집으로 돌아온 아일랜드인은 ClassicFlyTying.com에 들어가 게시판에 올라온 깃털 판매 관련 글들을 클릭했다. 네덜란드 박람회 전날에도 한 건이 올라와 있었다. '수컷 불꽃바우어새 전체 가죽 깃털 판매'[6]라는 그 글은 조회수가 이미 1118회가 넘었다. 이베이에는 극락조와 관련된 글도 여러 건 올라와 있었다. 회원들은 판매자가 영국에 있다고 했다. 아일랜드인은 이베이에 올라온 글들도 대부분 같은 판매자가 올렸다는 사실을 알아냈다.

그는 하트퍼드셔 관할 경찰서에 전화해서 'Fluteplayer 1988'이라는 계정을 사용하는 이베이 회원을 조사해보라고 말했다.

메시지를 전해 받은 아델 경사는 'Fluteplayer 1988'의 본명과 주소지를 알려달라는 협조 공문을 이베이에 보냈다.

이베이는 에드윈 리스트라는 이름을 보내주었다. 아델이 경찰 시스템에 접속해서 살펴보니 그는 왕립음악원 학생이었다. 그녀는 마크 애덤스와 로버트 프리스 존스에게도 이 사실을 알렸다. 박물관은 방명록에서 에드윈 리스트의 이름을 찾아내 도난 사건이 있기 6개월 전에 그가 방문했다는 사실을 확인해주었다.

아델은 쉽게 흥분하는 사람이 아니었지만, 이번만큼은 이 사건을 맡은 후 가장 결정적인 증거를 찾았다는 확신이 들었다. 아델은 학교에 급히 전화를 걸어 에드윈이 사는 곳을 물었다. 그러나 에드윈은 이미 영국을 떠나고 없었다. 여름방학이 시작되어 2주 전에 미국으로 돌아갔고, 이베이에 등록한 주소지에서도 짐을 뺀 뒤였다.

13개월 만에야 겨우 유력한 용의자를 찾았건만 불과 14일 차이로 눈앞에서 그를 놓치고 말았던 것이다.

아델이 소속된 부서는 예산이 넉넉하지 않았다.[7] 런던행 기차표도 간신히 결재받았다. 그런데 뉴욕행 비행기라니, 어림도 없었다. 아델은 표본, 즉 새들의 상태가 걱정스러웠다. 시간을 끌수록 박물관 이름표가 사라질 가능성이 컸고, 그러면 표본으로서의 가치도 없어지는 것이었다. 표본은 지금 어디에 있을까? 미국에 가져갔을까? 영국에 있다면 지금 어디에 있을까?

에드윈을 영국에 인도해달라고 협조를 부탁해도 미국에서는 거절할 가능성이 컸다. 따라서 아델은 에드윈이 제 발로 영국에 돌아오기를 기다리는 편이 낫겠다고 판단하고, 표본은 미국으로 가져가지 않았기를 비는 수밖에 없었다.

9월 13일, 왕립음악원에서 보내는 마지막 학년인 4학년 가을 학기가 시작됐다. 하지만 아델 경사는 여전히 에드윈의 행방을 몰랐다. 정확한 주소지가 없어서 수색 영장도 발부받을 수 없었다. 아델은 학교 측의 연락만 기다렸다. 학교 측은 에드윈이 주소지를 등록하면 알려주기로 했던 것이다.

한편 영국으로 돌아온 에드윈은 깃털을 파느라 정신이 없었다. 메일 주소를 등록해놓은 고객에게 메일을 보내 2010년 9월 신상품 컬렉션을 선보였다.[8] 푸른채터러 '전체 가죽'을 1000달러에, 배송료는 따로 지불하는 조건으로 팔았다. 몇 주 뒤, 에드윈은 옌스 필고르에게 극락조 깃털을 판매하고 싶다는 메일을 보냈다.[9]

에드윈은 이번에도 뜨거운 반응을 예상하며 이베이에 새 주소지를 업데이트했다.

이베이는 용의자가 새 주소지를 등록하면 연락해달라는 아델 경사의 요청에 따라 곧장 새 주소를 전해주었다. 왕립음악원에서 지하철로 18분 거리에 있는 윌즈덴그린의 한 아파트였다.

에드윈이 플라이 사이트 게시판에 마지막으로 글을 올린 날짜는 2010년 11월 11일이었다. '혼합 세트'[10]라는 제목으로 글을 쓰고는 깃털 아홉 종류를 두 개씩 묶어서 어두운 색상의 천 위에 가지런히 놓고 찍은 사진도 올렸다. 사진에는 종류별로 이름과 구매 가능한 수량을 굵은 글씨로 표시했다.

그날 밤 에드윈은 여자 친구와 평소보다 빨리 잠자리에 들었다.[11] 다음 날 리허설이 있어서 최상의 컨디션을 유지해야 했다. 베를린 필하모닉에서 연주하겠다는 꿈이 실현될 날도 얼마 남지 않은 것 같았다. 얼마 후에 세계 최고의 음악대학을 졸업하고 세계에서 가장 훌륭한 오케스트라에서 오디션을 받는 모습을 상상했다. 보스턴 심포니 오케스트라는 이미 오디션을 제안한 상태였다.[12] 에드윈의 나이, 이제 겨우 스무살이었다.

2010년 11월 12일 이른 아침,[13] 동료 두 명과 함께 헤멀햄프스테드 경찰서를 출발한 아델 경사는 'Fluteplayer 1988'의 주소지를 GPS에 입력하고 런던으로 차를 몰았다. 아델 경사는 다른 증거가 없었다면 범죄 기록도 없는 미국인 유학생이 범인일 거라고 확신하지 못했을 것이다. 하지만 그녀에게는 이베이 거래 내역이 있었다. 그 안에는 희귀 새들의 판매 내역과 좀약, 지퍼백, 유리 커터의 구매 내역이 있었다. 에드윈이 트링박물관을 방문했다는 사실도 있었다. 아델은 에드윈이 범인이 틀림없다고 생각했다.

오전 8시 몇 분 전, 에드윈 집의 초인종이 울렸다. 이미 깨어있던 에드윈은 여자 친구가 깨지 않도록 조심하면서 리허설 장소에 나갈 준비를 하고 있었다.[14] 그는 초인종 소리를 들었지만, 처음에는 그냥 무시했다. 도착할 택배도 없었고 나갈 준비를 하느라 마음이 급했던 것이다. 하지만 이제는 누군가가 문을 세게 두드리고 있었다.

"누구세요?"

에드윈이 문 뒤에서 말했다.

"경찰입니다."

아델이었다.

"문 여시죠."

박물관을 침입한 지 500일 하고도 7일이 지났다. 문을 연 에드윈은 아델을 흘낏 쳐다봤다.

"무슨 일이시죠?"[15]

감옥에 갇히다

아델 경사가 트링박물관 도난 사건을 수사 중이라면서 수색 영장을 꺼내자 에드윈은 곧바로 범행을 인정했다.[1] 새들을 금세 찾을 테니 부인하는 것은 의미가 없었다.

에드윈은 경찰들을 방으로 데려갔다.[2] 방금 잠에서 깬 여자 친구가 무슨 일이냐며 어리둥절한 표정으로 그들을 바라보았다. 에드윈은 증거물이 들어 있는 종이 상자를 가리켰다.

"그때는 제가 심리적으로 문제가 좀 있었어요."[3] 에드윈이 말했다. "아주 힘들었어요. 하지만 바로 후회했어요. 다음 날 바로 갖다 두려고 했는데……. 잘못했어요." 에드윈은 방 한쪽에 있는 평면 TV를 가리키면서 저것도 학교 기숙사에서 훔친 거라고 했다.[4] 아무도 TV를 왜 가지고 나가는지 묻지 않았다고 했다.

아델의 동료 경찰은 이제 범죄 현장이 되어버린 에드윈의 방에서 새들의 사진을 찍고, 가죽, 깃털 등을 증거물로 압수했다. 박물관에서 가져온 것이 아닌, 옌스 필고르에게 받은 말레이쇠공작 깃털도 압수당했다. 노트북도 챙겼고, 카메라와 여권도 빼앗았다.

에드윈은 그제야 무슨 일이 벌어지는지 실감했다. 그는 머릿속이 하얘졌다. 그렇게 치밀하게 모든 일을 계획했지만, 이런 순간은 전혀 예상하지 못했었다.

아델은 에드윈을 경찰차에 태웠다. 유죄를 인정한 용의자를 뒷좌석에 태우고 증거물을 트렁크에 실은 다음 런던과 트링 중간쯤에 있는 왓퍼드 경찰서로 향했다. 경찰서에는 유치장 혹은 감옥이라고 부르는 방 16개가 갖춰져 있었다. 그들은 에드윈의 '머그샷●'을 찍고 현장에서 발견된 혈흔과 대조하기 위해 혈액 샘플을 뽑은 다음 유치장 안으로 들여보냈다.

밖에서 문이 잠기자 에드윈은 갑자기 너무 불안해졌다.[5] 얼마나 이곳에 있어야 하는 걸까? 심지어 자신이 그곳에 갇혔다는 것을 아는 사람도 없었다. 박물관에서 깃털을 훔치고 처음 며칠은 불안했지만, 그 후로는 잡히지 않을 거라고 거의 확신하고 있었다. 하지만 감옥에 갇히고 보니 이제는 아무것도 확신할 수 없었다. 진짜로 감옥에 가게 되는 건가? 우리 가족은 어떻게 될까? 보스턴 심포니 오디션은? 내 미래는?

● 범인을 식별하기 위해 구금 과정에서 촬영하는 얼굴 사진의 은어.

아델은 트링박물관에 전화해 반가운 소식을 전했다.[6] 되찾은 표본은 박물관 직원들이 확인해주어야 하므로 담당 큐레이터에게 경찰서로 와달라고 했다. 아델 경사에게는 빛나는 순간이었다. 그녀는 사건을 맡은 뒤 박물관 직원들을 잘 알게 됐다. 특히 프리스 존스 박스는 앨프리드 러셀 월리스의 세계를 소개해주고, 새 가죽이 과학적으로 얼마나 중요한 가치가 있는지 알려주었다. 그녀는 돈으로 따질 수 없는 표본의 가치를 알게 된 덕분에 이 사건에 몰두했고, 마침내 사건을 해결하게 되었다. 범인은 감옥에 있고, 이제 조사만 남았다. 그다음은 검찰청에서 알아서 처리할 것이다. 에드윈은 범행을 인정했으니 재판까지 갈 필요도 없이 바로 선고를 받는 일만 남았다.

경찰서에 도착한 마크 애덤스가 표본을 살펴보기 시작했다. 에드윈이 가져간 새 299마리 중에 온전한 형체로 에드윈의 집에 남아 있던 것은 174마리였고, 그중 102마리에만 이름표가 그대로 남아 있었다.

박물관에는 어마어마한 타격이었다. 고작 3분의 1만 과학적 활용 가치가 있는 상태로 돌아온 것이다. 어떤 종은 훨씬 더 심각했다. 불꽃바우어새는 17마리를 잃어버리고 아홉 마리를 찾았지만 전부 이름표가 없었다. 집까마귀는 47마리 중에 아홉 마리를 찾았지만, 이름표가 있는 것은 네 마리밖에 없었다. 월리스가 수집한 극락조는 세 마리만 이름표가 붙은 상태로 돌아왔다(에드윈의 방에서 발견된 찢어진 이름표 두 개는 월리스가 직접 작성한 것이었다). 왕극락조는 37마리 중에 세 마리만 이름표가 붙어 있었다.

그나마 제대로 새의 모양을 갖춘 표본 숫자가 그 정도였고, 나머지는 모두 지퍼백에 들어간 깃털이거나 혹은 가슴, 어깨, 머리, 목 등의 부위로 잘라낸 조각난 가죽이었다. 그렇게 낱낱이 분리된 깃털을 다시 모아 어떤 종의 어떤 새인지 선별하는 작업도 쉬운 일이 아니었지만, 힘들게 작업을 마치더라도 과학적으로 아무 의미가 없다는 점이 더욱 안타까웠다. 깃털만으로는 과학적으로 아무런 쓸모가 없으니까.

몇 시간 후, 아델은 에드윈을 조사실로 데려갔다. 아델은 변호사가 필요하냐고 물었다. 에드윈은 수사에 협조하면 무사히 넘길 수 있지 않을까 하는 기대감에 변호사 선임권을 포기하고 모든 것을 순순히 자백했다.[7] 에드윈은 옌스 필고르, 앤디 보크홀트, 데이브 칸, 모티머 등 깃털을 사간 사람의 이름을 줄줄이 댔다. 그리고 그들이 얼마를 지불했는지도 모두 말했다. 딱히 죄책감은 들지 않았다.[8] 어쨌든 아무 의심 없이 자신을 믿은 것이 그들의 실수라면 실수였으니까.

그때쯤 아델의 동료 경찰들은 에드윈에게 압수한 노트북에서 이메일 거래 내역과 스카이프 채팅 기록, 그 외에 다른 파일을 모두 찾아냈다. 경찰은 에드윈 말고도 범행에 가담한 사람이 있는지 찾아봤다.

아델은 공범이 있는지 물었다. 박물관에 침입하기 전에 에드윈과 메일을 주고받았던 사람들의 이름을 대며 집요하게 물었지만,

에드윈은 끝까지 혼자서 했다고 주장했다.

한창 심문 중에 파리 한 마리가 천장 배관에서 아델의 공책으로 날아왔다.

"이런! 여기도 플라이*가 있네."[9] 아델은 이렇게 소리치며 파리를 손가락으로 튕겼다. 파리는 책상 위를 날아가 에드윈 옆에 떨어졌다. 에드윈은 잽싸게 옆에 있던 유리잔을 파리 위로 덮어씌웠다.

약 한 시간 뒤 조사가 끝났다. 아델 경사는 에드윈에게 알아낼 만한 정보는 모두 알아냈다. 그래서 석방 조건과 법정 심리 날짜가 적힌 종이 한 장을 건네며 에드윈을 풀어주었다. 에드윈은 경찰서 밖으로 나왔지만, 그곳이 어디인지도 알 수 없었다.

에드윈은 경찰의 태도에 화도 나고 혼란스럽기도 했다. 유치장 안에서 그렇게 힘든 하루를 보냈건만, 법정 출두 날짜가 적힌 종이 한 장만 달랑 받았다니⋯⋯.

에드윈은 왓퍼드를 헤매며 집으로 가는 길을 찾다가 문득 왜 자신에게 전자 발찌 같은 것을 채우지 않았는지 의아해졌다. 그 순간 번뜩 이런 생각이 떠올랐다. 그냥 이대로 미국으로 도망가면 되지 않을까?[10]

● 영어로 파리는 플라이(fly)다.

지옥으로 꺼져

에드윈은 월즈덴그린의 집으로 돌아가면서 그것이 불가능하다는 사실을 바로 깨달았다. 히스로 공항도 통과할 수 없을 테니까. 그제야 아델 경사가 여권을 압수해간 것이 떠올랐다. 에드윈은 마음을 단단히 먹고 전화기를 들었다. 다른 방법이 없었다.

어머니가 전화를 받았다. 구치소에 있는 것보다 어머니에게 사실을 털어놓는 것이 훨씬 더 고통스러웠다.[1] 자신이 가족에게 무슨 짓을 했는지 실감이 났다. 그해 가을 줄리아드 스쿨에 입학하기로 되어 있던 동생은 트링박물관에서 새를 훔친 범인이 형이라는 사실을 알고는 울음을 터뜨렸다.[2] 전화기 너머로 울음소리가 들렸다. 이제 누구를 탓할 수도 없었다. 미안하다고 말해도 달라지는 것은 없었다.

충격이 어느 정도 가라앉자, 가족들은 어떻게 해야 에드윈을 감옥에 보내지 않을지 현실적인 문제들을 고민하기 시작했다. 변호사도 찾아야 하고, 법률 비용을 어떻게 감당할지도 생각해야 했다. 아버지는 아들이 훔친 새를 새로 사서 박물관에 돌려주고 싶었다.[3] 그래야 아들에게 조금이라도 유리한 판결이 나올 것 같았다. 어머니는 2주 뒤에 있을 1차 법정 출두 날짜에 맞춰 런던에 가기로 했다.

그렇게 엄청난 사건이 일어나면 사람들은 대개 세상이 아예 멈추거나 적어도 뭔가는 달라질 거라고 생각한다. 하지만 처음 얼마 동안은 에드윈 가족을 제외한 주변 사람들은 무슨 일이 일어났는지도 몰랐다. 에드윈은 체포된 다음 날에도 리허설에 참석해 동기들과 함께 협주곡을 연주했다.[4] 하지만 연습 내내 머릿속은 강제 추방에 대한 걱정으로 가득했다. 그렇게 되면 학교를 졸업할 수 없었기 때문이다.

졸업까지는 6개월밖에 남지 않았다. 졸업장도 없이 영국을 떠난다면, 몇 년간의 고생은 모두 물거품이 되는 것이고, 가장 명망 높은 오케스트라의 수석 연주자가 되겠다는 꿈도 끝장나는 것이었다. 물론 더 큰 걱정도 있었다. 그가 저지른 범죄는 단순한 범죄가 아니었다. 그가 훔친 새들의 가치는 거의 100만 달러에 달했다. 게다가 그는 밀거래로 멸종 위기에 처한 새들을 보호하는, 모든 국제 협약을 어겼다.

이 재판에서 살아남으려면 에드윈에게는 굉장히 실력 좋은 변호인이 있어야 했다.

첫 공판일인 2010년 11월 26일, 헤멀헴프스테드 치안법원에 출석한 에드윈은 법정 안에 통유리로 막힌 피고인석으로 천천히 걸어가 자리에 앉았다.[5] 그리고 절도와 돈세탁 혐의를 모두 시인했다. 어머니와 몇몇 친구들이 방청석에서 그 모습을 지켜봤다.

영국의 모든 형사사건은 과속, 음주, 풍기문란 같은 경범죄를 다루는 치안법원에서 재판을 시작했다. 하지만 검사는 에드윈이 범죄를 시인하고 다른 증거물도 충분히 확보했기 때문에 치안판사가 판결을 내리기에는 심각한 범죄라고 생각했다.[6]

에드윈의 변호사인 앤디 하먼은 모든 일이 객기 어린 젊은이가 망상에 빠져서 순간적인 충동으로 벌인 실수였다고 변론하면서 관대한 처분을 호소했다. 에드윈은 성실하지만 지나치게 순진한 청년이었다면서, 플라이 타잉에 대한 집착과 제임스 본드에 대한 환상이 더해져서 박물관에 몰래 들어간다는 "아주 유치한 판타지"[7]를 꿈꾸게 되었던 것이라고 했다.

변호사는 에드윈이 범행을 계획한 기간은 몇 주에 불과하다면서 도주에 고작 기차를 이용했다는 점과 박물관 침입 시에 어떤

'특수 장비'도 사용하지 않았다는 점을 강조했다. "심지어 손전등도 가져가지 않아 전화기로 어둠을 비추며 돌아다녔다"고 덧붙였다(물론 사실이 아니었다). "절도치고는 매우 아마추어 수준이었습니다." 변호사가 말했다.

변호사의 이러한 호소에도 판사는 에드윈 사건을 상급법원인 형사법원에 넘겨달라는 검사의 요구를 받아들였다.

세상을 놀라게 할 만한 충격적인 사건을 접한 영국 언론은 트링 박물관에서 처음 사건이 터졌을 때보다 훨씬 많은 기사를 내보냈다. BBC는 "플루티스트가 희귀 새 299점을 훔쳤다고 자백했다"[8]고 보도했고, 《데일리 메일》지는 "자연사박물관에 소장된 '수백만' 달러어치의 희귀 새들이 '제임스 본드'를 흉내 낸 음악가에게 도난 당했다"[9]고 썼다. (참고로 007시리즈의 작가인 이언 플레밍Ian Fleming은 조류학자인 제임스 본드의 저서 『서인도 제도의 새Birds of the West Indies』를 읽고 자신의 주인공에게 제임스 본드라는 이름을 붙였다. 하지만 기사에 이런 이야기는 나오지 않았다.)

이 소식이 플라이 타잉 사이트에 알려지는 것은 시간문제였다. FlyTyingForum.com에는 누군가 에드윈의 체포 기사를 올리고 이렇게 썼다. "희귀 깃털의 도둑이 잡혔다. 범인이 우리 중에 있었다니 충격이다."[10]

FlyFishing.co.uk에는 이런 글이 올라왔다. "유죄 판결이 나면 감옥에 보내고, 그 후에는 우리나라에서 추방해야 합니다. 그가 가진 깃털과 플라이도 전부 압수해서 소각해야 해요."[11] 어떤 사람은 에드윈이 무죄일지 모른다고 댓글을 달았다. "경찰이 죄 없는 사람을 잡지는 않았겠지만, 아직 판결이 나지 않았습니다. 혐의가 아직 입증되지 않았으니 우리가 그에게 유죄 판결을 내린다면 법원이 할 일을 우리가 뺏는 것이죠."

FlyFishing.co.uk에는 에드윈과 개인적으로 친분이 있는 테리도 회원으로 있었다. 몇 해 전, 브리스틀 플라이 타잉 협회의 이름으로 에드윈을 초청했던 그가 이런 글을 올렸다. "재능이 정말 뛰어난 사람이었습니다. 최고의 플라이 타이어였죠. 하지만 이제 타이어로서뿐만 아니라 음악가로서의 인생도 완전히 끝난 것 같군요. 정말 충격적인 소식입니다."

깃털 관련 인터넷 커뮤니티의 핵심인 ClassicFlyTying.com에도 한 회원이 체포 기사를 올렸다. 사이트 운영자 버드 기드리가 그 글을 삭제하기 전까지 댓글은 85개가 달렸고 조회 수도 4596회에 달했다.[12] 이 사이트가 생긴 이후 최고 기록이었다.

에드윈이 엄청난 양의 깃털을 처음 팔기 시작했을 때는 격렬하게 반가워하던 그들이 깃털의 출처를 알고는 태도가 완전히 바뀌었다. 앤턴은 "무책임한 공격"[13]이라는 표현을 써가며 형을 변호하는 글을 올렸다. 그는 기사에 나온 내용이 전부는 아니라고 했지만, 공격은 심해졌다. 결국 앤턴은 관리자에게 그 글을 삭제해달라고 부탁했다. 에드윈이 처음 법정에 출석한 날로부터 3일이 지난 2010년 11월 29일 기드리는 게시판에 공지를 올렸다.[14]

훔친 새에 관한 글은 모두 삭제되었습니다. 이유는 밝히지 않겠습니다. 회원들께서는 이후 관련 글은 올리지 말기를 당부드립니다. 감사합니다.

관리팀

에드윈이 처음으로 깃털을 샀던 디트로이트의 퇴임 형사 존 맥레인은 자신이 운영하는 웹사이트에 글을 올렸다. 예전에는 "지금까지 리스트 형제에 관해 듣지 못했더라도 앞으로는 반드시 듣게 될 것이다"라는 글이 그의 사이트에 올라왔던 적도 있었다.

하지만 이제는 이런 글이 올라왔다. "에드윈의 행동은 누가 봐도 용납할 수 없습니다. 저 또한 그의 행동을 전혀 이해할 수 없습니다."[15] 이어서 이렇게 덧붙였다. "이 일 때문에 플라이 타이어 전체가 욕을 먹을 이유는 없습니다. 우리는 이 일과 아무런 관련이 없습니다. 한두 사람이 사실을 알면서도 협조했을 수는 있겠죠. 저는 그들한테도 적절한 조치가 취해지기를 바랍니다. 플라이 타이어의 99.99퍼센트는 이번 일로 저만큼 충격에 빠져 있을 것입니다."

맥레인은 자신이 그래도 이쪽 분야에서 나름대로 유명인이라고 생각했기 때문에 누구라도 '에드윈 리스트'라는 이름을 구글에서 검색하면 자신의 사이트가 나올 거라고 생각했다. 버드 기드리처럼 그도 이번 일로 인해 플라이 타이어들이 오명을 쓰지 않기를 바랐고, 모든 책임은 에드윈 혼자 져야 한다고 생각했다. 그 점만은 최대한 확실히 해두고 싶었다.

기드리는 자신의 웹사이트도 수사 대상이 되리라는 생각에 판매 게시판에 올라온 불법적인 거래는 대부분 삭제했다. 그 글들의 URL*을 따로 가지고 있지 않은 한, 이제 구글에서 그 글들은 찾을 수 없었다.

에드윈은 사이트의 회원 자격을 계속 유지하고 있었다. 따라서 10년 가까이 알고 지냈던 사람들이 자신을 욕하는 글들을 모두 읽었다. 한때는 친구이자 멘토이고 고객이었던 사람들이 이제는 모두 자신에게 "지옥으로 꺼져"[16]라고 말하고 있었다.

2011년 1월 14일, 런던에서 북쪽으로 한 시간 거리인 세인트올번스 형사법원에서 에드윈 사건의 판결이 시작됐다.

스티븐 걸릭 판사는 에드윈에게 이름을 직접 말하라고 했다.[17] 이어서 피터 달슨 변호사에게 재판과 관련한 사항에 대해 질문했다.

피고인 측에서 제시한 서류를 가리키며 판사가 물었다. "정신 건강상의 문제를 검토해달라고 재판정에 요청하는 겁니까?"[18]

"법정 구속 되지 않게 선고해달라고 요청하는 바입니다." 달슨이 대답했다.

"그런 질문이 아닙니다."

---

* 인터넷상의 파일 주소.

"압니다."

"교묘하게 말씀을 잘하시는군요." 판사는 이렇게 말하고 다시 질문했다. "정신 감정을 요청하는 겁니까?"

"그렇습니다." 변호사가 답했다.

에드윈이 심신미약을 주장하려면 전문가의 소견이 필요했다. 달슨 변호사는 아는 전문가가 있다면서 결과가 나오려면 아마 몇 주가 걸릴 거라고 했다. 판사는 변호사와 이견을 조율한 뒤 에드윈에게 말했다.

"에드윈 리스트 군, 일어나세요. 최종 선고는 2월 11일로 연기합니다. 그때까지 선고 준비를 마치고 법정에서 보도록 합시다. 피고인의 심신미약 여부를 판단하기 위해 선고 날짜를 조정합니다. 에드윈 군에게 정신적인 문제가 있다면 그것을 증명할 만한 전문가의 소견서를 가져와야 합니다. 하지만 소견서대로 판결이 나는 것은 아니라는 점을 분명히 밝혀둡니다."

진단

검사실에 앉은 에드윈은 책상 앞에 가득 쌓인 검사지를 노려보았다. 검사지에는 자기 생각을 1번에서 4번으로 표시하라고 적혀 있었다. 적극적으로 동의하면 1에, 전혀 동의하지 않으면 4에. 예를 들면, 이런 식이었다.

- 나는 같은 일을 계속 반복하기를 좋아한다. [1]
- 나는 미래보다 현재가 중요하다.
- 나는 이야기를 잘 지어낸다.
- 나는 모험을 좋아하지 않는다.
- 전화로 말할 때는 내가 말할 차례를 잘 모르겠다.

대체 누가 "나는 아무리 사소한 일이라도 절대 법을 어기지 않겠다" 같은 문항에 3번이라고 답할 수 있을까? 적당히 동의하지 않는다고?

호리호리한 몸집에 머리숱이 적은 남자가 런던 상류층의 우아한 말투로 에드윈에게 말을 건넸다. "미안합니다. 혹시 제가 불편하게 했나요?"[2] 남자는 귀찮은 듯 번호를 매기는 에드윈을 안경 너머로 관찰했다.

"음……. 조금요?"

사이먼 배런 코언Simon Baron-Cohen 박사는 케임브리지 대학교의 자폐증 연구소Autism Research Centre 소장이자 자폐증과 아스퍼거증후군에 관한 영국의 대표적인 권위자였다. 잘 알려진 코미디 영화 〈보랏Borat〉의 주인공인 사챠 배런 코언Sacha Baron-Cohen의 사촌이기도 했다. 박사에게는 의뢰인의 정신 감정을 요청하는 변호사들이 종종 찾아왔다. 2001년, 미국 펜타곤을 해킹한 스코틀랜드 출신의 게리 매키넌Gary McKinnon은 배런 코언 박사의 진단 덕분에 미국에서 요청한 범죄자 송환 요구를 거부할 명분을 얻었다.[3] 미국 교도소가 매키넌을 데리고 있을 만큼 환경이 갖춰지지 않았다는 것이 이유였다. 매키넌 사건 이후 '아스퍼거증후군 방어Asperger's Defense'라는 용어가 처음 생겼다.[4]

에드윈은 박물관의 새를 가져가는 것이 그렇게 나쁜 일인 줄 몰랐다거나 혹은 자신이 잡힐 줄 몰랐다는 반응을 보였기 때문에 변호사는 그에게 일종의 자폐증이 있는 것은 아닌지 의심했다.[5] 이제 배런 코언 박사는 에드윈에게 진짜 그런 장애가 있는지 결정해야 했다.

에드윈은 질문지를 작성한 뒤에[6] 자신의 어린 시절, 플라이 타잉, 앞으로의 계획, 플라이 사이트의 회원들이 자신에게 했던 끔찍한 말에 대해 박사와 이야기를 나눴다. 배런 코언은 케임브리지 대학교 로고가 새겨진 네 쪽짜리 법원 제출용 소견서에 에드윈의 취미 활동은 감탄할 만큼 높은 수준이라고 썼다. 에드윈은 "플라이 타잉을 가장 높은 수준의 예술 활동이라고 생각하며, 예술적인 안목은 물론 역사적인 안목을 가지고 그 분야에 몰입해 있다"[7]고 했다.

박사는 에드윈이 만든 플라이인 '그린 하이랜더Green Highlander'의 사진도 소견서에 첨부했다. "에드윈 군은 깃털마다 특성이 얼마나 다른지, 자신이 그 분야에 얼마나 관심이 많은지 자세히 설명했다." 박사는 에드윈의 말을 전하면서 100년 전의 패턴에 따라 플라이 하나를 만들려면 타조, 아메리카원앙, 멧닭, 마코앵무새, 무엇보다 집까마귀 깃털이 필요하다고 썼다. 하지만 박사는 그 새들 중에 국내외의 각종 동물보호법이 보호하는 새들이 있다는 사실은 확실히 모르는 것 같았다.

"에드윈 군은 돈이 목적이 아니었다." 박사는 소견서에서 이렇게 강조했다. 에드윈은 켈슨과 화려했던 빅토리아 시대에 대해 이야기를 나눈 적이 있었다. 그때는 런던항에도 희귀 새를 가득 실은 배가 오갔다고. 에드윈은 단지 '제2의 황금기'를 불러오고 싶다는 생각과 자신이 쓰려는 플라이 타잉 책에 새의 사진을 다양하게 넣고 싶다는 생각 때문에 새들을 가져갔던 것뿐이라고 박사에게 설명했다. 배런 코언 박사에 따르면, 에드윈은 탐욕 때문이 아니라 플라이 타잉이라는 예술에만 너무 집중하다 보니 그런 사람들에게 종종 나타나는 '터널 비전'이라는 전형적인 증상을 보인 것이었다. 따라서 에드윈은 플라이에 필요한 재료나 자신이 만들려는 플라이만 생각했고, 자신의 행동이 타인에게 (혹은 자신에게) 미칠 사회적 파장은 전혀 생각하지 못했다.

박사는 소견서에 이렇게 썼다. "이런 점에서 보면, 그에게 박물관 침입은 충분히 납득할 만한 논리였을 것이다. 에드윈 군은 자신이 잘못한 것은 창문을 깬 것뿐이라고 생각했다. …… 박물관에서 죽은 새를 가져가는 것이 잘못된 행동이라는 점을 인지하지 못했다. 물론 플라이 타이어들을 곤란하게 만들려는 의도도 전혀 없었다. 그 역시 그쪽 분야에서 세계적으로 인정받는 아티스트였다. …… 어쨌든 그들의 신뢰를 저버렸기 때문에 그들이 화가 났다는 것을 이제는 그도 이해한다. 하지만 당시에는 이런 생각이 그의 머릿속에 들어올 틈이 없었다." 정신병리학의 관점에서 보면, 동료 플라이 타이어들이 화가 날 수도 있다는 것과 심지어 공개적인 비난을 할 수도 있다는 점을 예상하지 못했다는 것은 아스퍼거 장애로 충분히 해석될 수 있었다.

박사는 아스퍼거증후군이 있는 사람들이 흔히 겪는 대표적인 문제점, 즉 친구를 사귀기 힘들다거나 사회적인 상황에서 일반적인 신호를 이해하기 힘들다는 등의 문제점을 자세히 기술한 다음

"아스퍼거 증상이 있으면, 사회 규범을 따르기 힘들고 너무 순진하거나 어리석은 결정을 내려서 법적인 면에서 취약한 상태가 되기 쉽다"고 설명했다.

"에드윈 군에게는 이런 문제점이 모두 있다." 박사는 법정 소견서에 이렇게 의견을 제시하며 다음과 같이 덧붙였다. "심리 검사 결과, 아스퍼거증후군으로 판정할 수 있을 정도로 점수가 매우 높게 나왔다. 또한 사회적 이해력이 떨어지고 세부 사항에 지나치게 집중하는 등 (물론 그런 점 때문에 그가 플라이 타잉, 음악, 사진 같은 분야에서 재능을 보이는 것일 수도 있다) 진단 조건에 부합하는 징후도 모두 보여주었다."

박사는 이렇게 결론을 내렸다. "나는 에드윈 군이 이번 일로 인해 충분히 충격을 받았으리라고 생각한다. 경찰에 체포당하고, 플라이 타잉 분야에서 진정한 아티스트이자 선구자로서의 명성이 참혹하게 무너지고, 동료나 경찰이 보여준 반응이나 부정적인 신문 기사들을 보면서 정신이 번쩍 들 만한 교훈을 얻었으리라 확신한다. 그가 또다시 이런 범죄를 저지를 가능성은 매우 낮을 것으로 생각한다."[8] 배런 코언 박사는 에드윈을 감옥에 보내기보다는 오히려 지원과 상담을 제공해주라고 제안했다.

박사는 에드윈에게 가장 좋은 것은 취미 활동을 계속 이어가는 것이라고 했다. "나는 치료를 위해서라도 에드윈 군이 플라이 타잉 분야를 떠나지 않고 활동을 계속 이어가기를 바란다. 그 분야에 관한 책을 쓰겠다는 포부도 꼭 실행하기를 바란다. 이번 일을 자서 전처럼 써도 좋을 것 같다. 아스퍼거증후군이 있다는 사실을 모르는 상태에서 범죄를 저질렀지만 후회한다고 말이다."

첫 법정 심리에서 걸릭 판사는 에드윈의 정신 건강에 문제가 있다고 해서 가벼운 형량이 보장되는 것은 아니라고 했다. 하지만 이 분야의 권위자가 에드윈에게 아스퍼거증후군이 있다고 진단했기 때문에[9] 에드윈의 변호사는 이제 판사를 확실하게 압박할 다른 수단을 찾기 시작했다.

아스퍼거증후군

걸릭 판사가 입장하자 재판정에 있던 사람들도 자리에서 일어났다. 2011년 4월 8일, 이날은 공교롭게도 왕립음악원의 봄 학기가 끝나는 날이기도 했다. 판결 결과에 따라 에드윈은 몇 달 후에 있을 졸업식 무대에 설 수도, 그날 오후 감옥에 끌려갈 수도 있었다. 최대 형량을 받게 되면 30대 초반까지 감옥에서 지내야 할 수도 있었다.

데이비드 크라임스 검사는 에드윈이 아스퍼거 진단을 받은 것은 알았지만 크게 걱정하지 않았다. 그가 보기에 에드윈은 자기 행동이 어떤 결과를 가져올지 충분히 알고 있었다.[1] 따라서 배런 코언 박사의 진단 결과와는 상관없이 법에 따라 죗값을 받아야 한다고 생각했다.

크라임스 검사는 에드윈이 예술에 대한 열정 때문에 범죄를 저질렀다는 배런 코언 박사의 주장을 일축하고 '경제적인 이득'이 범죄 동기였다는 사실을 강조했다.[2] 따라서 에드윈의 범행은 충동적인 것이 아니라 주도면밀하게 계획된 것이었다고 주장했다. 검사는 에드윈의 컴퓨터와 집에서 찾아낸, 27개의 구체적인 증거물을 하나하나 제시했다. "에드윈은 범행 7개월 전인 2008년 11월 5일, 가짜 신분을 만들었습니다. 그러고는 연구원인 친구를 위해 사진을 찍는다는 명목으로 박물관을 방문했습니다. 하지만 새보다는 박물관 주변, 복도, 창가, 담벼락 등의 사진을 훨씬 많이 찍었지요. 그것은 피고인이 바로 그 순간에도 침입 수단은 물론 도주 방법까지 치밀하게 계획했음을 보여주는 증거입니다. 또한 그의 컴퓨터에는 2008년 7월 4일에 작성된 '박물관 침입 계획'이라는 문서도 있었습니다."

검사는 아델 경사가 작성한 수사 기록에 주목해달라고 했다. "에드윈은 수사 중에 플루트를 사야 했고, 학자금 대출도 있었으며, 미국의 부모님은 경제적으로 힘든 상태였다고 진술했습니다. 이번 범행에 경제적인 요인이 있었다는 것을 피고인 자신의 입으로 시인한 것이죠."[3] 이어서 검사는 2008년 8월 30일에 에드윈이 룸메이트와 채팅을 하다가 영국 자연사박물관에서 새를 훔쳐 돈을 벌겠다는 말을 했다는 사실도 밝혔다. 크라임스 검사는 아무런 과장 없이 실질적인 증거만 차곡차곡 제시했다.

또한 검사는 이 사건이 단지 새를 훔쳐서 깃털을 판 정도의 가벼운 사안이 아니라는 점을 강조하기 위해 리처드 레인에게 받은 편지를 읽었다. 리처드는 이 사건이 영국이라는 한 나라에 엄청난 손해를 입힌 것은 물론이고 전 세계적으로도 선조들이 남긴 지식과 유산에 막대한 손실을 입힌 사건이라고 했다.[4]

리처드 레인은 되찾은 표본들도 이름표가 모두 잘려나가 표본으로서의 가치가 없어졌고, 아직 되찾지 못한 표본도 상당히 많다고 했다. 이제는 학자들이 정글에 가서 200년 전의 가죽을 대체할 만한 새들을 잡아올 수 있는 상황도 아니었다. 잃어버린 표본들이 중요한 가치를 지닌 것은 그만큼 역사가 오래되었기 때문이었다. 표본은 지나간 시대를 압축적으로 기록한 일종의 역사서였다. 따라서 박물관에서 표본을 훔쳤다는 것은 전 인류에게서 지식을 훔친 것이나 마찬가지였다.[5]

자연사박물관에서 40년 이상 일한 레인은 지난 몇 달 동안 공판이 연기되는 과정을 지켜보면서도 정의가 실현되기를 바라는 마음으로 끈기 있게 재판 결과를 기다렸다. 레인은 이제 때가 됐다고 생각했다. 담당 검사가 법정에서는 "생각과 다르게 일이 풀리기도 한다"[6]고 경고했지만, 레인은 재판 결과를 낙관했다.

한편, 피고인석에 앉은 에드윈은 자존감을 잃지 않기 위해 안간힘을 써야 했다. 어쨌든 박물관에 나머지 새라도 돌려주기 위해 아버지와 함께 노력했는데 그런 이야기는 전혀 나오지 않았다. 크라임스 검사가 자신에게 불리한 증거만 계속 늘어놓자 에드윈은 최소한의 인격마저 공격받는 기분이었다. 검사는 에드윈이 악마라도 되는 것처럼 말하고 있었다.[7]

"피고인에 관해 고려해야 할 사항이 한 가지 더 있습니다."[8] 크라임스 검사는 재판부가 양형에 참작해주기 바란다면서 에드원이 왕립음악원에서 공용 TV를 훔쳤다는 사실도 추가로 제시했다.

에드원은 자신의 범행을 인정했다. 판사는 이를 판결에 고려하겠다고 했고, 검사는 심문을 끝냈다.

이제 걸럭 판사는 에드원의 변호사를 바라보았다. "자, 피고인 측 변호인, 상당히 많은 자료를 준비하셨더군요."

달슨 변호사는 재판부에 서류를 한 다발 제출했다. 의뢰인이 이미 유죄를 인정했기 때문에 이번 변호는 처벌 수위를 낮추는 것이 목표였다. 변호사는 배런 코언이 보낸 아스퍼거 진단 소견서에 이어, 어린 플루트 연주자를 도울 만한 참고인들을 모두 모았다. 어린 에드원에게 미국 자연사박물관을 관람시켜준 데이비드 디키, 빅토리아식 연어 플라이 타잉을 처음 가르쳐준 에드 머제롤, 희귀 깃털을 구하는 방법을 알려준 FeathersMc.com의 존 맥레인, 트링 박물관에 대해 말해준 뤽 쿠튀리에에 이르기까지 에드원에게 도움이 될 만한 참고인들의 자료를 모두 모았던 것이다.

하지만 판사는 참고인 서류에는 그다지 관심이 없었다. 대신 변호인이 준비한 판례에 주목했다. 가벼운 형량을 선고할 기준이 될 만한 자료를 변호인이 따로 표시해두었던 것이다. 검사는 피고인에게 불리한 증거를 열심히 열거했지만, 변호인은 판례 하나로 발언 90초 만에 재판의 주도권을 얻었다. '법정 대 깁슨' 판례를 언급하는 것만으로 충분했다.

"잠시 이것부터 짚어봅시다." 판사가 말했다. "변호인, 깁슨 사건이 아스퍼거증후군과 관련된 유일한 선례였습니까?"

"그렇습니다." 변호인이 대답했다.

"이번 사건도 그 사건과 달라 보이지 않는군요."

"네. 다르지 않습니다, 재판장님. 제가 더 자세히 말씀드릴 수 있습니다."

"그러시겠죠."

"재판장님 제게……. 아니면 재판장님께서……."

"자." 판사가 변호인의 말을 끊었다. "이렇게 합시다. 여기 어느 신문사 기자가 와 있을지는 모르지만, 혹시 이 젊은이가 평생 감옥에 있어야 한다고 보는 신문사가 있다면, 판결도 다르게 고려해보겠습니다."

"저도 전적으로 동의합니다, 재판장님." 달슨은 승리에 대한 예감으로 얼굴이 환해졌다.

"범죄 자체만 보자면, 깁슨 사건이 훨씬 더 엽기적이긴 하죠." 판사가 말했다.

2000년 12월, 당시 스물한 살이던 사이먼 깁슨이 두 친구와 함께 브리스틀 중심부에 있는 아노스 베일 묘지에 몰래 들어갔다. 19세기 초반 에이번강 남쪽에 조성된 아노스 베일 묘지 입구에는

1차 세계대전 전사자 500명을 기리는 아치 모양의 기념비가 세워져 있었다. 1921년 영국 바스산(産) 석회암으로 세운 기념비에는 "영광의 죽음. 서기 1914~1918년"이라는 글귀가 깊이 새겨져 있었다.

김슨과 친구들은 기념비를 지나 지하 봉안당 앞에 도착했다. 입구가 자물쇠로 잠겨 있었지만, 망치로 부수고 안으로 들어갔다.[9] 봉안당 안에는 1800년대에 만들어진 관 34개가 들어 있었다. 관 뚜껑에는 고인의 이름이 적힌 명판이 붙어 있었다.

처음에 김슨과 친구들은 묘지를 둘러보기만 할 생각이었다.[10] 하지만 봉안당을 발견하고는 주변에 놓인 돌을 치우고 안으로 들어가 관까지 열고 결국 해골과 척추뼈를 훔쳐 나왔다. 자신들이 부순 자물쇠는 미리 챙겨온 다른 자물쇠로 바꿔달았다. 집으로 돌아온 그들은 해골을 표백제에 담가뒀다가 마당에서 씻었고 척추뼈로는 목걸이를 만들었다.

두 번째로 묘지를 방문할 때는 쇠 지렛대도 가져갔다. 이번에는 다른 관을 열었지만 시체가 완전히 썩지 않아 그냥 두었다. 대신 묘지에 있는 꽃병만 가지고 나왔다.

세 번째 방문은 아예 파티가 되었다. 술과 촛불, 그리고 카메라도 가져갔다. 술에 취한 그들은 시체 옆에서 포즈를 취하며 사진을 찍어댔다. 김슨은 햄릿이 불쌍한 광대 요릭의 해골을 집어들듯이 해골 하나를 들어 보였다.

그들은 브리스틀에 있는 브로드미드 쇼핑몰에서 사진을 현상해

오다가 사진 몇 장을 길에 떨어뜨렸다. 어느 경비원이 사진을 발견하고 경찰서에 신고했다. 경찰이 깁슨의 집을 덮쳤을 때, 식탁 한가운데에는 사람의 뼈와 꽃병이 놓여 있었다.

형사법원 판사는 주동자인 깁슨의 행동이 "대중에게 불쾌감을 주고 망자들을 모욕했다"[11]면서 그에게 징역 18개월 형을 선고했다. 깁슨의 친구들은 좀 더 가벼운 처벌을 받았다.

에드윈의 변호사가 그 사건을 찾아냈던 것은 당시의 재판 과정을 알아보기 위해서가 아니라 깁슨이 항소하는 과정에서 있었던 일 때문이었다.

알고 보니 깁슨도 아스퍼거 진단을 받았던 것이다. 해골에 대한 집착이 거의 통제 불능 수준이라고 표현한 최고법원의 판사는 깁슨에게 관은 "초콜릿 중독자에게 초콜릿"[12]과 같은 것이라면서 형사법원에서 깁슨의 이러한 상태를 고려하지 않고 선고를 내린 것은 잘못이었다고 지적했다.

깁슨과 친구들은 이틀 뒤 바로 풀려났다.

걸릭 판사는 최종 판결을 앞두고 잠시 법정 밖으로 나갔다.

오후 4시 5분, 판사가 법정에 다시 등장하자 에드윈은 자기도 모르게 벌떡 일어섰다.

"에드윈 군, 자리에 앉아도 됩니다."[13] 판사는 이렇게 말한 뒤 판결문을 읽어 내려갔다.

"에드윈 군은 현재 스물한 살로 전과 기록은 없다. 에드윈 군은 타고난 재능을 바탕으로 왕립음악원에서 음악을 전공하고 있는 뛰어난 음악가이자, 10대에 이미 플라이 타이어로서도 재능을 인정받고 국제적으로 이름을 알렸다. 2008년 11월, 에드윈 군은 부정한 방법으로 트링 자연사박물관에서 출입을 허가받았다. 그곳에 무엇이 있는지 알아낸 에드윈 군은 2009년 6월 23일에서 24일 밤 사이에 조류 표본 299점을 훔쳤다. 표본을 가져온 목적 중에는 경제적인 이유도 분명히 있지만, 주된 목적은 플라이를 만들기 위해서였다. 이번 일로 인한 손실은 자연사에 있어서 세계적인 규모의 재앙이다. 이 새들은 금전적인 면에서나 과학적인 면에서 가치를 따질 수 없는 귀한 표본들이다. 표본 대부분은 말 그대로 대체할 수 없는 것들이다."

이어서 판사는 배런 코언의 소견서를 인용하며 말했다. "하지만 에드윈은 당시 아스퍼거증후군을 앓고 있었고, 에드윈이 이 범죄를 저지른 것은 그 질환이 있기 때문이었다. 일반적인 상황이라면 이렇게 심각한 범법 행위의 경우 상당한 기간의 징역형을 받는 것이 마땅하다."

걸릭 판사는 판결문을 계속 읽었다. "하지만 본 재판부는 최고법원의 깁슨 판례에 주목하게 됐다. 그 사건은 아스퍼거 진단을 받은 경우, 법정에서 어떻게 판결을 내려야 하는지 많은 부분을 시사했다."

판사는 이어서 깁슨 사건 판결문의 다섯 단락을 읽었다. "이렇게 깁슨 사건의 판결문을 길게 읽은 이유는 에드윈 본인뿐 아니라 일반 대중 그리고 판결 내용을 기사로 접할 사람들이 오늘 재판부에서 내릴 판결을 이해하도록 돕기 위해서다."

판사는 "강박적인 행동 면에서 보면, 깁슨과 에드윈 군은 매우 유사한 형태를 보인다"고 했다. 최종 판결을 내려야 할 순간이 다가오자, 판사는 깁슨 사건 때문에 재판부가 처한 곤란한 입장에 대해 설명했다. "재판부가 오늘 에드윈 군에게 무거운 형벌을 내린다면, 에드윈이 훔친 물건이 값을 매길 수 없을 정도로 매우 귀한 것들임을 고려할 때 당연한 결론이 될 것이며, 대중들도 충분히 공감할 것이다. 하지만 깁슨 사건에서 최고법원은 이런 장애가 있는 사람들을 하급심에서 어떻게 판결해야 할지 선례를 보여주었다. 그 취지에 비추어 본다면, 에드윈 군에 대한 무거운 판결은 크게 손가락질받을 것이다."

판사는 에드윈에게 말했다. "재판부에 주어진 가장 나은 선택은 에드윈 군을 지원하는 것과 이러한 행위가 다시는 반복되지 않게 하는 것이다."[14]

마침내 선고가 내려졌다. 집행유예 12개월. 그동안 다른 범죄만 저지르지 않으면 에드윈은 감옥에서는 하루도 지낼 필요가 없었다.

사라진 새들

플라이 타이어 커뮤니티 사람들은 재판 결과에 대해 다양한 반응을 보였다. 말도 안 된다며 펄쩍 뛰기도 하고, 어리둥절한 반응을 보이기도 하고, 아예 침묵하기도 했다. "아스퍼거증후군 때문이라고? 집어치워. 작정하고 훔친 거라고."[1] 한 남자는 이렇게 글을 올렸다. 에드윈이 법망을 빠져나가는 모습을 보고 충격을 받은 오스트레일리아인 타이어는 "큐레이터를 속일 수만 있다면 어떻게든 박물관을 털고, 잡히면 잠시 삽질이나 하다 나오면 되겠다"고 했다. '삽질한다'는 건 감옥에 간다는 말이었다. "감옥은 보내지 않더라도 벌금을 중하게 매기고 영국에서 추방해야 한다." 테리도 아스퍼거 진단에 대해 비판적이었다. 테리는 브리스틀 플라이 타이어 협회에서 에드윈이 타잉 시범을 보일 당시 그런 장애를 앓고 있는 사람으로는 전혀 보이지 않았다고 커뮤니티에 글을 남

졌다.[2]

그와는 달리 에드윈의 학교는 조용했다. 사실 에드윈은 퇴학당하는 것이 당연할 수도 있었지만, 왕립음악원은 과학 자료로서 매우 중요한 가치를 지닌 새 가죽을 절도한 중죄도 그냥 넘어갔다. 에드윈은 무사히 졸업하게 되었을 뿐만 아니라 오케스트라 오디션을 받기 위해 6월 7일에는 독일에도 가게 됐다. 에드윈은 자신의 행운을 믿을 수 없었다.

6월 30일, 에드윈은 동기들과 함께 졸업장을 받았다. 에드윈에게 남은 유일한 걱정거리는 범죄수익방지법Proceeds of Crime Act에 따른 벌금 규모를 결정하기 위한 압수 명령이었다. 기한은 7월 29일로 정해졌다.

압수 명령 과정은 간단했다. 검사 측은 런던 경매인들의 계산을 바탕으로 훔친 표본의 가치는 대략 25만 300파운드라고 추산했다. 하지만 이 금액이 얼마나 보수적으로 계산된 것인지는 나중에 드러났다. 어쨌든 검사 측은 그 금액을 일부 줄여서 벌금을 계산했다. 그러면 압수 명령으로 정해지는 벌금 액수는 12만 5150파운드가 될 수도 있고 20만 4753파운드가 될 수도 있었다. 크라임스 검사에 따르면 당시 에드윈의 은행 계좌에서 "인출 가능한"[3] 잔액은 1만 3371파운드였다. 검사는 피고인에게서 "피콜로*와 플루트"[4]마저 뺏고 싶은 것은 아니었으므로 벌금 지급일을 6개월 연장해주

---

* 고음을 내는 작은 플루트.

자고 제안했다.

판사도 검사의 제안에 동의했다.

"기한을 넘기면 벌금 액수는 늘어날 것입니다."[5] 하트퍼드셔 경찰서의 경제팀 경사인 조 퀸리번이 기자들에게 말했다. "경찰은 벌금을 남김없이 받아낼 것입니다."

퀸리번 경사는 이렇게 덧붙였다. "매우 긍정적인 결론이라고 생각합니다. 범죄 행위는 결코 이득이 되지 않는다는 강력한 메시지가 될 것입니다."

경찰 입장에서 보면 이 사건은 이미 종결된 것이었다. 에드윈이 조사를 받으면서 깃털을 산 사람들의 이름을 상당수 말하기는 했지만, 깃털을 찾기 위해 그들의 웹사이트나 이베이 또는 페이팔 기록을 뒤질 권한은 없었다. 깃털을 찾는다고 해도 이미 이름표가 모두 떨어져 나갔을 가능성이 컸기에 박물관에도 쓸모가 없었다.

하지만 플라이 타잉 커뮤니티에서는 그때까지도 에드윈 사건의 후유증이 계속됐다. 미국인 치과의사인 '모티머'를 포함해 데이브 칸 등 에드윈의 몇몇 고객은 가치가 손상된 새 가죽을 그대로 박물관으로 돌려보냈다. 그중 상당수가 에드윈에게 보상받기 위해 민사소송을 계획하고 있었다.

덴마크인 대장공인 옌스 필고르는 에드윈에게 샀던 새 가죽 중 꽤 많은 양을 박물관으로 돌려보냈다. 불꽃바우어새는 다른 플라이 타이어에게 팔았다가 박물관 도난 사건과 관련된 새라는 사실을 알고는 박물관에 돌려줘야 한다며, 새를 산 사람에게 다시 팔라고 했다. 그리고 아델 경사에게 에드윈과 거래한 4500달러 가치의 말레이쇠공작을 다시 돌려받을 수 없는지 물었다.[6] 경사에게 보낸 메일에는 에드윈의 아버지 커티스도 참조인 목록에 넣었다. 커티스는 분노한 고객들에게 연락해서 상황을 바로잡으려고 노력했다. "달러로 금액을 알려주시면, 전부 송금해드리겠습니다."[7] 커티스는 옌스에게도 메일을 보내면서 이렇게 덧붙였다. "고소를 하셔도 좋고 배상을 받으셔도 되지만, 둘 중 하나만 선택해야 합니다. 제 입장도 이해해주시리라 생각합니다." 아버지는 아들이 사기죄 소송에 휘말리지 않도록 이렇게 손을 썼다. 옌스는 새 가죽을 돌려줬지만, 보상은 전혀 받지 못했다.

어머니에게 수천 달러를 빌려서 집까마귀 깃털을 샀던 데이브 칸은 어느 날 커티스의 "난데없는"[8] 메일을 받고는 에드윈이 체포된 사실을 알게 되었다. 커티스는 자신의 아들에게 새 가죽을 사간 사람들을 아느냐고 칸에게 물었다고 한다. 칸은 몇 년 만에 겨우 손에 넣은 가죽을 잃게 될까 봐 걱정되어 눈물이 나올 지경이었다.

칸에 따르면 에드윈의 아버지는 새 가죽을 박물관에 돌려주지 않으면, "경찰이 단속을 나올지도 모른다"[9]며 겁을 줬다고 한다. 생각만 해도 끔찍한 일이었다. "경찰이 집을 뒤졌다면 진짜 최악이었을 거예요. 경찰은 집에 있는 플라이라는 플라이는 다 가져갈 것이고 저는 그중에 에드윈과 상관없는 깃털도 있다는 것을 증명하느라 몇 달을 보내야 했을 테니까요. 그러고는 아마 지금까지도 깃털을 돌려받지 못했겠죠."

칸은 너무 화가 났다. 결국 울며 겨자 먹기로 깃털을 돌려줄 수밖에 없었다. 그는 박물관 관계자로부터 에드윈을 고소할 수 있을 거라는 말을 들었다. 하지만 커티스가 몇 달간 끈질기게 설득하는 바람에 고소하지 않는 대신 돈으로 보상을 받았다.

한때 에드윈을 '플라이 타잉의 미래'라고 예언했던 《플라이 타이어》지는 2011년 봄 호에 "플라이 타잉 범죄 기록"[10] 이라는 새로운 코너를 마련했다. 이 잡지에 오랫동안 글을 써온 칼럼니스트 딕 틀레어는 매사추세츠주의 어느 플라이 타잉 박람회에서 두 남자가 체포된 사건에 대해 기사를 썼다. "우리는 지금까지 법률 쪽으로 전혀 문제를 일으킨 적이 없었다. 이제는 정당한 방법으로 타잉하는 선의의 사람들까지 피해를 보게 되는 것은 아닌지 우려스럽다."

그동안에도 ClassicFlyTying.com의 운영자 버드 기드리는 '트링 사건에 대해서는 언급하지 못하게 하는' 원칙을 고수했다. 새로운 회원이 실수로 에드윈 리스트나 도난 사건을 언급하는 글을 올리면, 즉시 삭제했다. 조금 시간이 흐르자 커뮤니티도 안정을 되찾았다. 회원들은 다시 집까마귀와 푸른채터러를 올리기 시작했다. 극락조와 케찰 깃털도 드물긴 하지만 이따금 이베이에 올라왔다. 그럴 때마다 역시 눈 깜짝할 사이에 팔려나갔다. 그중에는 트링박물관의 새에게서 뽑혀 나온 깃털이 있을 수도 있었지만, 깃털을 향한 사람들의 갈증은 점점 커질 뿐, 누구도 깃털의 출처를 문제 삼지 않았다.

한편, 아델 경사는 이번 사건의 결과를 보고 감정이 복잡했다. 범인도 잡고 잃어버린 표본도 박물관에 상당수 돌려주게 되어 뿌듯했지만, 범인이 멀쩡하게 풀려난 것은 큰 충격이었다.[11] 하지만 그녀는 법을 믿었고 판결은 판사의 몫이었으므로 더는 생각하지 않기로 했다.

크라임스 검사는 배런 코언 박사의 아스퍼거 진단 때문에 판결이 크게 흔들렸다고 생각했다. "그 소견서만 아니었으면, 리스트 군은 오랜 기간 감옥 신세를 면하기 힘들었을 겁니다."[12]

자연사박물관의 프리스 존스 박사는 몇 년 뒤에도 여전히 힘들어했다. "제게 그 사건은 엄청난 타격이었습니다."[13] 박사는 말했다. "너무나 절망적이고 슬픈 일이었죠." 박물관 직원들은 재판 결과에 대부분 실망했지만, 공식적으로는 중립적인 입장을 취했다. 에드윈이 선고를 받았던 4월 8일, 리처드 레인은 한 신문에 이렇게 입장을 발표했다. "이번 사건이 이렇게 마무리되어 다행입니다. 이 귀중한 표본들을 찾는 데 협조해주신 경찰과 언론 관계자, 일반 시민, 그리고 플라이 타잉 커뮤니티에 감사드립니다. 하지만 우리의 자연사 컬렉션에는 끔찍한 충격이 남았습니다."[14]

잃어버린 새는 여전히 많았다. 에드윈이 훔친 299마리의 새 중에 102마리만 이름표가 붙은 온전한 상태로 박물관에 돌아왔다. 72마리는 에드윈의 방에서 이름표가 제거된 채로 발견됐다. 19마리는 에드윈이 이름을 댄 고객이나 죄책감을 느낀 고객들이 알아서 박물관에 보낸 것들로 이름표가 제거되어 있었다. 박물관 큐레이터의 책상 위에는 깃털이 담긴 지퍼백이 수북했지만, 106마리의 새가 여전히 행방이 묘연했다.

집까마귀와 코팅거, 왕극락조, 케찰만 따져도 가치가 40만 달러를 훌쩍 넘었다. 여기에는 잃어버린 진홍색과일까마귀와 불꽃바우어새, 멋쟁이라이플버드, 어깨걸이풍조, 푸른극락조는 포함되지도 않았다. 이 새들은 시장에 나오는 경우가 매우 드물기 때문에 실제 가치를 계산하는 것 자체가 매우 어려웠다.

이것은 새를 한꺼번에 판다고 가정했을 경우의 금액이었다. 깃털을 뽑아서 낱개로 판다면 가치는 이보다 훨씬 높았다.

그렇다면 나머지 106마리의 새들은 모두 어디로 사라진 걸까?

에드윈이 모두 팔아버렸을까? 돈은 어딘가에 깊숙이 숨겨놓고?

아니면 아직 어딘가에 감춰져 있을까?

믿을 만한 사람에게 맡겨졌을까?

이제 이 사라진 새들을 찾는 사람은 아무도 없었다.

아무도 나머지 새들이 어디로 갔는지 묻지 않았다.

단 한 사람.

뉴멕시코강을 헤치며 걷고 있는 한 남자만 빼면.

The her
feat f....
thief

제3부

진실과
결말

제21회 국제 플라이 타잉 심포지엄

　스펜서 세임에게 트링 이야기를 들은 날로부터 2주가 흐른 뒤, 에드윈이 선고를 받은 날로부터는 넉 달이 지난 뒤, 나는 뉴멕시코 타오스에 있는 작가 사무실에서 국가안전보장회의National Security Council에 전화를 걸었다. 대통령 수석 보조관과 면담을 하는 자리에 리스트 프로젝트를 포함해서 몇몇 난민 기구가 초대를 받았던 것이다. 면담은 순조롭지 않았다. 나는 거의 전투적인 자세로 열심히 싸웠지만 실망할 수밖에 없었다. 별다른 조치를 할 수 없다는 정부 측의 사무적인 변명만 들어야 했기 때문이다. 전화를 끊자마자 나는 낚시 장비를 챙겨 들고 눈 덮인 상그레데크리스토 산자락을 향해 차를 몰았다. 전화 연결도 안 될 만한 곳을 찾아서.

　나는 리오그란데강 동쪽에 차를 주차하고 리틀아르세닉을 따라 협곡 안쪽으로 더 깊숙이 걸어 들어갔다. 커다란 바위 아래로 떨어지는 시원한 계곡물이 협곡에 부딪히며 메아리를 만들어내자 머리를 어지럽히던 잡생각이 사라졌다. 한 시간쯤 걸어 강가에 도착한 나는 낚싯대를 조립했다. 단단하게 웨이더를 챙겨 입고 차가운 강물 속으로 들어갔다. 캐스팅을 시작하니 호흡이 자연스레 편안해졌다.

엘크 털로 만든 날도래 모양의 플라이가 강물 위를 스치듯 날아갔다. 나는 송어를 찾아 강물 속을 걸으면서 언제쯤 나도 전쟁을 잊고 살 수 있을까 생각했다. 나는 나를 원하지 않는 나라에서 그 나라를 다시 일으켜 세우기 위해 1년을 보냈고, 거의 죽을 뻔한 경험과 외상 후 스트레스를 이겨내기 위해 다시 1년을 보냈고, 누구도 반기지 않는 난민들을 대신해 정부와 싸우면서 5년을 보냈다. 깃털 도둑이라는 이 기묘한 이야기가 아니었다면 나는 우울증에 걸렸을지도 모른다.

나는 에드윈 사건을 듣고 그 이야기에 완전히 사로잡혔다. 너무 특이한 사건이라 다른 생각이 끼어들 틈이 없었다. 스펜서가 알려준 플라이 사이트에 가입해서 '에드윈'을 검색창에 쳤더니,[1] 2009년 11월에 그가 올린 글이 두 개 나왔다. 새 플루트를 사기 위해 집까귀 깃털을 판매한다는 글이었다. 나는 그 글을 출력하고, 댓글을 단 사람들의 이름을 기록해두었다. 트링 사건과 관련된 글은 모두 삭제한다는 버드 기드리의 공지 글을 보고, 삭제된 글이 얼마나 있을지 궁금했다. 이베이에서 'Fluteplayer 1988'에 대한 고객 리뷰도 찾았고, 유튜브에서 에드윈이 올린 동영상도 찾았다.

특별한 전략 같은 것은 없었다. 도둑을 추적해본 경험 같은 것도 없었다. 새나 연어 플라이도 몰랐다. 나는 이 믿을 수 없는 범죄를 가능하게 했던 그들만의 독특한 문화를 이해해보기 위해 시간이 날 때마다 인터넷 커뮤니티에 들어가서 그들이 나눈 대화를 프린트했다.

나는 커뮤니티에서 사용되는 전문 용어를 스펜서에게 물었다. 같이 낚시하러 갈 때마다 연어 타이어들과 그들이 사용한 깃털에 관해 질문을 퍼부었다. 플라이 타잉의 매력을 느껴보고 싶어서 스펜서의 집에서 여섯 시간 동안 켈슨의 『연어 플라이』에 나오는 빨간색, 노란색, 주황색이 섞인 '레드 로버Red Rover'를 배웠다. 그의 작업실은 근사했다. 라디오에서 톤즈 반 잔트Townes Van Zandt의 노래가 흘러 나오는 가운데 애완견 부머가 우리 발밑에서 꾸벅꾸벅 졸았다. 스펜서는 쏟아지는 나의 질문 세례를 끈기 있게 받아주며 복잡한 타잉 기술을 하나씩 설명했다.

나는 신문 기사를 언급하며[2] 그에게 이렇게 물었다. "새 가죽이 100점 이상 박물관에 돌아오지 못했대요. 그 가치는 무려 수십만 달러어치가 넘을 것으로 추정되고요. 플라이 커뮤니티 안에 있는 것이 아닐까요? 어떻게 생각해요?"

"정말 궁금하면 서머싯에 한번 가보시죠." 그의 눈이 반짝였다.

그로부터 2주 뒤, 나는 국가안전보장회의에서 주최하는 다음 회의 참석자 명단에서 내 이름이 제외됐다는 소식을 듣자마자 뉴저지주 서머싯 더블트리호텔에서 열리는 21회 국제 플라이 타잉 심포지엄International Fly Tying Symposium에 참석하기 위해 비행기 표를 샀다. 사실 현실 도피였다. 하지만 왠지 그곳에 가면 사라진 새들을 찾을 수 있을 거라는, 말도 안 되는 생각이 들었다.

더블트리호텔 밖으로는 트레일러트럭들이 라리탄강을 가로지르며 287번 고속도로 위를 질주했다. 나는 11월 말의 쌀쌀한 한기를 느끼며 주차장을 나오다 존 맥레인을 보았다. 커뮤니티 사이트에 올라와 있던 사진 때문에 그의 얼굴을 기억했다. 맥레인은 호텔 문 앞까지 가는 동안 거의 세 모금 만에 담배 한 개비를 다 피웠다. FeathersMc.com의 운영자인 그는 최근에 생긴 듯한 흉터를 이마 위로 드러내며 '아무것도 묻지 말라'는 표정으로 걸어갔다. 에드윈에 대해 몇 가지 물어볼까 하다가 매섭게 나를 훑는 눈빛을 보고 그냥 그를 지나쳤다.

실내를 가득 메운 수백 명의 타이어가 형형색색의 깃털로 빛나는 가방을 손에 들고 그랜드홀 곳곳을 돌아다녔다. 근처 부스 안에서 한 남자가 연녹색으로 염색한 닭 목 깃털을 불빛에 비춰보며 다이아몬드라도 감정하는 것처럼 한쪽 눈을 찡그리고 열심히 깃털을 살펴보았다. 남자 뒤로 엄청난 양의 새 가죽과 깃털이 상자 안과 선반 위를 가득 채우고 있었다. 통로마다 가득한 부스 안에서 판매자들이 훅, 책, 틴셀, 가죽 등을 쌓아두고 손님들을 유혹했다. 팔자수염을 기르고 '회원 전용'이라고 적힌 재킷을 입은 남자 몇몇이 유명 타이어들의 부스로 조용히 다가갔다. 타이어들은 바이스 앞에 고개를 숙이고 앉아 머리에 착용한 확대경으로 깃털을 내려다보며 수도승처럼 꼼짝 않고 타잉에 집중했다.

나는 대체 그곳에 왜 갔던 것일까?

인터넷 사이트를 뒤지고 다닌 것도 부족해서 그들의 대회장까지 찾아가다니. 나는 나 자신을 이해할 수 없었다. 그리고 자신이 없어졌다. 트링 사건에 관해 출력한 종이 몇 장이 있기는 했지만 대체 내가 제대로 아는 것이 무엇일까? 새에 대해 아는 것도 아니고, CITES가 어떤 새를 보호하는지도 몰랐다. 당연히 타잉도 몰랐다. 낯선 사람들과 낯선 새들. 그곳은 내가 있을 곳이 아니었다.

나는 로저 플로어드의 부스로 다가갔다. 플라이 사이트에서 본 그의 이름이 생각났다. 로저는 몇몇 관중 앞에서 연어 플라이를 만들고 있었다. 지금은 타잉 과정 중에 특히 어려운 부분을 만들고 있어서 손이 조금이라도 삐끗하거나 실이 느슨해지면 앞의 작업까지 다 망칠 수도 있었다. 작은 체구에 안경을 쓴 50대 남자가 한동안 숨을 참고 이 과정을 지켜보다가 "휴" 하고 거친 휘파람을 내뱉으며 로저의 솜씨에 찬사를 보냈다. 다른 사람들도 고개를 끄덕이며 부스 앞으로 가까이 모여들었다.

9.11테러를 기리기 위해 플로어드가 디자인한 '아메리카 플라이'를 우연히 보고 그에게 처음 관심을 갖게 되었다.[3] 희생자를 추모하는 이 플라이는 금색 틴셀·빨간색·흰색·감청색 실크, 물총새·케냐산 볏뿔닭·청금강앵무를 포함해 일곱 가지의 새 깃털을 사용했다. 아메리카 플라이는 경매에서 350달러까지 가격이

올라갔지만, 그의 부스를 보니 정작 돈은 다른 데서 벌고 있었다. 그의 부스는 상자들이 허리 높이까지 쌓였고 상자마다 날개, 꼬리, 등, 가슴, 목 등 부위별로 잘린 가죽들이 가득했다. 어떤 상자에는 부리를 벌린 채 굳어 있는 앵무새 머리만 가득했다.

"집까마귀나 채터러도 있습니까?" 나는 자연스럽게 보이려고 애썼다.

그가 고개를 들더니 굳은 표정으로 나를 빤히 쳐다보았다. 잠시 후 테이블 뒤에서 커다란 제본 책자를 건네주었다. 오색찬란한 깃털로 가득한 페이지를 넘기다 보니 심장이 두근거렸다. 왜 이 책은 책상 밑에 숨겨두었을까? 혹시 트링박물관의 새는 아닐까? 이런 깃털은 팔아도 법적으로 아무 문제가 없는 걸까? 동물보호국에 걸려도 괜찮은 걸까?

"이 세트는 얼마입니까?" 집까마귀 깃털 여덟 점이 담긴 페이지를 가리키며 살짝 떨리는 목소리로 물었다.

"90달러요."

"우와, 그렇군요."

플로어드는 내가 진짜 구매자가 아니라는 사실을 알아봤는지 다시 플라이를 만들기 시작했다. 나는 그에게 트링의 새 도난 사건에 관해 글을 쓰려고 한다고 충동적으로 말해버렸다. 순간 그가 표정을 일그러뜨리며 내게 건넸던 책자를 획 낚아채서 원래 자리에 넣어두고는 하던 일을 계속했다. 한동안 불편한 침묵이 감돌다가 잠시 후 그가 입을 열었다. 눈은 계속 플라이를 향한 채로.

"그런 책은 쓰지 마세요."

"어……. 왜죠?"

"우리는 아주 관계가 끈끈한 사람들입니다." 플로어드는 나를 똑바로 바라보며 말했다. "우리를 열 받게 하지 말아요." 나는 한 발 뒤로 물러나 주위를 둘러보았다. 휘파람을 불었던 남자가 나를 쏘아보고 있었다.

나는 팔루자와 우리 정부 사이를 오가며 온갖 종류의 협박에 익숙해졌지만, 깃털을 한 주먹 움켜쥔 남자에게서 듣는 협박에는 짜릿한 무언가가 있었다. 마치 뭔가 알아낸 기분이 들었다.

"참고로 말해두겠소만." 그가 나지막하게 말했다. "나는 그 새들은 사지 않았소."

얼마 지나지 않아 심포지엄에 참석한 사람들 모두가 내가 자기들과 같은 부류가 아니라는 것을 알아챘다. 나는 아무 계획도 없이 이곳에 왔다가 몇 분 만에 사라진 새들에 대해 알아낼 기회를 날려버린 것 같았다. 그날 오후에는 나를 노려보는 200명의 인파 사이를 걸어 다녔다. 내가 극락조나 집까마귀 깃털에 관해 물어보면 그들은 비웃는 표정으로 놀라는 척하며 그런 게 어디 있냐고 했다.

이렇게 빈손으로 떠날 수는 없었다. 나는 마음을 단단히 먹고 이곳에서 처음 봤던 남자가 있는 부스로 성큼성큼 걸어갔다. 에드윈에게 처음 깃털을 팔았던 남자.

존 맥레인은 헐렁한 검은색 겨울 셔츠와 멜빵바지를 입고, 짧은 흰머리에 피곤한 표정으로 앉아 있었다. 그가 FeathersMc.com 부스에서 손님을 맞는 모습을 보고 있으니 한때는 형사였다는 것이 믿기지 않았다. 나는 그에게 트링 사건에 관해 물어보고 싶다고 했다. 그는 잠시 생각하더니 겨울 코트를 벗어던졌다. "뭐, 좋아요. 어차피 담배도 한 대 피워야 하고."[4] 나는 그를 따라 옆문을 나와 주차장으로 갔다.

"좋아요. 그래, 알고 싶은 게 뭐요?" 그가 담배에 불을 붙이며 물었다.

"글쎄요. 그럼 먼저, 저, 괜찮겠습니까?" 나는 플로어드의 말을 전해주며 농담처럼 물었다.

"맞아요. 그들이 잡으러 올지 모르죠." 그가 낄낄거리며 고개를 좌우로 저었다. "입을 틀어막아야 하니까."

나는 에드윈에 관해 물어보았다. 그는 에드윈이 멍청하게도 박물관에서 도둑질을 하리라고는 꿈에도 생각하지 못했다고 했다. 하지만 이쪽 사람들이 깃털에 푹 빠져 있다는 것은 인정했다. "다들 집까마귀를 찾아요! 저들을 봐요. 깃털 한 줌에 사족을 못 쓰잖아요! 생각해보면 참 특이한 현상이지." 하지만 에드윈의 범행이 불러온 결과는 그다지 심각하게 생각하지 않는 것 같았다. "그다지 큰 여파는 없어요. 박물관에 못 가는 것만 빼면 말이지."

그가 말을 이었다. "나도 한때 경찰이었어요. 생각해봅시다. 대체 에드윈이 뭘 훔쳤죠? 깃털이요? 하긴, 그것도 불법은 불법이죠. 그래도 그것은 재산 범죄일 뿐이에요." 맥레인은 다시 담배에

227

불을 붙였다. "나는 강력 범죄만 감옥에 가두면 된다고 생각해요."

우리는 잠시 말없이 앉아 있었다. 그렇다. 에드윈이 누구에게 물리적으로 피해를 입힌 것은 아니었다. 하지만 나는 이 사건이 재산 범죄 이상의 의미가 있다고 생각했다.

"하지만 에드윈은 299점이나 되는 새를 훔쳤어요! 그리고 그중 많은 새가 아직 돌아오지 못했습니다. 나머지 새들은 지금 어디에 있을까요?"

맥레인은 마치 그 질문을 기다렸다는 듯 대답했다. "언제 마지막으로 그 새들을 세어봤는지 박물관에 물어보세요!"

"무슨 뜻인가요?"

"소장품 관리 대장 같은 것이 있겠죠. 그래요. 지금 없어진 것들이 있다고 칩시다. 하지만 뭐가 얼마나 없어졌는지 알게 뭡니까? 10년 동안 조금씩 없어진 것일 수도 있잖아요! 누가 어디 학교 공연 같은 데 쓴다고 빌려갔다가 돌려주지 않았을 수도 있고. 아니면 다른 서랍에 잘못 넣어두었을 수도 있고. 뭐, 이유야 얼마든지 있겠죠!"

그는 자기 생각을 이해시키려는 듯 잠시 말을 멈췄다. "내가 아는 사실만으로 말하는 거예요. 그들은 299마리가 없어졌다고 생각하지만 사실 그들도 확신하지 못하잖아요. 처음부터 몇 마리가 있었는지 몰랐으니까. 아무도 안 세어봤으니까!"

나는 할 말을 잃었다.

"그들은 세어보지 않았어요!" 그는 일어서며 외쳤다. "에드윈의 방문 전날에도 세지 않았고, 1년 전에도 세지 않았어요. 세어본 것이 아니라고요!"

맥레인은 그렇게 말한 뒤 담뱃불을 비벼 끄고는 안으로 들어가 버렸다.

나는 차로 돌아가는 동안 머리가 멍해졌다. 정말 이 모든 미스터리가 내가 만들어낸 상상에 불과한 걸까? 에드윈 말고도 다른 사람이 새들을 가져갔을 수도 있지 않을까? 아니면 박물관이 착각한 것은 아닐까? 소장품이 수천, 수백 점도 넘는데 정확하게 개수를 파악하는 것은 처음부터 불가능하지 않았을까? 만약 에드윈 집에서 발견된 것이 전부라면? 잃어버린 새 따위는 애초부터 없는 거라면?

이 질문에 답할 수 있는 사람은 몇 명뿐이었다. 서머싯에서 돌아온 직후 에드윈에게 메일을 보내 혹시 그 이야기를 직접 들려줄 수는 없는지 물었다. 에드윈은 정중히 거절했다. 아직 집행유예 기간이었으니까.

이제 남은 사람은 트링박물관 큐레이터들밖에 없었다. 하지만 인터뷰를 요청하는 메일을 보낼 때마다 그들은 언론 보도용 자료만 보내줄 뿐, 정확한 답변은 회피했다.

박물관이 진짜로 그 숫자를 정확히 파악하고 있는지부터 알아내야 했다. 나는 답장을 기다리는 대신 런던행 비행기 표를 샀다. 그들에게는 곧 방문하겠다고만 했다. 질문 리스트를 들고.

잃어버린 바다의 기억

1월 중순 트링으로 가는 중부선 기차에 올랐다. 기차는 눈 덮인 들판을 미끄러지듯 달렸다. 헐벗은 나뭇가지 위에서 까마귀들이 추위에 오들오들 떨었다. 나는 트링역에 도착해 플랫폼 주위를 둘러보았다. 에드윈은 훔친 새를 들고 여기 어디에 앉아 두려움에 떨며 기차를 기다렸을까. 런던 국립발레단이 공연하는 〈백조의 호수〉 포스터가 머리 위에 커다랗게 걸려 있었다. 주연 무용수는 깃털로 장식한 튜튜 발레복을 입고 있었다.

나는 기차역의 계단을 뛰어 내려가 마을까지 3킬로미터가량을 성큼성큼 걸었다. 에드윈처럼 나 역시 인터넷에서 수없이 박물관으로 가는 길을 살펴봤기 때문에 지도를 쳐다볼 필요도 없었다. 거주용 선박이 길게 정박해 있는 그랜드 유니언 운하가 보였고, 배거스가街와 펜들리 농장, 로빈 후드 술집도 있었다. 나는 마치 그곳에서 자란 사람처럼 자연스럽게 에이크먼가로 방향을 틀었다. 경찰서를 지나니 박물관이 보였다. 나는 영국에 오기 전, 아델 경사에게 인터뷰를 요청하는 메일을 보냈지만 아직까지 답장을 받지 못했다.

다음 날 큐레이터들과의 인터뷰 약속이 잡혀 있었다. 하지만 박물관에 도착하고 보니 그때까지 기다릴 수 없었다. 나는 박물관에 들어가 갤러리를 둘러보고 100년 넘게 그 자리를 지킨 곰과 새 같은 전시품도 구경하며 사진을 찍었다.

모퉁이를 돌자 코뿔소 전시장 바로 옆에서 고등학생 둘이 애정 행각을 벌이고 있었다. 그들은 나를 보더니 잽싸게 달아났다. 그들의 머리 위에는 CCTV가 달려 있었다. 나는 코뿔소 옆에 걸려 있는 경고문에 다가갔다.

모조품

이 코뿔소의 뿔은 모조품입니다. 코뿔소 뿔에는 약효 성분이 있는 것으로 알려져서 박물관 소장품도 끊임없이 도난 위험에 시달리고 있습니다. 모조품은 전혀 가치가 없지만 진품 뿔에 대한 수요 때문에 야생에 있는 많은 코뿔소가 지금도 여전히 생명을 위협받고 있습니다.

이런 경고문과 보안 카메라들은 2011년 8월 27일 사건[1] 이후 설치된 것이 아닐까. 에드윈이 선고를 받고 몇 달도 지나지 않아, 데런 베넷이라는 42세의 영국인이 박물관 앞의 유리창을 깨고 인

도코뿔소와 흰코뿔소의 뿔을 망치로 내리쳐서 가져갔다. 북부 흰
코뿔소는 여섯 마리밖에 남아 있지 않아[2] 사실상 멸종 생물이나
다름없었다. 탁월한 약효가 있다고 알려진 뿔 때문에 코뿔소는 수
백 년간 사냥을 당해왔다. 최근 몇십 년 동안은 발기부전에 효과가
있다고 믿는 중국인 남성들과 밤 문화를 즐기는 베트남 사람들 때
문에[3] 수요가 더욱 급증했다. 뿔은 손톱이나 말발굽과 같은 단백
질 성분인 케라틴으로 구성되어 있지만, 베넷이 훔친 뿔 4킬로그
램이면 암시장에서 35만 달러도 받을 수 있었다.

만약 진품이었다면 그랬을 것이다. 하지만 몇 달 전,[4] 유럽 형사
경찰기구가 최근 발생한 여러 건의 박물관 도난 사건에 코뿔소 뿔
을 훔쳐가는 범죄 조직이 연루되어 있다고 경고했고, 트링박물관
은 진짜 뿔을 석고 모조품으로 바꿔둔 상태였다.

에드윈은 진짜 새를 훔치고도 법망을 용케 빠져나갔지만, 데런
베넷은 뿔처럼 생긴 석고 1킬로그램을 훔친 죄로 10개월을 감옥
에서 살았다.[5]

다음 날 나는 약속 장소로 가면서 한 가지 목표만 세웠다. 잃어
버린 새를 추적한다는 설익은 임무에 제대로 착수하기 전에 먼저
사라진 새의 숫자가 정확한지, 그러니까 정말로 박물관에 돌아오
지 않은 새들이 있는 것인지 큐레이터의 입을 통해 직접 듣고 싶었

다. 맥레인은 박물관의 능력을 의심했다. 에드윈 사건 이후 그렇게 금세 베넷이라는 사람이 다시 침입했던 것을 보면 맥레인의 말에도 일리가 있는 듯했다. 대체 이 박물관은 왜 이렇게 침입하기가 쉬운 것일까?

조류관 정문으로 들어가니 알람 소리가 정신없이 울려댔다. 입구에 있던 직원은 아무 일도 아니라는 듯 미소를 지으며 여권을 보여달라고 했다. 나는 방명록에 이름을 적으며 소리에 관해 물었다.

"신경 쓰지 않으려고 최대한 노력 중이에요." 여자가 살짝 윙크했다. 그러면서 스프링클러 시스템을 정기 점검하다가 연기 센서가 오작동한 것 같다고 했다.

혹시 에드윈의 이름이 적혀 있는지 방명록을 몇 장 앞으로 넘겨보다가 젊은 홍보 담당자가 바로 나타나는 바람에 그만둘 수밖에 없었다. 담당자는 형광등이 밝게 켜진 회의실로 나를 안내했다. 회의실에 앉아 담당 큐레이터들을 기다리면서 창문을 내다보니 에드윈이 그날 밤 기어 올라왔을 벽돌담이 보였다. 창문 쪽을 보면서 어느 유리를 깨고 안으로 침입했을까 하고 잠시 생각했다.

회의실 한쪽에는 에드윈의 집에서 찾은 새 가죽이 크림색 플라스틱 쟁반 안에 놓여 있었다. 대부분은 범죄 증거물을 보관하는 비닐봉투 안에 들어 있었다. 집까마귀 깃털만 담긴 지퍼백도 여러 개 있었고, 네임펜으로 스마일 표시를 해둔 것도 있었다.

로버트 프리스 존스 박사와 마크 애덤스가 회의실에 들어왔다.

그들은 2009년 6월 23일의 사건을 말하고 싶지 않은 듯했다. 난민 대변인으로 일하는 사람이 이번에는 어설프게도 새 도둑 사건을 조사하겠다고 나타나서 더욱 그랬을 것이다.

나는 먼저 자연사박물관의 역할에 관해 서머싯에서 들은 불편한 이야기를 전달하는 것에서부터 인터뷰를 시작했다. 박물관은 똑같은 새가 왜 그렇게 많이 필요하냐, 새들을 팔면 박물관에도 좋은 것이 아니냐. 그렇게 생각하는 플라이 타이어들이 있다고 전했다. 나는 그들을 좀 더 자극하기 위해 다른 타이어들의 말도 전했다. 어떤 이들은 플라이를 만들어 새들의 아름다움을 널리 알리는 것이 새들을 박물관 구석에 방치해두는 것보다 낫지 않느냐고 생각한다고.

"영국이라는 나라가 사용하지도 않을 물건을 위해 자연사박물관에 수백만 파운드를 쏟지는 않겠지요. …… 과학적으로 대단히 중요한 자원이기 때문에 그만한 돈을 쓰는 것입니다!"[6] 프리스 존스 소장이 안경 너머로 나를 바라보며 미간을 찌푸렸다. "너무 터무니없는 말이라 논리적으로 답변을 드리기가 힘들군요."

프리스 존스 박사와 애덤스는 세상이 이미 이러한 표본들에 지식이라는 빚을 졌다고 설명했다. 월리스와 다윈이 자연선택에 의한 진화를 밝혀낸 것도 그 덕분이었다. 20세기 중반,[7] 과학자들은 박물관에 있는 오래된 알 표본들을 서로 비교해 DDT 살충제가 쓰인 이후부터 알껍데기가 얇아지고 알의 부화율도 줄었음을 밝혀냈다. 덕분에 이 살충제의 사용이 완전히 금지될 수 있었다. 좀 더 최근에는 150년 된 바닷새의 표본에서 뽑아낸 깃털 샘플을 사용해서 바닷물의 수은량이 증가했음을 알아냈다.[8] 그것 때문에 다른 동물들의 개체 수가 감소하고, 수은에 중독된 물고기를 먹는 인간에게도 문제가 발생한다는 점이 밝혀진 것이다. 과학자들은 깃털을 "바다의 기억"[9]이라고 표현했다.

박물관에 소장된 많은 새는 '과학자'라는 단어가 생기기 전부터 이미 박물관 캐비닛을 차지하고 있었다. 수백 년에 걸쳐 세포핵, 바이러스, 자연선택, 유전, DNA 같은 새로운 발견이 이루어질 때마다 같은 새라도 새로운 관점에서 새로운 방식으로 연구할 수 있었다. 간단한 현미경을 통해 가죽을 관찰하던 19세기 과학자가 20세기의 질량 분석계나 21세기의 핵자기공명 장치 혹은 고성능 액체 크로마토그래피가 있어야 알아낼 수 있는 사실을 발견할 수는 없었다. 자연사박물관에서 일하는 큐레이터들은 생화학자, 발생학자, 전염병학자, 골학자, 인구생태학자 같은, 갈수록 전문화되는 과학 분야의 요구에 따라 매년 수백 명의 과학자들이 새의 가죽을 이용할 수 있게 해주었다.

이제 과학자들은 트링박물관에 소장된 18세기 표본에서 뽑은 깃털로 탄소와 질소의 동위원소를 분석해 그 새의 먹이를 파악할 수 있었다.[10] 이를 바탕으로 먹이사슬을 재구성하면 결과적으로 종種이 어떻게 변해왔는지 혹은 식량 자원이 사라졌을 때 그 종이 어디로 이동했는지 알 수 있었다.

박물관에 소장된 표본들은[11] 멸종 위기에 처한 캘리포니아 콘도르를 보존하기 위해 오래된 뼈 샘플에서 DNA를 추출하는 작업에도 쓰이고 있었다. 멸종동물 복원de-extinction 혹은 부활 생물학resurrection biology이라 불리는 신생 분야 또한 여행비둘기 같은 멸종 새를 되살리기 위해 박물관 표본에서 DNA 추출을 시도하고 있다.

나는 새를 보존하는 일이 인류에게 희망적인 비전을 제공한다는 사실을 깨달았다. 큐레이터들은 인류가 지식을 추구하는 과정에서 박물관 표본이 매우 중요한 역할을 한다고 믿었기 때문에 그렇게 오랜 세월 동안 곤충, 햇빛, 독일군의 폭격, 화재, 도난으로부터 소장품을 보호해왔던 것이었다. 그들은 자신들이 지켜내고 있는 표본들이 과학자들이 아직 묻지 않은 질문에 대한 해답을 쥐고 있다고 믿었다.

하지만 큐레이터들의 임무는 박물관에 표본을 연구하러 오는 사람들도 같은 생각을 하고 있다는 믿음이 있어야 가능했다. 에드윈은 박물관 침입이라는 목적을 이루기 위해 그들의 믿음을 이용했던 것이다. 이제 너무 많은 새가 분실됐다. 또한 되찾은 것들도 이름표가 없어졌기 때문에 과학 기록물에 엄청난 구멍이 생겨버렸다. 이 구멍을 조금이라도 메우려면 최대한 많은 표본을 찾아야 한다. 그것도 이름표가 붙은 상태로.

프리스 존스는 이해를 돕기 위해 불꽃바우어새를 담아둔 트레이 쪽으로 걸어갔다. 모두 이름표가 떨어진 채로 비닐봉지 안에 밀봉돼 있었다. 에드윈이 훔친 불꽃바우어새 17마리는 트링박물관이 가진 표본의 전부였을 뿐만 아니라 전 세계 박물관에 소장된 불꽃바우어새를 모두 합친 숫자의 절반 이상이었다.

다른 트레이에는 케찰이 놓여 있었다. CITES의 보호 종인 케찰은 39마리를 분실하고 29마리를 이름표가 붙은 상태로 다시 찾았지만, 60센티미터가 넘는 에메랄드그린 꼬리는 대부분 잘려나가고 없었다. 옆에는 빛나는 초록색 깃털들이 담긴 커다란 지퍼백이 수백 개 이상 놓여 있었다. 아마도 케찰에서 뽑은 것으로 추정되었다.

케찰은 부리에서 꼬리까지 전체 길이가 거의 120센티미터에 달했다. 경찰은 도난 사고 직후 언론 보도를 통해 도둑이 새들을 모두 가지고 나오기 위해 쓰레기봉투 여섯 장 정도가 필요했을 거라고 말했다. 하지만 나중에 에드윈의 변호사가 발표한 바로는 여행 가방 하나만 이용됐다.

"이 많은 새를 실제로 어떻게 가지고 나갈 수 있었는지, 생각해 보신 적은 있으세요?"

"수없이 생각했죠." 박사가 갑자기 큰 소리로 답했다. 그는 잠시 감정을 드러냈다가 다시 한동안 침묵했다.

"에드윈이 경찰에 직접 진술한 것 말고는 아무 증거도 없고, 아는 바도 없습니다." 애덤스가 자세를 바꾸며 말했다.

"혹시 공범이 있다고 생각하십니까?"

"아시다시피 에드윈은 범행을 모두 인정했습니다." 프리스 존스가 나섰다. "그렇지 않았다면 조사가 더 이뤄졌을 것입니다."

에드윈이 범행을 인정했기 때문에 없어진 나머지 표본에 대한 수사도 사실상 종결됐다. 이름표가 붙어 있는 온전한 표본을 3분의 1가량 찾은 것은 다행이었지만, 박물관은 이제 분실된 나머지 것들까지 찾아달라고 요청할 수가 없었다.

혹은 분실됐다고 추측하는 것들을.

만약 맥레인의 말이 옳다면, 그러니까 세상 모든 경찰이 나서도 그 새들을 찾을 수 없다면? 애초에 박물관은 새가 몇 마리나 분실됐는지 몰랐다면? 보호하고 지켰어야 할 새들이 망가진 모습을 보면서 이런 질문을 하기가 망설여졌지만, 여기까지 와서 진실을 알아내지 못하고 떠날 수는 없었다. 나는 두 사람에게 플라이 타이어 중에는 분실된 새가 없다고, 에드윈이 체포된 날에 찾은 것이 전부라고 생각하는 사람도 있다고 했다.

"숫자가 차이 나는 것은 기록을 제대로 관리하지 않아서라고 생각하는 사람들도 있습니다. …… 그러니까 진짜로 분실된 것이 아니라 그냥 분실됐다고 추측하는 것뿐이라는 거죠." 나는 이렇게 말한 뒤, 살짝 긴장하며 '다른 서랍도 확인해야 한다'던 맥레인의 말을 덧붙였다. 존스 박사는 마치 뺨이라도 맞은 것처럼 나를 무섭게 쳐다봤다.

"그 사람이 우리 박물관에 대해 대체 뭘 알죠? 아무것도 모르는 사람처럼 말하는군요!"

"소장품이 어떻게 관리되는지 전혀 모르고 하는 말이에요." 애덤스가 중얼거렸다.

박사가 종이 한 장을 내게 건넸다. 종이에는 되찾은 표본이 정확히 몇 점이었는지 꼼꼼히 기록되어 있었다. 에드윈이 체포된 날 아침 그의 아파트에서 찾은 표본이 174점, 그중 이름표가 붙은 것은 102점, 없는 것은 72점이었다. 그리고 나중에 소포로 받은 표본이 19점이었다.

"제가 잃어버린 표본을 되찾게 도와드리면 어떨까요?" 내가 불쑥 말해버렸다. 말하고는 내가 더 놀랐다.

애덤스는 이제 과학적으로 아무 쓸모가 없어진 깃털을 가리키면서 새를 찾는다고 해도 이름표가 모두 온전하게 붙어 있어야 한다고 했다.

그들이 시간이 다됐다고 알려줄 때쯤 나는 의욕에 가득 차 있었다. 이 수사를 다시 시작할 수 있겠다는 생각이 들었기 때문이다. 나는 그들에게 고맙다고 인사하며 내가 두 사람의 입장이었다면 그렇게 감정을 절제할 자신이 없다고 말했다.

"저희는 영국인입니다. 미국인과는 다르죠." 존스가 말했다.

"하지만 에드윈이 감옥에 가지 않았을 땐 어떠셨나요? 왕립음악원에서 학위도 그대로 받지 않았습니까?"

"감옥에 간다고 뭐가 달라지겠습니까?"

"그래도 기분은 좀 낫지 않았을까요?"

"개인의 감정이 뭐가 중요하겠습니까?"

그가 퉁명스럽게 받아쳤다. 그는 잠시 침묵하더니 마지못해 인정한다는 듯 말했다. "몹시 절망했죠. 우리가 이곳에 있는 목적은 그 표본들을 영구히 잘 보존해서 활용되게 하는 것이니까요. 극히 일부만 파손되어도 저희는 매우 괴롭습니다."

그는 계속 말을 이었다. "이 일로 인해 저희는 혹시라도 되찾을 만한 정보가 있는지 살펴보기 위해 앞으로 수십 년간 작업해야 합니다. 성공한다는 보장도 없습니다. 시간 낭비로 끝날 가능성이 크지요."

그는 고개를 저으며 말했다. "망상과 집착에 빠진 사람들이 저지르는 범죄는 정말 어찌해볼 도리가 없어요."

미팅이 끝나자 프리스 존스 박사는 인쇄물 몇 장을 건넸다. 가장 위에 놓인 보도 자료는 이미 여러 번 읽어본 것들이라 나머지도 모두 접어서 뒷주머니에 넣어두었다.

그날 저녁 그쪽 지역의 레드 에일을 한잔하려고 에이크먼 술집에 들렀다. 레드 에일은 김빠진 다이어트 콜라와 더 김빠진 맥주를 걸쭉하게 섞어놓은 맛이었다. 길 건너 경찰서 바로 옆의 관광안내소에 관광지와 역사를 소개하는 안내 책자가 가득 놓여 있었다. 그 중에는 조지 워싱턴의 증조부인 존 워싱턴이 트링 출신임을 자랑하는 카드도 있었다. 존 워싱턴은 1656년 버지니아로 가는 무역선을 타고 트링을 떠났다가 포트맥강에서 배가 난파된 뒤로 그곳에 남게 되었다고 한다.

나는 맥주를 조금씩 마시며 플라이 타잉 커뮤니티에서 들었던 많은 주장과 프리스 존스 박사와 애덤스가 보여준 것들을 떠올렸다. 양측의 각기 다른 주장을 어떻게 조화롭게 해석해야 할까. 플라이 타이어들은 박물관에서 말하는 숫자가 추측일 뿐이라고 주장함으로써 명백하게 얻는 이득이 있었다. 분실된 표본이 없다면 다른 범죄도 없다는 뜻이고, 그러면 트링 사건은 오직 한 사람, 에드윈만 책임지면 되기 때문이다.

큐레이터들은 에드윈이 조사를 받는 동안 박물관에서 작성한 문서를 보고 도난당한 새의 개수가 정확하다고 주장했었다. 나도 박물관에서 작성한 엑셀 문서를 보고는 그들이 표본 개수를 정확히 파악하고 있었다고 확신하게 되었다. 그리고 에드윈 말고는 아무도 문제가 없다는 플라이 커뮤니티 사람들의 말은 거짓이라고 생각했다. 에드윈이 체포됐다는 뉴스 이후 박물관에 소포로 보내진 새는 19마리뿐이었다. 전체의 6퍼센트밖에 안 되는 숫자였다. 나머지 새들은 어디에 있는 걸까? 커뮤니티 안에서 떠돌고 있는 새는 몇 마리나 될까? 새 주인들은 그 새가 훔친 물건이라는 것을 분명히 알고 있지 않을까?

나는 트링에 오기 전까지는 기사에서 읽은 대로 다시 찾은 새가 총 191마리인 줄로만 알았다.[12] 하지만 엑셀 문서를 보니 두 마리를 추가로 돌려받아서 이제는 총 193마리였다. 도난당한 새가 299마리였으므로 내가 추적해야 할 새는 모두 106마리라는 뜻이었다.

하지만 지퍼백에 따로 들어 있는 나머지 깃털도 생각해야 했다. 나는 한 신문 기사에서[13] 불꽃바우어새 어깨 가죽 한 점과 집까마귀 가슴 가죽 다섯 점을 나란히 찍어놓은 증거물 사진을 보았었다. 에드윈은 전체 가죽 중에 가장 선호되는 부위만 잘라냈기 때문에 나머지 부분은 지금쯤 런던의 어느 쓰레기장에서 뒹굴고 있을 가능성도 충분히 있었다. 이것만 해도 분실된 전체 가죽 수가 줄어들 것이다.

다행히 엑셀 문서에는 새의 종류별로 계산해놓은 '깃털로 추정한 표본 개수'가 있었다. 나는 그런 작업을 할 수밖에 없었던 큐레이터들이 가엾게 느껴졌다. 케찰 한 마리에 깃털이 몇 개나 있는지, 날개만 있고 몸통이 없어도 표본 하나로 봐야 하는지와 같은 질문에 대답할 수 있도록 훈련을 받지 못했을 텐데 말이다. 어쨌든 큐레이터들은 깃털을 일일이 세어본 결과, 아직 못 찾은 새가 64마리라고 계산했다.

그 엑셀 문서를 갖게 되니, 마치 미지의 세계로 안내하는 지도를 손에 넣은 듯했다. 도둑들이 숨은 곳을 알려주겠다는 듯 문서에 적힌 글자와 숫자들이 희미하게 빛났다.

나는 앞으로 어떤 장애물을 뛰어넘어야 할지 생각하느라 마음이 분주했다. 에드윈이 새를 팔겠다고 인터넷에 올렸다가 삭제한 글을 찾아내 누가 새를 샀는지부터 알아내야 했다. 에드윈도 어떻게든 설득해야 했다. 단독 범행인지, 공범이 있는지도 알아내야 했고, 커뮤니티 사람들과 어떻게든 신뢰를 쌓아 이 사건에 대해 자신들이 알고 있는 비밀을 털어놓게 해야 했다.

머리가 복잡해진 나는 별 기대 없이 프리스 존스 박사가 건넨 서류 뭉치를 대충 넘겨보았다. 가장 아래에 '에드윈의 경찰 조사 관련'이라는 제목의 문서가 있었다.

그 문서를 보는 순간, 에드윈의 변호사가 재판에서 주장한 말들에 대해 신뢰가 무너지기 시작했다. 변호사의 말을 인용한 신문 기사에 따르면, 에드윈이 범죄를 계획한 기간은 고작 "몇 주일"[14]이었다고 했다. 아마추어 수준의 충동적인 범행이었다는 것이다. 하지만 그 문서를 보니 변호사의 말은 진실과 멀었다. 그 문서에는 범행 계획이 시간 순서대로 자세히 나와 있었다. 에드윈은 박물관에 침입한 날로부터 15개월 전인 2008년 2월, 거짓 정보가 담긴 이메일을 박물관에 처음 보냈다. 박물관을 방문하기 3개월 전에는 박물관에서 새의 사진을 찍겠다는 계획을 스카이프로 룸메이트에게 들려주었다. 박물관에 침입한 그달에는 유리 커터와 좀약도 샀다. 훔친 새를 안전하게 지키기 위해 방에 잠금장치도 추가로 달았고 깃털을 나눠 팔기 위해 지퍼백 1500개도 샀다.

경찰의 수사 기록에는 깃털을 사간 사람들의 이름과 판매 가격이 기록되어 있었다. 깃털을 사간 사람은 네 명이고, 판매 금액은 총 1만 7000달러. 하지만 ClassicFlyTying.com에서 봤던 에드윈의 글, 그러니까 집까마귀 깃털을 팔겠다는 마지막 두 글에 대해서는 언급이 없었다. 에드윈이 이 내용을 일부러 숨긴 거라면, 이것 말고도 또 숨긴 것이 있지 않을까? 또 누가 깃털을 사갔을까? 여기 이름이 적힌 네 사람은 자신들이 사 간 깃털을 모두 박물관에 돌려보냈을까? 박물관이 이 문서를 진짜로 내게 건넬 생각이 있었던 것인지는 모르겠다. 하지만 이것은 새로운 단서를 찾아줄 가장 확실한 증거였다.

차가운 밤기운을 느끼며 술집을 나서는데 전화벨이 울렸다. 내일 만날 수 있다는 아델 경사의 전화였다. 그녀의 전화 때문에 더욱 마음이 들뜬 나는 에드윈이 타고 넘어간 박물관 담벼락을 찾아보기 위해 37번 공용 산책로로 향했다. 바깥은 이제 꽤 어두웠다. 멀리서 성 베드로와 바울 성당의 종소리가 차가운 밤공기를 가르며 스산하게 울려 퍼졌다. 산책로를 따라 걷는 내 발소리가 길 양옆 벽돌담에 부딪혀 실제보다 더 크게 들렸다. 걸음을 빨리할수록 발소리도 더 크게 나를 쫓아왔다. 심장이 쿵쾅거릴 정도로 빨리 걸어 마침내 조류관 건물이 보이는 곳에 도착했다. 주위를 둘러본 나는 눈이 커졌다. 확실히 그곳은 에드윈이 담을 넘어도 아무도 보지 못할 곳이었다. 바로 옆으로 지나가지 않으면 창문이 깨져도 아무도 모를 만한 곳이었다. 담벼락은 키가 아주 큰 사람이라면 혼자서도 오를 만한 높이였다. 하지만 나 정도의 키라면 확실히 누군가가 도와줘야 할 높이였다. 에드윈이 들고 나온 가방이 얼마나 컸을지 궁금했다. 그래서 발끝을 들고 창문 쪽을 살펴봤지만 안쪽이 잘 보이지 않았다.

담을 올라가 볼까 잠시 고민하다가 담벼락 반대편에서 경비원과 마주치면 무슨 말이 오갈까 상상했다.

"의심이 많으시네요."[15] 다음 날 아침, 아델 경사가 나와 함께 박물관 건물 뒤편의 산책로로 가다가 미소를 지으며 말했다. 박물관의 조류관 건물은 외관 수리 공사가 한창이었다. 건물 외벽에는 비계가 설치되었고 인부가 다치지 않도록 파란 안전망도 쳐져 있었다. 비계 상단에는 사나운 눈빛의 미국 흰머리독수리가 새겨진 '퍼마넥스 시큐리티PERMANEX SECURITY'라는 회사 로고가 붙어 있었다.

그녀가 똑 부러지는 말투로 말했다. 불필요한 단어는 빼고 꼭 필요한 단어들만 사용해서. "이곳으로 왔어요. 그리고 이 길을 지났죠." 아델은 박물관 뒤편의 담벼락 한곳을 가리키며 에드윈에 대해 말했다. "이쪽으로 올라가서 유리창을 자르려고 했어요." 밝은 곳에서 보니 에드윈이 깨뜨린 창문 주위에는 이제 창살이 있었지만, 에드윈이 잘랐을 것으로 보이는 철조망은 끊어진 그대로였다. 아델은 한 손으로 라텍스 장갑 한 짝과 유리 커터, 핏방울을 발견한 장소를 가리켰다.

"에드윈의 단독 범행이라고 생각하십니까?" 나는 끊어진 철조망을 바라보며 그녀에게 물었다.

"그 점은 확실치 않아요." 이때 그녀의 허리에 있는 무전기에서 신호가 울렸다. "저로서는 알아내기 힘들 것 같군요. 알아낼 수도 없고요. 저는 제가 알고 있는 정보로만 판단할 수밖에 없어요."

"나머지 새들에 대해서는 물어보셨습니까?" 내가 물었다.

"에드윈이 몇 사람의 이름을 대기는 했지만, 무엇을 팔았는지는 정확하지 않다고 했어요." 그 몇 사람은 큐레이터들이 건넨 문서에 나와 있던 사람들을 의미했다. 아델은 나머지 새들은 박물관에 돌려달라고 호소하는 방법밖에 없었다고 했다. 새 가죽을 돌려주면서 박물관에 연락한 사람이 몇 명 있었지만 다른 나라 사람들이라 추가로 조사하기가 쉽지 않았다.

자신의 대답이 만족스럽지 못할 거라 생각했는지 아델은 프리스 존스 박사가 했던 말을 다시 한 번 했다. 에드윈이 죄를 인정했기 때문에 기본적으로 수사는 종결됐다는 것이다. 에드윈이 말한 캐나다인과 미국인 두 사람을 좀 더 조사하기는 했지만, 나머지 새들을 모두 추적할 정도의 시간과 예산은 없다고 했다. 어쨌든 그녀가 할 일은 다한 것이다.

"하지만 정의가 실현되지 못했다고 생각하지는 않으십니까?" 에드윈이 감옥에 가지 않은 점을 언급하며 나는 좀 더 파고들었다.

"경찰은 경찰이 해야 할 일을 할 뿐이고, 나머지는 법원의 몫이죠. 검사나 변호사들이 하는 일에 제가 낄 수 있는 것도 아니고. 재판 결과에 동의할 수 없다고 하더라도 제가 어떻게 할 수 없는 부분이니까요."

나는 기사를 통해 에드윈이 감옥에 가지 않은 결정적인 이유가 아스퍼거 진단이라는 것을 알았다. 하지만 플라이 커뮤니티 사람들에게 이런 이야기를 하면 내가 너무 순진하다는 듯 비웃음만 샀다. 아델은 에드윈을 조사하면서 그를 직접 보았으니 그녀에게도 의견을 물어보았다.

"정말 좋은 질문이에요! 하지만 저는 그 질문에 대한 답을 드릴 수 없군요." 그녀는 다음 말을 생각하려는 듯 잠시 말을 멈추었다. "하지만 제게 아스퍼거증후군이 있고 누군가 그것 때문에 범죄를 저질렀다면, 저는 기분이 몹시 나쁠 것 같네요. 아스퍼거 환자들은 모두 잠재적인 범죄자라는 뜻이 되니까요."

아델이 아들의 전화를 받느라 잠시 대화를 중단했다. 나는 통화를 끝낸 그녀에게 내가 혹시라도 나머지 새 가죽을 누가 가져갔는지 알아내면 사건을 다시 조사할 생각이 있는지 물었다.

아델은 그럴 경우 새 가죽이 어디 있는지에 따라 유럽 경찰이나 국제 경찰과 공조해야 하고, 어느 팀에서 사건을 맡아야 할지 알아봐야 한다고 했다. "하지만 증거만 있으면 할 수 있습니다. 찾을 수 있는 데까지 당연히 찾아야죠."

나는 영국을 떠나면서 두 가지 결론을 내렸다. 첫째, 플라이 타잉 커뮤니티의 주장과는 달리, 트링박물관의 소장품 목록은 정확했다. 그리고 도난당한 새들 중에 적어도 64마리는 아직 박물관으로 돌아오지 못했다. 그 가치는 수십만 달러에 달했다. 하지만 나머지 새들이 어디 있는지, 온전한 상태인지 아니면 깃털이 뽑히고 이름표도 모두 사라진 상태인지, 에드윈의 공범이 어디 다락방에 숨겨두고 시간이 지나기를 기다리고 있는지는 알 수 없었다. 아니

면 젠장, 에드윈이 여전히 갖고 있을지도 몰랐다. 어디 장기로 대
여한 창고 같은 곳에 숨겨놓고 말이다.

둘째, 누구도 나머지 사라진 새들을 추적하지는 않는다는 것.
나만 빼면 말이다.

타임머신을 타고 단서를 찾아서

처음에 트링 도난 사건은 한 가지 물건에 집착하는 유별난 사람들이라든지, 다들 처음 들어보는 특이한 새들, 골동품이 가득한 박물관, 중세의 플라이, 빅토리아풍 모자, 깃털 밀매업자, 무덤 강도 그리고 무엇보다 그 중심에 있는, 플루트를 연주하는 도둑에 대한 흥미로운 이야기였다. 끝없이 밀려드는 난민 업무에서 잠시 벗어나게 해주는 가벼운 오락거리 말이다.

나는 남는 시간에 이곳저곳 돌아다니며 자료를 조사하고 플라이 타잉 커뮤니티 사람들을 찾아다니면서 즐겁게 퍼즐을 맞추는 기분이었다. 하지만 트링을 방문한 뒤에 이 범죄가 진짜 의미하는 바가 무엇인지, 과학계에 어떤 손실을 입혔는지를 깨닫고는, 그리고 여전히 많은 새가 돌아오지 않았다는 사실을 알고는 무언가가 달라졌다. 부업으로 시작한 취미 활동이 아무도 신경 쓰지 않는 범죄 사건에서 정의를 찾는 임무가 되어버린 것이다.

나는 보스턴의 아파트로 돌아오자마자, 트링에서 받아온 엑셀 문서와 경찰 조서를 컴퓨터 옆 벽에 붙여두었다.

곧 한 가지 좋은 전략이 떠올랐다. 에드윈이 나의 인터뷰 요청을 계속 무시했기 때문에 주변 사람들을 공략해야겠다고 생각했다. 새를 사간 사람들을 만나 다른 고객이 더 없는지 알아내고, 범죄와 관련된 이메일을 넘겨달라고 부추기고, 공범이 있는지도 알아봐야겠다고 생각했다. 에드윈이 보기에 내게 증거가 충분하다면 뭔가 할 말이 생길 것이다.

지금까지는 플라이 커뮤니티 안에 박물관의 새를 사간 사람이 있더라도 굳이 나 같은 외부인과 대화할 필요가 없었다. 하지만 이제는 경찰 조서라는 증거물로 그들을 압박할 수 있었기 때문에 누군가는 입을 열 것으로 생각했다.

에드윈이 이름을 말한 네 사람 중에 두 명이 즉각 모든 사실을 털어놓았다. 에드윈이 보냈던 이메일을 다시 내게 전송해주고 사진들도 보내주었다. 그들은 나중에 찾은 19마리의 새 중에 자신들이 보낸 새도 포함된다는 것을 증명하기 위해 박물관에서 받은 메일도 보내주었다. 그리고 다른 구매자의 이름도 알려주었다.

세 번째로 연락한 사람은 모티머였다. 치과의사인 그는 런던에 가서 새 가죽을 먼저 살펴본 뒤에 7000달러어치를 주문했다. 모티머는 마지못해 몇 가지 질문에 답하더니 다시 입을 다물었다.

에드윈이 언급한 마지막 인물은 앤디 부크홀트라는 네덜란드인이었다. 의도치 않게 에드윈을 추락시킨 그 남자. 그는 2010년 네덜란드 즈볼러 플라이 박람회에서 비번이던 '아일랜드인' 형사에게 에드윈한테서 구매한 푸른채터러를 자랑했었다. 그는 내 메일에 한 번도 답하지 않았다.

그런데도 나는 계속해서 메일을 보냈다. 처음 두 사람이 알려준 다른 사람들에게도 메일을 보냈고, 그들로부터 또 다른 증거와 더 많은 사람의 이름을 알아냈다.

새로 알아낸 사람 중에 루한 네틀링도 있었다. 그는 남아프리카 공화국 웨스턴케이프주에 있는 몬타구 건조 과일 & 견과류 무역 회사Montagu Dried Fruit & Nuts Trading Company에서 재무 책임자로 일했다. 나는 그가 3만 달러가량의 극락조를 에드윈에게 샀다는 말을 듣자마자 남아프리카로 전화를 걸었다.

몬타구는 늦은 밤이었지만 그는 너그럽게 시간을 내주었다. 그는 예전에 몬타구로 오는 미국인 등 다른 나라 사람들에게 스프링복, 임팔라, 영양, 쿠두 등의 사냥을 도와주는 전문 사냥꾼으로 일했다고 했다. 2000년 초반에는 가축 사냥이 가능한 농장식 테마파크 두 곳을 해안가에서 480여 킬로미터 떨어진 카루국립공원 근처에 만들기도 했다. 최근에는 코카콜라사의 파푸아뉴기니 지점에서 회계 감사로도 일했다.

그는 에드윈보다 늦게 연어 플라이 타잉을 시작했지만 금세 깊이 빠져들었다. 타잉을 시작한 첫해인 2009년 한 해 동안에만[1] 플라이를 55개나 만들었다. (일반적으로 플라이 하나를 만들려면 10시간이 걸린다. 그 정도 양이면 23일을 밤낮으로 꼬박 바이스 앞에 앉아 있어야 한다.) 그는 전통적인 빅토리아식 기법에서 벗어나 '프리스타일' 플라이를 창조하는 능력이 탁월했다. 그가 만든 '엘비스 해즈 레프트 더 빌딩Elvis Has Left the Building●'2 플라이는 왕극락조의 에메랄드색 동전 모양 꼬리 깃털로 만들었다. '블루 언참드Blue Uncharmed'3 라는 플라이는 푸른극락조의 짝짓기 장면에서 영감을 받은 것이었다. 이 새들은 모두 트링박물관에서 도난당한 새 목록에 올라 있었다.

플라이 타이어들은 대개 처음부터 나를 경계하고 즉각 방어 태세를 취했다. 그들은 모두 에드윈 사건과는 아무 관련이 없다고 주장하거나 익명을 보장해달라고 요구했지만, 네틀링은 전혀 개의치 않는 것 같았다. 내가 에드윈에게서 수만 달러어치의 극락조를 샀다는 말을 들었다고 하자, 그가 큰 소리로 웃었다.

"아니. 아니. 아니요. 제가 왜요? 제가 사는 곳은 파푸아뉴기니입니다! 정말 재미있군요."4 그는 어린 아들의 귀여운 질문을 듣고 재미있어 하는 아버지처럼 말했다.

그는 새 가죽을 찾아 작은 섬 여기저기를 돌아다니다가 파푸아 섬에 사는 사람들과 친분을 쌓으면서 사냥꾼들이나 주민들이 머리에 쓰는 장식물에서 깃털을 구하게 됐다고 했다. "그런 새들을

● '쇼는 끝났다'라는 의미로 쓰인다.

사냥해줄 사람을 찾는 일도 아주 힘들었습니다!" 그가 말했다.

그렇다고 해서 그가 박물관 새를 아예 사지 않았다는 말은 아니었다. 그는 집까마귀 조각 가죽을 3000달러에, 푸른채터러 전체 가죽을 600달러에 샀다고 바로 인정했다. 2010년 말에 깃털을 더 주문했지만, 받지는 못했다고 했다. 그래서 그가 물건을 보내기 전에 체포된 것이 아닐까 추측만 했다고 한다.

"소식을 들으셨을 때는 꽤 놀라셨겠습니다." 내가 물었다.

"전혀요." 그가 말했다. "아주 희귀한 물건 앞에서 사람들은 때로 엄청난 창의성을 발휘하기도 하죠."

에드윈의 행동이 충격적이지 않았냐고 물어보자, 그는 그다지 심각하게 생각하지 않는다고 했다. "잘못한 것은 맞지만, 옷가게에서 바지 한 벌을 훔치는 정도의 잘못이라고 생각합니다."

나는 집까마귀와 채터러는 어떻게 했는지 물었다.

"아마 아직 좀 남아 있을 겁니다." 그가 덤덤하게 말했다. 하지만 이미 깃털을 다 뽑아놓았기 때문에 박물관에도 별 쓸모가 없지 않겠느냐고 했다.

나는 그의 말을 그대로 인용하며 다시 물었다. "잘못한 것이 맞다면, 선생님께서도 그 새들을 박물관에 돌려주셔야 하지 않을까요?"

"그러죠. 단, 박물관이 그걸로 무엇을 하는지, 그것이 과학계에 어떤 도움을 주는지 설명해주신다면, 돌려드리겠습니다."

그는 한동안 침묵한 뒤 다시 이렇게 덧붙였다. "그 깃털을 어떻게 사용할 것인지, 아주 자세한 설명을 듣고 싶습니다."

나는 솔직히 좀 당황스러웠다. 훔친 물건을 가지고 있는 사람에게 그 물건의 합법적인 주인이 그것을 당연히 돌려받아야 한다는 사실을 어떻게 증명하라는 말인가?

나는 네틀링과 인터뷰를 준비하는 동안 그의 페이스북을 꽤 살펴보았기 때문에 그가 '세컨드에이스위크 미니스트리스Second Eighth Week Ministries'라는 어느 천년왕국* 단체에서 보내는 메시지를 정기적으로 페이스북에 올린다는 사실을 알고 있었다. 현재의 자연관에 종교적인 신념이 영향을 주었느냐는 질문에 그는 적극적으로 동의했다. "아! 네! 그렇습니다. 그렇고말고요!"

"멸종이라는 개념이 불편하지 않으십니까?"

"아니요. 전혀 그렇지 않습니다."

"왜 그렇죠?"

"어쨌든 모든 것은 멸종되니까요."

"하지만 너무 허무주의적인 생각 아닙니까?" 나는 그를 좀 더 압박했다. "세상이 결국 휴거라는 것 때문에 다 없어질 거라고 생각한다면, 신이 우리에게 주신 것들을 잘 돌봐야 할 책임을 버리는 것 아닙니까?"

"완전히 버리는 거죠!" 그는 이제야 내가 자신의 말을 이해했다는 듯 큰소리로 외쳤다.

---

* 기독교에서 나온 분파로 종말론과 유사한 주장을 한다.

"그래도 좋다는 말씀이신가요?"

"우리에게 주어진 책임은 우리가 사는 세계가 하느님의 세계와 닮아가도록 하는 것입니다. 그분의 뜻은 이 세계를 영원히 존재하게 하는 것이 아닙니다. 앞으로 50년이 될지, 얼마가 될지는 모르지만, 그때까지 우리가 살아남게 하려는 것이 그분의 뜻은 아닙니다."

그런 답변을 예상했던 나는 그에게 진화를 믿느냐고 물었다.

"아니요. 전혀요. 조금도 믿지 않습니다. 화석이 진화의 증거는 아닙니다. 신앙에 대해 말씀하고 싶으신가요? 그렇다면 진화가 바로 그런 종교입니다! 그 이상도 이하도 아닌 거죠. 그것은 그냥 주술에 불과합니다! 신을 거부하고 타락한 천사들이 인간에게 씌운 거라고요."

진화가 아니라면, 새들이 그렇게 독특한 아름다움을 갖게 된 이유를 어떻게 설명하겠느냐고 물었다.

그에게 그 답은 너무 분명했다. "신께서 그렇게 창조하셨으니까요!"

몬타구는 이제 자정이 지난 시간이었다. 전화기 너머로 크리켓 경기를 중계하는 소리가 들려왔다. 나는 마지막으로 그를 설득하려고 했다. 박물관에 있는 수집품들은 인류를 돕기 위해 다양한 방식으로 사용되어왔고, 바다에 수은의 양이 증가한 사실도 그것 덕분에 알아냈다고.

"인간은 지구를 구하지 못합니다." 그는 내 말을 끊었다. "인간은 안 돼요. 신계서 이 세상은 끝나는 것으로 이미 정해놓았기 때문이죠. 과학자들이 하는 일이란 신에게 도전하는 행위일 뿐입니다. 세상을 지키는 일은 신의 능력이라는 사실을 인정하지 않는 것이죠. 신은 수은의 양이나 알아내라고 인간에게 능력을 주신 것이 아닙니다!"

그래서 사냥꾼이자 건조 과일 회사의 중역인 네틀링은 박물관에 아무것도 돌려줄 생각이 없다고 했다. 지구는 어차피 가망이 없고, 박물관 큐레이터들은 타락한 천사들을 위해 일하는 것뿐이기 때문에. 나는 박물관에서 받아온 엑셀 문서에 그의 이름을 적어 넣고, 분실된 가죽 개수에서 두 마리를 지웠다. 이제 남은 새는 62마리였다.

나는 푸른채터러 한 마리를 샀다는 덴마크인 플라이 타이어를 찾아냈다. 찾아야 할 새를 61마리로 줄일 수 있겠다고 생각했지만, 플레밍 안데르센이라는 그 사람은 박물관에 새를 돌려보냈다는 증거 메일을 보내주었다.[5] 그래도 누군가는 새들을 무더기로 어딘가에 숨겨놓고 있을 거라고 확신했다. 그래서 계속 단서를 찾아다녔다. 나는 책상 한쪽에 차곡차곡 모아둔 인터뷰 자료와 사이트에서 찾은 글, 여기저기서 모은 단편적인 정보들을 다시 읽어보며 자료를 기록하고 정리했다. 가끔 새로운 사실을 발견하기도 했지만, 시간이 갈수록 단서는 점점 줄어들었다.

어찌된 일인지 에드윈은 인터넷에서 자신과 관련된 모든 흔적을 지워버린 것 같았다. ClassicFlyTying.com은 에드윈의 새를 사려는 사람들에게 최고의 인기 사이트였지만, 그가 체포된 후로는 트링과 관련된 글을 계속 올리지 못하게 했고 조금이라도 관련된 글이 올라오면 즉시 삭제했다.

몇 주가 몇 달이 되고, 몇 달이 몇 년이 됐다. 그동안에도 사라진 새들을 찾겠다는 내 집념은 점차 자신만의 의지가 있는 것처럼 계속해서 자랐다.

낮에는 이라크 난민을 받아달라고 미국 정부와 싸웠다. 몇 안 되는 직원을 관리하고, 난민들을 대변해줄 수백 명의 무료 변호사와 함께 일했다.

밤에는 플라이 커뮤니티의 중요한 인물들에게 페이스북 친구 신청을 하고, 그들의 사진첩을 뒤지면서 새들을 찾을 단서를 찾아다녔다. 희귀 깃털을 사고파는 것으로 알려진 비공개 SNS 그룹에도 접촉하고, 관련된 내용은 스크린 캡처로 저장해두었다. 책상에 서류가 너무 많아져서 황색 파일로 철을 하기 시작했다. 시간이 지나자 이제 서류철도 너무 많아져서 아코디언처럼 생긴 서류 상자도 샀다.

어느 순간 아코디언 상자도 터지기 일보 직전이 됐다. 상자에는 월리스, 켈슨, 로스차일드에 이어 빅토리아 시대에 대한 자료들까지 쌓였다. 플라이에 대한 별난 집착을 이해해보려고 읽기 시작한 것들이 이렇게 많아졌던 것이다. 결국 나중에는 캐비닛까지 사야 했다.

나는 에드윈 주위로 그물망을 넓게 펼쳤지만, 그는 닿을 듯 말듯 내 손길을 줄곧 빠져나갔다. 그래도 끊임없이 에드윈에 대해 뒷조사를 하고, 그가 훔친 새의 시장 가격을 종류별로 알아보았다. 루한만 제외하면 깃털과 관련된 세계에서 누가 누군지 손바닥을 들여다보듯 훤히 알게 됐지만, 그래도 여전히 새는 한 마리도 찾지 못했다.

에드윈의 단독 범행인지, 공범이 있는지도 여전히 밝혀내지 못했다.

단서가 부족해진다 싶으면 다시 커뮤니티 사이트를 둘러봤다. 에드윈이 체포된 2010년 11월 이후 범죄와 관련된 글은 모두 삭제되었다는 것을 알고 있었지만, 혹시 관리자들이 놓친 글이 있을지도 몰라서 시간만 나면 웹사이트를 뒤졌다. 가끔은 눈살을 찌푸리게 하는 글을 찾기도 했다. 가령 에드윈이 깃털을 훔친 날로부터 1년 후이자 체포되기 넉 달 전인 2010년 7월 26일에 올라온 글이[6] 그랬다. 사이트 운영자인 버드 기드리가 집까마귀 깃털을 방금 샀다며 사진을 찍어 올렸다. 그리고 "이 사진은 언제나 저를 흥분시키네요"라고 썼다. 기드리는 그 깃털이 원래는 19세기 말의 어떤 타이어가 사용했던 것이라고 했다. 그러자 에런 오스토이라는 유명한 깃털 중개인이 살짝 비꼬는 듯한 말투로 댓글을 달았다. "흠. 그럴 수도, 자연사박물관에서 잃어버린 것일 수도 있음. 어쨌거나 수익은 3000퍼센트 이상."

"에런 씨의 물건보다 조금 높은 정도. 아주 조금." 기드리가 다시 댓글을 달았다.

그들이 트링 사건과 관련된 흔적을 화가 날 정도로 깨끗이 지워버려서, 나는 마치 단속 정보를 이미 입수한 술집에 들어가서 불법영업을 단속하는 기분이었다.

그러다 타임머신을 발견했다.

2001년 10월, 인터넷 아카이브Internet Archive가 웨이백 머신Wayback Machine을 개발했다. 웨이백 머신은 웹스파이더web spider라는 프로그램이 인터넷을 돌아다니며 각종 정보를 자동으로 영구 저장하게 하는 장치다. 박물관 사건이 있던 2009년까지 웹스파이더는 인터넷에 있는 수많은 웹사이트 화면을 3페타바이트가량 저장했다. 이것은 아이맥 컴퓨터 3000대를 채우고도 남을 만한 양이었다.

2013년 7월 어느 늦은 밤, 나는 인터넷 아카이브가 스캔한 영국박물관의 조류 카탈로그(1874년) 27권을 훑어보다가 웨이백 머신을 우연히 발견했다. 얼른 'EdwinRist.com'을 쳐보았다. 그동안 수없이 들었던 이름이었기 때문에 어떤 정보라도 나오지 않을까 잔뜩 기대했다. 하지만 헛수고였다. "흠. 아카이브가 그 사이트는 저장을 안 했나 보군."

그러나 ClassicFlyTying.com을 입력해보자 드디어 뭔가가 나타났다. 웹스파이더는 2010년에 각각 네 번에 걸쳐 이 사이트를 돌아다니며[7] 이곳에서 이뤄진 거래의 스크린 캡처를 저장해두었던 것이다.

나는 2010년 11월 29일에 저장된 화면을 클릭하고는 눈이 튀어 나올 뻔했다. 지표를 한 겹 벗겨내고 완벽한 상태로 보존된 화석을 찾아낸 것 같았다. 거기에는 집까마귀, 푸른채터러, 케찰 가죽을 판매한다는 글 수십 개가 들어 있었다. 지금은 삭제되고 없는 글들 이었다. 글 제목과 작성자 그리고 조회 수도 확인할 수 있었다.

2009년 11월 28일에는 푸른채터러 전체 가죽을 판다는 글이 올 라와 있었다.[8] 2010년 4월 19일에는 집까마귀 가슴 깃털, 5월 7일 에는 불꽃바우어새 전체 가죽, 5월 8일에는 케찰 깃털 묶음이 올 라와 있었다. 7월 17일에는 '이국 새 가죽 판매'라는 글이, 20일에 는 '깃털/가죽 묶음'이라는 글이 올라와 있었고 8월 31일에는 집 까마귀와 보라색가슴털코팅거를 판다는 글이 올라와 있었다.

나는 심장이 두근대는 가운데 2010년 4월 21일에 올린 '까마귀 찾으시는 분?'이라는 제목의 글을 클릭했다.

그 글이 왜 사이트에서 사라졌는지 알 것 같았다. 화면 상단에 있는 '빈티지 플라이 타잉 깃털 / 집까마귀 깃털 / CITES 해당 없 음'이라는 글 아래 이베이로 연결되는 링크가 걸려 있었다. 사이트 회원들은 가격이 1000달러가 넘는다고 속상해하며 자기들끼리 경 쟁하는 바람에 깃털 가격이 계속 오르고 있다고 한탄했다.[9]

그 새가 트링의 것인지는 확실하지 않았다. 하지만 글을 계속 읽어 내려가다 보니 판매자의 정체를 알 만한 확실한 단서가 있었다. "그 사기꾼 판매자는 에드윈이 아니에요. 감각은 없고 돈만 있는 멍청이들이나 그런 돈을 쓰겠죠." 한 회원이 이렇게 썼다. 나는 벽에 붙여둔 타임 라인에 이 거래 날짜를 추가로 기록했다. 그 이후로도 몇 시간 동안 웨이백 머신의 도움을 받아 판매 글을 15건 더 찾아냈다.

모든 글이 한 사람의 이름으로 작성되었다는 사실을 발견하고 흥분된 마음을 감출 수 없었다. 보아 하니 그는 에드윈 대신 일하는 사람으로 보였다. 고쿠라는 이름을 쓰는 그는 커뮤니티 사이트에 글을 쓰고 사진을 업로드하고 주문을 받았다. 돈거래도 해주는 것 같았다.

"도움이 필요한 친구가 있습니다. 안타깝게도 자신의 애장품을 팔아야 한다고 해요. 가족 때문에 돈이 꼭 필요해서 깃털을 처분한다고 합니다."[10] 2010년 8월 말, 고쿠는 자신이 판매한다고 올린 그 집까마귀 깃털이 어디서 났는지를 이렇게 밝혔다. "이 어깨 깃털은 제가 본 것들 중에 최상급입니다. 가격은 메일로 문의해주세요."

다른 글에서 고쿠는 에드윈이 이베이에 올린 글을 링크하고는 시간이 얼마 남지 않았다며 입찰을 부추겼다.

에드윈도 고쿠가 올린 글에 댓글을 달았다. 체포되기 한 달 전인 2010년 10월 6일, 고쿠가 푸른채터러 가죽을 판매한다는 글을 올리면서[11] 가격은 밝히지 않고 '꼭 살 생각이 있는 사람들만' 따로 문의해달라고 썼다. 몇몇 회원들이 판매자가 너무 고자세라며 불평하는 글을 남기자, 에드윈이 그를 옹호하는 글을 올렸다. "저는 그렇게 생각하지 않습니다. 가격을 밝히고 싶지 않다고 한 것도 문제가 안 된다고 생각합니다." 그리고 이렇게 덧붙였다. "이 아이들이 얼마나 비싼지는 우리가 더 잘 아니까요."

11월 11일,[12] 고쿠는 '혼합 세트'를 판매한다는 글을 올렸다. 푸른채터러 세 종류와 집까마귀 세 종류였다. 헤이르트 베르브루크라는 벨기에 사람이 사겠다는 글을 올리자 고쿠는 이렇게 댓글을 달았다. "감사합니다! 그 돈은 친구가 잘 받을 거예요. 주소는 메일로 보내주시겠어요?"

다음 날 아침, 아델 경사와 다른 경찰들이 에드윈의 아파트를 덮쳤다. 그날 이후 고쿠는 한 번도 글을 올리지 않았다.

고쿠, 대체 그는 누구일까?

프럼 박사의 USB

내가 쓴 전쟁 회고록이 2013년 9월에 출간됐다. 그 달 나는 비영리단체 일을 그만두었다. 그때까지도 그곳은 끊임없이 자금 부족에 시달렸다. 2000명 이상의 난민이 리스트 프로젝트를 통해 미국으로 망명해왔지만, 그럴 수 없는 사람들의 수가 그보다 훨씬 많았다. 나는 실패했다는 느낌을 지울 수 없었다.

나는 북 투어를 시작했다. 대학가에 가서 국제 문제에 적극적으로 나서야 한다고 학생들을 격려했다. 그러면서도 당시 내가 얼마나 지쳐 있었는지는 숨겼다. 학생들이 이제 무엇을 할 계획이냐고 물었다. 아프가니스탄에 갈 것인지, 시리아 난민을 도울 것인지 물었다. 하지만 지금은 다른 종류의 불의와 싸우는 중이며, 다음 목표는 깃털 도둑을 잡는 것이라는 사실을 학생들에게 어떻게 털어놓아야 할지 몰랐다.

나는 예일 대학교를 방문했다가 리처드 O. 프럼 박사를 만나기 위해 예일 대학교 피바디 자연사 박물관Yale Peabody Museum of Natural History에 들렀다. 프럼 박사는 생태학 및 진화생물학 교수이자 박물관의 척추동물 분야 수석 관장이었다.

나는 그가 맥아더 펠로우 프로그램과 구겐하임 펠로우십을 땄다는 사실, 명망 높은 프럼 연구소의 소장인 동시에 트링박물관에서 거의 3분의 1이나 사라진 코팅거류에 관한 세계적인 권위자라는 사실을 알고 있었다. 하지만 그의 연구실에서 그를 직접 만나기 전까지는 그도 사라진 새들의 행방을 쫓았다는 사실을 전혀 알지 못했다.

내가 뉴저지 서머싯에서 열린 국제 플라이 타잉 심포지엄에 가기 1년 전인 2010년, 프럼 박사도 그해 심포지엄이 열린 뉴헤이븐으로 향했다. 박사는 대회장을 이곳저곳 둘러보면서 판매자들과 대화를 나누고 명함을 모으고 다양한 종류의 희귀 새들이 팔리는 장면을 직접 목격했다.

"야생동물보호국에서 그놈들을 잡아가게 하고 싶었어요."[1] 그가 말했다. 박사는 밀거래 단속 기관에 전화해서 대회장에 와달라고 했다. 하지만 단속요원 한 명이 게티즈버그에서 사슴 불법 사냥을 단속하다가, 술 취한 사냥꾼의 총을 맞고 사망하는 바람에 대회가 열리는 그 주말에는 그 지역의 단속요원들 모두 장례식장에 참석해야 했다.

"야생동물 불법 거래가 바로 우리 옆에서 일어나고 있다는 사실을 누구에게라도 알리려고 발바닥에 불이 나도록 돌아다녔어요." 그가 말했다. "그곳 뉴저지에서는 온갖 열대 지방 새들이 그렇게 버젓이 팔리고 있었지만 아무도 관심을 갖지 않았어요!"

다른 연구 활동들 때문에 오래가지는 못했지만, 박사도 한동안 에드윈 리스트를 쫓아다녔다고 했다. 피해를 본 종에 대해 자세히 알려달라고 트링박물관을 압박하고, 그로서는 없어지기를 바라는 취미 활동의 실상을 파헤쳐줄 기자를 찾아다녔다.

"당신이 저 문을 열고 들어오기를 오랫동안 기다려왔소." 그는 책상 위에서 무언가를 열심히 찾으며 말했다. 책상에는 몇 년간 모았을 메모지와 학술지, 고장 난 컴퓨터 모니터, 각종 서류 봉투, 황금앵무새 깃털이 담긴 대형 지퍼백이 있었다. 머그잔은 적어도 일곱 개 이상 있었고 〈스타워즈〉 캐릭터인 다스 베이더 얼굴의 보블헤드* 인형도 하나 놓여 있었다. 박사는 심포지엄에 관한 노트를 한참 만에야 찾아냈다.

메모에 적힌 깃털 업자들은 대부분 아는 이름이었다. FeathersMc.com의 맥레인도 있었고, 캐슬 암스를 운영하는 필 캐슬맨도 있었다. 이런 내용도 있었다. "아홉에서 10명가량 되는 판매업자들이 플라이를 전시해놓고 있었다. 신열대구新熱帶區** 이외의 지

---

* 머리가 흔들리는 작은 인형.
** 남아메리카와 멕시코 남부, 중앙아메리카, 카리브 제도로 이루어진 생물 지리구.

역이나 아시아 혹은 유럽 지역에 서식하는 새 깃털로 만든 플라이였다. 다른 판매상 서너 명은 열대 지방에 서식하는 새의 가죽을 각종 형태로 팔고 있었다."[2] 조류학자인 그는 검은목띠오색조 Black-Collared Barbets, 황금풍금조Golden Tanagers, 검은등밀화부리Black-Backed Grosbeaks, 구리색태양새Bronzed Sunbirds, 뱀부파트리지Bamboo Partridges, 인도롤러Indian Rollers, 유라시아갈까마귀Eurasian Jackdaws, 더스키앵무Dusky Parrots, 노랑꼬리검은유황앵무Yellow-Tailed Black Cockatoo, 홍따오기Scarlet Ibises 가죽도 모두 알아보았다.

"하지만 그들은 자기네 새들이 빅토리아 시대부터 내려온 것들이라고 했어요." 나는 박사에게 이렇게 말했다. "CITES 법이 발효되기 전이라는 거죠."

"이 새들은 모두 법으로 보호하는 것들이에요!" 박사는 분노를 감추지 않고 크게 소리쳤다. "특별한 허가 없이는 모두 수입할 수 없는 것들이란 말이죠. 그들 말처럼 19세기부터 내려온, 할머니들에게 받은 새들일 리가 없어요. 모양을 보면 알 수 있으니까." 박사는 그 가죽들이 밀수된 것이 틀림없다고 생각했다. 그가 평생 연구해온 새들이 그곳에서 대량으로 팔려나가고 있었다.

"모두 불법이에요." 그는 한 단어씩 힘주어 말했다. "수많은 법을 위반하지 않고는 손에 넣을 수 없는 것들이죠."

"생체이력표가 붙은 것이 있던가요?" 내가 물었다.

"아니요. 이력표는 없었어요. 하지만 가격표는 있더군요! 뭔 놈의 깃털이 그렇게 비싼지, 썩을 놈들!" 그는 폭풍처럼 분노했다.

"지금까지 봐왔지만, 아직도 이해할 수 없습니다. 취미 생활을 즐긴다는 이유로 왜 그렇게 큰 위험을 감수하는 것인지."보호종으로 지정된 새들이 수없이 팔리는 장면을 목격한 나는 이렇게 말했다.

"그 플라인지 뭔지로 실제 낚시를 하는 것도 아니라면서요, 그렇죠?"박사가 말했다. "그럼 대체 뭡니까? 그건 그냥 집착일 뿐이잖아요. 집착! 오리지널에 대한 집착. 하지만 빌어먹을 오리지널 따위는 세상에 없어요! 대체 그자들은 뭐 하는 사람들이에요? 어떤 사람은 오하이오주의 치과 의사라더군요. 오리지널과 그 일이 무슨 상관이 있다는 거죠?"

에드윈에게 새를 샀던 사람 중에도 치과 의사가 있었다고 말해주자 박사가 껄껄 웃었다. 박사는 마음이 약간 진정된 듯 말을 계속했다. "내가 보기에 그들은 진정성을 추구한답시고 발버둥 치는 거예요……. 사람들이 의미 있게 생각하는 것을 만들려는 거죠. 하지만 그들이 하는 일은 영국 낚시꾼들이 전 세계를 통치하던 식민지 파워가 있던 시대, 그리고 그것을 이용해서 뭔가 매력적인 것을 만들어 다시 시장에 내다팔 수 있던 시대에나 가능한 것이죠."

그가 말했다. "그 꿈은 이제 사라졌어요. 그런 시대는 사라졌다고요."

그가 덧붙였다. "내가 깃털을 사용할 때는 지식이 결과물로 따르죠. 우리가 깃털 하나를 뽑아서 망가뜨리면, 전에는 아무도 몰랐던 새로운 세상이 발견되는 것입니다."박사의 말대로라면, 에드원을 비롯해 깃털에 빠진 그 집단은 역사적인 페티시스트들에 불과했다. 소심하고 터무니없는, 기생충 같은 취미 활동에 빠진 사람들 말이다. 그런 활동은 없어져야 했다.

내가 연구실을 나서려는데 박사가 줄 것이 있다고 했다. 그는 책상 서랍을 뒤지더니 USB 하나를 꺼내 건넸다.

나는 주차해둔 차로 가서 노트북을 꺼내 USB를 꽂았다. USB 안의 파일을 보고, 깜짝 놀랐다. 그것은 에드윈이 운영한 홈페이지의 스크린 캡처를 꼼꼼하게 정리해둔 자료였다. 아마도 그 사이트에 대한 기록으로는 유일할 듯했다.

파일을 하나하나 살펴보면서 에드윈이 그 사이트를 없앤 이유를 알게 됐다. 가령 '희귀 재료의 사진과 판매 페이지'[3]는 31개의 리스트에 링크가 걸려 있고, 각각의 리스트는 모두 라틴어 이명법으로 새의 이름을 표기하고 있었다.

링크를 클릭하면 새의 종류별로 고해상도 사진을 볼 수 있었다. 이름표는 붙어 있지 않았지만, 눈구멍에 채워진 솜이나 다듬어진 모양으로 보아 표본으로 사용되는 새가 틀림없었다. 모자에 달린 장식용 새들은 날개를 펼치고 있지만 연구용 새 가죽은 날개와 다리를 몸통 쪽으로 바짝 당겨두었기 때문이다.

목록 상단에는 해당 새에 대한 설명이 적혀 있었다. "집까마귀의 변종인 마소니Masoni 종은 컬렉션에 거의 올라오지 않는 매우 보기 드문 희귀종입니다. 어두운 갈색 바탕에 가장자리는 짙은 빨간빛이며 끝부분이 살짝 말려 있습니다."[4] 푸른채터러류의 한 종

은 이렇게 소개되었다. "코팅거메이나나^{Cotinga Maynana} 종은 푸른채
터러류 중에서 가장 화려한 색상을 자랑합니다. 아주 희귀한 종이
지만 색상은 매우 선명합니다." 145년 전 월리스가 수집한 새들에
에드윈은 이렇게 설명을 달았다. "왕극락조는 날개 안쪽의 화려한
칼깃이 돋보이는 작은 극락조입니다. 전체 가죽을 구매하고 싶거
나 가격이 궁금한 분은 연락 주세요." 특히 그의 불꽃바우어새는
목 깃털이 "다른 깃털과는 견줄 수 없으며 눈부실 정도로 빛난다"
고 했다.

다른 페이지에는 이런 글도 있었다. "위탁 판매도 취급합니다.
판매하고 싶은 깃털이 있으면 연락주세요!"

"안심하셔도 됩니다." 에드윈은 구매자들을 이렇게 안심시켰
다. "특별한 요청이 없는 한, 구입처는 공개하지 않습니다."

검사는 재판 과정에서 에드윈이 범죄를 저지른 데는 금전적인
동기도 있다는 점을 강조했었다. 그러니까 에드윈이 새를 훔친 데
는 돈을 벌기 위한 목적도 있다는 것이었다. 하지만 배런 코언 박
사가 에드윈은 아스퍼거증후군이 있는 데다가 금전적인 목적으로
범죄를 저지른 것도 아니라고 했기 때문에⁵ 에드윈은 무사히 빠져
나갔다.

나는 EdwinRist.com이라는 웹사이트를 실제로 본 적은 없었지
만, 에드윈이 새를 훔치고 15일 만에 이 사이트를 만들었다는 사
실은 알고 있었다. 그 사이트를 살펴보면, 새를 '팔기 위해' 만들어
졌다는 것이 너무나 명백했다. 가령 홈페이지 '소개' 코너에 들어

가 보면, "처음에는 새 플루트를 사기 위해 시작했지만, 시간이 갈수록 규모가 커지면서 플라이 재료 소매업에도 관심을 두게 되었다"고 했다.

홈페이지를 좀 더 읽다 보니, 에드윈의 다른 말들도 확인할 수 있었다. 에드윈은 자기가 좋아하는 플라이 타잉 책과 친구들의 리스트를 만들고 짤막한 자기소개 글도 올렸다. "저는 현재 연어 플라이에 관한 책을 쓰고 있습니다. 모던 플라이와 클래식 플라이를 동시에 포함하는, 다양한 형태의 패턴을 자세히 소개하려고 합니다. 게다가 희귀종 새의 깃털 사진은 물론이고 노르웨이 출신인 롱 응우옌 씨의 멋진 작품도 함께 소개하려고 합니다. 앞으로의 진행 상황이나 자세한 사진은 홈페이지에서 확인해주세요."[6]

롱 응우옌은 또 누구일까? 나는 에드윈이 알고 지내는 사람은 이제 거의 다 안다고 생각했다.

주차장에 예일 대학교 와이파이 신호가 희미하게 잡혔다. 나는 스펜서 세임에게 전화를 걸어 그의 계정으로 페이스북에 로그인할 수 있게 해달라고 부탁했다. 스펜서는 페이스북에 에드윈의 친구로 등록되어 있었기 때문에 그의 계정으로 들어가면 에드윈의 페이스북을 둘러볼 수 있었다. 에드윈의 페이스북은 롱 응우옌과 함께한 사진으로 도배되어 있었다. 노르웨이의 뭉크 미술관 앞에서 〈절규〉를 흉내 내며 함께 찍은 사진도 있고, 상대방이 만든 플라이를 멋지다고 칭찬하는 말도 있었다. 2010년 봄, 두 사람이 함께 일본에 가서 찍은 사진에는 롱이 에드윈의 이름을 태깅하기도 했다. 사진 속에서 두 사람은 함께 절에 가고, 벚꽃이 만개한 공원에서 산책하고, 회를 먹고, 쇼핑을 했다.

그러다가 그 그림을 발견했다. 롱은 페이스북에 붉은꼬리검정관앵무Banksian Cockatoo, 말레이쇠공작, 불꽃바우어새를 그린 유화를 올리고 에드윈에게 주는 선물이라고 했다. 에드윈은 일본어로 댓글을 달았다. "Oi! lonngu sama! kore wa sugoi desu ne!(우와! 롱 님! 그거 정말 대단한데요!)"[7] 그리고 영어로 다시 물었다. "상자는 도착했어?"

"오늘 우편함을 확인해봐야 해, 친구. 와, 신난다!" 롱이 답했다.

1년 전 밤늦도록 커뮤니티 사이트를 뒤지고 다닐 때, 그 그림을 본 적이 있었지만, 당시에는 그리 중요하게 생각하지 않았다. 나는 얼른 ClassicFlyTying.com에 들어가서 그 그림을 올린 사람이 누구인지 찾아봤다.

고쿠였다.

에드윈이 훔친 새를 이베이에 올리면, 그 글을 링크해서 ClassicFlyTying.com에 올렸던 고쿠. 그가 바로 롱 응우옌이었던 것이다. 혼합 세트를 판다는 글과 집까마귀 가슴 깃털을 판다는 글을 올렸던 고쿠. "불꽃바우어새, 수컷, 전체 가죽"[8]을 판다고 글을 올렸다가 삭제해버린 고쿠 말이다.

어떻게 이것을 놓칠 수가 있었을까? 그가 남긴 흔적이 그렇게 많았는데.

나는 차를 타고 보스턴을 향해 열심히 고속도로를 달렸다. 뜻밖에 발견한 새로운 사실 덕분에 머리가 터질 것 같았다. 그렇다. 공범이 있었다. 바로 롱이 공범이었던 것이다. 그날, 롱도 그곳에 가서 에드윈이 담장을 넘도록 도와주었을까?

아니면 롱은 뒤에서 지시만 내렸을까? 어쩌면 처음부터 내가 착각했던 것인지도 몰랐다. 에드윈은 세상 물정을 모르는, 어리고 순진한 희생양일지도 몰랐다.

프럼 박사에게 USB를 받고 몇 주가 지난 뒤, 나는 다른 북 투어에 참석하기 위해 시카고행 비행기에 올랐다. 승무원이 안전 수칙을 설명하는 동안, 나는 휴대전화의 페이스북 앱을 작동시키고 빅토리아식 연어 플라이 타이어가 모인 비공개 그룹을 둘러보았다.

ClassicFlyTying.com 사이트에 누군가가 에드윈의 체포를 알리는 오래된 기사를 올려 작은 싸움이 벌어졌다. "2010년에 이런 사건이 있었다니, 믿기지 않는군요."[9] 그는 트링 사건이 금기라는 사실을 몰랐던 것 같다.

대화는 금세 사라진 새에 관한 이야기로 흘러갔다. "그 사람에게는 단짝도 있죠." 마이크 타운엔드라는 영국인 타이어가 답했다.

옌스 필고르가 물었다. "그 깃털은 누가 가졌는지 혹시 아시는 분?"

나는 이 대화 기록도 혹시 삭제될까 봐 얼른 화면을 저장했다. 비행기가 이륙하기 시작했다. 승무원이 전화기를 꺼달라고 방송

했지만 나는 이 기회를 놓칠 수 없었다.

"제 생각에는 그가 공범이자 실제 배후인 것 같아요. 잘도 빠져 나갔죠……." 타운엔드가 이렇게 글을 남겼다.

"롱이라는 이름을 쓰는 자예요. 당신도 좋은 날이 얼마 안 남았습니다."

내가 알기로 롱의 이름이 공개적으로 언급된 것은 처음이었다. 롱이 직접 그 글에 댓글을 달았다. "저에 관해 이상한 말들이 돌고 있는 것을 알지만 저는 신경 쓰지 않습니다." 그가 말했다. "이걸로 먹고사는 것도 아니고. 그냥 취미일 뿐이라고요, 젠장."

짜증난 표정으로 나를 내려다보는 승무원을 보고 나는 죄지은 사람처럼 휴대전화 전원을 얼른 껐다. 두 시간 뒤에 비행기가 착륙하고 다시 확인해보니 그 글들은 모두 삭제되었다.

나는 롱에게 메시지를 보내 자신의 의견을 말해줄 생각이 있는지 물어봤지만 그는 거절했다.

만약 누군가가 사라진 새들을 보관하고 있다면 그는 바로 롱일 거라고 나는 확신했다.

그리고 그때 독일에서 앙상블과 실내악단 투어를 돌고 있던 에드윈이 드디어 입을 열었다. 체포 이후 처음으로 '롱 응우옌'이라는 제목의 글을 사이트에 올리며 돌아왔던 것이다.[10]

"플라이 타잉 세계에 계신 여러분, 저에 관한 이야기는 대부분 들으셨을 것으로 생각합니다. 저는 여러분이 알고 계시는 그 이유로 주류에서 활동하지 않겠다고 마음을 정했습니다. 하지만 꽤 오랫동안 저를 괴롭혀온 일이 있어 그 부분은 꼭 말씀드리고 싶습니다. 노르웨이에 사는 제 친구 롱 응우엔이 제가 혼자서 저지른 그 사건과 관련이 있다는 소문 때문에 공공연하게 비난을 받아왔습니다. 심지어 덴마크인 한 분과 영국인 한 분은 그가 사건의 실제 배후라는 루머를 퍼뜨리기도 했습니다. 제가 저지른 행동에 여러분이 보여주신 반응도 견디기 힘들었지만, 롱에 대해 오가는 말들 때문에 저는 더 충격을 받았습니다." 에드윈은 자신의 생각을 분명히 밝혔다.

하지만 지금까지도 '트링 사건'에 대한 언급을 금지해왔던 기드리는 그 글이 전혀 반갑지 않았다.

"이제 정말 질리는군요. 그 사건이 우리 회원들께 영향을 주지 않게 하려고 제가 몇 년간 얼마나 노력했는지 모르실 겁니다. 그런데 이렇게 다시 언급되다니……. 에드윈, 당신은 모습을 숨겨왔다고 말하지만, 그 사건은 이렇게 계속해서 우리 사이트에 등장합니다. 시간이 갈수록 더 끔찍해지는군요. 롱을 변호하고 싶다면 얼마든지 그러세요. 하지만 당신이 그럴수록 그 사람에게는 더 큰 상처가 되지 않을까 걱정될 뿐입니다."

기드리는 회원들에게도 입장을 전했다. "이 주제가 우리 사이트에서 언급되지 않게 하려고 제가 몇 년 동안 얼마나 많은 시간과 노력을 쏟아부었는지 상상도 못 하실 겁니다. 과장이 아니라 저에게는 거의 전쟁 같은 시간이었습니다."

나는 3년 동안 에드윈에게 인터뷰에 응해달라고 계속 요청했지만 아무 소득이 없었다. 하지만 에드윈이 이번에 처음으로 그 일을 직접 공개적으로 거론했기 때문에 다시 한 번 시도해봐야겠다고 생각했다. 나는 에드윈에게 이제는 말할 때가 되지 않았느냐고 메일을 보냈다.

　뜻밖에도 그에게서 답장이 왔다. "이해해주셨으면 합니다. 이 사건을 꺼내는 것이 제게는 상처에 소금을 뿌리는 것처럼 힘든 일입니다. 생각할 시간이 필요합니다."[11]

　처음으로 긍정적인 답변을 들어서 너무 신이 났다. 그래서 언제 만날 수 있는지 물어보고는 다시 답이 오기만을 초조하게 기다렸다. 하루가 지나고 1주일, 2주일이 지났지만, 답장이 없었다. 나는 내가 쓴 메일을 몇 번이고 다시 읽어보았다. 혹시 너무 들이댔나? 협박처럼 들렸을까? 아니면 원래 겁이 많은 스타일인가?

　마침내 기다리고 기다리던 답장이 왔다. 에드윈이 제안한 날짜는 1주일도 채 남지 않았다. 하지만 이번이 마지막 기회라고 생각한 나는 독일 뒤셀도르프로 가는 항공권을 말도 안 되는 비싼 가격에 덜컥 사버렸다.

　"안전은 걱정하지 않아도 되는 거지?" 아내가 여행 가방을 싸며 물었다.

　당시 우리는 갓 결혼한 신혼부부였다. 아내는 리스트 프로젝트의 파트너 회사에서 변호사로 일하며 이라크 난민 12명의 미국 망명을 도왔다. 우리는 메일만 주고받다가 내가 로스앤젤레스로 북투어를 가게 되면서 처음 만났다. 그로부터 열흘 뒤 나는 로스앤젤레스로 이사했고, 두 달 뒤에 반지를 샀다. 넉 달 뒤에 프러포즈를 하고 정확히 1년 뒤에 결혼식을 올렸다.

몇 년 전이었다면, 나는 안전을 크게 걱정하지 않았을 것이다. 하지만 그사이 나에게도 많은 일이 있었다. 우리 부부는 집도 새로 장만했고 얼마 후에는 아이도 태어날 것이었다. 몇 년 전과는 상황이 많이 달라졌기 때문에 안전에 대해 생각하지 않을 수 없었다.

나는 부정적으로 생각하지 않으려고 했다. '그는 플루트연주자일 뿐이다. 훔친 것이라고는 깃털밖에 없다. 이상한 짓은 하지 않을 것이다.' 그렇게 생각했다. 하지만 인터뷰를 고작 며칠 남겨두고는 무모한 짓이 아닌지 슬슬 걱정되기 시작했다. 에드윈은 진짜 어떤 사람일까? 그렇게 오랫동안 그의 뒤를 조사하고 다녔지만, 정작 그가 어떤 사람인지 별로 아는 것이 없었다. 인터넷에 올린 글만 보고는 그가 진짜 어떤 사람인지 알 수 없으니까. 심지어 그의 목소리를 들어본 적도 없었다. 한마디만 하고 끝내버리지는 않을지, 화를 잘 내는 사람은 아닐지 걱정됐다. 또한 내가 알아낸 증거를 보여주면 어떻게 나올지도 알 수 없었다.

보디가드를 데려갈까도 생각했다. 하지만 인터뷰를 망치고 싶지는 않았다. 인터뷰 전에 몸수색을 먼저 해야 한다고 해볼까? 아니면 총을 든 건달이라도 한 명 세워둘까? 아무 설명도 없이?

나는 옐프Yelp 앱으로 뒤셀도르프에서 가장 평점 높은 경비 업체를 찾아보았다. 앱에서 찾은 회사에 연락했더니 얀이라는 사람과 연결됐다. 굵고 낮은 목소리에 사무적이고 냉정한 말투가 전형적인 독일인 같아 마음이 좀 놓였다. 보디가드 한 명을 한 시간 동안 고용하는 비용은 52유로이며, 여섯 시간 단위로만 이용할 수 있다고 했다. 내 목숨을 지켜줄 사람을 고용하면서 돈 문제로 입씨름하는 것이 우스워 바로 계약을 했다.

"그 사람에 대해 말해주십시오." 얀이 말했다. 볼펜이 똑딱거리는 소리가 들렸다.

"뉴욕에서 태어났어요. 몇 년 전에 런던에서 살다가 이제 뒤셀도르프에서 플루트를 연주하고……."

"그런 정보 말고요." 얀이 끼어들었다. "키가 얼마나 됩니까?"

몇 년 동안 에드윈을 쫓아다녔지만, 키가 얼마인지도 몰랐다. "글쎄요. 대략 180?"

"나이는요?"

"스물다섯입니다."

"흠. 그렇군요." 그가 말했다. "만난 적은 있습니까?"

"아니요. 솔직히 말하면 그가 나타날지 안 나타날지도 모릅니다."

"미팅은 언제, 어디서 하십니까?"

"5월 26일 뒤셀도르프에 있는 스테이지 47호텔에서요."

"이름은 뭐죠?"

"에드윈 리스트."

"그가 뭘 훔쳤다고 하셨죠?"

"깃털입니다."

한동안 침묵이 흘렀다. 얀은 보디가드가 방에 같이 있으면 그가 위축될 거라고, 밖에서 대기하는 편이 낫겠다고 했다. 방 열쇠는 보디가드가 가지고 있는 대신, 나는 워키토키를 갖고 있다가 필요하면 호출하라고 했다.

나는 그러기로 했다.

"좋습니다." 얀이 말했다. "클라우스를 보내겠습니다. 현금으로 준비해주십시오."

나는 질문 리스트를 완벽하게 만들기 위해 며칠 동안 정신없는 시간을 보냈다. 다른 새는 어디 있느냐고 처음부터 다짜고짜 물어봐도 안 될 것이다. 게다가 그가 시간을 얼마나 내어줄지도 몰랐다. 그가 사실을 말하는지 거짓을 말하는지 알아보기 위해 어떤 사실은 일부러 모르는 척하기로 했다. 롱이 어떤 역할을 했는지도 알아내야 했다.

인터뷰를 준비하는 내내 몇 가지 질문이 머릿속을 떠나지 않고 나를 괴롭혔다. 혹시 에드윈이 나타나지 않으면 어떡하지? 나를 가지고 노는 것은 아닐까? 지구 반대편에서 날아온 사람을 아무도 없는 호텔 방에 앉아 무작정 기다리게 하면서? 한 번도 가보고 싶지 않았던 도시에 가기 위해 비행기 값으로 벌써 수천 달러를 써버렸고, 또 그 나라 사람을 보디가드로 채용하기 위해 몇백 달러를 썼지만, 나는 아직 그의 휴대전화 번호도 몰랐다. 그때가 가장 대책이 없다고 느껴진 순간이었다.

　로스앤젤레스 국제공항에서 보안 검색대에 가방을 넣는 순간, 아내가 물었다. "그가 왜 인터뷰에 응한다고 했는지 다시 좀 말해 줄래요?" 하지만 나는 대답할 수 없었다.

"전 도둑이 아니에요."

인터뷰 전날 밤, 나는 인터뷰에 대한 걱정과 시차 때문에 밤새도록 뒤척이며 잠을 이루지 못했다. 잠든 아내 옆에서 TV 볼륨을 작게 해놓고 독일 홈쇼핑 채널을 시청했다. 에드윈이 입을 열게 하기까지 몇 년이 걸렸다. 나는 꿈인지 현실인지 구분하기 힘든 상태로 밤새 인터뷰를 걱정했다. 잘 해낼 수 있을까? 혹시 그가 중요한 단서를 말했는데도 내가 눈치를 못 채지는 않겠지? 타이밍을 놓치지 않고 결정적인 증거들을 들이밀 수 있을까?

회색 하늘 사이로 태양이 조금씩 비치기 시작할 때도 나는 여전히 깨어 있었다. 아내를 깨우지 않으려고 조심조심 응접실로 걸어갔다. 그리고 샷건 마이크[※]를 탁자 위에 올렸다. 이어서 스툴 의자

---

* 소음이 있는 지역에서도 마이크 전방에서 들려오는 소리를 잘 잡아내게 하는 마이크.

안에도, TV 뒤에도 마이크를 하나씩 숨겨두었다. 작은 소리 하나도 놓칠 수 없었다.

클라우스는 10시 정각에 도착했다. 에드윈이 오기로 한 시간보다 한 시간 일렀다. 그는 한눈에 봐도 보디가드라는 직업과 잘 어울렸다. 키는 195센티미터는 되어 보였고 몸무게는 거의 110킬로그램이 넘는 것 같았다. 건장한 체구를 몸에 꼭 맞는 트레이닝복으로 잘 가리고 있었다. 짧게 깎은 머리는 마치 칼로 다듬은 것처럼 깔끔했고, 영어는 거의 하지 못했다. 그는 호텔 복도 한쪽 구석에 놓인 의자를 가리키더니 재킷에서 워키토키 두 개를 꺼내 한 개를 나에게 건네주었다. 안심하라는 눈빛과 함께.

나는 방으로 들어갔다. 소파에 앉아 쿠션 하나를 빼서 워키토키를 넣어두었다. 준비해둔 질문지를 넘기다 보니 그동안 알아낸 여러 버전의 에드윈이 머릿속에 하나씩 떠올랐다. 에드윈은 자연사를 강탈하여 수십만 달러의 이익을 남긴 세기의 범죄자이며, 플루트의 대가였다. 에드윈은 다른 10대 아이들처럼 바보짓을 했고, 아마도 아스퍼거증후군이라는 일종의 장애가 있으며, 궁핍한 가족 때문에 돈이 꼭 필요했다. 한때는 플라이 타잉의 미래였다. 지금은 플라이 타이어 커뮤니티에서 요주의 인물이 되었다. 에드윈은 충동적인 사람이다. 누가 봐도 최고다. 나르시시스트이며 중죄인이다. 혼자서 범죄를 계획한 것이 아니었다. 실제 주동자의 하수인이다. 그리고 아직 훔친 물건을 가지고 있다. 수십 년 뒤에 판매할 목적으로. 에드윈은 시스템을 이겼다.

잠깐 단잠에 빠져 있던 나는 전화벨 소리에 깜짝 놀라 눈을 떴다. "에드윈 리스트 씨가 로비에서 기다리고 계십니다." 호텔 리셉션에서 걸려온 전화였다. 긴장한 내가 녹음기를 켜는 동안, 아내 마리 조지가 피곤한 몸을 가누며 응접실로 나왔다. 나는 마리에게 워키토키를 작동시키는 법을 알려주고 다시 제자리에 넣어두었다. 그리고 에드윈을 만나기 위해 로비로 내려갔다.

나는 복도에 서 있는 클라우스에게 그가 도착했다고 눈짓했다. 내가 계단을 내려가자 클라우스가 벽 쪽으로 한 걸음 더 물러섰다.

5월이었지만 날씨가 아직 쌀쌀해서인지 에드윈은 피코트*를 입고 있었다. 그는 내가 생각했던 것보다 키가 컸다. 대충 봐도 180센티미터는 넘어 보였다. 3일은 면도를 하지 않은 것처럼 턱 주위에 수염이 까칠하게 자라 있고, 유명 브랜드 안경을 썼으며, 목에는 가느다란 은목걸이를 하고 있었다. 에드윈은 핏기 없는 얼굴로 희미하게 웃으며 나에게 손을 내밀었다.

그 사건이 벌어지고 나서 다섯 번의 겨울이 지났다. 체포된 날로부터는 네 번, 선고받은 날로부터는 세 번의 겨울이 지났다. 에드윈은 자신의 행동에 내가 얼마나 많은 시간을 쏟아왔는지 알고 있을까? 나는 에드윈과 함께 방으로 걸어가면서 그가 왜 이곳에 왔는지 궁금해졌다. 나를 만나 이야기를 나눔으로써 그가 얻는 것이 무엇일까? 혹시 나보다 한 수 위라고 생각하는 것은 아닐까?

• 두 줄로 단추가 달린 짧은 코트.

아니, 진짜 그런가?

"제 아내, 마리 조지입니다." 우리가 방에 들어선 뒤 에드윈에게 아내를 소개했다. 에드윈은 마이크와 오디오 장비에 눈길을 보냈다. "아내가 오늘 인터뷰를 녹음할 예정입니다." 사전에 이야기된 바가 아니었지만, 나는 자연스럽게 말했다. 다행히 에드윈은 알겠다고 했다. 멀리서 사이렌이 울렸다. 나는 그의 코트를 받아주고 어깨에 가볍게 손을 얹어서 소파 쪽으로 안내했다. 마리는 에드윈에게 차를 따라주고 소파에 앉은 뒤, 머리에 커다란 헤드폰을 쓰고 녹음기의 수신 감도를 확인했다.

"시간은 얼마나 내주실 수 있죠?" 내가 물었다.

"두 시간이면 되지 않을까요? 저는 저녁때까지도 괜찮습니다만."[1] 그가 살며시 웃으며 말했다. "선생님께 달렸어요."

나는 질문지를 내려다보았다. 284개의 질문 가운데 내가 정말로 답을 알고 싶은 질문은 단 두 가지였다. 첫째, 감옥에 가지 않게 해준, 그 아스퍼거증후군이 정말로 있는가?

둘째, 사라진 새들은 롱이 가지고 있는가?

인터뷰를 시작하고 약 두 시간 동안, 나는 그가 살아온 인생에 대해 질문했다. 그는 어린 시절과 플루트 이야기, 독일 생활, 플라이를 배운 과정에 대해 즐겁게 이야기했다. 나는 그가 마음에 들었다. 그는 적당히 유머를 섞어서 말할 줄도 알고 생각도 깊어 보였다. 말하는 중간에 잠시 멈추고는 자신이 하고 싶은 말이 무엇인지 정확히 생각하기도 했다. 다른 일로 만났더라면 그와 친구가 되었을지도 모르겠다.

2009년 6월 23일, 그날 있었던 일을 말해도 괜찮을 정도로 마음이 편안해진 것 같기에 그가 가져간 새들이 역사적으로 어떤 의미가 있는지 아느냐고 물었다.

에드윈은 앨프리드 러셀 월리스가 수집한 새들이 트링박물관에 있다는 것은 알았지만, 그것들까지 가져온 것은 다음 날 아침 집에 도착하고 나서야 알았다고 했다.

"이름표는 어떻게 하셨나요?" 나는 심각하게 들리지 않도록 자연스럽게 물었다.

"새마다 다르긴 한데." 그가 말했다. "어떤 것은 떼어냈고, 어떤 것은 그대로 남겨뒀어요." 월리스가 수집한 새들은 좀 더 경건한 마음으로 다뤘다고도 했다.

나는 최대한 자연스럽게 화제를 바꾸어 지난 몇 년간 다른 플라이 타이어들에게 수없이 들어온 그 이야기를 꺼냈다. 그러니까 연구 목적이라면 박물관에 그렇게 많은 새는 필요하지 않다, 커뮤니티 사람들에게 파는 편이 더욱 가치 있다 같은 말들 말이다.

"이렇게 아름다운 새들을 박물관이 전부 가지고 있다는 생각에 혹시 화가 나셨어요?" 내가 물었다.

"음……." 그의 발음은 그가 오랫동안 외국에 살았음을 보여주었다. '음'이라고 할 때도 미국식이 아닌 영국식에 가까웠고, '그리고'라고 할 때도 거의 독일어식으로 발음했다. "화가 났다고 할 수는 없어요. 오히려 안타까웠죠."

그는 차를 한 모금 마신 뒤, 박물관 표본에 대한 자기 생각을 말했다. "기술적인 면에서 보면, 일정 시간 후에는, 아마 100년 정도는 되겠지만, 표본들에서 뽑아낼 수 있는 과학적인 데이터는 이미 모두 뽑아냈겠지요. DNA로 이제 더는 할 만한 일이 없다고 생각해요. 그것들의 역할이 뭐죠? 그 새들이 멸종되지 않고 더 오래 살게 하려는 것이었죠. 하지만 제대로 안 됐잖아요. 지금도 멸종되는 새가 있고, 앞으로도 마찬가지겠죠. 밀림에서 어떤 일이 벌어지느냐에 따라 다르겠지만."

물론 당치 않은 논리였다. 최근에도 과학자들은 미시간 분지의 버펄로 가죽에 남은 소금 침전물에서 4억 1900만 년 된 박테리아 DNA를 추출했다.[2] 그래도 나는 그의 말을 끊지 않았다.

"과학적으로 할 수 있는 일이라면 이미 오래전에 다 했겠죠." 그는 표본들이 단지 오래되었기 때문에 가치가 있는 것이라고 생각했다. "그것들을 잘 보존해야 한다는 박물관의 입장도 이해해요. 그러지 않으면 50년쯤 뒤에는 햇빛에든 뭐에든 표본들이 다 분해되어버릴 테니까요. 그러면 박물관은 고작 먼지를 모으는 일이나 하게 될 테니까요. 그것을 문제 삼겠다는 것은 아니에요. 박물관 일이 원래 그런 거니까. 하지만 그럴 수밖에 없다는 현실이 정말로 안타깝죠." 에드윈이 말했다.

"물론 저는 과학자가 아니에요." 에드윈은 이렇게 인정하면서도 자신의 논리를 계속 이어갔다. "하지만 컴컴한 상자 속에 그냥 넣어두기만 하는 것은 유감이에요. 멍청이가 돌멩이 하나만으로도 털어버릴 수 있는 곳이잖아요, 그곳은."

신기한 논리였다. 그는 이 모든 것이 박물관 탓이라고 생각하는 것 같았다. 나는 프럼 박사나 박물관 큐레이터들이 새 가죽에는 우리가 아직 묻지 않은 질문에 대한 답이 있을지 모른다고 생각하고, 따라서 표본을 분실하고 그들이 얼마나 괴로워하는지 모른다고 말했다. 하지만 그의 생각은 바뀌지 않았다.

에드윈은 만약 그것이 사실이라면 더 안타까운 노릇이라고 했다. "그렇다면 이렇게 말하고 싶어요. 아직도 발견하지 못했다면, 대체 언제 발견한다는 거죠? 자연을 보호해야 한다면, 이제 시간이 별로 없는 것 같은데요? 안 그래요?"

그는 재미있다는 듯 이렇게 말했다. "모르겠어요. 아마 새들 입장에서는 밀렵꾼들이 더 위협적인 존재겠죠. 사실 박물관이 그 새들을 팔기만 했으면 집까마귀 50마리의 목숨은 구했을 거예요. 그러니까 50마리 정도는 자연 속에서 잘 날아다니고 있을 거라는 말이죠."

"흠……." 나는 잠깐 평정을 잃었다. "그러니까 박물관 새들을 가지고 나옴으로써 야생에 있는 새들의 목숨을 오히려 '구했다'는 말씀인가요?"

"글쎄요. 뭐, 지나친 논리일지 모르지만, 그래도 그게 사실이길 바라요." 그는 활짝 웃으며 이렇게 덧붙였다. "사실 어떤 의미에서는 진짜 그렇다고 할 수도 있죠."

나는 마리를 살짝 쳐다봤다. 표정이 바뀌지는 않았지만, 집중력을 잃지 않기 위해 애쓰는 것이 역력했다. 나는 클라우스가 복도에서 졸지 않고 대기하고 있는지 궁금했다. 에드윈을 본 순간, 보디가드는 필요 없겠다고 생각했지만, 그때 돌려보내면 인터뷰에 방해가 될 것 같아서 그냥 내버려두었다.

에드윈은 침착하게 앉아 있었다. 생각도 확고했다. 나는 현대 과학을 자기 편의대로 해석하는 그의 논리에 화가 났다. 하지만 그와 논쟁하기 위해 이곳에 온 것은 아니었다. 적어도 아직은 아니었다. 나는 판결에 관한 이야기로 대화를 조금씩 전환했다.

사라진 박물관 새들을 찾는 것이 예기치 않게 내 인생의 미션이 되었고, 정의가 무너졌다는 생각이 나를 더욱 부추겼다. 18개월 전부터 계획되었고, 적어도 수만 달러의 이득을 챙겼으며, 박물관과 앞으로의 연구에 회복할 수 없는 손해를 끼쳤지만, 범인은 단 하루도 죗값을 치르지 않았다. 그에게는 배런 코언 박사로부터 진단받은 아스퍼거라는 질환이 있었고, 같은 질환 덕분에 감옥행을 면한 브리스틀 무덤 사건이라는 판례가 있었으니까.

배런 박사는 법정에 제출한 소견서에서 자신이 개발한 성인용 아스퍼거 평가지를 바탕으로 진단을 내렸다고 했다. 그 평가지는 시선을 잘 마주치지 못하는 '뚜렷한 장애'[3]와 무의식적으로 손을 계속 꼬는 등의 반복적인 버릇 그리고 친구를 잘 만들지 못하는 경향이 있는지를 판단했다. 평가지의 질문들은 검사 대상자에게 다른 사람의 신념이나 감정, 욕구 등을 파악하는 능력이 없다는, 즉

287

'마음 이론'이 부족하다[4]는 점을 밝히는 것이 목적이었다. 아스퍼거증후군이 있는 사람들은 일반적으로 사회적인 상황을 이해하기 힘들어하고 다른 사람의 생각을 잘 읽지 못하기 때문이다.

나는 지난 몇 년 동안 에드윈의 지인들을 여럿 만나봤지만, 그들은 하나같이 아스퍼거증후군은 말도 안 된다고 했다. 에드윈은 왕립음악원에 다니면서 체포되기 전까지 3년간 사귄 여자 친구도 있었다. 학교에서도, 플라이 타잉 커뮤니티에서도 친구는 전혀 부족해 보이지 않았다. 어린 시절 에드윈을 가르친 적이 있는 사람들은 하나같이 그가 매력적인 아이였다고 말했다. 나는 항상 의학 전문가들의 의견을 존중했지만, 인터뷰가 네 시간째 접어들면서 그들의 의견에 상당히 의구심을 품게 됐다.

인터뷰 내내 에드윈은 만만치 않은 상대였다. 아스퍼거증후군의 전형적인 증상은 보이지 않았다. 오히려 상당히 직관적이고 감정 이입을 잘한다는 인상을 받았다. 그는 질문의 의도를 몇 발짝 앞서 생각할 수 있는 것 같았다. 도덕성이 의심스러운 답변 때문에 내가 아주 살짝만 미간을 찌푸려도 그는 새로운 방식으로 접근했다. 그는 분명 사람을 기분 좋게 하고 호감을 사는 스타일이었지만, 능수능란하게 내 마음을 읽으며 좀처럼 경계심을 풀지 않았다.

"박물관에 침입하기 전에 가능한 모든 시나리오를 고민하면서 계획을 짰을 텐데요." 나는 이렇게 말을 꺼냈다. "결국은 이렇게 되었군요. 코미디언인 사챠 배런 코언의 사촌 덕분에 운명이 달라지셨어요."

"제 말이요. 이런 건 일부러 꾸밀 수가 없죠!"그가 웃으며 말했다. "그럴 순 없죠! 그건 불가능해요! 저도 믿기지 않아요. 제가 저능아인지 아닌지를 검사할 사람이 〈보랏〉의 주인공과 사촌이라니, 상식적으로 생각할 수 없는 일이었죠."

"그럼 어떻게 생각했어요?"

에드윈은 당시의 자신을 웃음거리로 만들려는 듯 목소리를 높여서 우스꽝스러운 콧소리로 말했다. "오호, 그래, 어쩌면 문제가 있을지도 모르지. 이 사람이 전문가라니까. 뭐, 좋다고."

그의 목소리가 다시 정상으로 돌아왔다. "그냥 따르는 거죠. 그리고 그 검사라는 것이 그다지 과학적이거나 의학적이지는 않더라고요."

"직접 앞에서 말씀드리려니 좀 이상합니다만."내가 조심스럽게 말했다. "제가 보기에는 아스퍼거증후군이 있는 것처럼 보이지 않습니다. 눈도 잘 맞추고."

"음……."그는 자세를 고쳐 앉았다. "저도 그 문제 때문에 오랫동안 고민했어요. 그러니까 분명히 저는 이 분야에서 아주 유명한 전문가 교수님께 진단을 받았죠……."

그가 말을 계속했다. "그래서 좋다는 말을 하려는 것은 아니에요. 하지만 좋은 것이 사실이에요. 그게 아니었으면 감옥에 2년 이상 있었을 테니까요. 저는 정말 저에게 아스퍼거증후군이 있다고 생각했어요. 그래서 나으려고 몇 년 동안 엄청나게 노력했어요. 어쩌면 진짜 그런 게 있었는지도 모르죠. 한동안은 제가 진짜 정신적으로 장애가 있다고 믿었으니까요. 어떤 것을 계속 생각하다 보면 진짜 그렇게 되기도 하잖아요."

"무슨 뜻인가요?"

에드윈은 체포되기 전까지는 상대방과 눈을 맞추기 어려웠던 적이 없었다고 했다. "지금은 괜찮아요. 중요한 문제가 아니거든요. '눈을 못 마주치겠다.' 그런 생각을 일부러 하는 것도 아니고요. 하지만 판결을 앞두고 있을 때는 이렇게 생각했죠. '아, 눈! 눈을 못 마주치겠어!'" 에드윈은 이렇게 말하면서 눈을 부릅뜨고 우스꽝스럽게 양손을 부르르 떨었다.

나는 뭔가 말하고 싶었지만 에드윈이 말을 계속했다. "자폐증이 있는 사람들을 보면 틱 같은 것이 있잖아요. 그래서 저도 의자에 앉으면 손을 계속 비비게 되더라고요."

에드윈이 갑자기 이상한 숨소리를 내며 의자를 앞뒤로 흔들기 시작했다. "자폐아처럼 보이는 반복적인 동작 같은 거 있죠? 어느새 저도 의자에 앉으면 앞뒤로 의자를 막 흔들고, 눈도 못 마주치고……. 그게 증상이니까요."

그가 살짝 미소를 지었다. 나는 그의 말에 대해 아무런 반응을 보이지 않으려고 애쓰면서 소파에 몸을 기댔다. 그는 감옥에 갈지도 모르는 상황에 놓이다 보니 자신의 필요에 맞는 사람이 되었다고 스스로 말하고 있었다.

나는 노트를 한 번 보고는 마리를 올려다봤다. 아내는 시차를 이기지 못하고 꾸벅꾸벅 졸고 있었다. 쿠션 뒤로는 워키토키 안테

나가 살짝 삐져나와 있었다. 에드윈 쪽에서 보이지 않을지 걱정됐다. 아내가 실수로 워키토키를 건드려서 클라우스가 들이닥치기라도 하면 인터뷰를 망칠지도 몰랐다.

"아스퍼거증후군 때문에 옳고 그름을 판단하는 능력이 덜 발달했을 수도 있다고 생각하시나요?" 나는 아내를 깨우기 위해 일부러 목소리를 높여서 말했다.

"음……." 에드윈이 다음 말을 생각하는 동안, 슬며시 눈을 뜬 아내가 워키토키를 발견했다. "문제는 제가 그렇다고 말하면, 책임을 회피하려는 것처럼 들린다는 거죠. 음. 그때 저는 너무 어렸어요."

그는 잠시 말을 멈췄다. "물론 어떤 사람들은 아주 어린 나이에도 도덕관이 아주 잘 발달해 있겠죠. 그렇지 않은 사람들도 있을 테고요. 제가 생각하기에 제 어린 시절 경험으로는 그러기가 힘들었을 거예요." 그는 홈스쿨링을 탓했다. 잘못을 저질러도 엄마에게만 문제가 되었다는 것이다.

"솔직히 말해서, 어렸을 때는 누구나 말썽을 부리잖아요. 그러고도 또 금방 괜찮아지고요."

나는 질문 리스트에서 아스퍼거증후군과 관련된 나머지 것들에 줄을 그었다. 그 질문에 관한 답은 모두 알았으므로.

"법이 그렇다니까 그런 줄 아는 거죠." 내가 약간 충격을 받았다고 생각했는지 그가 이렇게 말했다. "어쨌든 재판 방식이 그러니까요. 때로 법은 희생자나 피고인, 모두에게 아주 불공평하죠."

우리는 잠시 인터뷰를 중단하고 샌드위치를 먹었다. 나는 자리를 떠야 할 핑계를 만들고 싶지 않았다. 그가 클라우스와 마주치는 상황도, 녹음기가 멈춘 동안 그가 무언가를 인정하는 상황도 만들고 싶지 않았다. 그가 이 방에 오기까지 나는 3년을 기다렸다. 무슨 수를 써서라도 그를 붙들어둬야 했다. 롱에 대해 알아낼 때까지는.

시곗바늘이 3시를 향하는 가운데 안개 속에서 가로등이 온 힘을 다해 빛을 내뿜고 태양도 오후 햇살을 마음껏 발산했다. 나는 정신을 차리려고 볼펜으로 허벅지를 찌르며 이제 노르웨이에 있는 그 친구에 관해 이야기해야겠다고 생각했다.

나는 그가 혼자 이 일을 했다고 생각하지 않는 사람들이 많다는 말로 운을 뗐다.

그러자 그가 내 말을 잘랐다. "다른 말씀을 하시기 전에 먼저 밝혀야겠어요. 저는 이 이야기를 아주아주 많이 해왔어요. 롱은 이 일과는 아무 관련이 없습니다. 새를 보낸 적은 있어요. 그 새들을 박람회에서 내보인 사람도 롱입니다. 그래서 다들 그가 이 일에 연루되었다고 생각하죠. 하지만 그는 아무것도 팔지 않았고 저도 그에게 판 것이 없어요. 이 일을 계획하는 데도 가담하지 않았고, 뒤에서 저를 조종하지도 않았죠."

그는 내 마음을 꿰뚫어보는 것 같았다. "새는 몇 마리를 보내셨나요?"

"세 마리요."

"몇 마리요?" 나는 박물관에서 받은, 사라진 가죽을 정리한 엑셀 문서를 찾기 위해 서류 더미를 뒤졌다.

"세 마리요. 두 마리 아니면 세 마리예요." 그가 나를 똑바로 바라보았다. "두 마리인지 세 마리인지 확실하게 기억이 안 나요."

"그럼, 직접 판 새는 몇 마리라고 하셨죠?"

"집까마귀 두 마리와 채터러 두 마리밖에 팔지 않았어요." 답변의 일관성이 사라지고 있었다. 그는 다시 말을 바꿨다. "집까마귀는 세 마리고 채터러는 두 마리예요. 합쳐서 전부 다섯 마리, 깃털로 된 것들이요."

물론 그 말은 사실과 완전히 달랐다. 경찰에 조사를 받을 당시, 그는 아홉 마리를 팔았다고 했다. 그가 체포되고 나서 그에게서 새를 산 사람들이 박물관으로 돌려보낸 새가 19마리였다.

"박물관 측에서는 도난당한 새가 299마리였다고 했습니다." 나는 서류를 뒤지며 이렇게 말했다. "그리고 아직 돌아오지 않은 새가 64마리고요."

"박물관에서 소장품을 얼마나 잘 관리하고 있었는지는 모르겠지만, 새가 몇 마리나 있었는지 그들이 정확히 알고 있었을까요? 나는 못 믿겠어요!" 그가 불쑥 끼어들었다. "다윈의 핀치류는 그럴 수 있겠죠. 어쩌면 월리스의 새들도. 하지만 과학적으로 관심도가 떨어지는 다른 새들까지 그렇게 관리를 잘했을까요? 저는 못 믿겠어요!"

"그들이 박물관에 있는 이유가 그것 때문이잖아요. 그들의 말, 그러니까 리스트를 관리한다는 말을 왜 그렇게 믿지 못하는 거죠?"

"리스트를 만들었으니까요. 일단 한 번 만들면 됐지, 계속 새로 만들겠어요?"

"무슨 뜻이죠?" 나는 잠시 당황했다.

"도둑맞은 것도 아닌데 리스트를 계속 새로 만들겠어요?" 그가 물었다.

"하지만 2005년에 불꽃바우어새가 17마리였는데, 2009년에는 한 마리도 없었다면, 그 차이는 어떻게 설명해야 할까요? 다른 사람이 가져갔을 수도 있다고 말씀하시는 겁니까?"

"증거가 없으니 그렇다고 말할 수는 없지만, 가져가지 않았다는 것도 증명할 수 없잖아요." 그가 말했다. "거기서 일하는 사람 중에 누구든 그럴 수 있죠. 내가 거기 갔다는 것도 창문이 깨졌기 때문에 안 거잖아요……. 제가 종류별로 두 마리씩만 가져갔다면 그들은 절대 알지 못했을 거예요."

아델 경사가 박물관에서 만든, 분실된 소장품 리스트를 보여주었을 때, 그는 거기 적힌 숫자들을 전혀 문제 삼지 않았다. 나는 그 사실을 분명히 알고 있었다. 그래서 그 문서를 다시 에드윈 앞에 내려놓았다. 그것을 알아보는 듯한 표정이 잠깐 그의 얼굴에 스쳤다.

"이 자료를 보니 소장품이 제대로 관리되지 않았다는 생각은 들지 않는군요." 나는 엑셀 문서에 기록된 단어들을 읽었다. "'2009년

7월 분실된 표본 수', '훼손되지 않은 표본 중에서 이름표가 있는 것, 이름표가 없는 것', '우편으로 받은 것', '합계'. 이것들을 보니 박물관은 잃어버린 새가 몇 마리인지 정확하게 알고 있는 것 같은 데요." 나는 단호한 표정으로 그를 바라보았다.

조금 전까지 자신만만하던 목소리가 갑자기 조용해졌다. "인정해요. 아주 철저해 보이네요. 아주 철저하게 계산하고 있는 것 같아요."

사라진 새가 몇 마리인지를 밝히려는 시도는 생략하고, 이제 롱에 대한 증거를 하나씩 내밀었다. 나는 인쇄해둔 종이를 찾아 두 사람이 페이스북에서 주고받은 글과 특정 새 가죽에 대해 롱이 품질을 보증하던 사이트의 글을 읽어 내려갔다. 시간 순서대로 기록한 표도 보여주었다. 그것은 두 사람이 일본에서 돌아온 뒤에 판매 글이 갑자기 늘었음을 보여주었다.

"롱이 연루되지 않았다는 말을 믿기 어려운 이유가 이해되십니까?"

"무슨 말인지는 알겠어요." 그는 살짝 풀이 죽었다. "그러니까. 네. 저는. 그렇죠. 좀 그래 보이긴 하네요."

나는 말을 계속했다. "64마리가 아직 돌아오지 않았다면, 그것들을 돌려줘야 하지 않을까요? 그것들은 어디 있습니까?"

"누군가 가지고 있다 해도 저는 전혀 몰라요. 그리고 나머지 새를 한 사람이 다 가지고 있을까요?"

"하지만……." 그의 반응이 어처구니 없어서 나는 잠시 말을 잃었다. "그 질문에 대해 답변해줄 수 있는 사람은 당신뿐이잖아요?"

"어떤 의미에서 그렇다는 거죠?"

"애초에 그 새들을 가져간 사람이니까요!"

그는 나머지 새들에 대해서는 거의 생각해 본 적이 없다고 했다. "저는 가지고 있지 않아요." 그는 이렇게 주장했다. "롱도 아니에요. 누가 가지고 있는지 저는 몰라요."

나는 화가 났다. 이해할 수 없었다. 어떻게 그럴 수가 있지.

"그 여자 형사분이 공범이나 운전자를 찾았던 것은 내가 기차를 이용했다는 사실을 믿지 못해서였어요." 그는 찻잔에 담긴 티백을 이리저리 돌리며 말했다. "그들은 그 사실을 그렇게 믿기 힘들어 했어요. 열아홉 살밖에 안 된 멍청이가 가방과 돌멩이 하나만으로 자연사박물관의 새들을 잔뜩 훔쳐 나와, 45분간 기차역까지 걸어가서, 다시 기차를 타고 떠났다는 것을요."

그가 덧붙였다. "지금 생각하면 저도 어떻게 그런 일이 가능했나 싶어요!"

"롱 씨와도 인터뷰할 수 있을까요?" 내가 물었다.

"글쎄요. 시도는 할 수 있겠죠. 저도 말해볼게요. 한번 만나보라고요."

나는 녹음기를 내려다보았다. 거의 여덟 시간이 지났다. 마리는 벌써 잘 준비를 마친 것처럼 보였다. 이제 끝내야 할 시간이었다. 에드윈은 그때도 눈빛이 초롱초롱했지만 나는 완전히 기운이 빠진 상태였다.

　그가 떠나기 전에 자신의 물건을 챙기는 동안, 우리는 그의 독일 생활에 대해 간단히 잡담을 나눴다. 나는 깃털 도둑이라고 놀리는 친구들이 없는지 농담 삼아 물었다. 그런데 '도둑'이라는 말을 듣는 순간 그의 표정이 갑자기 어두워졌다.

　"어떤 단어들은 가능하면 쓰고 싶지 않아요." 그가 말했다. "도둑이라는 단어가 그중 하나예요. 아주 이상하게 들리시겠지만, 저는 제가 도둑이라고 생각하지 않아요. 제가 생각할 때 도둑은 강가를 어슬렁거리다가 남의 주머니를 슬쩍하는 사람이죠. 다음 날, 다시 거기로 가서 또 다른 타깃을 찾고요. 아니면 남의 집에 몰래 들어가 물건을 훔쳐서 먹고살거나 혹은 학교 주변을 돌아다니면서 물건을 훔치는 사람들, 그런 사람이 도둑이라고 생각해요."

　나는 그가 학교 텔레비전을 훔쳤던 일을 다시 한 번 말해주었다.

　"저는 제가 도둑이라고 생각하지 않아요……. 저는 도둑이 '아니에요.' 그런 의미에서 보면요. 지갑이 떨어져 있어도 저는 가져가지 않을 겁니다. 지갑에 신분증이 들어 있으면 어디 찾아줄 만한 곳에 갖다줄 거라고요."

　그는 문을 나서면서 더 물어볼 말이 있으면 메일을 보내도 된다고 했다. 하지만 나는 우리 둘의 대화는 이번이 처음이자 마지막일 거라고 예감했다. 그도 그렇게 생각하는 것 같았다.

에드윈이 떠난 뒤 나는 클라우스에게 돈을 지불했다. 그러고는 침대에 쓰러져 코마에 빠진 사람처럼 깊이 잠들었다.

다음 날 이른 아침, 호텔 뷔페로 아침을 먹으러 내려갈 때 창밖에는 빗줄기가 가늘게 떨어지고 있었다. 길 건너의 디네 & 그아두나 케밥 식당에서는 주인이 손님 맞을 준비로 한창 바빴다. 딱히 그럴 필요는 없어 보였지만. 그는 큼직한 고깃덩이를 쇠꼬챙이에 꽂아 허연 살코기가 노릇노릇 익을 때까지 빙글빙글 돌아가는 모습을 지켜보았다. 빗줄기가 떨어지는 창문 위에 "생각보다 괜찮아요"라고 적힌 광고판이 걸려 있었다.

나는 에드윈과의 대화를 머릿속으로 떠올렸다. 믿을 수 없었다. 그는 정말 배런 코언 박사를 속였던 걸까? 나도 속은 걸까? 그의 말 중에 어떤 것은 진실이고, 어떤 것은 진실이 아니었다. 그는 그다지 죄책감을 느끼는 것 같지 않았다. 물론 재판 중에는 과학 연구에 재앙 수준의 타격이라는 큐레이터들의 말을 묵묵히 듣고 있었지만, 그들이 하는 일을 회의적으로 보는 시각에는 변함이 없었다. 어떤 순간에는 비웃듯이 박물관을 '먼지 날리는 낡은 쓰레기장'이라고 표현하기도 했다. 다른 사람의 물건을 훔치는 것과 박물관에서 물건을 훔치는 것은 엄연히 다르다고 생각했다.

그는 잘못하고도 빠져나갈 수 있다는 것을 아는 듯했고, 그것을 도와준 사람도 있는 듯했다.

휴대전화에서 이메일이 도착했음을 알리는 소리가 울렸다.

커크 씨, 안녕하십니까?[5] 방금 에드윈한테 들었습니다. 저에 관해

재밌는 이야기를 나누셨다고요. 인터뷰를 원하시면 저는 이번 여름

이 좋습니다.

, 감사합니다. 룽.

노르웨이에서 보낸 3일

"에드윈의 말 중에 한 가지가 걸려." 로스앤젤레스의 집으로 돌아온 뒤 마리가 말했다.

"한 가지밖에 없었어?"

"여행 가방이 무슨 색이었냐고 당신이 물었을 때, 기억을 못 했잖아."

나는 인터뷰를 기록해 놓은 서류를 훑어봤다. "모르겠어요. 여행 가방은 대개 검은색이죠." 정말 좀 이상해 보였다.

"쓰레기봉투 여섯 개 정도를 채웠을 거라고 경찰이 말하지 않았어?" 마리가 물었다.

"자기 여행 가방의 색깔도 기억하지 못하는 사람이 어디 있겠어?" 나는 그때까지도 아내가 무슨 말을 하려는 건지 알아채지 못했다.

"가방 하나에 299마리의 새가 들어갈 수 있을까?" 아내가 물었다.

그제야 나는 아내가 무슨 말을 하려는 건지 알아차렸다. 가방이 여러 개라면, 사람도 여러 명일 거라는 말이었다. 나는 중간 크기의 여행 가방을 꺼내왔다. 트링에서 박물관 유리창을 보고 왔기 때문에 가방 크기가 아주 크지는 않을 거라고 생각했다. 우리는 몇 시간 동안 새를 잔뜩 만들었다. 양말을 말아서 푸른채터러를 만들고, 티셔츠와 행주를 접어서 집까마귀를 만들고, 레깅스로는 케찰 꼬리를 만들었다.

우리는 가짜 새들을 가방에 담기 시작했다. 마리는 박물관에서 받은 엑셀 문서를 들고 숫자를 셌다. 새가 80마리 들어가자 가방이 반쯤 찼다. 물론 과학적인 방법은 아니었다. 내가 만든 행주 불꽃바우어새가 실제보다 좀 클 수는 있겠지만 가방 하나에 그 많은 새를 넣기는 어려워 보였다. 에드윈이 배낭을 사용했다는 말을 들은 적이 있지만, 인터뷰에서 물어보지 못했다. 그리고 에드윈은 이제 내가 보내는 메일에 답을 주지 않았다.

나는 마리를 쳐다보았다.

"그날 롱도 거기 있었을 거라고 생각해?" 아내가 물었다.

비행기의 착륙을 그렇게 초조하게 기다려 본 적이 없었다. 노르웨이 항공기가 오슬로를 향해 날아가는 동안, 나는 내 안에 있는 사냥개 본능이 조바심치며 들썩대는 것을 느꼈다. 이제야 그를 만난다. 사건을 처음 알고 나서 4년이 흘렀다. 나는 이제 그 새들을 찾을 거라고 생각했다.

그가 고쿠라는 사실을 알고 2년 동안, 롱이 트링 사건에 연루되었다는 것이 내 마음속에서 거의 확실한 사실로 자리 잡고 있었다. 그리고 독일에서 에드윈이 그렇게 실망스럽게 자신을 변호하는 모습을 보고는 롱이 모든 일의 배후라고 확신했다. 나는 그 미스터리한 노르웨이인이 범행에서 중요한 순간마다 어떤 역할을 했을지 뒤죽박죽으로 상상했다. 그날 밤, 에드윈이 담을 넘도록 손을 받쳐주었을까? 다른 가방을 들고 에드윈을 따라 들어갔을까? 아니면 덤불 같은 곳에 숨어서 무전기로 경비원이 오는지 알려주었을까? 검정 BMW 안에서 빈둥거리고 있었을까? 아니면 노르웨이의 시골 저택에 앉아 지시만 내렸을까?

아텔 경사도 내가 노르웨이인을 의심하는 것을 알고는 내 보고만 기다리고 있었다. 노르웨이로 떠나기 전에 몇 주 동안이나 나는 질문 리스트를 작성했다. 어떤 속임수도 통하지 않게 고민을 거듭했다. 나는 웨이백 머신과 커뮤니티 사이트에서 찾은 글들, 에드윈과 인터뷰한 기록, 중요한 순간마다 페이스북에서 주고받은 대화들과 사진들을 일일이 출력하고, 시간 순서대로 폴더를 만들었다. 나는 그것들을 들이대며 한쪽 코너로 그를 바짝 몰아붙일 생각이었다.

비행기에 탑승한 다른 승객들이 모두 꿈속을 헤매는 동안, 나는 혼자서 상상의 나래를 펼쳤다. 그를 쓰러뜨려서 나머지 새들이 어디 있는지 자백을 받은 다음 인터폴 요원들에게 그를 잡았다고 손짓하는, 그런 상상을.

그리고 폴더 안에는 사진 한 장이 더 있었다. 초음파 사진이었다. 노르웨이로 떠나기 바로 며칠 전에 마리가 임신한 사실을 알게 되었다.

그린란드 어딘가를 날고 있을 때, 옆 좌석에 앉은 40대 미국인 여성이 소시지처럼 생긴 진분홍색 목 베개를 감고 환하게 웃으며 물었다. "스웨덴에 사세요?"

"아니요." 나는 로스앤젤레스와 오슬로 사이에 빨갛게 그어놓은 선을 따라 비행기가 어디쯤 날아가고 있는지를 살피며 기내용 모니터를 응시했다. 무슨 말을 해야 할지 잠깐 고민했다. "로스앤젤레스에 살아요."

그녀가 고개를 끄덕이며 말했다. "지금 너무 신나요!"

미국 중서부 지역에 익숙한 내 눈에는 노르웨이 외곽 풍경도 크게 낯설지 않았다. 토마토 색으로 칠해진 헛간과 겨울이 오기 전에 쌓아둔 건초 더미, 크리스마스를 연상시키는 전나무 숲, 그리고 사이사이 점처럼 콕콕 박힌 빛바랜 황금색 열매들이 익숙한 풍경으로 다가왔다. 나는 롱에게 그의 집에서 인터뷰하면 좋겠다고 집요하게 요구했다. 아스커라는 작은 마을에 있는 그의 집은 수도에서 오슬로피오르를 따라 남서 방향으로 30분가량 기차를 타고 가야 했다. 나는 사람들로 북적거리는 카페에서 그와 대면하고 싶지 않았다. 그리고 어쩌면 증거가 될 만한 것들, 예를 들면 형형색색의 깃털이나 새 날갯죽지가 소파 밑 혹은 벽장 사이로 삐져나와 있지 않을까 하는 기대도 있었다.

늦은 아침 기차가 본디반역에 도착했다. 눈 덮인 산자락과 눈물 모양의 호수 사이에 있는 한적한 곳이었다.

휴대전화가 진동했다. 동생의 문자였다. "거기는 요 네스뵈[Jo Nesbø •]가 사는 나라라고. 몸조심해!"

롱 응우옌은 이를 드러내고 활짝 웃으며 반갑게 나를 맞았다. 그의 눈망울이 초롱초롱 반짝였다. 바가지 모양으로 자른 까만 머리카락은 살짝 헝클어져 있었다. 에드윈은 롱에 대해 알려주면서 다른 노르웨이인들과 마찬가지로 그 나라의 풍부한 석유 자원 덕분에 롱도 "기본적으로 백만장자"[1]라고 소개했다. 하지만 그와 악수를 하면서 보니, 그는 검소한 차림의 학생일 뿐이었다. 스니커즈 운동화에 낡은 청바지, 플란넬 셔츠, 그리고 얇은 겨울 코트를 입은 그는 조경학과 석사 과정의 마지막 학기를 보내고 있었다. 하지만 그런 몇 가지 사실 말고는 롱에 대해 아는 바가 거의 없었다.

● 노르웨이 인기 범죄 소설가로 『스노우맨』, 『데빌스 스타』, 『박쥐』 등 형사 해리 홀레를 주인공으로 한 스릴러 시리즈로 유명하다.

그는 오솔길을 따라 자신의 집으로 나를 안내했다. 초면이라 긴장한 우리는 집으로 가는 동안 날씨가 어떤지, 내가 묵은 호텔이 어땠는지, 노르웨이 물가가 얼마나 비싼지 등에 대해 소소하게 이야기를 나눴다. 동생이 보낸 문자가 떠올라 소나무 숲 뒤에서 에드윈이 불쑥 나타나는 것을 잠시 상상했다. 우리는 그의 집이 있는 4층짜리 아파트에 도착했다. 60년대에 지었음직한 건물로, 붉은 연어색 페인트가 발코니를 두껍게 감싸고 있었다.

그가 문 앞에서 열쇠를 이리저리 돌리는 동안, 주인의 등장이 반가운지 어디선가 찍찍거리는 새 소리가 들려왔다. 롱이 내게 집으로 들어오라고 했다. 나는 휴대전화로 구글 지도를 띄워 방문지를 표시한 다음 마리에게 전송했다. 만약의 사태에 대비해서.

나는 어둑하게 밝혀진 실내를 훑어봤다. 누이와 함께 사는 집이라고 했다. 새 그림 몇 점과 목탄 스케치가 벽면을 장식하고 있었다. 공작 깃털이 든 꽃병과 작은 항아리가 책꽂이 사이사이에 놓여 있었다. 커다란 어항 안에서는 형광 색깔의 물고기들이 살랑살랑 헤엄치고 있었다.

불빛에 아직 눈이 적응하기 전에 다른 방에서 밝은 에메랄드색 빛이 새어 나오더니 내 얼굴 바로 앞으로 날아왔다. 초록뺨앵무 Green-cheeked Conure 한 마리가 열 추적 미사일처럼 내 어깨 주변을 날았다. 그러고는 내 귀에 대고 악을 쓰기 시작했다.

"린이라고 해요." 롱이 웃으며 새를 소개하고는 주방으로 가서 차를 준비했다.

뺨을 살짝 쓰다듬어주니 앵무새가 고양이처럼 얼굴을 내 손가락에 비볐다. 나는 린과 함께 책장을 둘러봤다. 책장 아래쪽으로는 일본 만화책, 그 위로는 라이 타잉의 고전들이 가지런히 꽂혀 있었다. 그리고 가장 위 칸에는 대나무 액자 틀에 끼워놓은 사진이 있었다. 일본에서 에드윈과 함께 찍은 사진이었다.

모퉁이를 돌아가니 그의 페이스북에서 봤던 희귀종 새들의 그림이 나타났다. 그가 고쿠임을 알려준 그림이었다. 페이스북에는 에드윈에게 줄 선물이라고 써 있었는데,[2] 여기 그대로 있는 것을 보니 마음을 바꾼 모양이었다.

"플라이 작업을 하는 방도 보여드릴게요."[3] 등 뒤에서 목소리가 들렸다.

그의 방에 들어서니 심장박동이 빨라졌다. 롱의 방은 벽장보다 그리 크지 않았다. 침대는 프레임 없이 매트리스 두 개만 포개져 있었다. 나머지 공간은 플라이를 만드는 커다란 책상 하나가 차지하고 있었다. 전에도 이런 작업 책상을 몇 번 보기는 했지만, 그렇게 어지럽게 많은 물건이 널려 있는 모습은 처음이었다.

"여기서 필요한 물건을 어떻게 찾습니까?" 내가 물었다.

"시간이 두 배는 더 걸리죠." 롱이 천천히 답했다. 그는 자신의 방을 관찰하는 나를 계속 지켜봤다. 나는 문득 침입자가 된 듯한 기분이 들었다. 나는 그에게 그만의 사적인 공간에 나를 들여보내 달라고 조르고, 그것도 모자라 녹음 장비도 사용하게 해달라고 설득했다. 그래야 불편한 순간조차 남김없이 기록할 수 있을 테니까.

306

그렇게 해서 나는 수천 킬로미터를 날아 여기까지 온 것이다.

우리는 주방에서 이야기를 나누기로 했다. 주방의 3분의 1은 냉장고 크기의 새장이 차지했다. 나는 내 어깨에 자리 잡은 린과 함께 식탁 의자에 앉았다. 식탁에는 플라이 타이어들의 명함과 견사 고리가 어수선하게 놓여 있었다. 조리대 위에는 어항이 하나 더 있었다. 물이 거의 메말라 옆면에 이끼만 잔뜩 끼어 있는 어항이었다. 그가 진짜 백만장자라 하더라도 라이프스타일과는 별로 상관이 없어 보였다.

롱은 식탁에 빵과 버터, 캐러멜 향이 나는 노르웨이산 갈색 치즈를 올려두고, 차를 따라주었다. 그리고 자신이 살아온 인생 이야기를 시작했다.

에드윈과 동갑인 롱은 1988년 노르웨이 바이킹 시대의 옛 수도였던 트론헤임에서 태어났다. 롱의 부모는 1970년 중반, 보트 피플 사태가 일어났을 때 베트남을 탈출해 한동안 말레이시아에 머물다가 노르웨이로 오게 됐다. 롱은 4형제 중 셋째였다. 아버지는 식당에서 늦게까지 일했고, 쉬는 날에는 연어 낚시를 즐겼다. 아버지의 낚시 도구함은 알록달록한 색깔의 루어*로 가득했다.

롱은 세 살 때부터 새를 그렸다. 하늘을 날아다니는 것들을 스케치하고, 책에서 본 것들을 따라 그렸다. 다른 것에는 거의 관심

---

* 쇠, 나무, 플라스틱 등으로 만든 인조 미끼.

이 없었다. 롱이 여섯 살 때 어머니가 암으로 돌아가셨다. 가족들은 어머니의 임종을 지켜보며 슬퍼했지만 롱은 무슨 일이 일어나는지 이해하지 못했다. 아버지는 어머니를 잃은 충격에서 헤어나지 못했다. 사람들도 안 만나고 아이들도 내버려둔 채 점점 도박에 빠졌다. 그때부터 사회 복지사들이 집에 들러 아이들의 상태를 확인하고 병원이나 학교 행사에 데리고 다녔다.

롱은 열 살 때 형과 함께 기관에 맡겨졌다. 환경이 어려운 남자아이들을 돌봐주는 곳이었다. 롱은 계속해서 같은 학교에 다녔지만, 친구들을 집으로 초대하기 힘들었고, 깊이 사귀기도 힘들었다.

친구도 없이 혼자였던 그는 플라이를 만들기 시작했다. 아버지의 낚시 도구함에서 보았던 미끼들을 떠올리며 모양을 흉내 냈다. 연어 플라이에 관한 잡지를 찾아 열심히 읽었다. 학교가 끝나면 곧장 집으로 와서 가끔 저녁 먹는 것도 잊고 잠들기 전까지 바이스 앞에서 플라이를 만들며 나머지 세상과는 점점 담을 쌓았다. 어떤 플라이 하나를 만드는 데는 몇 달이 걸리기도 했다. 롱은 3분의 1쯤 완성된 플라이를 바라보며 나머지 부분을 완성하려면 다른 종류의 깃털이 필요하다는 사실을 깨달았다. 가지고 있지도 않고, 가질 수도 없는 깃털들이었다. 롱은 아르바이트를 시작했다. 학교 수업이 끝나면 타잉에 필요한 재료를 사기 위해 동네의 애완동물 가게에서 일했다.

그레타라는 이름의 친절한 선생님이 다른 아이들보다 조숙한 롱을 눈여겨보았다. 그녀는 롱이 관심과 사랑이 특별히 필요한 아이라고 생각했다. 선생님은 롱이 플라이 타잉에 뛰어난 재능이 있다는 사실을 알게 됐다. 이제 롱과 그의 형제들에게 거의 부모나 마찬가지였던 선생님과 그녀의 남편은 롱을 데리고 덴마크로 여행을 떠났다. 거기서 롱은 낚시용품점을 운영하는 옌스 필고르를 만났다. 롱은 난생처음 집까마귀와 푸른채터러의 모양 그대로 보관되어 있는 통가죽을 보았고, 다른 희귀종 새들도 보았다. 옌스는 롱을 특별히 아꼈다. 자신이 취급하는 새들은 CITES의 허가를 받은 합법적인 것들이라고 확인시켜주면서 롱에게 플라이 타잉 기술을 하나하나 전수했다. 가끔 깃털을 선물로 주기도 했다. 두 사람은 시간이 흐를수록 점점 가까워졌다.

롱은 10대 후반에 노르웨이에서 꽤 유명한 플라이 타이어가 되었다. ClassicFlyTying.com에 가입한 뒤로는 전 세계에 팬도 생기고, 친구도 사귀었다. 타잉 기술에 관해 어른들이 조언을 구하기도 했고, 직접 작업한 플라이나 새 그림을 사이트에 올리면 사람들로부터 크게 찬사를 받았다.

특히 에드윈 리스트가 자신을 알아봐준 순간만큼 감격스러웠던 적은 없었다. 롱은 그 미국인 타이어가 나온 잡지를 읽은 적이 있었다. 그가 만든 플라이는 경이에 가까웠다. 그리고 '플라이 타잉의 미래'라고 불리는 그와 자신이 메시지를 교환하는 사이가 됐다는 것이 믿기지 않았다.

나는 냉정을 잃지 않으려고 애썼다. 누가 봐도 힘든 상황 속에서 성실하게 살아온 청년이 소박한 그의 집 주방에서 내게 차를 따라주는 모습을 보고 마음이 흔들리지 않기 위해 노력했다. 하지만 그는 분명 내가 생각한 그런 사람이 아니었다.

"그가 어떤 새를 보내줬죠?" 내가 불쑥 물었다.

"그가 보내준 가죽이 몇 점 있기는 해요." 그가 차분하게 말했다. "사실 저 그림과 교환하려고 했던 거예요……." 목소리가 차츰 작아졌다.

"어떤 새 가죽이죠?"

"코팅거 몇 점을 보내줬어요. 그리고 황금색……. 그 이름이 뭐더라?" 그는 잠시 영어 이름을 생각하느라 말을 멈췄다. "불꽃바우어새요."

"에드윈은 그 새들이 어디서 났는지 알려주지 않으려고 했어요. 훔친 새였다는 것을요." 내가 증거를 모아둔 폴더를 꺼내려고 가방을 뒤지는 동안 그가 말했다.

"총 몇 마리를 보냈죠?"

"정확하게 기억은 안 나는데, 아마 세 마리인 것 같아요. 아니면 네 마리."

짜 맞춘 듯이 에드윈의 말과 비슷했다. 두 사람이 말을 맞추기는 어렵지 않았을 것이다. 어쩌면 두 사람 다 진실을 말한 것일 수도 있지만.

나는 고쿠가 플라이 사이트에 남긴 글을 출력한 파일을 꺼내 날짜순으로 읽었다. "불꽃바우어새, 수컷, 통가죽", "집까마귀 어깨 부분 팝니다", "보라색가슴털코팅거 판매". 롱은 내 말을 끊고는 자신이 그 가죽들을 실제로 가지고 있었던 적은 한 번도 없었다고, 에드윈 대신 글을 올려주었을 뿐이라고 했다. 하지만 에드윈은 이 베이 계정도 있고, 홈페이지도 있었고, 당연히 사이트에 글을 올릴 줄도 알았다. 나는 이 사실을 롱에게 다시 상기시켜주었다.

"대체 왜 롱 씨의 도움이 필요하죠?" 내가 물었다.

"저도 말이 안 된다고 생각해요." 그가 가라앉은 목소리로 말했다.

나는 판매 글별로 누가 무엇을 사갔는지 따져 물었지만, 그는 기억나지 않는다고만 했다. 돈을 받은 사람이 자기였는지, 에드윈이었는지도.

"기억날 것 같은데요, 안 그래요? 괴롭히려는 것이 아닙니다. 하지만 기억날 거라고 생각해요. 몇천 달러가 넘는 물건이라고요! 당연히 기억해야 하지 않아요?"

내 어깨에 앉아 있던 린이 점점 불안해했다.

"몇천 달러에 판 것 같지는 않아요." 그가 말했다. "제가 판 것들은 대부분 아주 소량이었어요. 깃털 몇 점이 들어 있는 것들이요."

"그가 깃털을 보내주면 그것들을 다시 구매자에게 우편으로 보냈습니까?"

"기억이 안 나요."

이제 린은 귀가 먹먹할 정도로 울어댔다. 나는 이해할 수 없었다. 롱은 에드윈과 엮이는 바람에 심각하게 명예가 훼손됐다. 지금까지 그의 멘토였던 옌스 필고르는 롱이 새 도난 사건과 관련이 있다는 말을 듣고 아들처럼 생각했던 그와 인연을 끊었다. 롱은 이 사건이 있고 나서 에드윈의 장물아비라는 둥, 실질적인 배후라는 둥 온갖 비난을 들었다. 그렇게 혹독한 대가를 치르게 한 중대한 사건이었는데, 그렇게 중요한 사실들을 어떻게 잊어버린다는 말인가?

"저는 이 일을 잊으려고 4년간 노력했어요." 그가 내 마음을 읽었는지 이렇게 말했다. "왜 기억을 못 하느냐고 하시지만, 저로서는 정말 힘들어요. 저는 이 일을 그냥 묻어두려고 정말 오랫동안 노력했어요. 세세한 것들은 확실하지 않아요. 이제 정말 이 사건을 끝내고 싶으니까요."

"네, 저도 그래요." 나는 이렇게 중얼거렸다.

"체포되고 나서 그가 처음 전화한 사람이 롱 씨라고 들었습니다." 나는 다른 각도에서 접근해보기로 했다. "그가 무슨 말을 했나요?"

"전부 다요. 전부 다 말해줬어요. 그제야 저는 그동안 제가 무슨 짓을 한 건지 깨달았죠. 저는 단지 친구를 돕고 있다고만 생각했어요! 제가 제 발등을 찍고 있는 줄은 전혀 몰랐죠. 저는 그냥 순수한 의도로 에드윈에게 잘해주고 싶은 마음뿐이었어요. 하지만 그가 완전히 뒤통수를 친 거죠. 친구에게. 그가 한 짓을 생각하면 끔찍해요."

롱은 가지고 있던 가죽을 박물관에 소포로 곧장 돌려보냈다고 했다. 하지만 플라이 사이트에 올린 글들이 어떤 의미로 해석될지에 생각이 미치자 덜컥 겁이 나서 글을 모두 지워버렸다. "그래서 삭제했던 거예요. 제가 이 사건의 배후로 보일 것 같아서요." 하지만 지금 생각해보니 더 수상해 보일 수밖에 없는 행동이었다며 그는 자신을 자책했다. 그는 쓸쓸한 표정을 지어 보였다. "정말 바보 같은 짓이었어요."

인터뷰가 진행되는 동안, 그는 몇 가지 사실을 조금씩 기억해냈다. 페이팔을 이용해서 돈을 받았고, 그 돈을 다시 에드윈에게 송금해주었다. 그 대가로 에드윈에게 돈을 받았는지 물어보자 깃털을 조금 받았다고 했다. 어쩌다 희귀 깃털이 하나씩 나타나면 너도 나도 달려드는 다른 플라이 타이어들처럼 그도 깃털이라는 마법에 빠져 있었다. 그는 자신도 푸른채터러와 집까마귀 깃털이 너무나 갖고 싶었기 때문에 플루티스트 지망생이 그 많은 희귀 깃털을 어떻게 갖게 되었는지 생각할 여유가 없었다고 했다.

나는 인터뷰에서 에드윈이 했던 말을 그대로 옮겨놓은 기록문을 한 구절 읽었다. 에드윈은 인터뷰에서 자신이 붙잡힌 것은 롱 때문이라고 했다. 롱이 생각 없이 사람들한테 새를 받았다고 떠벌리는 바람에 자기가 붙잡혔다고 생각했다. 나도 그때는 에드윈이 잘못 알고 있다는 사실을 몰랐다. 에드윈의 비밀을 폭로한 사람은 롱이 아니라 아일랜드 사람에게 새를 보여준 앤디 부크홀트라는 네덜란드인이었다. 나는 롱의 얼굴을 바라보았다. 그는 분명 상처받은 표정이었다.

"어떻게 받아들여야 하죠? 지금까진 몰랐어요. 저한테 그런 말을 한 적이 없거든요."[4] 롱의 목소리가 작아졌다. "괜찮아요." 그는 그렇게 믿고 싶은 것 같았다. "안타까워요. 그가 잘한 것은 아니지만, 친구로서 이해해주고 싶어요."

상처받은 그에게 나는 사라진 가죽 이야기를 다시 꺼냈다.

"제가 그것들을 가지고 있을 거라고 생각하는 사람들이 많겠죠." 그가 나지막이 말했다.

"왜 그럴까요?"

"에드윈과 아주 가까우니까요. 자연스럽게 그렇게 생각할 수 있죠."

"가지고 있습니까?"

"아니요."

"어떻게 증명할 수 있죠?"

"증명할 수 없어요."

"그러면 질문은 이렇게 바뀔 수밖에 없습니다. 그것들은 어디 있습니까?"

"몰라요."

"하지만 어떻게 그럴 수 있죠?" 나는 화가 났다. "어떻게 모를 수 있습니까? 두 분 다 말입니다."

"저를 통해서 팔았던 것은 극히 일부분이라서 저도 몰라요……. 대부분 저와 상관없는 것들이에요."

우리는 한동안 말없이 앉아 있었다. 해는 몇 시간 전에 떨어졌고, 그가 사온 파스타와 와인, 채소, 노르웨이식 브라운소스용 재료들도 모두 쇼핑백 안에 그대로 있었다. 오슬로행 막차가 떠날 시간이 임박했다.

이곳에 도착한 지 10시간 만에 우리는 다시 기차역으로 힘겹게 발길을 옮겼다. 머리는 깨질 듯 아프고, 목소리도 갈라지고, 배가 고파 쓰러질 지경이었다. 기차가 덜컹거리며 역에 들어서자, 그가 나를 돌아보며 심각한 얼굴로 말했다. "제가 한 일은 제가 알아요." 나는 뭔가 말하고 싶었지만 이미 기차 문이 닫힌 뒤였다. 다시 그를 볼 수 있을까.

오슬로의 호텔로 돌아오는 길에 나는 그의 말을 계속 떠올렸다. 만약 그 말이 잘못을 시인한다는 뜻이라면, 나에게도 그렇지만 자기 자신에게도 죄책감을 완전히 덜어낼 수 있는 속 시원한 방법은 아니었다. 자신은 무죄라는 말을 하려는 것이라면, 별로 설득력이 없었고.

나는 그러고 싶지 않았지만 어쩔 수 없이 호텔 미니바에서 칠리 넛과 초코바, 식초맛 감자 칩을 꺼내 순식간에 먹어치우고, 이어 찾아온 복통은 수면제로 잠재웠다. 그리고 정신없이 곯아떨어졌다.

이른 아침 호텔 프런트에서 걸려온 전화 소리에 눈을 떴다. 로비에서 롱 씨가 기다리고 있다고 했다. 나는 힘겹게 몸을 일으켜 그를 만나러 갔다. 롱은 걱정스러운 표정으로 소파 팔걸이에 걸터앉아 있었다.

카페인을 찾아 함께 밖으로 나가면서 나는 그가 인터뷰 이후 마음이 크게 흔들렸음을 알아차렸다. 그는 플라이 타잉을 그만둘까 생각했다고 한다. 그것 때문에 친해진 친구들이 이제 자기를 좋아하지 않을까 걱정된다고도 했다. 그는 나에게 질문을 던졌다. 가령 어떻게 해야 도덕적으로 살아갈 수 있는지, 현대사회에서 환경적인 측면에서 양심적으로 사는 것이 가능한지와 같은 질문이었다. 내가 비행기를 타고 오슬로까지 온 것부터가 수십 년간 재활용해서 얻은 이득을 무색하게 만드는 행위 아니냐, 이 가죽 벨트는 또 어떠냐, 이것 때문에 어떤 동물들은 고통받지 않았느냐, 고기를 먹는 행위는 또 어떠냐 등등.

"롱 씨, 이 사건이 동물 복지에 관한 문제인지 저는 모르겠군요. …… 우리는 죽은 새를 훔친 도둑에 관해 말하는 중입니다."

그도 인정한다는 듯 고개를 끄덕였다.

우리는 오슬로 주변을 배회했다. 인터뷰가 끝났다고 생각해서인지 롱은 나와 시간을 보내는 것이 불편해 보이지 않았다. 어쩌면 우리가 친구가 될 수도 있다고 여기는 것처럼 편해 보였다.

동물과 동물 가죽에 관해 이야기를 나누다 보니 나는 모피를 늘어놓은 어느 상점 안으로 들어가고 싶은 충동을 느꼈다. 상점 안쪽에는 큼지막한 박제 북극곰이 위협적인 자세로 앉아 있었다. 엎드린 모양의 새끼 표범 모형도 테이블 위에 놓여 있었다. 우아하게 차려입은 검은 머리의 가게 여주인은 물건을 살 사람들로는 보이지 않았는지 반갑지 않은 시선으로 우리를 바라보았다.

가게 한쪽 모퉁이에는 여덟 칸짜리 선반 안에 북극곰 가죽 10점이 들어 있었다. 크기가 좀 작은 암컷 가죽은 개당 2만 5000달러였고, 암컷 가죽보다 큰 수컷 가죽은 가장 싼 것이 5만 달러였다. 나는 가장 큰 가죽 앞으로 다가갔다. 곰은 입을 한껏 벌리고 이빨을 전부 드러내 보였다. 러그로 사용되는 그 곰은 1.5제곱미터 정도는 덮을 만한 크기였다.

가게 주인은 내가 미국에서 왔다는 말을 듣자 코웃음을 치며 월터 파머라는 사람 덕분에[5] 그 가죽들을 미국으로 가져갈 방법은 전혀 없다고 했다. 미국인 치과 의사인 월터 파머는 짐바브웨 현지 가이드에게 5만 4000달러를 주고는 사냥할 사자를 찾아달라고 부탁했다. 그들은 세실이라는 사자를 보호구역 밖으로 꾀어낸 뒤, 총으로 쏴서 죽이고 목을 잘라 가죽을 벗겼다. 이 소식이 알려지자 그는 전 세계 사람들의 분노를 샀다.

"절대 세관을 통과하지 못할 거예요." 그녀는 '세관'이라는 단어를 특히 빈정거리듯이 말했다.

가게를 나와 거리를 걷다 보니 머리가 점점 복잡해졌다. 내가 타고 온 비행기가 환경적으로 어떤 영향을 미치는가에 대해 롱이 했던 말과 월터 파머라는 사람에 대해 가게 주인이 들려준 말을 되짚어 생각해보니 옳지 않은 행위도 정당화할 방법은 얼마든지 있다는 생각이 들었다. 월터 파머는 나라에서 보호하는 사자를 사냥감으로 꾀어온 가이드가 잘못된 것이라고 했다. 에드윈은 자기가 물건을 훔쳐 나온 곳은 개인이 아니라 기관이고, 그 기관은 이제 과학적으로 의미 있는 연구를 수행하는 곳이 아니므로 큰 문제가 되지 않는다고 했다. 롱은 그저 친구를 믿었기 때문에 플라이를 배우는 같은 대학생으로서 에드윈이 그렇게 비싼 가죽들을 어떻게 그렇게 많이 갖게 되었는지 묻지 않았을 뿐이라고 했다. 그리고 이제 그는 플라이 타이어들보다 육식이 환경에는 더 나쁜 것이 아닌지 의아해했다. 플라이 타이어들은 자기들이 가진 가죽이나 깃털이 박물관 것이 아닌지 걱정하면서도 큐레이터들이 주장하는 사라진 가죽의 개수는 허수에 불과하다며 양심의 가책을 덜었다.

나는 누군가는 책임을 느끼고 자신들의 행위가 잘못된 것임을 시인해주기를 바랐다.

우리는 시프호텔이 있는 아케르 브뤼게 일대를 돌아다녔다. 롱은 이제 묻고 답하는 시간은 끝냈으면 했지만, 나는 그 이야기를 다시 꺼내지 않을 수 없었다.

"에드윈과의 우정이 그렇게 대단합니까? 이 모든 일을 겪고도 그를 변호하다니요. 지금도 엄청난 대가를 치르고 있지 않습니까?" 나는 페이스북에서 공공연하게 오가는 그에 대한 부정적인 말들을 언급했다.

그는 나를 쏘아보며 말했다. "친구니까요. 친구는 그런 거라고 생각해요."

하지만 한편으로는 그도 자신이 에드윈을 잘 알지 못한다고 인정했다. 그렇다면 그렇게 가깝지도 않은 사람을 위해 이렇게 위험을 감수하는 이유가 뭐냐고 묻자, 롱이 외쳤다. "에드윈은 제 우상이었어요! 우리 또래 타이어 중에 최고였다고요. 그런 사람이 플루트 살 돈을 마련해야 한다며 도와달라고 했을 때 저는 너무나 뿌듯했어요."

"영광이라고 생각했군요." 내가 대신 말했다.

"네, 그랬죠. 아주 많이."

그날 저녁 우리는 다른 노르웨이인 플라이 타이어 네 명과 함께 저녁 모임을 가졌다. 갓 잡은 사슴 고기와 조개구이를 먹고, 아쿠아비트*도 마셨다.

나는 롱과 시간을 보내면 보낼수록 그에게 동정심이 생기는 반면 에드윈에게는 점점 화가 났다. 에드윈은 분명 롱의 약점을 알고, 그를 이용했던 것이다. 에드윈은 훔친 물건과 그 수익금을 롱에게 다루게 하면서 롱이 알지도 못하는 사이에 범죄에 가담시켰다. 심지어 당시에 영국 경찰이 그 물건들을 찾고 있다는 사실을 알면서도. 그는 독일에서 진행된 인터뷰에서 자신이 친구에게 저지른 짓이 여전히 아무 문제도 없다고 생각하는 듯했다.

---

* 스칸디나비아 지역 사람들이 즐겨 먹는 술.

노르웨이에서 보내는 마지막 날 아침, 찝찝한 기분으로 잠이 깼다. 주말 이틀 동안, 손끝으로 무언가가 빠져나간 것 같았다. 20시간이 넘는 인터뷰 끝에 알아낸 것은 결국 롱이 트링 사건의 배후가 아니라 자기도 모르는 사이에 범죄에 이용당한 피해자라는 것, 어린 시절의 상처 때문에 남들에게 이용당하기 쉬운 불쌍한 친구일 뿐이라는 것이었다. 그에게 잘못이 있다면, 믿어서는 안 될 사람을 믿은 것이었다. 하지만 사라진 가죽에 대한 질문은 아직 진전이 없었다. 그가 너무 순진해서 훔친 새에 대해 에드윈이 꾸며낸 이야기를 곧이곧대로 믿었다고 하더라도 자기 손을 거친 깃털과 가죽의 숫자가 이상하게 자꾸 왔다 갔다 했다.

혹시 내가 그의 장난에 놀아난 걸까? 동정심을 느끼게 하려고 그가 지어낸 말들을 내가 너무 쉽게 믿은 걸까? 나는 그가 좋았다. 나는 그가 이번 시련을 통해 더 나은 사람으로 성장하고 더 크게는 인생에서도 성공하기를 바랐다. 아델 경사에게도, 인터폴에도 롱을 고발하고 싶지 않았다. 하지만 여전히 찝찝한 기분을 떨칠 수 없었다. 그는 아직 말하지 않은 것이 있었고, 그것이 무엇인지 알아내기 전까지는 나도 완전히 만족할 수 없었다.

그날 롱은 노르웨이 국립미술관 앞에서 만나자고 했다. 21년 전인 1994년 동계 올림픽 개막식 날,[6] 모든 관심이 올림픽이 열리는 릴레함메르에 쏠려 있는 틈에 몇 명의 도둑이 미술관 벽을 사다리로 올라가 창문을 깨고 에드바르 뭉크의 대표작인 〈절규〉를 훔쳐 달아난 일이 있었다. 도둑들은 달아나면서도 "부실한 보안에 감사 드립니다!"라고 메모를 남겼다. 사건의 주범인 폴 앵에는 식탁 아래 은밀한 장소에 뭉크의 작품을 몇 년 동안 숨겨놓았다.

점심 먹을 식당을 찾아 거리를 걷는 동안, 롱은 기분이 좋은지 이런저런 수다를 떨었다. 나는 그의 말을 듣는 둥 마는 둥 하다가 결국 인내심을 잃고 폭발했다. "저는 롱 씨께서 저에게 한 말이 모두 사실이라고 생각합니다. 하지만 숨기고 있는 것들도 여전히 있다고 생각해요. 롱 씨는 이 사건과 너무 많은 부분에 엮여 있거든요! 새와 가죽과 깃털을 받았어요. 따로 포장된 것들이었다고요. 사진도 받았죠! 그리고 그것들을 다른 사람에게 보냈고, 돈도 전달했어요!"

나는 그를 살짝 쳐다보았다. 그는 산책 나온 사람들과 달려가는 자동차 옆에서 손을 호주머니에 넣은 채 발끝을 쳐다보고 있었다.

"당신이 믿을 만한 사람이고, 에드윈을 대단하게 생각해서 그랬다고 해도 이 일과 너무 많은 부분이 관련되어 있어요. 합리적인 사람이라면 '이거 대체 뭐지?'라는 생각이 들 겁니다. 그리고 당신은 멍청한 사람이 아니에요! 아주 총명하고 재능 있는 사람이라고요."

한 블록을 말없이 걷던 그가 입을 열었다. "저를 믿으실 필요는 없어요. 저도 말이 안 된다고 생각하니까요."

그의 목소리는 차분했다. "그런 상황에 놓였다는 것 자체가 가망이 없어요. 감추는 것은 없지만, 제가 뭐라고 하든 제 말은 중요하지 않은 것 같아요."

"아니요!" 내가 소리쳤다. "절대 그렇지 않아요. 중요해요. 중요하다고요. 이것 봐요, 저는 작년에 두 사람한테 이런 이야기를 들었어요. 당신한테 집까마귀가 엄청나게 많다고, 당신이 그렇게 말했다고 했어요. 그 말을 어떻게 해석해야 하죠? 그 사람들이 거짓말을 하는 건가요? 아니면 당신이 거짓말을 하는 건가요? 그러니까 저는 단지."

"진실을 알아내려는 것이죠." 그가 나지막이 내 말을 대신했다.

"제가 어떻게 생각해야 합니까?"

"생각하시고 싶은 대로……."

"그러면 그것이 사실입니까?"

"네." 목소리가 작아지고 발걸음도 느려졌다. 그는 내 눈앞에서 점점 작아지는 것 같았다.

"그러면 집까마귀가 많이 있다는 겁니까?"

"네. 팔려고 했던 것들이 좀 남아 있어요."

그가 잠시 틈을 보였다. 나는 그 순간을 놓치지 않았다.

"몇 마리죠?"

"음……. 110개 정도?"

"새를 말하는 거죠?"

"아니요. 깃털을 말하는 겁니다."

"어떤 종이죠?" 나는 애써 태연한 척하며 물었다.

"그라나덴시스Granadensis, 파이로데루스 스쿠타투스 스쿠타투스Pyroderus scutatus scutatus, 파이로데루스 스쿠타투스 옥시덴탈리스 Pyroderus scutatus occidentalis입니다. 110개 정도 될 것 같아요. 100개에서 120개 정도겠네요."

"하지만 지금은 2015년이잖아요. 4년 전에는 뭘 했습니까?"

그는 분명 괴로워하고 있었다. 나는 그가 배고파한다는 것을 알았지만 그 순간을 놓칠 수 없었기 때문에 그가 어느 식당에 가자고 해도 못 들은 척하면서 계속 몰아붙였다.

롱은 한숨을 내쉬었다. "정확하게 숫자를 말씀드리기는 진짜 힘들어요. 봉투마다 정말 몇 점밖에 들어 있지 않았어요. 봉투가 몇 개였는지, 봉투마다 깃털이 몇 개씩 들어 있었는지 일일이 세어보지 않았어요. 얼마나 팔았는지도 기억나지 않아요. 아마 반 정도 팔고 반 정도 남은 것 같아요." 하지만 나는 그가 알고 있다고 생각했다. 말하지 않으려고 안간힘을 쓰고 있다는 것도.

오랜 설득과 재촉 끝에 마침내 남은 깃털이 총 600개에서 800개쯤 된다고 그가 털어놓았다.

우리는 미술관에서 약 2킬로미터 정도를 더 걸어 북유럽 스타일의 고급 레스토랑인 아라카타카에 들어갔다. 다른 때였다면 이런 곳에서 밥을 먹는 것은 특별한 경험이었을 것이다. 살면서 대구 혀 튀김이나 맛조개 같은 특별한 요리를 먹어볼 기회가 얼마나 되겠는가? 하지만 그때는 그가 지금까지 누구에게도 털어놓지 못한 비밀을 고백하던 순간이었다. 나에게 그 이야기를 한다는 것은 몇 년간 그가 마음에만 담아두었던 비밀, 플라이 커뮤니티 사람들이 에드윈과 관련되어 있다는 것만으로 그를 부당하게 비난한 이유를 고백한다는 의미였다. 그들의 불편한 말들이 진실이었음을 롱은 마침내 인정하고 있었다.

웨이터가 주문을 받고 사라진 뒤, 나는 그에게 바짝 다가앉아, 아마도 노르웨이에 머물던 그 주말 동안 열두 번은 물었을 질문을 다시 했다. "에드윈이 보낸 새 가죽은 몇 점이었습니까?" 롱은 처음 이틀 동안은 서너 점뿐이었다고 확고하게 말했다. 하지만 이제 그가 사실을 털어놓기 시작했기 때문에 같은 질문을 다시 하지 않을 수 없었다. "그가 보낸 새는 몇 마리였습니까? 10마리였나요? 아니면 50마리?"

"10마리에서 20마리 정도였어요." 레스토랑에 노르웨이 대중가요를 틀어놓았기 때문에 그의 목소리는 거의 들리지 않았다. "50마리까지는 안 돼요."

나는 의자에 몸을 기댔다. 종에 따라 다르지만, 가죽으로 20점이면 2만 달러에서 12만 5000달러까지도 받았다. 깃털 단위로 팔았다면 당연히 이보다 훨씬 많이 받았을 것이다. 집까마귀 깃털 800개면 7000달러까지도 받을 수 있었다.

그는 걱정스러운 눈빛으로 내 반응을 살폈다.

"롱 씨, 제게 그 깃털들을 보여주셔야 한다는 거 아시죠?"

"네." 자백은 우리 두 사람 모두의 마음을 무겁게 짓눌렀다. 우리가 앉아 있는 테이블 말고 나머지 세상은 모두 흐릿해 보이는 것 같았다. 고개를 들어 그를 바라보니 눈물이 볼을 타고 흘러내리고 있었다. 당황한 그가 실례한다고 말하며 화장실로 뛰어갔다.

한참 후에 롱이 자리로 돌아왔을 때 웨이터가 접시를 들고 밝은 표정으로 나타났다. 웨이터는 게딱지에 불쌍하게 구멍을 뚫어 놓은 크랩 요리를 우리 앞에 내려놓았다. 롱은 아귀와 대구 요리가 담긴 접시를 멍하니 내려다보았다. 우리 둘 다 먹고 싶은 생각이 별로 없었다.

나는 에드윈이 뒤셀도르프에서 보여준 모습이 얼마나 완벽한 연기였는지를 떠올렸다. 그는 롱이 이 일과 전혀 관련이 없다고 끝까지 주장하면서도 이 일 때문에 자신의 친구가 '나쁜 사람'[7]이 된 것은 맞다는 말을 웃으며 했었다. 나는 에드윈이 인터뷰를 끝내자마자 롱에게 연락해서 나를 만나보라고 했던 것이 떠올랐다.

"에드윈이 나에게 무슨 말을 하라고 하던가요?" 내가 물었다. "거짓말을 하라고 시키던가요?"

"그 사람은 우리의 친구가 아니라고 했어요. 친구가 되면 안 된다고. 우리는 그 사람한테 빚진 것도 없고, 빚도 지면 안 된다고. 그 사람을 만나면 음식이니 뭐니 모든 비용은 제가 내야 한다고 했어요."

나는 큰 소리로 웃었다. "제가 오기 전에 깃털은 어디에 숨겼습니까?"

"그냥 상자 안에 뒀어요."

아스커로 돌아가는 기차 안에서 우리는 거의 아무 말도 하지 않았다. 나는 몇 년간 찾아 헤맨 물건을 드디어 보게 되었지만, 기쁨보다는 걱정이 앞섰다. 아넬 경사에게 롱이 관련되어 있다고 하면 그는 어떻게 되는 걸까? 본디반역에 내리자 사방이 칠흑같이 캄캄했다. 그는 내가 마음을 바꿀지도 모른다는 듯, 아니면 운석이라도 떨어져서 나에게 깃털을 보여줄 필요가 없어지기를 기다리는 듯 아주 천천히 숲길을 걸었다.

숲길을 반 정도 지나왔을 때, 나는 그에게 무슨 생각을 하는지 물었다. 그는 걸음을 멈추고 숨을 골랐다. 그는 체구가 좋았지만, 그 순간만큼은 너무 피곤해 보였다. "아무것도요."

그는 집에 들어가서 우표 앨범을 들고 나왔다. 회색의 반투명 커버 위에 일본어가 쓰여 있었다. 원래는 근처 술집에 가서 찬찬히 살펴볼 계획이었지만, 그때까지 기다릴 수 없었다.

나는 길가의 가로등 밑에서 앨범을 열고 우표처럼 가지런히 놓여 있는 깃털을 살펴보았다. 깃털은 한 페이지마다 다섯 줄씩 가지런히 비닐 커버 아래 놓여 있었다. 검은색 바탕 위에 놓인 주황색, 사파이어 색, 터키석 색 깃털들이 작은 보석처럼 알록달록 빛났다. 첫 페이지에만도 집까마귀와 푸른채터러 깃털이 50점도 넘게 들어 있었다.

나는 흥분을 가라앉히고 휴대전화를 꺼내 한 장 한 장 사진을 찍으면서, 머릿속으로는 깃털의 개수를 헤아렸다. 앨범을 넘기다 보니 그동안의 일들이 하나씩 머릿속에 떠올랐다. 수백 년에 걸쳐 수집가들이 힘들게 표본을 모은 것. 플라이 타잉을 순수하게 좋아했던 한 청년. 하지만 그 순수한 열정이 집착으로 변해 깃털을 훔칠 계획을 세우고 실행했던 것. 그리고 뉴멕시코강에서 우연히 스펜서를 만난 것. 하지만 그와 동시에 여기 있는 깃털은 박물관에서 잃어버린 것들의 극히 일부일 뿐이라는 생각이 머릿속을 스쳤다. 이것들을 다 합쳐도 새 한 마리밖에 되지 않을 것 같았다.

나는 그에게 앨범을 건넸다.

우리는 맥주를 한잔 마시기로 하고 자리를 옮겼다. 나는 그에게 앨범을 보여준 기분이 어떤지 물었다.

"엄마가 돌아가신 뒤로 이렇게 기분이 안 좋았던 적이 없어요." 한동안의 침묵 끝에 그가 입을 열었다. 심지어 깃털을 보는 것만으로도 마음이 불편해서 차라리 어디 갖다 버리고 싶다고 했다.

그는 내가 그 깃털을 가져가 박물관에 돌려주면 안 되느냐고 물었다. 나는 미소를 지었다. 한때는 나도 그러기를 바랐던 적이 있었다. 커다란 여행 가방에 새들을, 이름표가 그대로 붙어 있는 새들을 가득 담아 노르웨이를 떠나는 꿈을 꾼 적도 있었다. 하지만 나는 이렇게 말했다. 그 일은 그의 몫이라고.

"박물관은 이것을 어떻게 할까요?" 그는 뭔가 할 일이 있겠지 하는 눈빛으로 물었다.

"아마 아무것도 하지 않을 겁니다. 그냥 서랍에 넣어두겠죠. 그리고 아마 오래도록 그곳에 들어 있을 겁니다."

사라진 미켈란젤로

내가 노르웨이에서 돌아오고 몇 달 뒤, 롱은 성적이 크게 떨어졌다고 메일을 보냈다. 인터뷰 이후 "어떻게 살아야 할지 방향 감각을 잃어버렸다"[1]고, 그렇게 암울한 물건에 왜 그렇게 집착했는지 모르겠다며 자신이 부끄러워졌다고 했다. 하지만 깃털을 박물관에 돌려주었느냐는 물음에는 아직 적당한 시간을 찾지 못했다고 했다. 나는 그가 깃털에 대한 집착에서 벗어나지 못한 것은 아닌지 걱정되었다. 하지만 그렇다고 해도 아델 경사에게 알릴 생각은 없었다. 그가 잘못을 저지른 것은 맞지만 그 사건을 저지른 범죄자보다 그가 더 고통받는 것은 마음이 불편했다.

에드윈은 그를 방패막이로 세웠다. 누가 이 사건을 파헤쳐보더라도 다른 사람을 크게 의심할 수밖에 없게 했다. 그럴 목적이 아니었다면 왜 롱에게 대신 글을 올리게 했을까? 깃털과 새 가죽을 구매자들에게 직접 보내지 않고 왜 노르웨이로 보냈겠는가? 롱을 희생양으로 내세울 생각이 없었다면 왜 그의 계좌로 돈거래를 했겠는가? 에드윈의 행동은 자신을 우상시한 친구를 눈가림용으로 내세우고 자신은 돈만 챙기려 했던 것으로밖에 해석할 수 없었다.

이런 짓을 하는 사람은 대체 어떤 사람일까? 롱을 만나고 나니 에드윈의 행동은 철저히 계산된 것이었음이 너무 명백해 보였고, 따라서 그에게 내려진 아스퍼거증후군 진단도 더욱 의심스러웠다. 그는 정말로 아스퍼거증후군이 있는 것처럼 연기했던 것일까?

나는 사이먼 배런 코언 박사와 이야기해보고 싶었다.[2] 하지만 박사는 의료 윤리를 준수해야 한다면서 에드윈의 동의 없이는 자세한 이야기를 해줄 수 없다고 했다. 내가 그렇다면 아스퍼거증후군이 있는 것처럼 연기할 수도 있는지 물어보자 최종 판단은 임상의의 진단에 따른다고만 답했다.

"자폐를 진단해주는 생물학적인 테스트는 없습니다."[3] 그가 말했다. "이론상으로는 임상의가 묻는 말에 거짓 정보를 제공함으로써 자폐가 있는 것처럼 연기할 수 있습니다. 하지만 그때도 그가 거짓말을 하는 것인지 아닌지에 대한 임상의의 판단과 경험이 작동합니다."

박사는 자신의 판단을 믿어달라고 했다. 하지만 에드윈과 가까운 사람에게서 입수한 그의 법원 제출 소견서를 읽은 뒤로 나는 그의 진단에 기본적인 오류가 있다고 확신했다. 박사는 에드윈한테 "금전적 동기가 없다"고 했고, "에드윈은 박제된 새들을 가져가는 것은 나쁜 일이라고 생각하지 않았다"고 했다. 박사는 에드윈을 한 번밖에 만나지 않았다. 어쩌면 한 번의 평가로는 피할 수 없는 결과였을 것이다. 나는 몇 년간 이번 사건의 타임라인을 정리해왔다. 하지만 케임브리지 정신병리학자는 에드윈을 두어 시간 만나본 것이 다였다.

혹은 진단 과정 자체가 신빙성이 부족했을지도 몰랐다. 박사는 성인용 아스퍼거 평가에서 에드윈이 받은 '점수'를 진단의 근거로 삼았다. 하지만 예를 들어, '그 사람의 얼굴을 보면 그가 무엇을 생각하고 어떤 기분인지 쉽게 알 수 있다'와 같은 질문에 대한 답변이 얼마나 타당성이 있을지는 의문스러웠다. 킹스칼리지런던의 인지신경과학자인 프란체스카 하페Francesca Happé는 2011년 《네이처》에 실린 한 기사에서 배런 코언 박사의 진단 도구에 대해 회의적인 입장을 밝혔다. "그런 질환이 있는 사람들은 물론, 일반인조차 자아 인식이라는 것이 정확한 진단 자료가 될 수 있을지에는 의문의 여지가 있다." 배런 코언의 고문인 우타 프리스Uta Frith도 하페의 의견에 동의했다. "아직은 철저한 연구가 부족하다. 현재 배런 코언 박사는 과제를 수행하는 사람을 실제로 관찰하는 대신, '네, 저는 세부사항에 관심이 많은 사람입니다'라는 그의 말에 의존한다."[4]

아스퍼거증후군 진단 덕분에 에드윈이 감옥행을 면하고 2년이 지난 뒤, 미국정신의학회American Psychiatric Association는[5] 정신 장애 진단 및 통계 편람DSM, Diagnostic and Statistical Manual of Mental Disorders 5차

개정안에서 19년간 독립된 장애로 분류되어왔던 아스퍼거증후군을 삭제했다. 이후 논란이 일자, 해나 로신Hanna Rosin은 《디 애틀랜틱The Atlantic》에 "여러 연구 결과, 아스퍼거 진단 방식에 거의 일관성이 없다는 점이 드러났다"고 말했다. 《미국정신건강의학 저널 Archives of General Psychiatry》은 비슷한 점수를 받은 아동들이 다른 진단을 받았다면서 "아동에게 아스퍼거나 자폐 혹은 다른 발달 장애가 있는지는 임상의의 판단에 거의 의존한다. 그런데 그런 판단은 다소 임의적이다"[6]라고 밝혔다.

배런 코언 박사는 아스퍼거증후군을 DSM 5차 개정안에서 삭제한 것에 관해 이렇게 말했다. "정신의학적 진단 기준은 고정 불변하는 것이 아니다. 결국 그것도 '인간이 만든' 것이니까. 시간이 흐름에 따라 '정신 장애'를 어떻게 판단할 것인지에 대해 전문의들 간에 다른 논의가 이뤄질 수 있다."[7]

나는 이 여정이 거의 막바지에 이르렀음을 예감했다. 에드윈은 이제 내가 보내는 메일에 답하지 않았고, 롱에 대한 진실은 밝혀졌다. 롱이 가지고 있던 깃털을 내 눈으로 직접 확인한 것이 너무나 기뻤다. 하지만 아직 사건이 완전히 해결된 것은 아니었기 때문에 기뻐할 수만은 없었다. 아직도 찾지 못한 새들이 상당히 많았다. 나는 마지막 단서를 찾기 위해 지난 몇 년 동안 모은 1000페이지 이상 되는 인터뷰 기록을 몇 번이고 다시 읽었다. 그러다가 문득 한 사람에게 시선이 꽂혔다. 처음부터 이 사건과 아주 가까운 곳에 있었지만, 지금까지 내 수사망을 빠져나갔던 인물.

트링박물관 측은 도난 사건이 있기 2년 전에 뤽 쿠튀리에라는 퀘벡 사람이 집까마귀 가죽을 팔 생각이 없느냐고 물어본 메일을 발견하고 그를 최초의 용의자로 지목했다. 박물관 측은 새 가죽을 팔지는 못하지만 대신 사진은 팔 수 있다는 말로 그의 요청을 거절했다. 박물관 측은 그의 메일이 의심스럽다고 생각해서 수사 초기에 아델 경사에게 그 사실을 알려주었다. 하지만 어쩐 일인지 그는 용의선상에서 일찌감치 제외됐다.

에드윈은 뒤셀도르프에서 했던 인터뷰에서 쿠튀리에를 자신의 멘토이자 플라이 타잉계의 미켈란젤로라고 부르며, 그가 90년대에 트링박물관의 조류 특별 전시실을 직접 관람했고(하지만 박물관은 그럴 리가 없다고 했다), 에드윈에게도 관람을 권했다고 했다. 인터뷰에서 에드윈은 롱한테 훔친 새를 일부 보냈던 것은 "그럴 만한 자격이 있어서"[8]라고 했다. 그렇다면 쿠튀리에한테도 같은 이유로 새를 보내지 않았을까? 나는 이런 의혹을 품게 됐다.

쿠튀리에에 대한 의혹은 링크드인LinkedIn* 에 있는 그의 비활동 계정을 살펴본 뒤로 더욱 커졌다. 그가 뉴욕 자연사박물관에서 조류 가죽 전시를 맡은 폴 스위트Paul Sweet 박사에게 연락한 적이 있

---

* 구인 구직 서비스에 SNS 기능을 합친 글로벌 비즈니스 인맥 사이트.

었다는 사실을 알아냈기 때문이다. 나는 스위트 박사에게 급히 메일을 보내 쿠튀리에에 관해 물었다. 박사는 2010년 4월에 극락조와 코팅거, 집까마귀 전시실을 관람하게 해달라는 요청을 쿠튀리에에게 받았다고 했다. 방문 목적을 물어보니, "그 분야에 대해 자신이 알고 있는 지식을 확인하고, 가설을 직접 검증해보고 싶어서"[9]라고 했다. 하지만 그런 이유로는 과학적 타당성이 부족했기 때문에 박물관의 허가는 받지 못했다고 했다.

나는 플라이 사이트에서 그에게 메시지를 보냈다. 하지만 그의 계정은 몇 년 동안 사용된 적이 없었다. 다른 타이어들을 통해 겨우 알아낸 메일 주소로 메일을 보내도 아무런 답이 없었다. 나는 그를 찾기 위해 페이스북에서 쿠튀리에라는 이름을 쓰는 계정도 다 찾아봤지만, 그는 아예 종적을 감춰버린 것 같았다.

내가 알고 있는 사람 중에 쿠튀리에의 행방을 물어볼 수 있는 사람은 존 맥레인뿐이었다. 나는 그를 찾아갔다. 그는 지하 창고에서 깃털을 염색하며 전 세계에서 들어온 주문을 처리하고 있었다. 그는 2009년 서머싯 박람회에서 쿠튀리에를 마지막으로 봤다고 했다. 당시 그는 버드 기드리가 여행 경비를 아끼고 싶어 해서 쿠튀리에와 함께 방을 쓰게 해주었다고 했다. 맥레인에 따르면 쿠튀리에는 평판이 별로 좋지 않았다. 박람회가 열리는 주말 동안, 쿠튀리에가 기드리의 신용카드를 훔쳐서 1000달러를 써버렸다는 이야기를 들은 뒤로는 그와 관계를 끊었다고 했다.

맥레인은 쿠튀리에를 찾고 싶으면 쿠튀리에의 친구인 로버트 데리얼을 찾아보라고 했다. 나는 페이스북에서 그 사람을 바로 찾을 수 있었다. 그의 페이스북 앨범은 희귀종 새의 사진들로 도배되어 있었다. 완벽하게 보존된 코팅거 다섯 마리가 작업대 위에 부채 모양으로 가지런히 놓여 있는 사진도 있었고, 눈구멍을 솜으로 채운 집까마귀 사진도 있었다. 박물관 소장품 수준의 새 가죽 수십 점이 놓여 있는 사진도 있었다.

나는 데리얼에게 메시지를 보내 쿠튀리에의 연락처를 물어보았다. 하지만 그도 쿠튀리에와 연락이 끊긴 지 오래됐다고 했다.[10] 데리얼은 쿠튀리에가 2010년에 일을 그만두었고, 지난 몇 년간 돈에 쪼들리는 그를 도와주려고 그가 가지고 있던 플라이 재료를 4만 달러에 사주었다고 했다. 쿠튀리에는 희귀 가죽과 깃털까지 몽땅 팔고는 플라이 타잉도 그만뒀다고 했다.

"집까마귀와 코팅거도 많이 있었습니까?" 몬트리올 출신의 아내 마리에게 도움을 받아가며 나는 열심히 프랑스어로 물었다.

컴퓨터 화면에 이름이 하나씩 나타났다. "집까마귀 10마리, 검은머리트라고판 다섯 마리, 케찰 세 마리, 짐노진느시Gymnogene Bustard 두 마리, 그리고 채터러는 종류별로 다 있었습니다."[11] 여기서 채터러는 푸른채터러 일곱 종 전부를 말하는 것이었다. 그중 하나는 멸종 위기종이기도 했다.

"극락조는요?" 내가 다시 물었다.

"물론 있었죠. 전부 열거할 수 없어서 그렇지 그에게는 없는 것이 없었어요."

나는 떨리는 가슴을 진정시키며 그 가죽들에 이름표가 달려 있었는지 물었다. 데리얼은 한참 만에야 그렇다고 답했다.

내가 그 가죽을 보여줄 수 있느냐고 물어보자 다시 연락하겠다고만 했다.

나는 거의 본능적으로 데리얼의 페이스북에 다시 들어가 플라이와 훅, 새 가죽 사진이 담긴 앨범 수백 장을 넘겨보며 다른 증거가 없는지 찾아보았다. 그리고 맥레인에게 집까마귀 가죽 세 점과 집까마귀의 가슴 깃털 여덟 점이 나란히 놓여 있는 사진을 전송했다. 한때 아름답게 빛났을 주황색 가슴 깃털이 뽑혀나간 자리에는 늘어진 마른 가죽만 보였다.

"이 정도면." 전직 형사 맥레인이 답장을 보내왔다. "전쟁터였겠군요."

데리얼은 다른 사람의 눈을 의식하지 않는 듯 사진을 통해 수집품들을 열심히 자랑했다. 어깨걸이풍조의 가죽 조각이 담긴 사진도 있었고, 푸른채터러 일곱 종과 루퍼콜라새, 검은머리트라고판, 변종 집까마귀 두 마리가 함께 놓여 있는 사진도 있었다. 깃털은 모두 커다란 북극곰 가죽 위에 부채 모양으로 가지런히 놓여 있었다. 쿠튀리에한테 샀다는 그 새들이 트링박물관의 소장품이라는 것을 증명할 수만 있다면, 돌아오지 않은 새 중에서 20마리는 찾은 셈이었다.

하지만 나는 그가 이베이 사용자라는 안타까운 사실을 곧 알게 됐다. 그 새들이 박물관 새가 맞다 하더라도 지금까지 남아 있을 리가 없었다. 데리얼은 'Bobfly2007'이라는 계정으로[12] 불꽃바우어새와 케찰은 깃털 한 점당 각각 19.99달러와 43달러에 팔았고, 집까마귀 깃털은 139달러, 멸종 위기종인 밴디드코팅거는 417.50달러에 팔았다.

2000건이 넘는 거래 완료 목록을 낱낱이 살펴보니 깃털만으로 1만 1911.40달러가 넘는 판매 수익을 올렸고, 이베이에 1300달러가 넘는 수수료를 냈다. "훌륭한 딜러, 개인 서비스가 뛰어남", "빠른 선적에 감사드립니다"와 같은 여러 고객 평을 읽다 보니, 이베이에서 이렇게 CITES나 다른 야생동물 밀매 금지법에 명백하게 어긋나는 행위를 어떻게 허용하는 것인지 의문스러웠다.

하지만 다른 깃털 업자들에 비하면 데리얼의 판매량은 새 발의 피였다. 트링박물관에 가장 큰 타격을 입힌 불꽃바우어새만 해도[13] 더그 밀샙 같은 판매자를 이베이에서 힘들지 않게 찾을 수 있었다. 'lifeisgood.503'이라는 계정을 사용하는 그는 깃털 한 쌍을 24달러에 판매했다. 그가 올린 사진에서 불꽃바우어새의 전체 가죽을 발견한 나는 그에게 메시지를 보내 가죽을 전체로 사고 싶다고 했다. 그는 1800달러라고 알려주었다. 불꽃바우어새는 보호종이 아니었지만, 트링 도난 사건 이전에는 플라이 타잉 시장에 자주 나오는 새가 아니었다. 그는 상품 설명란에 "물건들은 대부분 1920년대 빅토리아 시대의 수집품들입니다"라고 써놓고, 다른 희귀 아이템도 많으니 자신의 판매 물건들을 둘러보라고 입찰자들을 유혹했다.

위싱턴주 오션파크에 사는 밀샙은 아내와 함께 피자 가게를 운영하면서도 희귀종 새의 가죽과 깃털을 놀라울 정도로 많이 취급했다. 이베이 계정도 두 개였고, 판매자 리뷰도 상당했다. 나는 그의 판매 자료를 엑셀 문서로 작업하기 위해 조수까지 한 명 채용했다. '아름다운 빈티지' 금강앵무는 490달러, 청금강앵무는 650달러에 판매했고, 푸른채터러 통가죽은 1675달러에 판매했다. 푸른채터러, 열두줄극락조, 펭귄, 붉은꼬리검정관앵무 같은 이름이 끝도 없이 줄줄 이어지는 판매 목록의 금액을 집계해보니 금세 8만 달러를 넘어섰다.

이베이는 야생동물과 일반 동물 관련 판매 규정을 제시하며 이용자에게 CITES 같은 국제 조약과 철새보호조약 같은 국내법을 준수해야 한다고 공지하고 있었지만, 불법 거래를 아예 차단하거나 직접 모니터링하지는 않는 것 같았다.

더구나 데리얼과 밀샙은 깃털이나 새 가죽을 판매하는 글을 올리면서 특별한 용어를 사용한 것이 아니라 대부분 라틴어 이름을 그대로 썼다. 따라서 이베이에 모니터링 부서 같은 것이 있다면, 관련 글을 찾기는 어렵지 않았을 것이다. 이베이에서 코뿔소 뿔 같은 물건은 찾을 수 없지만, CITES 부속서 1종에서 판매를 금지하는 멸종 위기종인 밴디드코팅거나 케찰의 경우 키보드를 몇 번만 두드리면, 그리고 페이팔로 돈만 입금하면, 문 앞에서 택배로 받아볼 수 있었다. 문제가 있으면 이베이에서 환불도 보증했다.

나는 이베이에 이 문제를 여러 차례 질의했지만 아무런 답변을
받지 못했다. 하지만 멸종 위기종 새들을 판매하는 글을 링크해 보
내면서 이베이가 이런 불법 판매를 용인하고 수수료를 챙기는 행
위를 어떻게 해석해야 할지 모르겠다고 메일을 보내니 그제야 답
변이 돌아왔다.

이베이 국제사업부의 수석 팀장인 라이언 무어가 몇 시간 만에
답변을 보냈다. 그가 보낸 답변에는 딱딱한 특수 용어가 하도 많아
서 예전에 내가 바그다드 미국국제개발기구U.S. Agency for International
Development에서 하급 공보장교로 일하며 따분한 문서를 작성했던
기억이 떠올라 읽기도 전에 진절머리가 났다.

무어는 이렇게 썼다. "이베이는 멸종 위기에 처한 동물을 보호
하기 위해 최선의 노력을 다하고 있습니다."[14] 나머지 말들도 이런
식이었다. 할 수 있는 노력을 '했다'가 아니라 '최선을 다했다'는
것이었다.

무어는 이어서 이렇게 썼다. "이베이는 불법 야생동물과 관련된
상품 거래를 막기 위해 최선의 노력을 기울였습니다." 이베이가
불법 야생동물과 관련된 상품의 판매를 금지했다는 말이 아니라
그렇게 하려고 '최선의 노력을 기울였다'는 것이다.

그의 설명에 따르면, 이베이에서는 8억 개가 넘는 상품이 거래
되고 있고, 국내외의 관련 규정을 찾아볼 수 있는 사이트를 링크하
고 있다고 했다. 그리고 관련 법에 따른 통제 시스템, 회사 관리자
와 정부 기관에서 참고할 수 있는 보고 시스템을 가동 중이며, 적

절하지 못한 상품이나 그러한 상품을 판매하는 판매자를 걸러내면서 관련 법을 준수하려고 노력한다고 했다. 하지만 내가 그런 통제 시스템이 어떻게 작동하는지, 이베이가 중지시킨 거래 자료를 보여줄 수 있는지 묻자, 곤란하다는 답변만 돌아왔다.

나는 그에게 멸종 위기 보호종인 밴디드코팅거의 깃털을 판다는 판매 글을 보여주었다. 판매자는 새의 라틴어 이름을 사용했기 때문에 상품을 찾기가 특별히 어렵지도 않았고 감시망을 피하려고 노력한 흔적도 없었다. 이베이가 자랑하는 그 통제 시스템이 어떻게 작동하는지는 몰라도 세계자연보전연맹International Union for Conservation of Nature의 멸종 위기종 관리 규정을 지키고 있다고 보기는 힘들었다. 무어는 그 건을 자세히 조사해보겠다고 했다. 잠시 후, 그 코팅거 판매 페이지를 다시 찾아보니 이제는 사라지고 없었다.

하지만 그것은 응급조치일 뿐이었다. 나는 홍보팀을 통하지 않고 이베이에서 제공하는 온라인 양식을 통해 이런 문제를 알리면 어떻게 될지 궁금했다. 그래서 케찰 깃털을 판매하는 불법 거래 건을 보고하고 1주일을 기다렸다. 하지만 회사에서는 아무런 조치를 하지 않았고, 깃털은 39달러에 팔렸다.

데리얼은 잠잠했다.

나는 지난 몇 년 동안 개인을 상대로 싸웠으니 이번에는 공개적으로 협조를 구하기로 했다. 나는 커뮤니티 사람들에게 나머지 새 가죽을 찾게 도와달라고 글을 올렸다. 모두 힘을 합쳐 나머지 새들을 찾아냄으로써 에드윈이 떨어뜨린 커뮤니티의 명예를 회복하자고 했다.

"또 시작됐다."[15] 오리건주에서 깃털을 판매하며 가훈을 "신, 가족, 깃털"로 삼고 있는 에런 오스토이가 먼저 댓글을 올렸다. 에드윈이 체포되기 넉 달 전에 집까마귀 가죽 판매 글을 읽고는 "자연사박물관에서 훔친 새로 3000퍼센트의 수익을 남겼다"고 우스갯소리를 했던 사람이었다.

오스토이는 물론, 다른 사람들도 트링 사건이 다시 언급되는 것을 달가워하지 않았다. 몇몇 사람들은 내가 긁어 부스럼만 만든다고 불평했다. 한 회원은 그 일이 그렇게 신경 쓰이면 내가 받은 책계약금을 박물관에 기부하라고 불편한 심경을 드러냈다. 나를 돈에 눈먼 악덕 변호사라고 부른 발 크로피브니키는 이렇게 말했다. "이 마녀사냥에 질린 사람, 저뿐인가요? 아니면 우리가 전부 나쁜 사람들인가요?"

버드 기드리도 불편한 기색이 역력했다. 자신이 아무리 애써도 트링 사건은 절대 묻히지 않는다고, 내가 알아서 글을 내릴 때까지 일단은 글을 남겨두겠다고 공지했다.

하지만 잠시 후, 그는 내 글을 지워달라는 요청이 개인 메시지로 쇄도하고 있다는 글을 올렸다.

무엇이 문제였던 것일까? 나는 단지 박물관이 잃어버린 새를 찾도록 도와달라고 했을 뿐이었다. 심지어 익명으로 돌려줄 수 있게 절차도 만들어두었는데.

글을 올리고 한 시간 만에 기드리는 내 글을 삭제하겠다고 공지했다. "우리 회원들은 이미 해야 할 말은 다 했습니다. 약속드립니다. 앞으로 어떤 식으로든 이와 관련된 글이 다시 올라오면 즉시 삭제할 것입니다."

기드리는 회원 41명이 내 글을 삭제해달라는 요청을 했다고 내게 말했다.

세상에 녹아든 깃털

몇 주 뒤 로버트 데리얼이 답장을 보냈다. 하지만 이제 그는 완전히 다른 이야기를 하고 있었다. 이름표는 없었고, 쿠튀리에도 모른다고 했다. 그를 놓칠지도 모른다는 생각에 나는 "그 가죽을 언제 샀는지만 알고 싶습니다"라고 메시지를 보냈다. 15분 뒤 답장이 왔다. "잘 해보세요."[1] 그리고 다시는 답장을 보내지 않았다.

그가 쿠튀리에한테 샀던 새들은 박물관 새였을까?

나는 쿠튀리에를 꼭 찾고 싶었다. 하지만 이제는 그가 살았는지 죽었는지도 확실치 않았다. 마리가 프랑스어 신문 부고란에서 그의 이름을 봤다고 했기 때문이다. 노숙자 쉼터를 뒤져보든지, 영안실이나 묘지를 찾아보지 않는 한, 그를 찾기는 어려워 보였다.

출산 예정일이 한 달 앞으로 다가온 아내가 낙담한 나에게 물었다. "그래서 그 사람이 살아 있고, 그 새가 에드윈이 준 것이라고 해도 뭐가 달라지지? 어차피 지금은 그 새들이 남아 있지 않다면서?"

"내가 알아낼 거라고 생각했는데." 나는 푸념하듯 말하면서도 의욕이 뚝 떨어지는 기분이었다.

처음에는 리스트 프로젝트에서 벗어나고 싶다는 생각으로 가볍게 이 일에 뛰어들었다. 나는 전쟁을 피해 달아나는 수천 수만 명의 난민들에게 관심을 촉구하기 위해 오랜 시간을 보냈다. 한시라도 빨리 통역관들을 구출하려던 캠페인은 보기 좋게 실패했다. 밑빠진 독에 물을 붓는 것 같았다.

쿠튀리에의 흔적을 찾아 인터넷을 뒤지다 보니 문득 또다시 출구 없는 전쟁을 하고 있다는 생각이 들었다. 나는 박물관에서도 과학계의 손실로 처리한, 그래서 이미 오래전에 포기한 새들을 내 손으로 찾겠다고 자청했다. 경찰도 손을 놓은 사건이었고, 플라이 타잉 커뮤니티 사람들도 나를 도와줄 생각은 전혀 없었다.

나는 박물관에서 받은 엑셀 문서를 보물 지도처럼 들고 새들을 찾아다녔다. 하지만 내가 찾아낸 새들은 모두 망가지고 훼손된 것들뿐이었다. 찾으려고 했던 64마리의 새 중에서 두 마리는 남아프리카의 루한 네틀링에게 있었고, 롱이 에드윈 대신 팔아준 새가 20마리 정도라고 하면, 남은 새는 42마리였다. 쿠튀리에가 가지고 있던

343

것들이 박물관 새들이고, 데리얼의 계산이 정확하다면, 이제 22마리가 남았다.

하지만 타이밍이 문제였다. 나는 항상 너무 늦었다. 롱이 들고 있던 새도, 데리얼이 쿠튀리에한테 샀던 새도 지금은 모두 팔려 나가고 없었다. 휴거를 준비해야 하는 루한은 내 사명 따위에는 신경 쓸 여유가 없었다. 혹시 에드윈이 뒤셀도르프의 어느 창고에 새들을 숨겨놓았다고 해도 나로서는 증명할 길이 없었다. 그는 처음이자 마지막 인터뷰 이후 내 질문에 어떤 답도 하지 않았다.

롱이 가지고 있던 깃털이 유일하게 내 눈으로 직접 확인한 깃털이었다. 나는 그것마저 박물관으로 돌아가지 못할까 봐 걱정되기 시작했다.

설상가상 나는 플라이 타이어들이 저지른 또 다른 박물관 도난 사건에 대해서도 알게 됐다. 트링 사건이 있기 몇 년 전, 슈투트가르트와 프랑크푸르트의 자연사박물관 두 곳 이상에서 집까마귀와 푸른채터러가 도난당했던 것이다. 용의자로 지목된 범인은 나이 많은 미국인 플라이 타이어로 밤에 해충 방제 요원으로 아르바이트를 하면서 흰색 가운 안쪽에 새 가죽을 숨겨 나온 것으로 추정됐다. 아내는 내가 이 사건들까지 조사하겠다고 나서는 것은 아닌지 걱정했다.

나는 박물관에서 일어나는 절도 소식을 전해 들을수록, 박물관을 둘러싼 이 이야기 속에는 두 부류의 사람이 존재한다는 생각이 들었다. 한쪽에는 앨프리드 러셀 월리스나 리처드 프럼 박사, 스펜서, 아일랜드인 형사, 독일 체펠린 비행선의 폭격으로부터 새들을 지키고자 했던 큐레이터들, 새 가죽에 숨겨진 비밀을 찾아 세상을 이해하는 틀을 키워주고자 노력했던 과학자들이 있었다.

그들은 모두 수세기에 걸쳐 새들을 지켜내기 위해 노력했다. 그들에게 새들은 마땅히 지켜야 하는 것이었다. 그들에게는 공통된 신념이 있었다. 그 새들이 인류의 미래에 도움이 될 거라는 신념과 과학은 계속 발전할 것이므로 같은 새라도 그 새를 바라보는 새로운 관점이 계속 제공될 거라는 신념 말이다.

또 다른 쪽에는 에드윈 리스트가 속하는, 깃털을 둘러싼 지하세상이 있었다. 거기에서는 남들이 갖지 못한 것을 가지려는 탐욕과 욕망에 사로잡혀 더 많은 부와 더 높은 지위를 탐하며, 몇 세기 동안 하늘과 숲을 약탈해온 수많은 사람이 있었다.

지식이냐 탐욕이냐. 이들 사이의 전투에서 탐욕이 승리하는 것은 아닐까 하는 생각이 들었다.

우리 아이의 탄생이 임박했다. 나는 100년 전 '지식 대 탐욕'의 전투가 벌어졌던 뉴욕의 깃털 지구를 이 여정의 마지막 방문지로 정했다.

비둘기 수십 마리가 그리니치빌리지를 가로지르는 브로드웨이 거리 위에서 통통 뛰어다니며 스니커즈와 하이힐을 신은 수많은 인파의 발길 속에서도 꿋꿋이 자리를 지켰다. 그곳은 비둘기와 함께 진화했다. 빌딩 숲이 하늘 높은 줄 모르고 쭉쭉 위로 뻗어 올라갔다. 하지만 깃털 업자들이 차지한 오랜 건물들은 120년 전 수많은 뉴요커들이 깃털로 머리를 장식했던 그때와 마찬가지로 차갑게 그림자를 드리우고 있었다.

나는 거리를 걸으며 100년 전의 이곳 모습을 상상했다. 커다란 염색 통 옆에서 킬로그램당 가격을 흥정하며 가죽 수백 장을 훌훌 넘겨보는 업자들, 냄새를 맡고 찾아든 떠돌이 개들을 쫓아내며 말레이섬에서 새로 잡아온 새들을 수레에 싣고 골목길을 누비는 깃털 상인들, 카르티에 프랑세호텔 옆의 다락방에서 프랑스의 전통 세공 비법에 따라 깃털을 염색하고 가공한 프랑스 이민자들, 최신 깃털 패션을 따라 하기 위해 맨해튼 어퍼웨스트사이드에서 손을 잡고 찾아온 어머니와 딸. 이곳은 아마 그런 사람들로 가득했을 것이다.

나는 화려한 주철 장식 기둥이 세워진 브로드웨이 625번 건물 앞에서 걸음을 멈췄다. 그곳은 한때 아델슨 앤 브로Ph· Adelson & Bro가 최신 "백로, 극락조, 타조 라인"[2]을 선보였던 곳이었다. 이제 건물 안쪽에 치폴레 가게가 생겨서 고등학생 몇몇이 부리토를 주문하기 위해 기다리고 있었다.

1899년판 《밀리너리 트레이드 리뷰》를 보고 그곳을 알게 되었다. 잡지에서 편집장들은 자신들의 사업을 방해하는 오듀본 협회와 환경 운동가들이 승승장구하는 모습을 비난하며, 그들은 "미국 여성들이 무슨 옷을 입고, 미국 상인들이 무엇을 사고팔아야 하며, 무엇을 수입해야 하는지를 정해주려고 한다"[3]면서 자유시장의 이름으로 그들을 강력하게 규탄했다.

20세기 초, 레이시법과 다른 환경 관련 법들이 처음 통과되었을 때, 새 가죽으로 먹고살던 이곳 상인들은 격렬하게 분노했다. "악법도 법이므로 이미 통과된 법은 엄중히 따르겠다. 하지만 이와 같은 법이 계속해서 생긴다면, 우리 모자 사업 관계자들은 강력하게 입법을 반대할 것이다."[4] 《밀리너리 트레이드 리뷰》 기자들은 이렇게 목소리를 높였다.

베어먼 앤 콜튼Behrman & Colton, 맥스 허먼 앤 컴퍼니Max Herman & Company, 벨레만 앤 컴퍼니Velleman & Co., 호크하이머스Hochheimer's. 결국 그들은 패션의 변화와 새로운 법률, 무엇보다 아름다운 깃털을 소유하고 싶다는 욕심을 채우기 위해 너무 멀리까지 왔다는 사람들의 각성이 복합적으로 작용하면서 변화하지 않을 수 없었다.

블리커 거리를 지나 어느 12층 건물 앞에서 발걸음을 멈췄다. 그곳은 뉴욕 밀리너리 앤 서플라이 컴퍼니New York Millinery and Supply Co.와 아론슨 파인 헤드웨어Aronson's Fine Headwear, 콜로니얼 햇 컴퍼니Colonial Hat Company 같은 회사들이 있던 곳이었다. 1차 세계대전 직후, 이곳에서 극락조 깃털이 상당량 압수됐다는 기사를 본 적이 있었다.

지금은 애견용품 체인점인 펫스마트PetSmart가 자리 잡고 있었다. 입구에 걸린 커다란 포스터에 "외래 반려동물은 안쪽에 있습니다"라는 글귀와 함께 앵무새 그림이 그려져 있었다.

유기농 고양이 사료와 강아지용 구명조끼가 미로처럼 놓여 있는 진열대를 지나니, 어두컴컴한 가게 한쪽 구석에 무릎 높이까지 오는 새장 네 개가 놓여 있었다. 새장 안에는 청록색 앵무새 20마리가 들어 있었다. "아름다운 반려동물을 입양하세요"라는 팻말도 보였다. 부리가 주황색인 십자매 한 마리가(한 마리당 23.99달러, 회원카드가 있으면 21.99달러였다) 바닥에 깔린 대팻밥 위에 엉거주춤 서서 고양이용 타워가 놓인 진열대 옆을 멍하니 바라보았다.

휴대전화가 진동했다. 롱의 문자였다.

얼마 전 롱은 자신이 영화 〈아이언맨〉의 주인공인 토니 스타크가 된 것 같다고 메일을 보내왔다. 국제 무기상이었던 스타크는 자신이 만든 미사일에 다친 뒤로 새로운 인생을 살기로 결심하고 악당들과 싸웠다. 롱은 '환경친화적 플라이 타잉'이라는 타이틀을 걸고 캠페인을 벌일 계획이라며 들떠 있었다. 쉽게 구할 수 있는 일반 깃털로 플라이를 만들겠다면서 보호종인 새들을 위협하는 파괴적인 중독에 빠진 커뮤니티 사람들과 싸우겠다는 것이었다.

나는 그가 대견스러웠다. 하지만 그가 용기를 내서 페이스북에 그런 생각을 올리자 동료 플라이 타이어들이 비웃었다. 비공개 페이스북 그룹을 운영하며 희귀 깃털을 사고파는 스페인 사람인 호르헤 마데랄은 깃털에 깃들어 있는 "진정한 아름다움"과 "역사"를 느껴야 한다면서, 마음을 바꿀 생각이 전혀 없다고 했다. 플라이 커뮤니티와 이베이에서도 여전히 활발하게 깃털과 새 가죽이 사고팔렸다.

"그들을 설득하기가 이렇게 어려울지 몰랐어요."[5] 실망한 그가 메시지를 보냈다. "모두 저를 비웃기만 하고 아무도 제 말을 심각하게 듣지 않아요." 나는 뒤셀도르프 인터뷰에서 에드윈이 했던 말이 떠올랐다. 인간에게는 금지된 것에 더욱 매력을 느끼는 본성이 있다는. 나는 에드윈에게 왜 진짜 깃털처럼 보이는, 아주 잘 염색된 깃털을 쓰지 않느냐고 물었다. 그는 당혹스럽다는 듯 얼굴을 찡그리며 이렇게 말했다. "가짜라는 것을 아는 순간 맥이 빠지잖아요. 여기 사람들 모두 마찬가지예요. 저도 그렇고요."[6]

에드윈이 말한 매력은 어찌 보면 정말 강력한 것이었다. 나는 에디 울퍼[7]라는 사람의 이야기가 생각났다. 플라이 타이어였던 그는 푸른채터러를 애완용으로 직접 길렀다. 그가 몇 년 전 뇌종양 수술을 받기 위해 병원으로 실려간 적이 있었다. 그가 수술대에 누워 있는 동안, 플라이 타이어 두 사람이 그의 집으로 찾아가 새를 팔라고 그의 애인을 설득했다. 결국, 새를 산 두 사람은 그 새를 죽이고는 다음 박람회에서 깃털로 팔았다. "제가 애지중지 기르던 새였어요." 비탄에 빠진 울퍼가 사이트에 글을 올렸다. "그 망할 자식들은 돈을 쌓아놓고 살 만큼 부자라고요. 사람이 어떻게 그렇게 탐욕스러울 수 있죠. 당신들은 알 겁니다. 당신들이 어떤 짓을 했는지. 적어도 나는 당신들이 내 친구라고 생각했어요."

나는 롱에게 메시지를 보내 박물관에 깃털을 돌려주었는지 물었다.

349

"조금만 기다려주세요!" 그가 답했다.

이 모든 일이 시작되고 몇 년이 흘렀다. 나는 스펜서와 함께 리오그란데강을 다시 찾아갔다. 파란 날개의 올리브색 하루살이가 수면 위를 윙윙 날아다니면서 물고기의 먹이가 되지 않게 조심스레 알을 까고 있었다. 내 캐스팅은 상태가 별로였다. 나는 강 주변의 잣나무나 갈대 사이에서 플라이를 빼내느라 정신이 없었다. 반면 스펜서의 캐스팅은 가시덤불 사이도 가뿐하게 뚫고 날아갔다. 한 손으로 로드 끝을 가리키고 라인을 날리면 목표 지점을 향해 그의 플라이가 멋지게 비행했다.

에드윈 리스트라는 이름을 처음 들은 것은 5년 전이었다. 그동안 이라크 전쟁이 끝났고, 또 다른 전쟁이 시작됐다. 나는 마리 조지와 사랑에 빠졌고, 리스트 프로젝트를 해체했으며, 로스앤젤레스로 집을 옮겼다. 우리는 건강하고 사랑스러운 남자아이를 낳았다. 아기는 아기방 창가에 달린 모이통 주변에서 벌새들이 쌩쌩 날아다니는 모습을 신기한 듯 바라보았다. 아들의 가운데 이름은 할아버지에게 물려받은, 또한 우리 가족에게 특별한 의미가 있는 이름인 '월리스'로 지었다.

스펜서와 나는 강물을 따라 한참 동안 걸었다. 우리는 날아다니는 하루살이를 관찰하며 발아래로 스치는 송어를 찾아 강물 속으로 말없이 플라이를 날렸다.

나는 며칠 전 윌리스의 증손자인 빌에게서 메일을 받았다고 스펜서에게 말했다. 빌에 따르면 몇 년 전 박물관이 93세인 자신의 아버지 리처드에게 극락조를 보러 오라며 초청장을 보냈다[8]고 한다. 그들은 박물관에 가서 진열장 서랍을 열었다. 하지만 서랍 안은 텅 비어 있었다.

스펜서는 안타깝다는 듯 혀를 찼다. 그는 플라이 타잉 커뮤니티 사람들이 새를 찾자는 내 호소문에 어떻게 반응하는지를 보고는 자신이 먼저 나서야겠다는 생각을 했다고 한다. 그는 켈슨 방식으로 플라이 타잉을 하는 책을 쓰고 있었지만, 커뮤니티 사람들을 어두운 욕망에 빠뜨린 희귀 새들을 쓰는 빅토리아식 방법을 따르지 않았다. 그는 값싸고 평범한 깃털로도 충분히 훌륭한 연어 플라이를 만들 수 있다고 믿었다.

플라이 낚시는 수온, 유속, 날씨, 물고기의 활동성, 플라이의 정확도, 깔끔한 캐스팅이 전부였다.

프럼 박사는 빅토리아식을 고집하는 플라이 타이어들이 이미 사라진 과거에 매달리며 현대 사회에서 의미를 찾으려 하는 "역사적인 페티시스트"라고 비난했다. 하지만 나는 그 말이 나에게도 어느 정도 해당한다는 생각이 들었다. 내가 낚시를 하러 다니는 강들은 하나도 빠짐없이 곳곳에 댐이 놓여 있었고, 철광회사와 농장에서 내보내는 공장 폐수와 농업 폐수로 몸살을 앓았다. 심지어 우리가 쫓아다니는 브라운 송어도 '자연산'이 아닌, 1883년에 독일 바덴뷔르템베르크 블랙 포레스트 지역°에서 수입해 방류한 것이 었다. 송어 낚시용 플라이를 강에 캐스팅하려면 수렵관리국에서 허가증을 사야 했다(수렵관리국이 새끼 송어를 부화장에서 키워 강으로 방류한다).

우리는 물살을 거슬러 상류로 걸어 올라갔다. 하늘에서 매 한 마리가 원을 돌며 따라왔다. 매는 자기보다 몸집이 작은 새에게 괴롭힘을 당하면서도 침착하게 때를 기다렸다.

"며칠 전에 로저 플로어드에게 전화를 받았습니다." 스펜서가 말했다. 몇 년 전 그가 박람회에서 노골적으로 나를 위협했던 일을 스펜서도 알고 있었다.

"그래요?"

"불꽃바우어새를 많이 보유하고 있다고, 팔 거라고 하더군요."

"정말입니까?"

"하지만 당신과 낚시하러 갈 거라고 하니까 전화를 끊더군요."

내 안에 있는 사냥개 본능이 지금 당장 플로어드의 집으로 가는 비행기를 타라고 말했다. 하지만 나는 이미 끝난 일이라는 것도 알았다. 깃털을 산 500명의 이름을 박물관에 넘긴다 해도, 그리고 그것이 아무리 확실하다고 해도 달라지는 것은 없었다. 과학적으로 쓸모가 없어진 깃털은 박물관에서도 아무 소용이 없었으니까.

우리는 부러진 나뭇가지를 피하고 물살을 헤치며 걷다가 아직 눈치를 채지 못한 송어를 보고 조용히 눈짓했다. 차가운 물살 때문에 다리 감각이 둔해지고 장화가 무거웠지만, 수면 아래에서 반짝이는 황금빛 송어를 찾아 잣나무와 까마귀 떼 아래로 끝없이 이어진 강물을 조용히 걸어갔다.

그해 가을, 뉴저지 서머싯의 더블트리호텔에서 26회 국제 플라이 타잉 박람회가 개최되어 세계 각국에서 플라이 타이어들이 참석했다.

박람회 감독이자 홍보실장인 척 퍼림스키는 이번 박람회가 "플라이 타이어들에게는 종합선물세트가 될 것이며, 과거 어느 때보다 많은 상품과 전시물, 플라이 타잉 비법이 소개될 것"[10]이라고 했다.

박람회 주제는 "완벽을 향한 열정"이었다.

야생동물 보호국 사람들은 오지 않았다. 대신 코뿔소 뿔과 코끼리 상아 밀매 현장을 급습하여 신문 헤드라인을 장식했다. 얼마 전에는 캐나다 대학생이 다리에 거북 51마리를 테이프로 고정해서 국경을 넘다가 발각되어 5년 형을 선고받았다. 그는 중국인 거북 요리 마니아들에게 판매할 목적이었다고 말하고는 "자신의 어두운 탐욕을 막고 무지를 일깨워준"[11] 미국 사법 제도에 감사한다고 말했다.

하지만 "완벽을 향한 열정" 박람회에 참석한 사람들은 걱정할 필요가 없었다. 에드윈이 훔친 가죽은 이름표만 잘라내면 그뿐이었다. 누구도 조각난 가죽과 깃털을 보고 훔친 새라는 사실을 증명할 수 없었다. 누구보다 그들이 그것을 잘 알고 있었다.

훔친 가죽은 날개와 가슴과 어깨 가죽으로 분리되었고, 분리된 가죽은 다시 깃털로 한 가닥씩 뽑혀나갔다.

겁이 많은 소심한 사람들은 방충제와 함께 서랍 깊숙한 곳에 깃털을 숨겨두고 혼자만의 시간을 즐겼다. 그렇지 않은 사람들은 박물관과 경찰도 더는 찾지 않는다고 굳게 믿었기 때문에 공공연하게 사고팔기를 반복했다. 자신들의 깃털이 세상에 완전히 녹아들 때까지.

오래지 않아 플라이 커뮤니티 사람들은 웃으며 그 사건에 대해 말했다. 한 사람이 런던 자연사박물관에 있는 박제 플로리칸느시 앞에서 찍은 사진을 사이트에 올리자 어느 회원이 댓글을 달았다. "유리 진열장 안에 있어 다행이네요. 겁먹은 눈빛이 여기서도 보여요."[12]

또 다른 회원이 필라델피아에 있는 자연과학 아카데미Academy of Natural Sciences에서 푸른채터러, 큰초록금강앵무, 극락조 사진을 올렸다.

제목은 "에드윈 리스트 요원 호출함"[13]이라고 달려 있었다.

2016년 1월, 집배원이 프리스 존스 박사에게 배달할 우편물을 들고 주차장을 가로질러 걸었다. 그가 걸음을 옮길 때마다 소복하게 쌓인 눈이 그의 발밑에서 뽀드득거렸다. 동네 아이들은 트링 공원 안의 언덕 위로 썰매를 끌고 올라가고, 부모들은 아이들을 응원하며 1월의 추위 속에서 하얀 입김을 내뿜었다. 월터 로스차일드 박물관 안쪽에서는 아이들이 진열대에 바짝 다가가서 신기한 듯 모형 북극곰을 쳐다보다가 코뿔소가 있는 곳으로 총총 뛰어갔다.

우편물 봉투에는 배달지 주소가 반듯한 글씨로 적혀 있었다. 발신인의 주소는 없고 노르웨이 우체국 소인만 찍혀 있었다.

박물관 직원이 봉투를 뜯어보니 편지는 없고, 빨간색, 검은색, 주홍색 깃털이 지퍼백 안에 가득 들어 있었다. 직원 몇 명이 모여 잠시 이야기를 나누다가 그중 한 사람이 지퍼백을 들고 한적한 박물관 복도를 한참 걸어갔다. 시료에 담긴 빅토리아 시대의 조류 표본을 지나고, 알과 뼈, 멸종된 생물과 멸종 위기에 처한 생물, 다윈이 수집한 핀치새, 한때 월리스의 새들이 있었던 캐비닛을 지나 파이로데루스 스쿠타투스라고 표시된 캐비닛 앞에서 걸음을 멈췄다.

큐레이터가 서랍을 당기자 범죄 증거물이라고 적힌 봉투가 보였다. 그는 노르웨이에서 온 우편물을 서랍에 넣고 캐비닛 문을 조용히 닫았다.

프롤로그

1 Edwin Rist, interview by author, May 26, 2015.

2 Ibid.

3 "Cotinga maculata," IUCN Red List of Threatened Species (2017), http://dx.doi.org/10.2305/IUCN.UK.2017-1.RLTS.T22700886A110781901.en.

제1부 죽은 새와 부자들

앨프리드 러셀 월리스의 시련

1 Alfred Russel Wallace, "Letter Concerning the Fire on the Helen," *Zoologist* (November 1852).

2 Ross A. Slotten, *The Heretic in Darwin's Court: The Life of Alfred Russel Wallace* (New York: Columbia University Press, 2004), p. 83.

3 Christian Wolmar, *Fire & Steam: How the Railways Transformed Britain* (London: Atlantic, 2008).

4 Alfred Russel Wallace, *My Life: A Record of Events and Opinions* (London: Chapman & Hall, 1905), p. 1:109.

5 Lynn L. Merrill, *The Romance of Victorian Natural History* (New York: Oxford University Press, 1989), p. 7.

6 Ibid., p. 8.

7 Ibid., p. 45.

8 Ibid., p. 80.

9 Sarah Whittingham, *The Victorian Fern Craze* (Oxford: Shire, 2009).

10 David Elliston Allen, *The Naturalist in Britain: A Social History* (Princeton, N.J.: Princeton University Press, 1994), p. 26.

11 Wallace, *My Life*, p. 110.

12 Ibid., p. 111.

13 Ibid., pp. 256–67.

14 William H. Edwards, *A Voyage up the River Amazon: Including a Residence at Pará* (New York: D. Appleton, 1847), p. 11.

15 Michael Shermer, *In Darwin's Shadow: The Life and Science of Alfred Russel Wallace: A Biographical Study on the Psychology of History* (Oxford: Oxford University Press, 2002), p. 72.

16 Alfred Russel Wallace, *A Narrative of Travels on the Amazon and Rio Negro, with an Account of the Native Tribes, and Observations on the Climate, Geology, and Natural History of the Amazon Valley* (London: Reeve, 1853), p. 171.

17 Ibid., p. 226.

18 Slotten, *Heretic in Darwin's Court,* p. 83.

19 Wallace, *Narrative of Travels,* p. 382.

20 Ibid., p. 392.

21 Ibid., p. 393.

22 Ibid.

23 Ibid., p. 395.

24 Alfred Russel Wallace to Richard Spruce (written aboard the Jordeson), September 19, 1852, http://www.nhm.ac.uk/research-curation/scientific-resources/collections/library-collections/wall ace-letters-online/349/5294/S/details.html.

25 Alfred Russel Wallace, quoted in "The President's Address," *Transactions of the Entomological Society of London* (London, 1853), p. 2:146.

26 *The Annual Register, Or, A view of the History and Politics of the Year 1852* (London: F. & J. Rivington, 1852), p. 183.

27 Shermer, *In Darwin's Shadow,* p. 74.

28 J. S. Henslow to C. Darwin, August 24, 1831, quoted in *The*

Correspondence of Charles Darwin: 1821–1836 (Cambridge: Cambridge University Press, 1985), pp. 1:128–29, https:// www. darwinproject.ac.uk/letter/?docId= letters/DCP-LETT-105. xml;query=Henslow% 201831;brand= default.

29 Alfred Russel Wallace, "On the Habits of the Butterflies of the Amazon Valley," *Transactions of the Entomological Society of London* (n.s.) 2 (1854): 253–64.

30 Slotten, *Heretic in Darwin's Court,* p. 95.

31 Alfred Russel Wallace, "On the Monkeys of the Amazon," *Proceedings of the Zoological Society of London* 20 (December 14, 1852): 109.

32 Samuel G. Goodrich, *History of All Nations, from the Earliest Periods to the Present . . .* (Auburn, N.Y.: Miller, Orton and Mulligan, 1854), p. 1192.

33 Wallace, *My Life,* p. 327.

34 Ibid.

35 Michael Shrubb, *Feasting, Fowling and Feathers: A History of the Exploitation of Wild Birds* (London: T & AD Poyser, 2013), p. 201.

36 David Attenborough and Errol Fuller, *Drawn from Paradise: The Natural History, Art and Discovery of the Birds of Paradise* (New York: Harper Design, 2012), p. 47.

37 Alfred Russel Wallace, *The Annotated Malay Archipelago,* ed. John van Wyhe (Singapore: National University of Singapore Press, 2015), p. 705.

38 Attenborough and Fuller, *Drawn from Paradise,* p. 50.

39 Ibid., p. 47.

40 Wallace, *My Life,* p. 335.

41 Slotten, *Heretic in Darwin's Court,* p. 106.

42 Ibid., p. 106.

43 Alfred Russel Wallace to Samuel Stevens, September 2, 1858, http:// www.nhm.ac.uk/research-curation/scientific-resources/collections/

library-collections/wallace-letters-online/4274/4391/T/details.html#2.

44 Wallace, *Annotated Malay Archipelago*, p. 663.

45 Ibid., p. 612.

46 Charles Waterton, *Wanderings in South America* (London: B. Fellowes, 1825), p. 295.

47 James Boyd Davies, *The Practical Naturalist's Guide: Containing Instructions for Collecting, Preparing and Preserving Specimens in All Departments of Zoology, Intended for the Use of Students, Amateurs and Travellers* (Edinburgh: MacLachlan & Stewart, 1858), p. 16.

48 Kees Rookmaaker and John van Wyhe, "In Alfred Russel Wallace's Shadow: His Forgotten Assistant, Charles Allen (1839– 1892)," *Journal of the Malaysian Branch of the Royal Asiatic Society* 85, pt. 2 (2012): 17– 54.

49 Alfred Russel Wallace to Mary Ann Wallace, July 2, 1854, http://www.nhm.ac.uk/research-curation/scientific-resources/collections/library-collections/wallace-letters-online/355/5901/S/details.html#S1.

50 Alfred Russel Wallace to Frances Sims, June 25, 1855, http://www.nhm.ac.uk/research-curation/scientific-resources/collections/library-collections/wallace-letters-online/359/5905/S/details.html.

51 John van Wyhe and Gerrell M. Drawhorn, " 'I am Ali Wallace': The Malay Assistant of Alfred Russel Wallace," *Journal of the Malaysian Branch of the Royal Asiatic Society* 88, no. 1 (2015): 3–31.

52 Wallace, *Annotated Malay Archipelago*, p. 544.

53 Ibid.

54 Gavan Daws and Marty Fujita, *Archipelago: The Islands of Indonesia: From the Nineteenth- Century Discoveries of Alfred Russel Wallace to the Fate of Forests and Reefs in the Twenty-first Century* (Berkeley: University of California Press, 1999), p. 84.

55 Bird-of-Paradise Project, Cornell Lab of Ornithology, http://www.birdsofparadiseproject.org/content.php? page=113.

56 *Birds of the Gods,* narrated by David Attenborough, PBS, January 22, 2011.

57 Wallace, *Annotated Malay Archipelago,* p. 579.

58 Ibid., p. 584.

59 Slotten, *Heretic in Darwin's Court,* p. 132.

60 Wallace, *Annotated Malay Archipelago,* p. 607.

61 Ibid., p. 586.

62 Ibid., p. 588.

63 Ibid.

64 Ibid., p. 608.

65 Tim Laman, and Edwin Scholes, *Birds of Paradise: Revealing the World's Most Extraordinary Birds* (National Geographic Books, 2012), p. 26.

66 Wallace, *Annotated Malay Archipelago,* p. 428.

67 Despite the 90- degree heat: Slotten, *Heretic in Darwin's Court,* p. 144.

68 Wallace, *My Life,* p. 190.

69 Ibid.

70 Ibid., p. 191.

71 Ibid., p. 362.

72 Ibid., p. 363.

73 Quoted in Slotten, *Heretic in Darwin's Court,* p. 153.

74 Charles Darwin to Charles Lyell, June 18, 1858, https://www.darwinproject.ac.uk/letter/?docId=letters/DCP-LETT-2285.xml.

75 Ibid.

76 J. D. Hooker and Charles Lyell to the Linnean Society, June 30, 1858, https://www.darwinproject.ac.uk/letter/DCP-LETT-2299.xml.

77 Wallace, *My Life,* p. 365.

78 Wallace, *Annotated Malay Archipelago,* p. 53.

79 Ibid.

80 Ibid., p. 687.

81 Alfred Russel Wallace to P. L. Sclater, March 31, 1862, http://www.nhm.ac.uk/research-curation/scientific-resources/collections/library-collections/wallace-letters-online/1723/1606/T/details.html.

82 Wallace, *My Life,* p. 383.

83 Alfred Russel Wallace to P. L. Sclater, March 31, 1862, http://www.nhm.ac.uk/research-curation/scien tific-resources/collections/library-collections/wallace-letters-online/1723/1606/T/details.html.

84 Thomas Henry Huxley, *Evidence as to Man's Place in Nature* (New York: D. Appleton, 1863), p. 36.

85 Slotten, *Heretic in Darwin's Court,* p. 136.

86 Wallace, *My Life,* p. 386.

87 Wallace, *Annotated Malay Archipelago,* p. 46.

88 Charles Darwin to H. W. Bates, December 3, 1861, https://www.darwinproject.ac.uk/letter/?docId=letters/DCP-LETT-3338.xml.

89 Alfred Russel Wallace, "On the Physical Geography of the Malay Archipelago," *Journal of the Royal Geographical Society* 33 (1863): 217– 34.

90 Ibid.

91 Jasper Copping, "Rare Charts Show WW1 German Air Raids on Britain," *Telegraph,* November 7, 2013.

92 Karolyn Shindler, "Natural History Museum: A Natural Wartime Effort That Bugged Owners of Period Homes," *Telegraph,* September 28, 2010.

93 Ibid.

로스차일드 경의 박물관

1 Niall Ferguson, *The House of Rothschild* (New York: Viking, 1998), pp. xxiii, 2.

2 Miriam Rothschild, *Walter Rothschild: The Man, the Museum and the*

Menagerie (London: Natural History Museum, 2008), p. 1.

3 Ibid., p. 62.

4 Ibid., p. 73.

5 Richard Conniff, *The Species Seekers: Heroes, Fools, and the Mad Pursuit of Life on Earth* (New York: W. W. Norton, 2011), p. 323.

6 Rothschild, *Walter Rothschild,* p. 101.

7 Michael A. Salmon, Peter Marren, and Basil Harley, *The Aurelian Legacy: British Butterflies and Their Collectors* (Berkeley: University of California Press, 240), p. 206.

8 Conniff, *Species Seekers,* p. 322.

9 Virginia Cowles, *The Rothschilds: A Family of Fortune* (New York: Alfred A. Knopf, 1973), Kindle loc. 3423.

10 Rothschild, *Walter Rothschild,* p. 86.

11 Ibid., p. 302.

12 Ibid., p. 303.

13 Ibid., p. 304.

14 Jacob Mikanowski, "A Natural History of Walter Rothschild," *Awl,* April 11, 2016.

15 "The Rothschild Collection," Natural History Museum.

16 Conniff, *Species Seekers,* p. 334.

17 Rothschild, *Walter Rothschild,* p. 155.

18 Alfred Newton to Walter Rothschild, December 16, 1891, http:// discovermagazine.com/2004/jun/reviews.

19 *A Study in Nature Protection* (Berkeley: University of California Press, 1975), p. 156.

20 Barbara Mearns and Richard Mearns, *The Bird Collectors* (San Diego: Academic, 1998), p. 12.

깃털 열병

1 Émile Langlade, *Rose Bertin, the Creator of Fashion at the Court of Marie-Antoinette* (London: J. Long, 1913), p. 48.

2 Robin W. Doughty, *Feather Fashions and Bird Preservation: A Study in Nature Protection* (Berkeley: University of California Press, 1975), p. 14.

3 Ibid., p. 15.

4 *Vogue,* December 17, 1892, p. vii.

5 "Millinery," *Delineator* LI.1 (January 1898): p. 70.

6 Cynthia Asquith, quoted in Karen Bowman, *Corsets and Codpieces: A History of Outrageous Fashion, from Roman Times to the Modern Era* (New York: Skyhorse, 2015), p. 204.

7 Doughty, *Feather Fashions,* p. 1.

8 Ibid., p. 16.

9 Michael Shrubb, *Feasting, Fowling and Feathers: A History of the Exploitation of Wild Birds* (London: T & AD Poyser, 2013), p. 201.

10 Doughty, *Feather Fashions,* p. 73.

11 Ibid., p. 74.

12 Edmond Lefèvre, *Le commerce et l'industrie de la plume pour parure* (Paris, 1914), pp. 226– 28.

13 Ibid.

14 Doughty, *Feather Fashions,* p. 25.

15 Ibid., p. 30.

16 Shrubb, *Feasting, Fowling and Feathers,* p. 197.

17 Barbara Mearns and Richard Mearns, *The Bird Collectors* (San Diego: Academic, 1998), p. 11.

18 Doughty, *Feather Fashions,* p. 23.

19 Ibid., p. 74.

20 Ibid., p. 78– 79.

21 Thor Hanson, *Feathers: The Evolution of a Natural Miracle* (New York: Basic Books, 2011), p. 176.

22 Charles F. Waterman, *History of Angling* (Tulsa, Okla.: Winchester, 1981), p. 26.

23 J. Audubon, "Passenger Pigeon," *Plate 62 of The Birds of America* (New York and London, 1827– 38), Audubon.org.

24 Jed Portman, *The Great American Bison,* PBS, 2011.

25 "Historical Estimates of World Population," U.S. Census Bureau, http://www.census.gov/population/international/data/worldpop/table_history.php.

26 Alexis de Tocqueville, *Democracy in America,* trans. Henry Reeve (London: Saunders and Otley, 1840), p. 3:152.

27 "Timeline of the American Bison," U.S. Fish and Wildlife Service, https://www.fws.gov/bisonrange/timeline.htm.

28 Harriet Beecher Stowe, quoted in Jim Robison, "Hunters Turned Osceola Riverbanks into Bloody Killing Fields for Wildlife," *Orlando Sentinel,* January 23, 1995.

29 Mark Derr, *Some Kind of Paradise: A Chronicle of Man and the Land in Florida* (New York: William Morrow, 1989).

30 Jedediah Purdy, *After Nature: A Politics for the Anthropocene* (Cambridge, Mass.: Harvard University Press, 2015), p. 31.

31 Doughty, *Feather Fashions,* p. 82.

32 Elizabeth Kolbert, "They Covered the Sky, and Then . . . ," *New York Review of Books,* January 9, 2014.

33 "The Last Carolina Parakeet," John James Audubon Center at Mill Grove, http://johnjames.audubon.org/last-carolina- parakeet.

운동의 시작

1 Mary Thatcher, "The Slaughter of the Innocents," *Harper's Bazaar,* May 22, 1875, p. 338.

2 Elizabeth Cady Stanton, "Our Girls," Winter 1880, http://

voicesofdemocracy.umd.edu/stanton-our-girls-speech-text/.

3 "Our History," Royal Society for the Protection of Birds, https://ww2.rspb.org.uk/about-the-rspb/about-us/our-history/.

4 "History of Audubon and Science-based Bird Conservation," Audubon, http://www.audubon.org/about/history-audubon-and-waterbird-conservation.

5 "Our History," Royal Society for the Protection of Birds, https://ww2.rspb.org.uk/about-the-rspb/about-us/our-history/.

6 "Urgent Plea for Birds," *New York Times,* December 3, 1897.

7 Linley Sambourne, "A Bird of Prey," *Punch, or the London Charivari* 102 (May 14, 1892), p. 231.

8 Robin W. Doughty, *Feather Fashions and Bird Preservation: A Study in Nature Protection* (Berkeley: University of California Press, 1975), p. 22.

9 "What Women Are Heedlessly Doing," *Ladies' Home Journal* 25 (November 1908), p. 25.

10 Queen Alexandra to Royal Society for the Protection of Birds, in "The Use of Bird Plumage for Personal Adornment," *Victorian Naturalist* 23 (1907): 54– 55.

11 "The Audubon Society Against the Fancy Feather Trade," *Millinery Trade Review* 31 (1906): 61.

12 Ibid., p. 57.

13 Doughty, *Feather Fashions,* p. 61.

14 Ernest Ingersoll, "Specious Arguments Veil Feather Trade's Real Purpose" (letter), *New York Times,* March 25, 1914.

15 Doughty, *Feather Fashions,* p. 155.

16 Stuart B. McIver, *Death in the Everglades: The Murder of Guy Bradley, America's First Martyr to Environmentalism* (Gainesville: University of Florida Press, 2003).

17 Jeffrey V. Wells, *Birder's Conservation Handbook: 100 North American Birds at Risk* (Princeton, N.J.: Princeton University Press, 2010), p. 92.

18 "$100,000 Loot Seized in Smuggling Arrest: Drugs, Jewels, Feathers and Rum Found in Baggage," *New York Times,* March 3, 1921.

19 "Fine Feathers No More: How New Law Bars Birds of Paradise and Other Plumage from Importation," *New York Times,* April 2, 1922.

20 Doughty, *Feather Fashions,* p. 146.

21 Ibid., p. 143.

22 "Plume Smugglers in Organized Band," *New York Times,* August 8, 1920.

23 Doughty, *Feather Fashions,* p. 146.

24 Daniel Mizzi, "Bird Smuggler Who Led Police, Army on Land and Sea Chase Jailed," *Malta Today,* August 7, 2014.

25 John Nichol, *Animal Smugglers* (New York: Facts on File, 1987), p. 3.

26 Robert Boardman, *International Organization and the Conservation of Nature* (Bloomington: Indiana University Press, 1981).

빅토리아 시대 '낚시 형제'

1 Andrew Herd, *The Fly* (Ellesmere, U.K.: Medlar Press, 2003), p. 51.

2 Frederick Buller, "The Macedonian Fly," *American Fly Fisher* 22, no. 4 (1996), p. 4.

3 Ælianus quoted in Herd, *Fly,* p. 25.

4 Juliana B. Berners and Wynkyn de Worde, *A Treatyse of Fysshynge wyth an Angle* (1496; reprint London: Elliot Stock, 1880).

5 Ibid.

6 Izaak Walton, *The Compleat Angler* (London: John Lane, 1653), p. 43.

7 Herd, *Fly,* p. 168.

8 Ibid.

9 Ibid., p. 247.

10 Ibid., p. 155.

11 William Blacker, *Blacker's Art of Flymaking: Comprising Angling &*

Dyeing of Colours, with Engravings of Salmon & Trout Flies (1842; reprint London: George Nichols, 1855), p. 104.

12 Herd, *Fly,* p. 208.

13 George M. Kelson, *The Salmon Fly: How to Dress It and How to Use It* (London: Wyman & Sons, 1895), p. 4.

14 Herd, *Fly,* p. 265.

15 Kelson, *Salmon Fly,* p. 9.

16 Ibid., p. 18.

17 Ibid., p. 24.

18 Ibid., p. 10.

19 Ibid.

20 Ibid., p. 58.

21 Ibid., p. 44.

22 George M. Kelson, *Tips* (London: Published by the author, 1901), p. 47.

23 Robert H. Boyle, "Flies That are Tied for Art, not Fish," *Sports Illustrated,* December 17, 1990.

플라이 타잉의 미래

1 Richard Conniff, "Mammoths and Mastodons: All American Monsters," *Smithsonian,* April 2010.

2 "What We've Lost: Species Extinction Time Line," *National Geographic,* n.d., http://www.nationalgeographic.com/deextinction/selected-species- extinctions-since-1600/.

3 Edwin Rist, interview by author, May 26, 2015.

4 Curtis Rist, "Santa Barbara's Splendid Beaches," *ABC News,* June 3, 2017.

5 Edwin Rist and Anton Rist to Ronn Lucas, Sr., http://www.ronnlucassr.com/rists.htm, accessed May 23, 2016, page no longer exists.

6 "Danbury Show," ClassicFlyTying.com, November 14, 2005, http://www.classicflytying.com/?showtopic=12531.

7 Edward Muzeroll, interview by author, April 6, 2017.

8 Morgan Lyle, "Tying with Exotic Materials: Avoiding the Long Arm of the Law," *Fly Tyer,* Winter 2003, p. 6.

9 "The Durham Ranger," BestClassicSalmonFlies.com, n.d., http://www.bestclassicsalmonflies.com/durham_ ranger.html.

10 Muzeroll interview.

11 T. E. Pryce-Tannatt, *How to Dress Salmon Flies: A Handbook for Amateurs* (London: Adam and Charles Black, 1914), p. 53.

12 Muzeroll interview.

13 "Teen Brothers Make Exotic Art with 'Flies,'" *Columbia- Greene Community College: News & Class Schedule,* Fall 2006, p. 3, https://www.sunycgcc.edu/Forms_Publications/CGCCNewsletters/2006-10_cgcc_mininews06.pdf.

14 Rick Clemenson, "Teenage Brothers Create Salmon Fly Art," *Albany Times Union,* September 6, 2006.

15 "Teen Brothers Make Exotic Art."

16 "Cotinga on eBay," ClassicFlyTying.com, October 29, 2007, http://www.classicflytying.com/index.php?showtopic=29391.

17 "Materials for Sale," FeathersMc.com, screenshot of page as it existed on August 12, 2004, https://web.archive.org/web/20041009151910/http://www.feathersmc.com/home.php, accessed May 23, 2016.

18 Ibid.

19 John McLain, interview by author, November 20, 2011.

20 "Teen Brothers Make Exotic Art."

21 George M. Kelson, in Anonymous, ed., *Fishing, Fish Culture & the Aquarium* (1886; reprint Nabu Press, 2012), p. 185.

22 "Luc Couturier," FeathersMc.com, screenshot of page as it existed in 2008, https://web.archive.org/web/20080801201429/http://www.

feathersmc.com:80/friends/show/12.

23 "Friends," EdwinRist.com, screenshots on Kirkwjohnson.com/ screenshots.

24 Ibid.

25 Edwin Rist and Anton Rist to Ronn Lucas, Sr., http://www.ronnlucassr. com/rists.htm, accessed May 23, 2016, page no longer exists.

26 "Blacker Celebration Fly," ClassicFlyTying.com, January 17, 2006, http://www.classicflytying.com/index.php?showtopic=13892&hl= cites#entry129465.

27 Curtis Rist, "Dogged Determination," *Robb Report Worth,* October 2004, http://www.hudsondoodles.com/pages/INTHENEWS.htm.

28 "Blue Boyne," ClassicFlyTying.com, March 2, 2006, http://www. classicflytying.com/?showtopic=15111.

29 Quoted in "Anton & Edwin Rist," FeathersMc.com, screenshot of page as it existed on May 15, 2008, accessed May 23, 2016, https://web. archive.org/web/20080515060043/http://feath ersmc.com/friends/ show/38.

30 Quoted in "Ed Muzzy Muzeroll," FeathersMc.com, screenshot of page as it existed on May 15, 2008, accessed June 17 2017, https:// web. archive.org/ web/ 20080515055338/ http://www.feathersmc.com:80/ friends/show/14.

31 Quoted in "Anton & Edwin Rist," FeathersMc.com, screenshot.

32 Rist interview.

제2부 트링박물관 도난사건

깃털 없는 런던

1 Edwin Rist, interview by author, May 26, 2015.

2 "British Fly Fair," ClassicFlyTying.com, October 16, 2007, http://www.

classicflytying.com/index.php?showtopic=29028.

3 Edwin Rist to Terry, January 28, 2008. In possession of the author.

4 Edwin Rist to Terry, January 14, 2008. Ibid.

5 Mark Adams and Dr. Robert Prys-Jones, interview by author, January 21, 2015.

6 Ibid.

7 Terry to author, February 14, 2008.

8 Rist to author, February 16, 2008.

9 Rist interview.

10 Adams and Prys-Jones interview.

11 Rist interview.

12 "Buying Magnificent Riflebird," ClassicFlyTying.com, December 19, 2008, http://www.classicflytying.com/index.php? show topic= 35774.

13 Ibid.

14 Alfred Russel Wallace, *The Annotated Malay Archipelago,* ed. John van Wyhe (Singapore: National University of Singapore Press, 2015), p. 715.

15 Rist interview.

박물관 침입 계획.DOC

1 Edwin Rist, interview by author, May 26, 2015.

2 Ibid.

3 Ibid.

4 Ibid.

5 Curtis Rist to Terry, December 6, 2010. In the author's possession.

6 Rist interview.

7 Ibid.

8 *Regina v. Edwin Rist,* St. Albans Crown Court, April 8, 2011, transcript, p. 3.

9 Rist interview.

10 Ibid.

11 Ibid.

12 Ibid.

13 "Fluteplayer 1988: Seller Feedback," eBay.com.

14 "Information from Police from Interview with Edwin Rist," copy provided to author.

15 Rist interview.

16 Ibid.

17 Ibid.

18 Ibid.

19 Curtis Rist to Terry, December 6, 2010.

유리창 파손 사건

1 J. H. Cooper and M. P. Adams, "Extinct and Endangered Bird Collections: Managing the Risk," *Zoologische Mededelingen* 79, no. 3 (2005): 123– 30.

2 Sergeant Adele Hopkin of Hertfordshire Constabulary, interview by author, January 20, 2015.

3 Scott Reyburn, " 'Birds of America' Book Fetches Record $11.5 Million," *Bloomberg News,* December 7, 2010.

4 Mark Adams and Dr. Robert Prys-Jones, interview by author, January 21, 2015.

5 Curtis Rist to Terry, December 6, 2010.

6 "2008 FTOTY Overall Winners," ClassicFlyTying.com, February 27, 2009, http://www.classicflytying.com/index.php? showtopic=36532.

7 Edwin Rist, interview by author, May 26, 2015.

8 Ibid.

9 Curtis Rist to Terry.

10 Rist interview.

"매우 특수한 사건"

1 Mark Adams and Dr. Robert Prys-Jones, interview by author, January 21, 2015.

2 Ibid.

3 Ibid.

4 Sergeant Adele Hopkin of Hertfordshire Constabulary, interview by author, January 20, 2015.

5 Ibid.

6 Ibid.

7 M. P. Walters, "My Life with Eggs," *Zoologische Mededelingen* 79, no. 3 (2005): 5– 18.

8 "'Irreparable Damage' to National Heritage by Museum Eggs Theft," article from unknown publication hanging on the foyer wall of the Tring Police Station, photographed by author on January 20, 2015.

9 Walters, "My Life with Eggs."

10 Brian Garfield, The Meinertzhagen Mystery: *The Life and Legend of a Colossal Fraud* (Washington, D.C.: Potomac, 2007).

11 Pamela C. Rasmussen and Robert P. Prys- Jones, "History vs. Mystery: The Reliability of Museum Specimen Data," *Bulletin of the British Ornithologists' Club* 1232.A (2003): 66– 94.

12 Jennifer Cooke, "Museum Thief Jailed," *Sydney Morning Herald,* April 20, 2007.

13 "Why Museums Matter: Avian Archives in an Age of Extinction," papers from a conference at Green Park, Aston Clinton, and workshops at the Natural History Museum, Tring, November 12– 15, 1999, *Bulletin of the British Ornithologists' Club* 1232.A (2003): 1– 360.

14 Andy Bloxham, "Hundreds of Priceless Tropical Bird Skins Stolen from Natural History Museum," *Telegraph,* August 13, 2009.

달아오른 깃털과 식어버린 흔적

1 Edwin Rist, interview by author, May 26, 2015.

2 "We would ask any collectors": Arthur Martin, "Priceless Tropical Birds 'Stolen to Decorate Dresses' from Natural History Museum," *Daily Mail,* August 13, 2009.

3 Sam Jones, "Fears National History Museum Birds Will Be Used as Fishing Lures," *Guardian,* August 13, 2009.

4 Chris Greenwood, "Bird Specimens Stolen from National Collection," *Independent,* August 13, 2009.

5 Rist interview.

6 "Fluteplayer 1988: Seller Feedback," eBay.com.

7 "Indian Crow Feathers for Sale, Buying New Flute!" ClassicFlyTying. com, November 12, 2009, now deleted from website, scan at Kirkwjohnson.com/screenshots.

8 "Fluteplayer 1988: Seller Feedback," eBay.com.

9 "Crow Feathers," ClassicFlyTying.com, November 12, 2009, now deleted from website, scan at Kirkwjohnson.com/ screenshots.

10 "Blue Chatter," ClassicFlyTying.com, November 29, 2009. http://www. classicflytying.com/index.php?showtopic=38760.

11 Sergeant Adele Hopkin of Hertfordshire Constabulary, interview by author, January 20, 2015.

12 "Wildlife Crime in the United Kingdom," Directorate- General for Internal Policies, Policy Department A: Economic and Scientific Policy, April 2016, p. 16, http://www.europarl.europa.eu/RegData/etudes/ IDAN/ 2016/578963/IPOL_IDA(2016)578963_EN.pdf.

13 Hopkin interview.

14 Mortimer to author, May 11, 2016.

15 Mortimer to author, May 2, 2016.

16 Phil Castleman, interview by author, April 9, 2012.

17 Rist interview.

18 Natural History Museum at Tring to author, February 17, 2016.

19 Unpublished account of the scientific impact of the theft by the Tring's curators, provided to the author January 14, 2015.

20 Rist interview.

21 Dave Carne to author, May 13, 2012.

22 Ibid.

23 Jens Pilgaard, interview by author, April 16, 2017.

24 Jens Pilgaard to author, September 22, 2013.

25 EdwinRist.com, screenshots at Kirkwjohnson.com/ screenshots.

26 Edwin Rist to Jens Pilgaard, April 18, 2010.

Fluteplayer 1988

1 Spezi, "DUTCH FLY FAIR 2010, the World of Fly Fishing," *Teutona.de,* August 3, 2010.

2 Irish to author, September 13, 2016.

3 Ibid.

4 Ibid.

5 Ibid.

6 "Flame Bowerbird Male Full Skin," ClassicFlyTying.com, May 7, 2010, http://www.classicflytying.com/index.php?showtopic=40163.

7 Sergeant Adele Hopkin of Hertfordshire Constabulary, interview by author, January 20, 2015.

8 "Talented Fly Tier Turns Thief," FlyFishing.co.uk, November 18, 2010.

9 Edwin Rist to Jens Pilgaard, April 18, 2010.

10 "Classic Fly Tying—Trading Floor," ClassicFlyTying.co.uk, https:// web. archive.org/web/20101129081054/http://www.classicflytying.com/ index.php? showforum=9, screenshot of trading floor activity in 2010.

11 Edwin Rist, interview by author, May 26, 2015.

12 Curtis Rist to Terry, December 6, 2010.

13 Hopkin interview.

14 Rist interview.

15 Ibid.

감옥에 갇히다

1 Edwin Rist, interview by author, May 26, 2015.

2 Ibid.

3 Regina v. Edwin Rist, St. Albans Crown Court, April 8, 2011, transcript, p. 2.

4 Sergeant Adele Hopkin of Hertfordshire Constabulary, interview by author, January 20, 2015.

5 Rist interview.

6 Hopkin interview.

7 Rist interview

8 Ibid.

9 Hopkin interview.

10 Rist interview.

지옥으로 꺼져

1 Edwin Rist, interview by author, May 26, 2015.

2 Ibid.

3 Ibid.

4 Ibid.

5 Ibid.

6 Ibid.

7 "Exotic Bird Pelts 'Worth Millions' Stolen from Natural History Museum by Musician Acting Out 'James Bond' Fantasy," *Daily Mail,* November 27, 2010.

8 "Flute Player Admits Theft of 299 Rare Bird Skins," *BBC.com,* November

26, 2010.

9 "Exotic Bird Pelts . . . ," *Daily Mail,* November 27, 2010.

10 "Rare Feather Thief Busted . . . and He's One of Us. SHOCKING," FlyTyingForum.com, November 23, 2010, http://www.flytyingforum. com/ index.php?showtopic=55614.

11 "Talented Fly Tier Turns Thief," FlyFishing.co.uk, November 18, 2010.

12 "Classic Fly Tying—The Lodge,"ClassicFlyTying.com, https://web. archive.org/web/20101129081749/http://www.classicflytying.com/ index.php?showforum=10, screenshot of Lodge activity, November 29, 2010.

13 Ibid.

14 "Stolen Bird Post," ClassicFlyTying.com, November 29, 2010, http:// www.classicflytying.com/index.php?showtopic=41583.

15 "Welcome to FeathersMc.com," FeathersMc.com, screenshot of page as it appeared on December 1, 2010, https://web.archive.org/web/ 20101215041809/http://feathersmc.com/.

16 Rist interview.

17 *Regina v. Edwin Rist,* St. Albans Crown Court, January 14, 2011, transcript, p. 1.

18 Ibid.

진단

1 Simon Baron- Cohen, Sally Wheelwright, Janine Robinson, and Marc Woodbury-Smith, "The Adult Asperger Assessment(AAA):A Diagnostic Method," *Journal of Autism and Developmental Disorders* 35, no. 6 (2005): 807–19.

2 Edwin Rist, interview by author, May 26, 2015.

3 David Kushner, "The Autistic Hacker," *IEEE Spectrum,* June 27, 2011, http://spectrum.ieee.org/telecom/internet/the-autistic-hacker.

4 "Did Asperger's Make Him Do It?" NPR, August 24, 2011.

5 Rist interview.

6 Ibid.

7 Simon Baron-Cohen, *Re Edwin* Rist (report), January 30, 2011.

8 Ibid.

9 Rist interview.

아스퍼거증후군

1 *Regina v. Edwin Rist,* St. Albans Crown Court, April 8, 2011, transcript, p. 1.

2 Ibid.

3 Ibid., p. 3.

4 Ibid.

5 Dr. Richard Lane, interview by author, January 20, 2015.

6 Ibid.

7 Edwin Rist, interview by author, May 26, 2015.

8 *Regina v. Edwin Rist,* St. Albans Crown Court, April 8, 2011, transcript, p. 4.

9 *Regina v. Simon James Gibson, Maxine Ann Burridge, Jack Barnaby Anderson,* Court of Appeal, Royal Courts of Justice, Strand, March 6, 2001, transcript.

10 Ibid.

11 "Posing with the Dead," News24.com, December 16, 2000.

12 *Regina v. Simon James Gibson, Maxine Ann Burridge, Jack Barnaby Anderson, Court of Appeal,* Royal Courts of Justice, Strand, March 6, 2001, transcript.

13 *Regina v. Edwin Rist,* St. Albans Crown Court, April 8, 2011, transcript, p. 11.

14 Ibid., p. 15.

사라진 새들

1 Anonymous to author, May 29, 2013.

2 "Talented Fly Tier Turns Thief," Flyfishing.co.uk, November 18, 2010, https://www.flyfishing.co.uk/fly-fishing-news/107611-talented-fly-tier-turns-thief.html.

3 *Regina v. Edwin Rist,* St. Albans Crown Court, July 29, 2011, transcript p. 1.

4 Ibid.

5 "Natural History Museum Thief Ordered to Pay Thousands," BBC.com, July 30, 2011.

6 Jens Pilgaard to Adele Hopkin, December 14, 2010.

7 Curtis Rist to Jens Pilgaard, December 28, 2010.

8 Dave Carne to author, May 13, 2012.

9 Ibid.

10 Morgan Lyle, "The Case of the Purloined Pelts," *Fly Tyer,* Spring 2011, pp. 10–12.

11 Sergeant Adele Hopkin, interview by author, July 28, 2015.

12 David Chrimes to author, May 18, 2012.

13 Mark Adams and Dr. Robert Prys-Jones, interview by author, January 21, 2015.

14 "Man Sentenced for Stealing Rare Bird Skins from Natural History Museum," Natural History Museum at Tring, April 8, 2011.

제3부 진실과 결말

제21회 국제 플라이 타잉 심포지엄

1 "Indian Crow Feathers for Sale, Buying new flute!" ClassicFlyTying.com, November 12, 2009, now deleted from website, scan at Kirkwjohnson.com/screenshots.

2 "Natural History Museum Thief Ordered to Pay Thousands," *BBC News,*

July 30, 2011.

3 Michael D. Radencich, *Classic Salmon Fly Pattern: Over 1700 Patterns from the Golden Age of Tying* (Mechanicsburg, Penn.: Stackpole, 2011), p. 300.

4 John McLain, interview by author, November 20, 2011.

잃어버린 바다의 기억

1 "Tring Museum Replica Rhino Horn Theft: Man Charged," *BBC News,* January 17, 2012.

2 Edward O. Wilson, Half- Earth: Our Planet's Fight for Life (New York: W. W. Norton, 2016), p. 29.

3 Nicky Reeves, "What Drives the Demand for Rhino Horns?" *Guardian,* March 3, 2017.

4 Europol Public Information, "Involvement of an Irish Mobile OCG in the Illegal Trade in Rhino Horn," OC-SCAN Policy Brief for Threat Notice: 009-2001, June 2011.

5 "Rhino Horn Thief Who Stole Fakes from Natural History Museum Jailed," *Telegraph,* December 7, 2013.

6 Mark Adams and Dr. Robert Prys-Jones, interview by author, January 21, 2015.

7 "Scientific Impact of the Bird Specimen Theft from NHM Museum Tring 2009," courtesy curators at Tring.

8 Ibid.

9 Todd Datz, "Mercury on the Rise in Endangered Pacific Seabirds," *Harvard School of Public Health,* April 18, 2011.

10 Dr. Richard O. Prum, interview by author, April 18, 2013.

11 "Scientific Impact of the Bird Specimen Theft."

12 "Natural History Museum Thief Ordered to Pay Thousands," *BBC News,* July 30, 2011.

13 "Student, 22, Ordered to Pay Back £125,000 He Made from Theft of 299 Rare Bird Skins," *Daily Mail*, July 31, 2011.

14 "Exotic Bird Pelts 'Worth Millions' Stolen from Natural History Museum by Musician Acting Out 'James Bond' Fantasy," *Daily Mail,* November 27, 2010.

15 Sergeant Adele Hopkin, interview by author, January 20, 2015.

타임머신을 타고 단서를 찾아서

1 Gordon van der Spuy, "Our Own Major Traherne," *African Angler,* June–July 2014, pp. 10– 15.

2 Ibid.

3 Ibid.

4 Ruhan Neethling, interview by author, January 19, 2016.

5 Mark Adams to Flemming Sejer Andersen, December 6, 2010.

6 Bud Guidry, "It's Found a New Home," ClassicFlyTying.com, July 26, 2010.

7 "Classic Fly Tying—Trading Floor," ClassicFlyTying.com, https://web. archive.org/web/20101129081054/http://www.classicfly tying.com/index.php?showforum=9, screenshot of page as it existed in 2010.

8 Ibid.

9 "Crow Anyone?" ClassicFlyTying.com, April 21, 2010.

10 "Classic Fly Tying—Trading Floor," ClassicFly Tying.com, https://web. archive.org/web/20101129081054/http://www.classic flytying.com/index.php?showforum=9, screenshot of page as it existed in 2010.

11 "Blue Chatter for Sale, Cotinga Cayana," ClassicFly Tying.com, October 19, 2010, now deleted from website, scan at Kirkwjohnson.com/screenshots.

12 "Classic Fly Tying—Trading Floor," ClassicFlyTying.com, https://web. archive.org/web/20101129081054/http://www.classicflytying.com/

index.php?showforum= 9, screenshot of page as it appeared in 2010.

프럼 박사의 USB

1 Dr. Richard O. Prum, interview by author, April 18, 2013.

2 Richard O. Prum, "Notes on Fly Tying International Symposium," November 20, 2010.

3 "Exotic Materials Photo Album and Sale Page," EdwinRist.com; no longer on website, screenshots at Kirkwjohnson.com/screenshots.

4 Ibid.

5 Simon Baron- Cohen, Re Edwin Rist, January 30, 2011.

6 "About," EdwinRist.com; no longer on website, screenshots at Kirkwjohnson.com/ screenshots.

7 Facebook post, December 9, 2009, screenshot.

8 "Flame Bowerbird Male Full Skin—Trading Floor," ClassicFlyTying.com, May 7, 2010, http://www.classicflytying.com/index.php? showtopic= 40163.

9 "Cotinga—Classic Salmon Flies," Facebook group discussion, August 27, 2013, screenshot.

10 Edwin Rist, "Long Nguyen," ClassicFlyTying.com, March 7, 2015, http://www.classicflytying.com/index.php?show topic=54555.

11 Edwin Rist to author, February 15, 2012.

"전 도둑이 아니에요."

1 Edwin Rist, interview by author, May 26, 2015.

2 J. S. Park et al., "Haloarchaeal Diversity in 23, 121 and 419 MYA Salts," Geobiology 7, no. 5 (2009): 515–23.

3 Simon Baron-Cohen, Sally Wheelwright, Janine Robinson, and Marc Woodbury- Smith, "The Adult Asperger Assessment (AAA): A Diagnostic

Method," *Journal of Autism and Developmental* Disorders 35, no. 6 (2005): 807– 19.

4 Simon Baron-Cohen, Alan M. Leslie, and Uta Frith, "Does the Autistic Child Have a 'Theory of Mind'?" *Cognition* 21 (1985): 37– 46.

5 Long Nguyen to author, May 27, 2015.

노르웨이에서 보낸 3일

1 Edwin Rist, interview by author, May 26, 2015.

2 Facebook album, December 8, 2009, screenshot.

3 Long Nguyen, interview by author, October 9, 2015.

4 Ibid.

5 "Cecil the Lion: No Charges for Walter Palmer, Says Zimbabwe," *BBC News,* October 12, 2015.

6 "Greatest Heists in Art History," BBC News, August 23, 2004.

7 Rist interview.

사라진 미켈란젤로

1 Long Nguyen to author, January 11, 2016.

2 Simon Baron- Cohen to author, May 27, 2013.

3 Simon Baron-Cohen to author, October 27, 2015.

4 Lizzie Buchen, "Scientists and Autism: When Geeks Meet," *Nature,* November 2, 2011.

5 Hanna Rosin, "Letting Go of Asperger's," *The Atlantic,* March 2014.

6 Catherine Lord et al., "A Multisite Study of the Clinical Diagnosis of Different Autism Spectrum Disorders," *Archives of General Psychiatry* 69, no. 3 (2012): 306.

7 Simon Baron-Cohen, "The Short Life of a Diagnosis," New York Times, November 9, 2009.

8 Edwin Rist, interview by author, May 26, 2015.

9 Paul Sweet to author, April 20, 2017.

10 Robert Delisle to author, January 13, 2016.

11 Ibid.

12 "Feedback Profile: Bobfly 2007," eBay.com, http://feedback.ebay.com/ ws/eBayISAPI.dll? ViewFeedback2, accessed May 26, 2016, page no longer exists.

13 "Feedback Profile: Lifeisgood.503," eBay.com, http:// feedback.ebay. com/ws/eBayISAPI.dll?ViewFeedback2, accessed May 26, 2016, page no longer exists.

14 Ryan Moore to author, May 3, 2016.

15 "The Tring's Missing Birds," ClassicFlyTying.com, March 29, 2016, printout of now-deleted post.

세상에 녹아든 깃털

1 Robert Delisle to author, February 12, 2016.

2 "Ph. Adelson & Bro.," *Illustrated Milliner* 9 (January 1908), p. 51.

3 "Notes and Comments," *Millinery Trade Review* 33 (1899), p. 40.

4 Ibid.

5 Long Nguyen to author, October 25, 2015.

6 Edwin Rist, interview by author, May 26, 2015.

7 Eddie Wolfer, "Dear Friends and Forum Members," ClassicFlyTying.com, December 7, 2014, printout of now- deleted post.

8 Bill Wallace to author, April 24, 2017.

9 Robert M. Poole, "Native Trout Are Returning to America's Rivers," *Smithsonian,* August 2017.

10 Chuck Furimsky, "A Note from the Director," InternationalFlyTyingSym posium.com, June 19, 2017.

11 "Man Who Tried Smuggling 51 Turtles in His Pants Gets 5 Years in

Prison," *Associated Press,* April 12, 2016.

12 "Whats that daddy and why the big smile," ClassicFlyTying.com, October 18, 2012.

13 Charlie Jenkem, "Paging: Secret Agent Edwin Rist," Drake, March 1, 2013.

출처에 관하여

이 책은 법정 기록, 경찰 조서, 개인 서신과 이메일, 박물관 절
도 사건에 대한 미공개 자료, 추천서, 영국 형사법원 기록물 등 다
양한 1차 자료를 바탕으로 집필되었다. 일부는 정보 공개법에 따
라 요청된 자료이며, 나머지는 관계자들에게 직접 받은 자료들이
다. 익명이나 필명을 요청한 경우는 따로 표시해두었다.

이 책은 플라이 타이어, 조류학자, 진화생물학자, 역사가, 큐레
이터, 영국 왕립검찰청 검찰관, 하트퍼드셔 경찰 관계자, 깃털 판
매업자, 미국 어류 및 야생동물관리국, 그리고 이 이야기의 중심에
있는 인물들과 장시간의 인터뷰 덕분에 세상에 나올 수 있었다.

나는 책을 쓰기 전, 온라인에 게재된 게시물은 거의 영구적으로
보존되리라 생각했다. 하지만 얼마 지나지 않아 내 생각이 얼마나
순진했는지 뼈저리게 깨달았다. 트링에서 있었던 사건에 관해 페

이스북이나 각종 사이트에 올라온 자료 화면을 스크린 캡처로 저장해두었지만, 며칠 뒤에 찾아보면 자료가 지워지고 없었다. 그런 경우 인터넷 아카이브의 웨이백 머신을 이용해서 도움을 받기도 했다. 감사하게도 이 사건과 관계된 사람들에게서 직접 스크린 캡처를 전해 받기도 했다.

책에 수록한 대화문은 녹음 기록을 녹취하거나, 원본 이메일, 법정 문서, 사이트의 글들, 전화 기록, 페이스북 코멘트에서 직접 따왔지만, 특히 플라이 커뮤니티 사이트나 페이스북에서 철자법이나 문법상의 오류가 있는 경우 독자들의 편의를 위해 일부 수정했다.

특히 존 밴 와이헤John van Wyhe와 마이클 셔머Michael Shermer, 로스 슬로튼Ross Slotten, 피터 라비Peter Raby의 책들을 참고해서 월리스에 관한 이야기를 재구성했지만, 이 훌륭한 작가들이 그들의 말로 직접 풀어놓은 글들을 대신할 수 있는 수준은 결코 아니다. 책에서 인용한 월리스의 노트나 서한은 월리스 연구소와 린네 협회의 디지털 자료에서 큰 도움을 받았다.

빅토리아 시대에 관한 자료는 린 메릴Lynn Merrill, 리처드 코니프Richard Conniff, 미리엄 로스차일드Miriam Rothschild, 앨런D. E. Allen, 마이클 쉬럽Michael Shrubb, 앤 콜리Ann Colley의 연구 자료를 주로 참고했다.

깃털 패션에 관한 자료로는 로빈 다우티Robin Doughty의 『깃털 패션과 조류 보호Feather Fashions and Bird Preservation』가 가장 큰 도움이

됐고, 바버라 먼스Barbara Mearns와 리처드 먼스Richard Mearns의 『조류 수집가The Bird Collectors』와 『대영 박물관 조류 카탈로그Catalogue of the Birds in the British Museum(1874-98)』 27권도 유용하게 활용했다. 소어 핸슨Thor Hanson의 『깃털Feathers』도 재미있게 읽은 자료였다. 그 외 서던캘리포니아 대학교의 도서관 자료들을 주로 활용했다.

앤드루 허드Andrew Herd와 모건 라일Morgan Lyle의 플라이 낚시와 플라이 타잉에 관한 책들은 대단히 귀중한 자료였다.

감사의 말

일반적으로 아내나 남편에게 고맙다는 말은 책 마지막에 짤막하게 하는 경우가 많다. 하지만 출판사에서 허락만 했다면, 나는 이 책의 표지는 물론이고 모든 페이지에 아내의 이름을 넣었을 것이다. 나는 그녀와의 첫 번째 데이트에서 영국 박물관에서 죽은 새를 훔친 청년에 관한 이야기를 책으로 쓰고 싶다고 말했다. 놀랍게도 그녀는 나의 두 번째 데이트 신청도 들어주고, 나와 남은 인생을 함께하자는 프러포즈도 받아주었다. 이 책을 준비하는 몇 년 동안 내가 이 사건에 점점 집착하는 모습을 보면서 그녀는 마음속으로 분명 불안했을 텐데도, 한 번도 내색하지 않았다. 그녀는 내가 출판사와 계약하기도 전에 이 프로젝트에 대한 믿음을 보여주었고, 불확실한 추측만으로 전 세계를 돌아다니는 나를 말없이 응원해주었다. 결혼 6개월 만에 내가 뒤셀도르프에서 보디가드를 숨겨두고 에드윈을 인터뷰하는 동안, 그녀는 녹음을 도와주기도 했다.

아내는 임신한 몸으로 초고를 모두 읽어주었다. 아들 오거스트가 태어난 후로는 직업인과 엄마의 역할 사이에서 신기할 정도로 균형을 잘 잡았고, 이 책이 제 모습을 찾도록 계속 나를 도와주었다. 아내는 둘째를 임신하고도 이 책의 마무리 단계에까지 모든 역할을 다해주었다. 그녀는 내가 아는 사람 중에 가장 강인하다. 그녀가 없었다면 이 책도 절대 탄생하지 못했을 것이다.

캐서린 플린이 나에게 한 달 동안 한 발로 뛰라고 하면 나는 망설임 없이 그녀의 말을 따를 것이다. 그만큼 그녀의 말을 신뢰하기 때문이다. 그녀는 내게 최고의 에이전트를 넘어 지혜롭고 훌륭하고 위트 넘치는 진정한 친구다.

이 책을 믿고 바이킹 출판사에 안식처를 마련해준 캐슬린 코트에게도 감사한다. 린지 슈어리와 조캐스타 해밀턴, 세라 릭비, 그레천 슈미드, 비나 캠라니는 이 책이 여러 번 수정되는 동안에도 끊임없이 내게 피드백을 해주고 따끔한 조언을 아끼지 않았다. 그들과 함께 일할 수 있었던 것은 큰 행운이었다.

니림 앤 윌리엄스 사의 호프 데네캄프, 아이크 윌리엄스, 폴 세노트에게도 감사드린다. 외국 저작권 업무를 도와준 배러 인터내셔널 사의 대니와 헤더 베러, 영국 허친슨 출판사의 조캐스타 해밀턴, 네덜란드 아틀라스 콘택트 사의 마리케 벰페, 독일 드호머 사의 한스-페터 우블라이스, 스웨덴 브룸바리스 사의 레나 폴린에게도 감사 인사를 전한다.

　로스앤젤레스 도착 이틀째에 만난 실비 라비노는 이 프로젝트를 믿어주고 지지하며 훌륭하게 안내해준 구세주 같은 존재다.

　뉴멕시코주 타오스에서 만난 스펜서 세임에게 특히 감사드린다. 2011년 가을, 우리가 같이 낚시를 하러 떠나지 않았다면 에드윈 리스트라는 이름을 절대 듣지 못했을 것이다. 그때 이후로 그는 이 프로젝트가 성공할 수 있도록 나를 끊임없이 도와주었다. 시시때때로 울리는 내 전화를 싫은 내색 없이 받아주었고, 잃어버린 새 가죽을 찾도록 도와주었으며, 플라이 타잉과 그 역사를 가르쳐주었다. 뉴멕시코에서 최고의 가이드와 플라이 낚시를 경험하고 싶다면 ZiaFly.com을 방문해보기 바란다. 그가 만든 훌륭한 연어 플라이(합법적이며 윤리적인 깃털을 사용했다)도 구매할 수 있다.

　트링과 런던의 자연사박물관 직원들에게도 감사 인사를 전한다. 그들은 박물관 역사에 유쾌하지 못한 일로 기록된 사건에 대해 몇 년 동안 귀찮을 정도로 질문 세례를 받았지만 모든 불편을 감내하고 새로운 사실을 찾아낼 때마다 적극적으로 정보를 제공해주었다. 이번 사건은 그들 잘못이 아니었지만, 정부에서 영국 박물관에 지원을 늘려주기를 간절히 바란다. 특히, 홍보팀의 클로에와 소피를 포함해서 로버트 프리스 존스 박사와 마크 애덤스, 리처드 레인 박사에게 감사 인사를 전하고 싶다.

　이 사건을 조사하면서 하트퍼드셔 경찰서의 아델 홉킨 경사를 알게 된 것은 큰 행운이었다. 그녀는 잃어버린 새 가죽에 관한 크고 작은 질문에 답해주며 기꺼이 시간을 내주었다. 사진 작업을 도와준 하트퍼드셔 경찰 소속 해나 조르지우와 레이철 하이드에게도 감사 인사를 전한다. 영국 사법부와 왕립검찰청의 데이비드 크라임스와 타파시 나다라자, 그리고 결심 공판 녹취록을 공개해준 세인트 알반스 형사법원에도 감사드린다.

리처드 프럼 박사는 내가 만나본 사람 중에 가장 다재다능하고 재치가 뛰어나며 사려 깊은 사람이다. 많은 시간을 할애하여 새들의 삶과 현대 큐레이터의 사명을 조명하고, 『아름다움의 진화The Evolution of Beauty』 초판을 기꺼이 공유해주신 것에 깊이 감사드린다. 그 책은 틀림없이 그 분야에서 큰 획을 그을 것이다.

조류학자들이 사용하는 리스트서브*인 AVECOL과 eBEAC은 조사 마지막 단계에서 특히 큰 도움이 됐다. 정보 요청에 응해준 제임스 렘센 박사와 마크 애덤스, 더글라스 러셀, 그리고 질문에 답해준 모든 큐레이터에게 감사 인사를 전한다.

시카고 필드자연사박물관의 존 베이츠 박사와 뉴욕 아메리카자연사박물관의 폴 스위트 박사에게도 큰 도움을 받았다. 스미소니언 국립 자연사박물관의 커크 존슨 박사에게도 인사를 전한다(정말 특별한 인터뷰였다!).

내가 데이비드 애튼버러 경의 메일을 받고 얼마나 신났는지 그분은 모를 것이다. 이 책이 출판사를 찾기도 전인 불확실한 시기에 나는 그분께 처음 메일을 받았다. 트링 사건과 그가 사랑한 극락

● 특정 그룹 전원에게 메시지를 전자 우편으로 자동 전송하는 시스템.

조, 그리고 앨프리드 러셀 월리스에 관해 이야기를 나눌 시간을 내주셔서 무한한 감사를 표한다.

자연사박물관에 방문한 아버지의 이야기를 전해주신, 앨프리드 러셀 월리스의 증손자 빌 월리스 씨께도 감사드린다.

롱 응우옌은 노르웨이까지 찾아간 나에게 집과 자신의 삶을 모두 공개하고, 힘든 요청이었을 텐데도 기꺼이 인터뷰에 응해주었다. 지금까지 인터뷰했던 사람 중에 그가 가장 정직하고 협조적이었다.

인터뷰에 응해준 에드윈 리스트에게도 감사드린다. 여덟 시간이 넘는 인터뷰 중간에 자리를 박차고 나갈 수도 있었지만, 내 질문에 놀라울 정도로 끈기 있게 답해주었다. 에드윈의 아버지인 커티스는 직접 만난 적은 없지만, 경제적 부담이 심했을 텐데도 박물관에 새를 돌려주려고 애쓴 부분에 대해 감사를 표한다.

플라이 타잉 커뮤니티에서 이 프로젝트를 우려의 눈길로 바라본 사람들이 많았음에도 나와 이야기를 나눠준 모든 분에게 감사 인사를 전한다. 존 맥레인, 에드 머제롤, 옌스 필고르, 로버트 버커크, 마빈 놀트, 토니 스미스, 데이브 칸, 마이크 타운엔드, 버드 기드리, 짐 고간스, 테리, 필 캐슬맨, 스튜어트 하디, 개리 리트만, 폴 데이비스, 숀 미첼, 루한 네틀링, T. J. 홀, 로버트 데리얼, 플레밍 세이어 안데르센, 아일랜드인, 앤드루 허드, 모티머, 라이언 휴스턴, 폴 로스먼. 이 외에도 익명으로 인터뷰에 응해주신 모든 분들께 감사드린다.

화이팅 팜스 사의 톰 윗팅은 자신의 집을 개방해주었을 뿐만 아니라 공항까지 차량을 제공해주었다. 깃털 해클의 세계를 소개해준 것도 감사드린다.

월리스에 대해 도움말을 주신 앨프리드 러셀 월리스 연구소^{Wallace Correspondence Project}의 소장 조지 베카로니에게도 감사 인사를 전한다.

나의 좋은 친구인 마크 울프 판사의 소개로 만난 제프 카원은 나에게 끝없이 용기를 불어넣어주고 지원자가 되어주었다. 서던 캘리포니아 대학교의 아넨버그 커뮤니케이션 리더십 및 공공 정책 센터^{Annenberg Center on Communication Leadership & Policy}에서 선임연구원이 된 것은 나에게 큰 영광이었다. 특히 이브 보일과 수전 골즈와 함께 팀이 된 것도 감사하다.

나는 뉴멕시코의 헬렌 G. 월니처 재단^{Helene G. Wurlitzer Foundation}에서 지내는 동안 이 책에 대한 아이디어를 거의 완성했다. 뉴햄프셔의 맥도웰 공동체^{MacDowell Colony} 델타 오미크론 스튜디오에서 지냈던 시간은 잊을 수 없다. 그곳에 머무는 동안 역사적인 부분에 관한 연구를 상당 부분 진행할 수 있었다. 데이비드 메이시와 셰릴 영에게 특히 감사 인사를 전한다.

팀과 네다 디즈니는 내가 자신들의 조슈아 트리에서 지내면서 이 책의 제안서 초안을 작성하도록 도와주었다. 감사드린다.

조지 패커가 나의 멘토이자 친구인 것은 커다란 행운이다. 그는 이라크 전쟁으로 인한 내 고충을 누구보다 잘 이해해주었고, 내가

리스트 프로젝트를 끝낸 이후의 인생을 생각하던 무렵에 나에게 꼭 필요한 조언과 용기를 주었다.

마란츠 녹음기 작동법을 가르쳐준 낸시 업다이크 또한 초창기의 인터뷰 녹음 파일을 듣고, 누구보다 먼저 이 이야기가 책이 될 만한 가치가 있다고 생각했다.

존 레이, 마이클 러너, 맥스 웨이스는 엉성한 초안을 공들여 읽고 매우 유용한 코멘트를 제공해주었다. 그들의 피드백 덕분에 책의 수준이 크게 향상되었다.

훅스트라 형제에게도 감사 인사를 전한다. 공문서 열람 방법을 안내해준 팀과 불법 새 거래에 관한 덴마크어 메일을 번역해준 미샤에게도 감사 인사를 전한다.

맥스 웨이스, 톰과 크리스텐 해드필드, 피터와 리사 노아, 자케와 마리아 에릭슨, 사라 우슬란과 이언 덩컨, 멜라니 졸리, 헨리크와 빅토리아 비외르클룬드, 루브나 엘-아민, 조녀선과 타라 터커, 아멜리 칸틴, 줄리 슐로서와 라지브 찬드라세카란, 케빈과 애니 야콥센, 팀 훅스트라와 파티마 로니, 존 레이, 리지와 숀 피터슨, 야닉 트루스데일, 이즈라 슈트라우스베르크와 엔리케 구티에레스, 필립 웨어본과 해나 헬게그리언, 존 스태프, 미나와 리아콰트 아하메드, 갈 버트, 애리 토포로브스키, 에디 파텔, 저스틴 사다우스카스, 케빈 브루어, 팀 마틴, 앤디 래프터, 제시 데일리, 맥심 로이, 셰린 햄디, 알리시아와 리 내즈, 앤서니 체이스와 소피아 그루스킨, 마리즈와 제롬, 데니스 스피겔, 아사르 나피시, 팀과 아네트 넬슨, 자닌 캔틴, 뎁과 해나 반더몰렌, 베브와 켄과 제니 페이전, 우스만과 나디아 칸, 토나 라샤드, 야그단과 가다 해미드, 세림 치튼, 조던과 로런 골든버그, 무함마드와 아티아프 알-라위, 매트 킹과 사라 커닝햄, 레라와 마크 슴리식, 샐리 허친슨과 존 카트라이트. 이들은 모두 나를 제정신으로 살게 해준, 그리고 행복하게 만들어준 사람들이다. 그들이 보내준 우정에 무한히 감사드린다. 루크 삼촌, 명복을 빕니다.

존슨 가문에서 태어날 수 있었던 것은 커다란 행운이었다. 아버지는 모든 원고를 애정의 눈으로 읽어주셨고, 어머니는 깃털과 관련된 용품으로 열심히 집 안을 채워주셨다(아내에게는 깃털 달린 옷을 사주기도 하셨다). 둘도 없는 소중한 내 친구이자 나의 형제 소렌과 데릭, 캐럴린, 에버. 우리 가족 중에 진짜 새 사랑꾼인 막내 숙모 베티. 모두 몇 번이고 나의 부족한 원고를 읽고 너무나도 훌륭한 도움말을 주셨다. 나의 장모인 수잰 라두세는 심지어 새에 완전히 빠지셔서 우리의 결혼식과 아이들의 생일 때 네팔에서 황동 백조 컬렉션을 선물로 보내주셨다.

내 인생에서 선하고 아름답고 지혜로운 모든 것들의 원천인 오거스트와 이시도라, 그리고 마리 조지에게 무한한 사랑을 보낸다.

깃털 도둑이라…. 게다가 실화라니. 깃털같이 하찮은 것을 훔쳐서 대체 어디다 쓴다는 걸까? 이 책을 처음 받았을 때 느낌이다. 이 책은 2009년에 벌어진 실화를 바탕으로 쓴 범죄 다큐멘터리다. 영국의 어느 박물관에서 젊은 청년이 새 가죽을 훔치는 이야기로 출발하는 이 책은 인간의 욕망과 집착, 자연과 인간의 관계, 정의 등의 여러 주제를 다루며 깃털이라는 가벼운 소재로 자연과 인간, 정의에 관한 결코 가볍지 않은 울림을 전한다.

저자는 탐험가이자 생물학자였던 앨프리드 러셀 월리스, 은행가이자 정치가, 동물과 자연을 사랑했던 월터 로스차일드의 삶, 19세기 말 여성들의 옷과 모자를 장식하며 유행을 선도한 깃털 열풍, 깃털을 사용해 빅토리아 시대 연어 낚시에 사용되던 이국적이면서도 신비한 플라이 타잉의 세계와 같은 다양한 이야깃거리를 통해 새 깃털에 담겨 있는 역사적·과학적 가치와 아름다움을 추구하고자 하는 인간의 탐욕, 무분별한 밀렵으로 인한 야생 동물의 멸종, 그리고 정신 질환을 핑계로 법망을 교묘히 빠져나간 정의의 부재를 그리고 있다. 따라서 '깃털을 훔쳐서 뭐하게?'에서 시작된 가벼운 의문은 책을 읽어가는 동안 놀라움과 감탄으로 변할 수밖에 없었다.

재정난에 허덕이며 수년간의 난민 구호 활동에 지쳐 있던 저자는 머리를 식힐 겸 떠난 여행에서 낚시에 쓰이는 플라이를 만들기 위해 박물관에서 새 깃털을 훔쳐 달아난 젊은 청년의 이야기를 처음 듣게 되었다. 저자는 단순한 호기심에서 이 사건의 전말을 파헤치기 시작했지만, 그 새들을 찾는 일이 인류에게 얼마나 중대한 문제인지 깨닫게 되면서 오로지 자발적인 의지로 사라진 깃털을 되찾기 위해 5년의 세월을 바쳤다. 저자는 박물관에 놓인 수많은 표본의 가치와 자연과학을 연구한 생물학자, 동물과 자연을 사랑한 자연학자, 표본을 지켜내고자 애썼던 큐레이터들의 숨은 노력을 전하고자 노력했다.

앨프리드 러셀 윌리스는 19세기 중반 아마존강 유역과 말레이 군도에서 십수 년의 답사를 바탕으로 종의 분포와 지리학 연구로 생물지리학의 아버지로 불리며 진화론의 발달에 크게 기여한 인물이다. 『종의 기원』을 써서 세계를 놀라게 한 찰스 다윈과 거의 같은 시기에 자연 선택에 따른 생명의 진화 원리를 발견했음에도 그의 업적과 노력은 세상에 잘 알려지지 않았다. 앨프리드 러셀 윌리스나 찰스 다윈, 로스차일드 같은 사람들의 노력으로 박물관에 채워진 수많은 표본은 살충제 사용의 위험을 경고했고, 바다에서 수은의 양이 증가했다는 사실을 통해 수은 중독의 위험성을 알려주었으며, 멸종된 동물을 복원하려는 시도에 도움을 주는 등 인류에게 크나큰 도움을 제공했다.

박물관에서 도난당한 깃털은 찾는다 해도 이름표가 훼손되지 않아야 하고 온전한 가죽의 형태로 남아 있어야 했지만, 그런 희망이 오래전 사라졌음에도 나머지 깃털에 대한 미련을 버리지 못하고 우직하리만큼 끈질기게 깃털의 행방을 쫓는 저자의 모습은 책을 읽는 이들에게 놀라움과 감탄을 안겨줄 따름이다. 작가의 이러한 노력으로 인해 우리는 이 책이 끝날 때쯤이면 깃털에 얼마나 중요한 과학적 가치가 담겨 있는지, 사라진 깃털을 찾는 일이 얼마나 중요한 것인지, 5년 동안 작가가 쏟아 부은 노력과 에너지가 결코 헛된 일이 아니었음을 충분히 이해할 수 있다.

아름다움과 집착, 소유를 향한 인간의 탐욕 때문에 벌어지는 자연 파괴 행위는 지금도 세계 곳곳에서 발생한다. 아마존의 밀림이 파괴되고 있다는 뉴스나 코뿔소와 코끼리 등 야생 동물들이 밀렵으로 비참하게 죽임을 당한다는 소식은 심심치 않게 매체를 통해 접한다. 아마존까지 가지 않아도 자연 파괴 행위는 우리 주변에서 늘 일어난다. 가까운 예로 겨울의 필수 의류가 된 패딩 한 벌에 들어가는 깃털만 해도 수십 마리의 오리나 거위가 희생되어야 가능하단다. 게다가 살아 있는 오리와 거위에서 깃털을 뽑는 것이라고 하니, 인간의 안녕과 아름다움을 위해 동물이 치르는 희생은 언제나 너무 가혹한 것 같다.

인간의 탐욕이 몰고 온 자연 파괴는 어제오늘의 이야기가 아니지만, 이 책의 부제처럼 아름다움을 향한 인간의 집착과 욕심은 언제나 끝이 없었다. 작가는 우리가 자연에 얼마나 많은 빚을 지고 있는지, 자연에 숨은 비밀을 밝히려는 과학자들과 박물관에 소장된 수많은 표본을 지키기 위한 큐레이터들의 노력이 얼마나 힘겹고 치열했는지를 보여주었고, 수백 개의 새 가죽을 훔치고도 죄책감이 없이 법망을 빠져나간 에드윈과 빅토리아 시대 연어 플라이 타잉을 만들며 예술을 추구하는 사람들이 보여준 모습을 통해 아름다움을 향한 집착과 욕망에 빠진 그들의 모습이 그들만의 이야기가 아니라 우리의 모습이기도 하다는 사실을 깨닫게 한다. 또한 익명성과 대중성 아래 자행되는 수많은 범죄에 무감각해지고 있는 우리의 모습을 돌아보게 한다.

이 책은 깃털과 관련된 과학적·역사적 사실을 알아가는 재미도 쏠쏠하지만 국립 박물관에서 조류 표본 수백 점을 훔치고도 집행 유예를 선고받게 된 경위와 범인이 아스퍼거 증후군을 실제 앓고 있었는지에 대한 진실, 그리고 사라진 나머지 깃털에 대한 행방을 쫓는 과정에서도 범죄 소설을 읽는 것 같은 재미와 스릴을 느낄 수 있다. 이런 배경 때문인지 이 책은 미국에서 출간 후 1년이 지난 지금까지도 베스트셀러 타이틀을 유지하고 있다. 미국 추리작가협회에서 주관하는 에드거상에서 2019년 범죄 실화 부문의 수

상작 후보에도 올랐다고 하니 이 책의 재미와 유익함에 대해 더 이상의 설명은 필요 없을 듯싶다.

이 책을 번역하던 2018년 여름은 폭염 기록을 연일 갈아치우며 무더위가 맹위를 떨쳤지만 그 무더위를 잊게 해줄 만큼 흥미진진하고 읽을거리 가득한 책과 씨름하느라 여름이 가는 줄도 몰랐던 것 같다. 이 책을 읽는 독자들도 어느 계절에 이 책을 읽든지 그 계절이 주는 불편함을 잠시 잊고 한 권의 훌륭한 책이 주는 재미와 감동을 느낀다면 옮긴이로서 더없는 보람이 될 것이다.

　당신이 이 작품에 대해 뭔가를 예상하려 했다면 완전히 헛수고한 것이다. 페이지가 넘어갈수록 그러한 예상들이 온데간데없이 사라져 버릴 테니 말이다. '자연사박물관에서 새 가죽을 훔친 도둑'이라는 완전히 낯선 이야기는 인간의 탐욕과 욕망이라는 보편적인 주제를 통과하며 굉장히 매혹적인 작품으로 완성되었다! ＿김혜진

　신선한 주제, 흥미진진한 전개, 흡입력 있는 스토리! ＿노주은

　실화를 바탕으로 한 사건, 미처 생각하지 못했던 먼 옛날부터의 '깃털'에 대한 사람들의 집착 등이 무척 신기하고 흥미로워 즐겁게 읽었습니다. ＿박은희

　이것이 정령 실화인지 책을 읽으면서 몇 번씩이나 '소설 같은 실화'라는 소개 문구를 확인하곤 했다. '깃털을 훔친 한 남자의 이야기구나.' 깃털만큼이나 가벼운, 일차원적인 기대로 시작한 책, 하지만 읽는 이의 마음을 따끔거리게 만드는 에피소드들 덕분에 그 끝은 반전 그 자체였다. ＿송현

　마치 『죄와 벌』을 다시 읽는 기분이 들었다. 누군가에게는 아무런 의미가 없을 수도 있지만 또 한편으로는 너무나 소중한 멸종위기 종의 깃털. 인간만을 위해서 사라져야 할 생물종은 없다는 말에 공감한다. 아름다운 자연을 보면 꼭 흔적을 남기거나 기념으로 무심코 가져오는 돌 하나, 나무 하나에도 의미를 부여하고 동물과 함께 살아가는 지구이므로 함부로

다뤄서는 안 되겠다는 생각이 들었다.   _오승혁

읽는 내내 이미 없어져버린, 없어지고 있는 지구상의 생물들을 생각했다. 지구상의 모든 종의 멸종에는 우리도 포함되었다는 걸 잊지 말아야 한다. 자연사박물관에 가야겠다. 이제는 전시관의 다양한 종들이 나에게 다른 이야기를 해 줄 것 같다. 『깃털 도둑』은 그런 마음을 갖게 해 준 책이다.

_이아람

소설이 아님에도 몰입도가 어찌나 높은지 초반부터 눈을 뗄 수 없었다. 깃털 도둑이 한 명을 지칭하는 것이라 생각했으나 다방면의 이야기를 다루면서, 이야기가 고조된다. 있는 그대로 생명을 놔두는 것, 연구를 위해 혼신의 힘을 다해 그들을 박제해 데려오는 것, 아름다운 것에 홀려 미친 듯 자신의 것으로 만드는 것. 각각의 이야기가 다른 듯하면서도 홀린 듯 집착하는 이야기가 자연, 사람에 대해 다시금 성찰하게 만든다. 지키는 자와 아름다움을 가지려는 이와의 싸움이 시작되는 이야기.   _이하나

논픽션이지만 한 편의 추리소설을 읽은 기분이었다. 읽는 동안 시간이 얼마나 흘렀는지 모를 정도로 흡인력이 대단하다. 새를 지키려는 사람들과 자신의 욕망으로 쉬쉬하려는 사람들. 자신만의 정의를 가지고 있는 이들 속에서 무엇이 옳은 것인가 생각해보았다.

_정어울

special thanks

김선경, 김혜진, 노주은, 박은희, 송현, 심소영, 안보림, 오승혁, 이수아, 이아람, 이예빈, 이준형, 이하나, 이현정, 이혜원, 정여울, 조수인, 최미연 님(가나다 순), 사전 독자 교정 이벤트에 참가해주신 분들께 깊은 감사를 드립니다.

아름다움과 집착, 그리고 세기의 자연사 도둑

깃털 도둑

초판 1쇄 발행 2019년 5월 7일
초판 4쇄 발행 2024년 11월 29일

지은이 커크 월리스 존슨
옮긴이 박선영
펴낸이 유정연

이사 김귀분
책임편집 조현주 **기획편집** 신성식 유리슬아 서옥수 황서연 정유진 **디자인** 안수진 기경란
마케팅 반지영 박중혁 하유정 **제작** 임정호 **경영지원** 박소영

펴낸곳 흐름출판(주) **출판등록** 제313-2003-199호(2003년 5월 28일)
주소 서울시 마포구 월드컵북로5길 48-9(서교동)
전화 (02)325-4944 **팩스** (02)325-4945 **이메일** book@hbooks.co.kr
홈페이지 http://www.hbooks.co.kr **블로그** blog.naver.com/nextwave7
출력·인쇄·제본 프린탑

ISBN 978-89-6596-319-6 03840

월리스가 밤색가슴말코하와 검정노랑넓적부리새 등을 포함한 다양한 새들의 부리를 그린 그림(1854년)

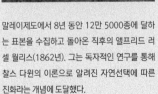

말레이제도에서 8년 동안 12만 5000종에 달하는 표본을 수집하고 돌아온 직후의 앨프리드 러셀 월리스(1862년). 그는 독자적인 연구를 통해 찰스 다윈의 이론으로 알려진 자연선택에 따른 진화라는 개념에 도달했다.

노란왕관오색조 표본. 월리스가 쓴 수집 날짜와 장소 등의 정보가 담긴 이름표를 달고 있다. 이렇게 표본마다 정보를 꼼꼼히 기록하며 그 중요성을 강조한 덕분에 월리스는 생물지리학의 아버지로 불린다.

플라이 타이어들에게 푸른채터러로 알려진 스팽글드코팅거. 스팽글드코팅거의 청녹색 깃털은 연어 플라이 타잉 '비법'을 담은 책에 자주 등장한다.

아루제도 숲속에 있는 수컷 큰극락조. 앨프리드 러셀 월리스는 이곳에서 서양 박물학자로는 최초로 극락조의 구애 행위를 목격했다. 그는 아름다움을 소유하려는 인간의 욕심 때문에 결국 이러한 새들이 멸종하게 될지 모른다고 우려했지만, 곧이어 불어온 패션 트렌드 덕분에 바로 그곳까지 사냥꾼들이 들이 닥치게 될 줄은 몰랐다.

빅토리아식 연어 플라이를 만드는 사람들이 집까마귀라고 부르는 붉은가슴과일까마귀. 검은빛이 감도는 주황색 가슴 깃털은 플라이 타잉 커뮤니티 사람들에게 인기가 높다. 박물관 소장품 수준의 붉은가슴 과일까마귀 한 마리는 6000달러까지 한다.

케찰 또한 화려한 깃털 덕분에 플라이 타이어들에게 인기가 높다. 국제 협약인 CITES에서 보호 종으로 분류하고 거래를 금지하고 있지만, 이베이에서는 일상적으로 거래되고 있다.

VOL. LXIX   JANUARY, 1907   NO. 1

The Delineator

A MAGAZINE FOR WOMAN

THE BUTTERICK PUBLISHING CO. (LTD.)
$1.00 A YEAR   15 CENTS A COPY

여성들을 위한 인기 패션 잡지 《델리네이터》의 1907년 1월 표지에 실린 그림.

1900년대, 큰극락조 한 마리가 통째로 올라간 모자를 쓰고 있는 여성의 모습. 19세기 말, '깃털 열병'이 유럽과 미국 전역을 휩쓸었다. 그로 인해 1883년에서 1898년 사이에 미국 26개 주에서 조류의 개체 수가 거의 절반으로 줄었다. 역사학자들은 그러한 광기를 지구 역사상 인간에 의해 자행된 가장 심각한 야생동물 대학살로 묘사했다.

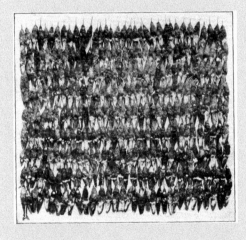

1912년 런던 모자업 경매장에서 벌새 1600마리가 마리당 2센트에 팔렸다. 19세기 마지막 몇십 년 동안 영국과 프랑스에만 약 6만 4000톤에 달하는 깃털이 수입됐다. 모자업은 1900년대에 큰 호황을 누렸고, 모자업에 종사하는 사람이 뉴욕에서만 거의 10만 명에 달했다.

THE "EXTINCTION" OF SPECIES;
OR, THE FASHION-PLATE LADY WITHOUT MERCY AND THE EGRETS.

20세기로 넘어오면서 야생동물 학살에 반대하는 사람들이 점차 목소리를 높이기 시작했다. 1899년 《펀치》는 모자에 새를 올려놓은 여성을 그리고, "종들의 멸종. 자비와 왜가리 없이 패션을 선도하는 여성"이라는 제목을 달았다. 《펀치》는 영국에서 깃털 패션을 반대하는 운동에 앞장섰다.

에밀리 윌리엄슨와 엘리자 필립스가 설립한 왕립조류보호협회는 1911년 7월, 런던 거리 곳곳에서 왜가리 학살을 반대하는 캠페인을 벌였다.

1930년대 미국의 정부 기관 요원들이 왜가리 가죽을 압수하고 찍은 사진. 환경 보호법이 잇달아 통과된 뒤 야생동물보호국과 밀렵꾼들은 조류 보호를 두고 치열한 싸움을 벌였다. 1900년대 쇠백로 깃털 1킬로그램은 같은 무게의 금보다 거의 두 배나 비쌌다.

조지 M. 켈슨의 『연어 플라이』(1895)에 등장하는 표지 삽화. 영국 귀족 출신인 켈슨은 이 책이 플라이 타잉 비법을 담은 일종의 과학 서적이라고 주장하며, 사람들에게 플라이 타잉을 예술 행위로 알리는 데 결정적인 역할을 했다. 켈슨은 책에서 플라이 타잉은 "성직자, 정치인, 의사, 법률가 같은 훌륭한 사람들이 주목할 만한 점잖은 취미 활동"이라고 묘사했다.

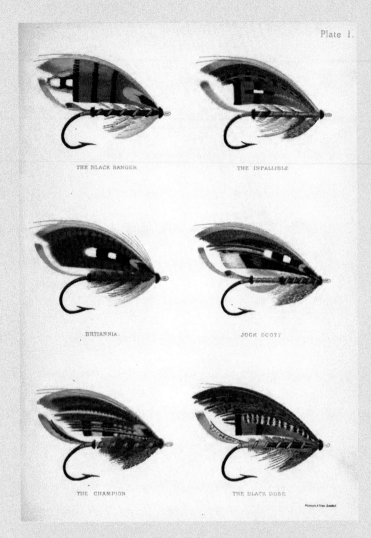

Plate I.

THE BLACK RANGER

THE INFALLIBLE

BRITANNIA.

JOCK SCOTT

THE CHAMPION

THE BLACK DOSE

『연어 플라이』에 등장하는 여섯 가지 연어 플라이. 플라이 모양이 점차 발달하면서 만든 사람들의 이름을 따라 '절대 보증', '천둥 번개', '트러헌의 원더'와 같은 고상한 이름이 붙었다.

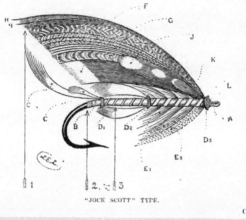

ANALYTICAL DIAGRAM, illustrating parts and proportions of a Salmon-Fly.

"JOCK SCOTT" TYPE.

연어 플라이인 '조크 스콧'을 부위별로 묘사한 그림. 실제로 연어가 개털 뭉치와 이국적인 새의 깃털을 구분할 수 있는 것도 아닌데 켈슨은 그의 책에서 희귀하고 값비싼 깃털을 사용할수록 '물고기의 왕'을 유혹하는 데 효과적이라고 주장했다.

스펜서 세임이 켈슨의 110년 전 타잉 비법에 따라 만든 조크 스콧. 플라이 낚시 가이드인 스펜서는 에드윈 리스트와 그가 저지른 범죄를 처음 저자에게 알려주었다. 그는 다른 플라이 타이어들처럼 값비싸고 불법적인 희귀종 새들의 깃털을 사용하는 대신, 칠면조나 꿩 같은 일반적인 엽조의 깃털을 염색해 플라이를 만들었다.

에드워드 '머지' 머제롤이 빅토리아식 연어 플라이를 만드는 모습. 에드윈은 플라이 타잉 대회에서 그가 만든 플라이를 보고 빅토리아식 연어 플라이 타잉의 매력에 빠졌다. 얼마 후, 에드윈의 아버지는 아들이 머지한테서 플라이 타잉 개인 레슨을 받게 해주었다.

2004년 여름, 에드윈 리스트가 머지의 작업실에서 연어 플라이를 처음 만드는 모습.

조지 켈슨의 비법에 따라 에드윈이 처음 만든 연어 플라이인 더럼 레인저. 에드윈은 값싼 대용 깃털로 이 플라이를 만들었지만, 수업이 끝난 후 머지는 250달러에 상당하는 희귀 깃털을 봉투에 담아 에드윈에게 조용히 건넸다.

라이오넬 월터 로스차일드 경은 전설적인 은행가 가문에서 태어났지만, 그의 관심사는 온통 자연 세계에 머물러 있었다. 그는 스무 살 때, 이미 4만 6000종의 표본을 수집했다. 그의 아버지는 그가 스물한 살이 되던 해에 런던 근교의 로스차일드가 영토인 트링 파크 한쪽에 생일 선물로 개인 박물관을 지어주었다. 1937년 로스차일드 경이 죽은 뒤 로스차일드 박물관은 영국 자연사박물관으로 기증되었다.

트링박물관은 현재 전 세계에서 가장 많은 조류 컬렉션을 소장한 박물관 중 하나다. 2009년 6월의 어느 늦은 밤, 미국에서 유학 온 플루트 연주자이자 영국 왕립음악원 재학생이었던 에드윈이 박물관 건물 뒤편 창문을 깨고 박물관에 들어가 역사상 가장 많은 표본을 훔쳐 달아났다.

트링박물관 내부. 에드윈은 그날 밤 이렇게 캐비닛이 즐비한 복도를 걸어갔다.

트링박물관 캐비닛에 들어 있는 주홍할미새사촌. 에드윈 리스트는 몇 시간 동안 16가지 다른 종과 아종이 포함된 표본을 여행 가방에 담았다. 모두 깃털 색이 화려한 어른 수컷이었다.

트링박물관 측은 언론 보도를 통해 도둑이 가져간 붉은가슴과일까마귀, 케찰, 코팅거, 극락조의 사진을 보여주며(일부는 앨프리드 러셀 윌리스가 수집한 것들이었다) 관련 정보를 알고 있는 사람들의 제보를 부탁했다.

2010년 11월 12일 아침, 에드윈의 집에서 발견된 상자에는 코팅거 가죽이 지퍼백에 담겨 있었다. 큐레이터들은 대다수 표본에 이름표가 없는 것을 보고 크게 실망했다. 이름표가 없으면 과학적인 자료로서 활용 가치가 거의 없었기 때문이다.

경찰이 찾아낸, 꼬리가 일부 잘려나간 케찰 12점. 이베이와 커뮤니티 사이트에서 팔릴 예정이던 화려한 빛깔의 초록 깃털 수백 점도 압수됐다.

Cock of the Rock
2x

Cock of the Rock
2x

Cotinga Cayana
2x

Cotinga Cotinga
2x

Cotinga Amabilis
2x

P. S. Orenocencis
4x

P. S. Scutatus
2x

P. S. Granadensis
2x

P. S. Granadensis
2x

에드윈은 박물관에서 훔친 새 가죽을 이베이와 개인 홈페이지, 그리고 ClassicFlyTying.com 사이트에서 16개월 동안 팔았다. 집까마귀와 푸른채터러를 포함한 여러 종과 아종으로 구성된 이 '혼합 세트'는 에드윈이 체포되기 전날 밤 ClassicFlyTying.com의 판매 게시판에 올라왔다.

에드윈이 체포된 뒤, 아델 홉킨 경사와 조류관 수석 큐레이터 마크 애덤스, 하트퍼드셔 관할구의 프레이저 와일리 경위가 되찾은 새 가죽 옆에서 함께 사진을 찍었다.

2010년 11월 26일, 헤멀헴프스테드 치안법원에서 열린 첫 공판에 출석하는 에드윈 리스트. 이 사건은 범죄의 심각성에 비추어 치안판사의 형량권이 불충분하다는 담당 검사의 요청에 따라 상급법원에 넘겨졌다.

집까마귀, 푸른채터러, 케찰, 멧닭, 청란, 붉은꼬리검정관앵무 등이 포함된 이국적인 희귀 새들의 깃털이 뒤섞여 있는 사진. 플라이 타이어들은 이렇게 자신들이 가진 플라이 타잉 재료를 자랑하며, '깃털 포르노'라고 표현했다.

프랑스계 캐나다인인 플라이 타잉 전문가 뤽 쿠튀리에가 자신이 만든 집까마귀 플라이를 가슴 깃털이 뽑힌 집까마귀 가죽 위에 올려놓고 찍은 사진. 쿠튀리에는 에드윈에게 트링의 자연사박물관을 방문해보라고 처음 알려준 인물이기도 하다.

왕극락조와 케찰 깃털로 만든 휘틀리 플라이 8번(1849). 상당
수의 빅토리아식 플라이에 이렇게 비싸고 희귀한 재료가 들
어간다.

롱 응우옌이 만든 휘틀리 플라이 8번.

롱 응우옌이 노르웨이 중부 지방의 강에서 사용되는 손다이크 플라이를 만드는 모습. 롱 응우옌은 노르웨이에서 가장 뛰어난 플라이 타이어 중 한 명이다.

월리스가 밤색가슴말코하와 검정노랑넓적부리새 등을 포함한 다양한 새들의 부리를 그린 그림(1854년)

말레이제도에서 8년 동안 12만 5000종에 달하는 표본을 수집하고 돌아온 직후의 앨프리드 러셀 월리스(1862년). 그는 독자적인 연구를 통해 찰스 다윈의 이론으로 알려진 자연선택에 따른 진화라는 개념에 도달했다.

노란왕관오색조 표본. 월리스가 쓴 수집 날짜와 장소 등의 정보가 담긴 이름표를 달고 있다. 이렇게 표본마다 정보를 꼼꼼히 기록하며 그 중요성을 강조한 덕분에 월리스는 생물지리학의 아버지로 불린다.

플라이 타이어들에게 푸른채터러로 알려진 스팽글드코팅거. 스팽글드코팅거의 청녹색 깃털은 연어 플라이 타잉 '비법'을 담은 책에 자주 등장한다.

아루제도 숲속에 있는 수컷 큰극락조. 앨프리드 러셀 월리스는 이곳에서 서양 박물학자로는 최초로 극
락조의 구애 행위를 목격했다. 그는 아름다움을 소유하려는 인간의 욕심 때문에 결국 이러한 새들이 멸
종하게 될지 모른다고 우려했지만, 곧이어 불어온 패션 트렌드 덕분에 바로 그곳까지 사냥꾼들이 들이
닥치게 될 줄은 몰랐다.

빅토리아식 연어 플라이를 만드는 사람들이 집까마귀라고 부르는 붉은가슴과일까마귀. 검은빛이 감도는 주황색 가슴 깃털은 플라이 타잉 커뮤니티 사람들에게 인기가 높다. 박물관 소장품 수준의 붉은가슴과일까마귀 한 마리는 6000달러까지 한다.

케찰 또한 화려한 깃털 덕분에 플라이 타이어들에게 인기가 높다. 국제 협약인 CITES에서 보호
종으로 분류하고 거래를 금지하고 있지만, 이베이에서는 일상적으로 거래되고 있다.

여성들을 위한 인기 패션 잡지 《델리네이터》의 1907년 1월 표지에 실린 그림.

1900년대, 큰극락조 한 마리가 통째로 올라간 모자를 쓰고 있는 여성의 모습. 19세기 말, '깃털 열병'이 유럽과 미국 전역을 휩쓸었다. 그로 인해 1883년에서 1898년 사이에 미국 26개 주에서 조류의 개체 수가 거의 절반으로 줄었다. 역사학자들은 그러한 광기를 지구 역사상 인간에 의해 자행된 가장 심각한 야생동물 대학살로 묘사했다.

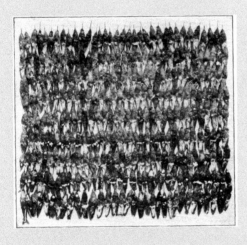

1912년 런던 모자업 경매장에서 벌새 1600마리가 마리당 2센트에 팔렸다. 19세기 마지막 몇십 년 동안 영국과 프랑스에만 약 6만 4000톤에 달하는 깃털이 수입됐다. 모자업은 1900년대에 큰 호황을 누렸고, 모자업에 종사하는 사람이 뉴욕에서만 거의 10만 명에 달했다.

THE "EXTINCTION" OF SPECIES;
OR, THE FASHION-PLATE LADY WITHOUT MERCY AND THE EGRETS.

20세기로 넘어오면서 야생동물 학살에 반대하는 사람들이 점차 목소리를 높이기 시작했다. 1899년 《펀치》는 모자에 새를 올려놓은 여성을 그리고, "종들의 멸종. 자비와 왜가리 없이 패션을 선도하는 여성"이라는 제목을 달았다. 《펀치》는 영국에서 깃털 패션을 반대하는 운동에 앞장섰다.

에밀리 윌리엄슨와 엘리자 필립스가 설립한 왕립조류보호협회는 1911년 7월, 런던 거리 곳곳에서 왜가리 학살을 반대하는 캠페인을 벌였다.

1930년대 미국의 정부 기관 요원들이 왜가리 가죽을 압수하고 찍은 사진. 환경 보호법이 잇달아 통과된 뒤 야생동물보호국과 밀렵꾼들은 조류 보호를 두고 치열한 싸움을 벌였다. 1900년대 쇠백로 깃털 1킬로그램은 같은 무게의 금보다 거의 두 배나 비쌌다.

조지 M. 켈슨의 『연어 플라이』(1895)에 등장하는 표지 삽화. 영국 귀족 출신인 켈슨은 이 책이 플라이 타잉 비법을 담은 일종의 과학 서적이라고 주장하며, 사람들에게 플라이 타잉을 예술 행위로 알리는 데 결정적인 역할을 했다. 켈슨은 책에서 플라이 타잉은 "성직자, 정치인, 의사, 법률가 같은 훌륭한 사람들이 주목할 만한 점잖은 취미 활동"이라고 묘사했다.

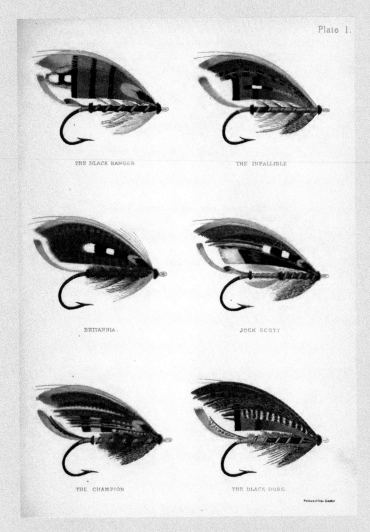

Plate 1.

THE BLACK RANGER THE INFALLIBLE

BRITANNIA. JOCK SCOTT

THE CHAMPION THE BLACK DOSE

『연어 플라이』에 등장하는 여섯 가지 연어 플라이. 플라이 모양이 점차 발달하면서 만든 사람들의 이름을 따라 '절대 보증', '천둥 번개', '트러헌의 원더'와 같은 고상한 이름이 붙었다.

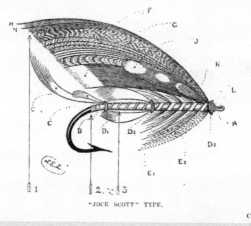

ANALYTICAL DIAGRAM, illustrating parts and proportions of a
Salmon-Fly.

"JOCK SCOTT" TYPE.

연어 플라이인 '조크 스콧'을 부위별로 묘사한 그림. 실제로 연어가 개털 뭉치와 이국적인 새의 깃털을 구분할 수 있는 것도 아닌데 켈슨은 그의 책에서 희귀하고 값비싼 깃털을 사용할수록 '물고기의 왕'을 유혹하는 데 효과적이라고 주장했다.

스펜서 세임이 켈슨의 110년 전 타잉 비법에 따라 만든 조크 스콧. 플라이 낚시 가이드인 스펜서는 에드윈 리스트와 그가 저지른 범죄를 처음 저자에게 알려주었다. 그는 다른 플라이 타이어들처럼 값비싸고 불법적인 희귀종 새들의 깃털을 사용하는 대신, 칠면조나 꿩 같은 일반적인 엽조의 깃털을 염색해 플라이를 만들었다.

에드워드 '머지' 머제롤이 빅토리아식 연어 플라이를 만드는 모습. 에드윈은 플라이 타잉 대회에서 그가 만든 플라이를 보고 빅토리아식 연어 플라이 타잉의 매력에 빠졌다. 얼마 후, 에드윈의 아버지는 아들이 머지한테서 플라이 타잉 개인 레슨을 받게 해주었다.

2004년 여름, 에드윈 리스트가 머지의 작업실에서 연어 플라이를 처음 만드는 모습.

조지 켈슨의 비법에 따라 에드윈이 처음 만든 연어 플라이인 더럼 레인저. 에드윈은 값싼 대용 깃털로 이 플라이를 만들었지만, 수업이 끝난 후 머지는 250달러에 상당하는 희귀 깃털을 봉투에 담아 에드윈에게 조용히 건넸다.

라이오넬 월터 로스차일드 경은 전설적인 은행가 가문에서 태어났지만, 그의 관심사는 온통 자연 세계에 머물러 있었다. 그는 스무 살 때, 이미 4만 6000종의 표본을 수집했다. 그의 아버지는 그가 스물한 살이 되던 해에 런던 근교의 로스차일드가 영토인 트링 파크 한쪽에 생일 선물로 개인 박물관을 지어주었다. 1937년 로스차일드 경이 죽은 뒤 로스차일드 박물관은 영국 자연사박물관으로 기증되었다.

트링박물관은 현재 전 세계에서 가장 많은 조류 컬렉션을 소장한 박물관 중 하나다. 2009년 6월의 어느 늦은 밤, 미국에서 유학 온 플루트 연주자이자 영국 왕립음악원 재학생이었던 에드윈이 박물관 건물 뒤편 창문을 깨고 박물관에 들어가 역사상 가장 많은 표본을 훔쳐 달아났다.

트링박물관 내부. 에드윈은 그날 밤 이렇게 캐비닛이 즐비한 복도를 걸어갔다.

트링박물관 캐비닛에 들어 있는 주홍할미새사촌. 에드윈 리스트는 몇 시간 동안 16가지 다른 종과 아종이 포함된 표본을 여행 가방에 담았다. 모두 깃털 색이 화려한 어른 수컷이었다.

트링박물관 측은 언론 보도를 통해 도둑이 가져간 붉은가슴과일까마귀, 케찰, 코팅거, 극락조의 사진을
보여주며(일부는 앨프리드 러셀 월리스가 수집한 것들이었다) 관련 정보를 알고 있는 사람들의 제보를
부탁했다.

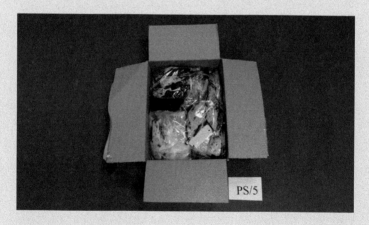

2010년 11월 12일 아침, 에드윈의 집에서 발견된 상자에는 코팅거 가죽이 지퍼백에 담겨 있었다. 큐레이
터들은 대다수 표본에 이름표가 없는 것을 보고 크게 실망했다. 이름표가 없으면 과학적인 자료로서 활
용 가치가 거의 없었기 때문이다.

경찰이 찾아낸, 꼬리가 일부 잘려나간 케찰 12점. 이베이와 커뮤니티 사이트에서 팔릴 예정이던 화려한 빛깔의 초록 깃털 수백 점도 압수됐다.

Cock of the Rock
2x

Cock of the Rock
2x

Cotinga Cayana
2x

Cotinga Cotinga
2x

Cotinga Amabilis
2x

P. S. Orenocencis
4x

P. S. Scutatus
2x

P. S. Granadensis
2x

P. S. Granadensis
2x

에드윈은 박물관에서 훔친 새 가죽을 이베이와 개인 홈페이지, 그리고 ClassicFlyTying.com 사이트에서 16개월 동안 팔았다. 집까마귀와 푸른채터러를 포함한 여러 종과 아종으로 구성된 이 '혼합 세트'는 에드윈이 체포되기 전날 밤 ClassicFlyTying.com의 판매 게시판에 올라왔다.

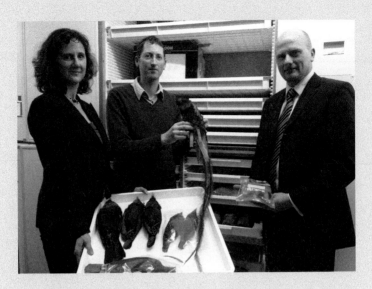

에드윈이 체포된 뒤, 아델 흡킨 경사와 조류관 수석 큐레이터 마크 애덤스, 하트퍼드셔 관할구의 프레이저 와일리 경위가 되찾은 새 가죽 옆에서 함께 사진을 찍었다.

2010년 11월 26일, 헤멀헴프스테드 치안법원에서 열린 첫 공판에 출석하는 에드윈 리스트. 이 사건은 범죄의 심각성에 비추어 치안판사의 형량권이 불충분하다는 담당 검사의 요청에 따라 상급법원에 넘겨졌다.

집까마귀, 푸른채터러, 케찰, 멧닭, 청란, 붉은꼬리검정관앵무 등이 포함된 이국적인 희귀 새들의 깃털이 뒤섞여 있는 사진. 플라이 타이어들은 이렇게 자신들이 가진 플라이 타잉 재료를 자랑하며, '깃털 포르노'라고 표현했다.

프랑스계 캐나다인인 플라이 타잉 전문가 뤽 쿠튀리에가 자신이 만든 집까마귀 플라이를 가슴 깃털이 뽑힌 집까마귀 가죽 위에 올려놓고 찍은 사진. 쿠튀리에는 에드윈에게 트링의 자연사박물관을 방문해보라고 처음 알려준 인물이기도 하다.

왕극락조와 케찰 깃털로 만든 휘틀리 플라이 8번(1849). 상당
수의 빅토리아식 플라이에 이렇게 비싸고 희귀한 재료가 들
어간다.

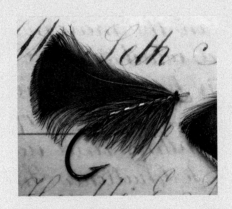

롱 응우엔이 만든 휘틀리 플라이 8번.

롱 응우옌이 노르웨이 중부 지방의 강에서 사용되는 손다이크 플라이를 만드는 모습. 롱 응우옌은 노르웨이에서 가장 뛰어난 플라이 타이어 중 한 명이다.